이 효 석 문 학 상   수 상 작 품 집   2 0 2 4

이　　효　　석
문　　학　　상
수　상　작　품　집
2　　0　　2　　4

제　2　5　회
대　　　　　상
수　　상　　작
끝없는 밤 손보미

범*

차례

제25회
이효석
문학상

———

대상
수상작

2009년『21세기문학』신인상과 2011년 동아일보 신춘문예를 통해 소설을 발표하기 시작했다. 소설집『그들에게 린디합을』『우아한 밤과 고양이들』『사랑의 꿈』, 장편소설『디어 랄프 로렌』『작은 동네』『사라진 숲의 아이들』, 중편소설『우연의 신』, 짧은 소설집『맨해튼의 반딧불이』, 산문집『아무튼, 미드』가 있다. 제46회 한국일보문학상, 제21회 김준성문학상, 제25회 대산문학상, 제45회 이상문학상, 제4회·제5회·제6회 젊은작가상과 제3회 젊은작가상 대상을 수상했다.

끝 없 는 밤
손 보 미

그녀가 스물여섯 살 때, 사주 보는 남자는 그녀가 엄청난 부자와 결혼할 거라고 했다. 그녀와 친구들은 어둡고 습한 지하 카페에 앉아 있었다. 퀴퀴한 곰팡내가 조악한 커피잔 안—그러니까, 액체 안—까지 스며든 것 같았다. 그래도 그녀는 그 커피를 마셨다. 다 마셨다. 사주 카페. 손님은 그녀들뿐이었고, 싸구려 원목 테이블들 사이에 커다란 잎을 흉물스럽게 드리운 화분이 놓여 있었다. 도대체 누가 여기에 오자고 한 거지? 그녀는 아니었다. 절대 아니었다. 그녀는 그런 것을 믿지 않았다. 그런 걸 믿는 사람을 (아주 약간이지만) 경멸하는 마음을 품고 있었다. 오십은 훌쩍 넘어 보이는 남자가 그녀와 친구들 앞에 앉았다. 남자는 커피잔을 밀어내고 사주책과 노트, 펜을 늘어놓았다. 커피가 남자의 노트에 흘렀지만 아무도 신경 쓰지 않았다. 그녀와 친구들은 차례로 생년월일시를 읊었다. (왜 그랬는지 모르겠지만) 하나같이 퉁명스러운 표정을 짓고 있었고, 애처롭고 무기력한 기운이 무방비하게 새어 나왔다. 죄를 저지르고 처분을 기다리는 아이들처럼. 나중에 그녀는, 그것이 진부할지언정 아주 틀린 비유는 아니라는 생각을 했다. 인간은 누구나 죄를 짓고 운명 앞에서는 겁에 질리기 마련이니까. 아닌가, 겁에 질리니까 죄를 짓게 되는 걸까? 하지만 그런 걸 따지는 건 아무래도 시간 낭비인 것 같았다. 그런 것 같았다. "태어난 시를 몰라요." 한 친구가 주눅 든 채 말하자 남자는 괜찮다고 대답했다. 말투가 너무나 너그러워서 그녀는 깜짝 놀랐다.

남자는 그녀가 부자를 만날 기회를 이미 한 번 놓쳤다고 했다. 기회를 놓쳤다고? 허, 기회를 놓쳤다고? 그녀는 어처구니가 없었다. "두 번째 남자는 첫 번째 남자보다는 덜 부자예요. 그래도 엄청난 부자지." 그리고 큰 시혜라도 베푼다는 듯 덧붙였다. "1년의 절반쯤은 유럽이나 미국에 머물게 될 거야. 전시회에서 그림을 사고, 개인 요트를 타거나 명품 쇼핑을 하러 다니게 될 거라니까?" 그녀는 어리둥절해졌다. 남자의 말 때문이 아니었다. 머릿속에 어떤 광경이 떠올랐기 때문이었다. 끝도 없이 펼쳐진 푸른 하늘 아래, 에메랄드처럼 반짝반짝 빛나는 바다가 펼쳐져 있었다. 천천히 움직이는 하얀 구름, 강렬하게 내리쬐는 햇살 아래 줄지어 서 있는 여러 대의 요트. 잔물결을 따라 요트가 평화롭게 둥실거렸다. 사람은 보이지 않았다. 갈매기도 없었다. 고양이 한 마리, 개미 한 마리도 얼씬거리지 않았다. 살아 있는 건 아무것도 없었다. 친구들 중 누군가가 장난스럽게 "와, 너 좋겠다!" 하고 말했을 때에야 그녀는 현실로, 곰팡내 나는 커피와 흉물스러운 초록색 식물이 있는 곳으로 돌아왔다. 친구들을 따라 웃었다. 집으로 돌아가는 길에 한 친구는 남자가 엉터리라고 비난했다. "사주를 보는데 생시가 왜 안 중요하니?" 그러자 다른 친구도 분통을 터뜨리듯 말했다. "우릴 언제 봤다고 반말이니? 기가 막혀서." 그리고 이어지는 또 다른 친구의 말. "음…… 그런데 엄청난 부자들은 엄청난 부자들과 결혼하지 않아? 우리 같은 사람들 말고."

그 이듬해 그녀는 사립 중학교에 기간제 미술 교사로 취직했다.

스물한 살, 미대에 입학할 때만 해도 그녀는 선생님이 되는 미래를 그려본 적이 없었다. (사주 보는 남자의 말을 빌리자면) 전시회에서 그림을 사는 사람이 되고 싶다고 생각한 적도 없었다. 그런 사람들이 선택하는 그림을 그리고 싶었다. 하지만 대학을 다니는 동안 그런 소망은 서서히 잦아들었다. 가느다란 줄의 끝에서부터 힘없이 타들어가다가 결국엔 꺼지고 마는 불꽃처럼.

너무 적은 양의 기름, 너무 가느다란 줄, 너무 약한 불. 삼박자라는 말이 절로 나왔다.

대학교 3학년이 되었을 때, 한 동기가 교육대학원에 진학하면 임용고시를 치를 수 있다는 이야기를 해줬다. 그녀가 사주 카페에 갔던 게, 교육대학원 졸업을 한 학기 앞둔 시점이었다. 같이 간 친구들 모두 마찬가지였다.

그리고 13년이 지난 지금, 그녀는 새삼스럽게도 그 사주 보는 남자가 했던 말을 떠올리는 중이었다.

그동안 그녀는 사주를 본 적이 없었다. 인터넷 사이트에서 무료로 봐주는 토정비결 같은 걸 찾아본 적이 있긴 했지만, 내용은 금방 잊어버렸다. 사주 카페에서 들은 말을 특별히 염두에 둔 적은 없었다. 음…… 아니다. 아예 없었던 건 아니다. 있긴 있었다. 이십대 후반, 여기저기에 부탁해서 왕성하게 남자를 소개받던 시절이 있었다. 1년 동안 소개받은 남자가 열 명도 넘었다. 그 남자들 중 엄청난 부자는 없었다. 부자가 될 (약간의) 가능성을 품은 남자들은 있었다.

9년 전, 친구들에게 결혼한다는 소식을 전했을 때 누군가 물었다. "그 남자, 엄청난 부자니?" 처음에는 그게 무슨 의미인지 몰랐다. 지금의 남편과 연애를 시작한 후로 그 말―엄청난 부자와 결혼을 하게 되리라는 것―을 잠깐이라도 떠올린 적은 없었기 때문이다. 하지만 질문한 친구와 사주 카페에 함께 간 적이 있다는 사실을 기억해내자 웃음이 터져 나왔다. 자신은 까맣게 잊어버린 말을 그토록 중요하게 간직하고 있었다는 사실을 믿을 수가 없어서. 그녀는 친근한 태도로 몸을 기울인 채 부드럽게 대답했다. "아니, 아니, 그렇지 않아." 그녀의 남편은 이름을 대면 누구나 고개를 끄덕일 만한 대학을 졸업했고, 부러움을 살 만한 직장을 다녔다. 기간제 교사인 그녀가 계약이 종료된 후 새로운 직장을 찾느라 스트레스를 받을 때면, 호기롭게 일을 그만둬도 된다고 말할 정도는 되었다. 하지만 걸핏하면 유럽이나 미국으로 여행을 떠난다거나, 전시회에서 그림을 산다거나, 개인 요트를 가질 정도는 안 되었다.

어림도 없었다.

결혼 후 가끔 친구의 질문—"그 남자, 엄청난 부자니?"—과 자신의 대답—"아니"—을 떠올릴 때가 있었다. 그녀 자신도 모르게 그렇게 되었다. 시간이 흐른 뒤에는 그 이야기를 나누었던 정황은 온데간데없이 사라지고 그녀 자신의 모습만 떠올랐다. 아니! 아니! 아니! 무슨 질문이든 간에 그렇게 대답을 해내고야 말 것 같아서 약간은 으쓱해지기도 했지만, 때로는 (상상 속) 홍조가 오른 얼굴과 떨리는 입술, 으쓱거리는 어깨와 지나치게 커다란 목소리 때문에 조바심이 날 때도 있었다.

불행인지 다행인지, 그런 자신을 떠올리는 일은 점차 사라졌다. 엄청난 부자니 뭐니 하는 말들도, 사주 카페에 갔던 시절도 모두 다 잊어버렸다.

그랬던 그녀가 아주 오랜만에 그 말—"개인 요트를 타거나 명품 쇼핑을 하러 다니게 될 거라니까?"—을 떠올리는 중이었던 것이다. 물론 그녀에게는 합당한 이유가 있었다. 이루 말할 수 없을 정도로 합당한 이유가. 바로 지금, 그녀가 요트 위에 있기 때문에. 그녀는 요트 '위'라고 표현해야 하는 건지 '안'이라고 해야 하는 건지 헷갈렸는데, 요트 전체가 커다란 집 같아서였다. 요트는 남편의 것은 아니었고, 그녀의 것은 더더군다나 아니었다. 요트에는 그녀와 그녀의 남편을 포함해 총 아홉 명이 탑승해 있었는데, 그녀는 그중 두 명만 알았다. 심지어 선주와는 직접적으로 아는 사이도 아

니었다. 선주는 오십대 중반의 남자로, 옛날 이탈리아 영화에 나오
는 사람처럼 머리에 포마드를 발라 한쪽으로 넘겼고 폴로셔츠와
반바지를 입고 있었다. 5년 넘게 (선주의 표현에 따르면) '세일링'
을 해왔다며 자신을 선장이라 부르라고 했을 때, 그녀는 절대 그렇
게 부르지 않겠노라 다짐했다. 사람들은 요트의 (역시 선주가 사
용한 명칭을 따라서) '살롱'에 비치된 가죽소파에 앉아 편안하게
유리창 너머로 끝도 없이 펼쳐진 바다를 볼 수 있었다. 선주는 '살
롱'에서 배의 아래층으로 이어지는 계단 앞에 서서 말했다.

"여기 이 컴패니언웨이를 따라서 내려가면 화장실과 침실이 각
각 두 개씩 있어요. 이따 졸리신 분들은 가서 주무셔도 됩니다. 아
주 아늑하죠."

그러면서 선주가 한쪽 눈을 찡긋했다. '살롱' 옆으로 싱크대와
냉장고 두 개, 와인장을 갖춘 (이 역시 선주의 표현을 따라서) '갤
리'가 있었다. 그녀는 남편에게 속삭이듯이 말했다.

"그냥 부엌이라고 하면 되지 않아?"

'갤리'에는 바비큐 장비도 있었는데 사용할 계획은 없다고 했다.

"이곳에서 무언가를 굽고 뒤집는 일은 없을 거라서요."

사람들이 웃는 바람에 그녀는 어리둥절해졌다. 그 건너편에는
발을 뻗고 누울 수 있을 만큼 기다란 가죽소파가 있었다. 그녀는
그 위쪽, 천장의 전면 유리창—마치 자동차의 선루프 같다고 생각
했다—을 가리키며 질문했다.

"저건 뭐라고 부르죠?"

선주가 뭐 그런 당연한 걸 물어보냐는 듯 대답했다.

"선루프죠."

선루프 너머로 푸른 하늘이 펼쳐졌다. 갈매기들이 날아다녔다. 사람들은 자유롭게 요트의 이곳저곳을 돌아다니기 시작했다. 와인을 마시거나 갑판에 나가서 바다를 구경했다.

"요트는 엄청 비싼데, 먹을 거엔 인색하네."

그녀가 중얼거리자 남편은 갤리에서 와인과 모둠 치즈, 절인 올리브와 하몽과 멜론, 작게 썬 바게트를 가져다주며 말했다.

"설마 정말 그렇게 생각하는 건 아니지?"

일몰을 보고 싶으면 2층 조타실로 올라가야 한다고 해서, 그녀와 남편은 자리를 옮겼다. 바다 위의 뜨거운 공기는 부드럽게 춤을 추는 것 같았다. 그래도 모자가 날아가지 않도록 손으로 잡고 있어야 했다. 우주를 굽어살피듯 내리비치다가 탈진하듯 수평선 너머로 사라져버리는 태양 때문에 그녀는 자신도 모르게 감탄을 내뱉었다.

시간이 흐르고 어둠이 내렸을 즈음부터 파도가 조금씩 강해지기 시작했다. 그녀는 선루프 아래의 기다란 소파에 기댄 채 기둥을 잡고 있었다. 멀미약을 먹은 건 정말 잘한 일이라고 생각하면서. 남편은 다른 사람들과 이야기를 나누는 중이었다. 그녀는 아무도 자신에게 말을 걸지 않기를 바랐다.

"이렇게 바람이 부는 게 정상이에요?"

프티가토를 손에 들고 다람쥐처럼 오물거리며 먹던 젊은 여자

가 선주에게 큰 소리로 물었다. 그녀는 그런 질문을 한 여자에게
존경심이 들었고, 일몰을 보며 호들갑스럽게 감탄을 내지른 자
신이 창피해졌다. 선주는 괜찮다고, 이런 건 아무것도 아니라고
했다.

"곧 잦아들 거야. 일기예보를 몇 번이나 확인했어. 걱정하지 마."

그녀는 여자가 자신과 마찬가지로 요트를 처음 타보는 것이리
라고 짐작했다. 처음이 아니더라도 익숙하지는 않은 게 분명했다.
선주가 반말을 하는 걸 봐서는 가까운 사이인 것 같은데, 어떤 관
계인지는 가늠이 되지 않았다. 최근에 가까워졌을 가능성도 있었
다. 무슨 사이일까? 적어도 이 배 안에 선주의 아내는 없는 것 같았
다. 아내? 선주는 결혼을 했나? 아이가 있나?

그때, 누군가 그녀에게 다가와 알은체를 했다.

배 안에서 그녀가 아는 두 명 중 나머지 한 명이었다. 남편의 가
장 친한 친구이자 그녀의 대학 선배. 그가 남편을 소개해준 건 아
니었다. 그럴 만한 사이가 아니었다. 대학에 다닐 땐 이야기를 나
누어본 적도 없었다. 남편과 사귀던 시절, 가장 친한 친구를 소개
해주겠다고 해서 나갔는데 그게 바로 그였다. 그는 그녀를 알아보
았다. "아, 우리 같은 학교 나왔죠? 나 몰라요?" 그녀는 한동안 생
각하는 척하다가 기어들어가는 목소리로 대답했다. "잘…… 기억
이 나지 않아요. 죄송해요. 제가 기억력이 안 좋아서……." 하지만
그녀가 다닌 미대의 학생 중 그를 모르는 사람은 없었다. 아니, 같
은 학교, 같은 과가 문제가 아니었다. 미술계 언저리에서 일하는

이들이라면 대부분 그를 알았다. 잘나가는 젊은 작가, 국내파 실력자, 다시 태어나는 사물. 그녀는 그의 전시 팸플릿에 적혀 있던 문구를 기억했다. 그들은 종종 셋이서 만났다. 결혼 후에도 마찬가지였다. 그가 (이른 나이에) 서울에 있는 대학에 자리를 잡고 결혼을 한 뒤에는 부부가 함께 모이기 시작했다. 두 부부 다 아이가 없었고, 아이를 낳을 예정도 없었다. 그 사실이 서로에게 너무 당연하게 받아들여져서 딩크족이니 뭐니 언급할 가치도 없는 것처럼 느껴졌다.

그들이 마지막으로 모인 건, 2년 전 봄이었다. 그 후로는 만난 적이 없었다. 그의 결혼생활이 끝났기 때문이었다. "몇 달 전에 함께 만났을 때만 해도 엄청 사이좋아 보이지 않았어?" 이혼 소식에 남편은 충격을 받은 것 같았다. 부부 모임이 사라지면서 자연스럽게 그녀가 그와 만날 일도 없어졌다. 그냥, 그런 식으로 흘러갔다. 그녀는 남편이 그와 연락을 주고받는지 어떤지 전혀 몰랐다. 궁금했지만 묻지 않았다. 그 정도로 궁금한 건 아닌 것 같았다. 그런 것 같았다.

며칠 전, 그녀는 남편 역시 그와 한동안 연락을 주고받지 않았다는 사실을 알게 되었다. 그러자 뭔가 이득을 본 것 같은 기분이 들었다. 무분별한 충동을 인내한 것에 대한 대가. 무용하고 뒤늦은, 효용을 다한 이득. 하지만 그걸 과연 이득이라고 할 수 있는 건가? "아니, 갑자기 생뚱맞게 연락을 해 와서는 요트를 타러 가자는 거야.""요트?" 그녀가 되묻자 남편이 대답했다. "걔네 학교 학과장이 요트를 가지고 있는데, 지인들 초대해서 같이 하룻밤을 지낼 거래." 남편은 그녀에게 요트를 타러 가자고, 기분 전환이 될 거라고 말했다. 기분 전환은 최근에 남편이 (약간의 과장을 더해서) 가장 자주 사용하는 단어였다. 그 단어를 들을 때마다 그녀는 스위치를 떠올렸다. 검은색 작은 손잡이가 달린, 달칵 소리를 내며 위아래로 움직이는 구식 스위치. 그녀는 누군가 자신의 등을 더듬어 구식 스위치를 찾는 듯한 착각이 들었다. 물론 자신의 신체를 더듬는 손은 스위치를 찾는 일에 실패할 것이다. 왜 아니겠는가? 신체에 왜 스위치가 달려 있단 말인가? 하지만 스위치는 진짜로 있었다. 등이 아닌 다른 곳에. 그녀는 그걸 알고 있었다. 인간의 뇌가 일종의 스위치로 움직인다는 것. 뉴런 스위치, 신경 회로, 전기 자극. 어떤 선택을 하면 불이 탁, 하고 켜진다. 아닌가, 불이 탁, 하고 켜지면 어떤 선택을 하게 되는 건가? 그녀는 뉴런 사진을 찾아본 적이 있었다.

수많은 작은 돌기로부터 이어지는, 끊어질 듯 끊어지지 않고 사방으로 뻗은 빛의 고리의 집합체.

요트를 타러 가고 싶은 마음은 없었다. 도저히 내키지 않았다. 아니다, 죽어도 싫었다. 하지만 남편이 왜 자신에게 요트를 타러 가자고 하는지도 잘 알고 있었다. 그녀가 최근 한 달 넘게 아프다는 말을 입에 달고 살았기 때문이었다. 낮에는 괜찮았다. 이상하리만치 괜찮았다. 밤만 되면, 남편과 함께 나란히 침대에 눕기만 하면 통증이 찾아왔다. 처음에는 그 사실을 숨겼다. 그러던 어느 날 밤, 어둠 속에 누워 있던 그녀의 입에서 소리가, 무언가가 고꾸라지는 듯한 소리가 식식거리며 새어 나왔다. 남편이 화들짝 놀라 잠에서 깼다. 남편은 협탁 위의 스탠드를 켜고 당황한 표정으로 그녀를 바라보았다.

"무슨 일이야?"

그녀는 아프다고 대답했다.

"아프다고? 어디가 아픈데?"

그녀는 난소가 아프다고 대답했다. 엄밀하게 표현하자면 통증이 느껴지는 부위는 '샅굴부위'였다. 하지만 그때는 그 부위의 명칭을 '와이존'으로만 알았다. 그녀는 와이존이 아프다고는 죽어도 말하기 싫었다. 그 단어 속에는 우스꽝스럽고 허망한 구석이 있었고, 그런 뉘앙스 때문에 자신의 통증이 괄시받을 것 같았다. 그녀는 객관적이고 공명정대한 단어를 원했다. 지난 며칠 동안, 그러니까 통증을 느낀 동안 정확한 단어를 찾아보지 않은 걸 후회했다. 왜 그 많은 시간 동안 제대로 준비하지 못한 것일까? 그녀는 남편의 손을 자신의 팬티 속으로, 사타구니 쪽으로 가지고 갔다.

"멍울이 만져지지 않아?"

한동안 진지하게 그녀의 사타구니 여기저기를 눌러보던 남편이 손을 빼고 말했다.

"모르겠어. 정말 모르겠어. 괜찮은 것 같은데."

"여보, 난 아파."

"난소가 아프다고? 자궁도 아니고 난소? 거기가 난소가 있는 자리가 맞아?"

눈물이 쏙 들어가는 것 같았다. 사실 거기에 자궁이 있는지, 난소가 있는지 그녀도 잘 몰랐다. 자궁과 난소의 위치도 모른다는 것 때문에 당황스러워졌지만, 위나 소장, 췌장의 위치도 잘 모른다는 사실이 떠올랐다. 공평하게 모른다. 그런 건 괜찮았다. 안심이 되었다. 게다가 아픈 부위가 자궁이 아니라 난소면 어떻고, 난소가 아니라 자궁이라면 어떻단 말인가? 난소도 자궁도 아니라면 또 어떤가? 남편은 병원에 가보라고 말했다. 그리고 덧붙였다.

"내가 같이 가줄까?"

그럴 수 없으리란 걸 그녀는 알고 있었다. 남편은 몇 년 전부터 회사에서 중요한 책임을 맡기 시작했고, 최근에는 주말도 없이 회사 일에 매달려 살고 있었다. "앞으로 나아가느냐 뒤로 밀려나느냐, 둘 중 하나밖에 없어. 현상 유지는 없다고." 남편은 입버릇처럼 말하곤 했다.

며칠 후 그녀는 결국 산부인과에 갔다. 남편의 말 때문은 아니었고, 혹시라도 무슨 병에 걸린 게 아닐까 걱정이 되어서였다.

사실, 그녀는 산부인과라면 진절머리가 났다. 결혼하고 2년 뒤 그녀와 남편은(특히 그녀가) 4년 동안 뻔질나게 산부인과를 들락거렸다. 하지만 (남편의 가장 친한 친구인) 그와 그의 아내를 비롯한 주위 사람들—심지어는 그녀의 부모님과 그의 부모님도—은 그 사실을 몰랐다. 그녀 부부가 난자와 정자를 검사했고(의사는 둘 다 약간씩 문제가 있지만 치명적인 건 아니라고 말했다. '치명적인'이라는 단어를 사용하기 전에 의사는 뜸을 들였고, 미간을 약간 찌푸렸다. 그녀는 그것 때문에 기분이 상했고, 절대로 잊지 않았다), 시험관 시술을 시도한 적이 있다는 걸 몰랐다. 그녀가 학교를 그만둔 게 스트레스 관리를 해야 한다는 기능의학병원 의사의 충고 때문이었다는 사실 역시 아무도 몰랐다. 의사는 모든 음식을 유기농으로 바꾸고, 씨앗에서 추출한 기름이나 밀가루와 설탕을 먹지 말라고 했다. 커피를 줄이고 탄산음료는 끊으라고 했다. 소금은 마음껏 먹어도 된다고 했다. 더러운 음식이 그녀의 호르몬에 영향을 끼쳐 불임의 원인이 될 수도 있다는 거였다. 그런 몸으로는 시험관 시술에 절대 성공할 수 없으리란 말도 덧붙였다. 그녀의 남편 역시 더러운 음식에 오염되었을 가능성이 다분했지만, 그런 처방을 받은 건 그녀 혼자였다. 어쨌든 난소와 자궁의 주인은 오로지 그녀뿐이었으므로.

시험관아기를 포기한 후로 산부인과에 간 건 실로 오랜만의 일이었다. 그녀는 일부러 새로운 병원을 찾아갔다. 의사의 가운에는 명찰이 달려 있었다. 이름은 기억하지 않았다. 검사에 들어가기 전에 의사가 말했다. "무슨 병이 있는 건 아닐 거예요. 그러기엔 이마 피부가 너무 좋거든요." 그녀는 그 말이 품고 있는 가차 없고 기이한 편견 때문에 반발심(하지만 무슨 반발심? 나중에 그녀는 그렇게 생각한 것에 어안이 벙벙해졌다. 난소에 진짜 종양이라도 있기를 바랐던가?)이 들었지만, 의사의 예상대로 그녀의 난소에는 문제가 없었다. 자궁도 괜찮았다. 그래도 여전히 밤만 되면 통증을 느꼈고, 병원에서 처방받은 진통제를 먹어야만 진정이 되었다. 남편은 통증이 심리적인 문제에서 비롯되는 것 같다고 말했다.

"당신은 기분 전환이 필요해. 그게 다 심리적인 문제라니까. 요트 위에서 시간을 보내면 분명히 좋아질 거야. 통증 같은 건 싹 사라질 거라고."

남편이 심리적 문제를 운운할 때마다 그녀의 목구멍을 타고 이런 말이 올라왔다. 당신은 의사도 아니잖아. 하지만 끝끝내 참아냈다. 남편의 기분을 상하게 할까 봐서가 아니었다. 언제나, 곧이어 이런 문장이 떠올랐기 때문이었다.

다른 누군들, 의사긴 했어?

그녀는 남편이 자신만큼(은 아니더라도) 요트를 타는 걸 내켜하지 않으리란 것도 알았다. 요트를 타러 가려면 적어도 이틀은 시간을 빼야 할 텐데, 그게 남편에게 (어떤 의미로든) 손실—그게 아무리 미미한 것일지라도—을 가져다주리라는 사실을 짐작할 수 있어서였다. 이상하게 들리겠지만, 그게 바로 그녀가 (절대로 내키지 않았지만) 요트를 타러 가기로 결정한 이유이기도 했다. 침울한 아내를 위해 희생하는 역할을 자처한 남편의 만족감을 지켜주려고. 서로에게 쓸모없는 것을 건네주는 것. 그건 마치 크리스마스이브에 서로에게 필요 없어진 선물을 주고받는, 오 헨리 소설에 나오는 가난한 젊은 부부의 사랑 같았다.

요트를 타기 위해 차를 몰고 서해에 있는 마리나항으로 가는 동안 남편은 조수석에서 잠들어 있었다. 새벽까지 야근을 한 탓이었다. 마리나항에 도착할 때쯤 남편은 잠에서 깼고, 그녀에게 곧 타게 될 요트가 얼마쯤 할 것 같냐고 물었다.

"글쎄…… 모르겠는데."

그녀는 그런 것엔 별로 관심이 안 생겼다. 이상하게도 그랬다.

"10억."

"10억?"

"응. 아홉 명이 승선할 만큼 큰 배면 그 정도 가격은 한다는 거야. 물론 중고로 살 수도 있는데 그렇다고 하더라도 5억쯤? 좀 더 사용감이 있다면, 그래도 3억 5천. 게다가 유지비도 들지. 정박료가 1년에 5백만 원, 거기에 보수비가 천만 원 정도. 매년 천 5백만 원 정도를 지출해야 하는 거야. 배를 위해서."

"그걸 어떻게 알았어?"

"유튜브에 그런 정보가 많더라고. 한국에도 요트를 가진 사람이 꽤 있던데?"

그녀는 요트 가격보다 남편이 (그 바쁜 와중에) 그걸 찾아봤다는 사실이, 그런 식으로 구체적인 숫자를 줄줄 읊는다는 사실이 더 놀라웠다.

"교수 직업으로 어떻게 그렇게 비싼 요트를 가질 수 있었을까? 주식이나 코인으로 돈 좀 번 건가? 그런 걸 사려면 돈을 엄청나게 벌어야 하겠지?"

투자, 투기, 협잡, 혹은 사기. 남편은 입을 다물고 있는 그녀를 홀

굿 바라보았다. 이윽고 그녀가 대답했다.

"모르지. 태어날 때부터 엄청난 부자였는지도."

파도가 좀 더 거세진 것 같았다. 선주를 포함한 배 안의 사람들은 대부분 느긋해 보였다. 그가 그녀 옆에 엉거주춤 앉았다. 약간의 거리감을 지키면서. 그는 선루프 너머 검은 하늘을 가리켰다. 검은 하늘과 빠르게 움직이는 탁한 색의 구름. 어둠을 가르며 날아다니는 갈매기 떼. 그가 갈매기를 보며 말했다.

"갈매기들이 저러는 것도 다 환경문제 때문이야."

그녀는 그의 반대편으로 고개를 돌렸다.

"빛 공해 때문에 밤낮을 구분 못 하는 거라고."

그녀는 그와 말을 섞고 싶지 않았지만, 반박하고 싶은 욕구에 결국 패배하고 말았다.

"선배, 여기는 빛이 없잖아요."

사실이었다. 육지는 이제 보이지 않았고, 사방이 어둠이었다. 문득 망망대해라는 단어가 떠올랐다. 아까 그 여자―프티가토를 손으로 먹던―가 선주에게 물어봐야 했던 건 바람에 관한 게 아니었다. 우리가 여기에 있는 게 맞느냐고 물었어야 했다. 그런 생각이 들자 그녀는 아까 그 여자에게 가졌던 존경심이 싹 사라지는 것 같았다. 그렇다고 자신에게 느꼈던 창피함이 가시는 건 아니었다.

그가 어이없다는 듯이 소리를 질렀다.

"모르겠어? 여기가, 우리가 있는 바로 이곳이 빛이야!"

그가 그런 식으로 말할 때마다 그녀는 짜증이 났다. 갈매기들이 여전히 날아다니고 있는 건 아직 수면 시간이 아니기 때문일지도 몰랐다. 따지고 보면 지금이 그리 늦은 시간도 아니었으므로. 게다가 그녀가 생각하기에 빛의 세기는 상대적인 것이었다. 요트는 너무 어두운 곳—그러니까, 망망대해—에 떠 있어서 요트가 내뿜는 빛이 그리 큰 힘을 발휘하지는 못할 것 같았다. 물론 요트가 외부에서 어떤 식으로 보일지 확실하게는 알 수 없었다. 이 정도의 불빛이 새들의 시신경에 얼마나 영향을 끼칠지도 알 수 없었다. 중요한 건, 그녀가 그런 식으로 자신의 판단이 잘못됐을 가능성을 고려한다는 점이었다. 그는 언제나 잘 알지도 못하는 내용을 자신만만하게 주장하곤 했다. 하지만 그녀를 짜증 나게 하는 건 그런 게 아니었다.

그녀는 다시 선루프 너머로 시선을 주었다. 그 짧은 사이에 갈매기들이 모두 사라져 있었다.

"갈매기들은 이제 다 사라졌네요."

"그렇네."

그가 순순한 태도로 인정했다. 그러고는 꾸민 듯한 말투로 물었다.

"나한테 계속 존대할 거야?"

그녀는 그가 이혼을 결정하고 나서 자신에게 보낸 문자메시지를 기억했다. '이런 모습을 보여서 미안해.' 그녀는 문자메시지를 곧바로 삭제했었다. 그녀를 못 견디게 짜증 나게 하는 건, 그가 선별하는 단어들과 거기에 스며들어 있는 단순함이었다. 그가 가진 단순함―자신이 느끼기로 결정한 것 이외에는 그 어떤 감정의 침투도 가차 없이 거부해버리겠다는 듯한, 그야말로 성벽 같은 단순함―이 그녀를 오싹하게 만들던 시절이 있었다. 산발적으로 갈구하듯 발산되던 불안과 두려움. 그에 대한 두려움이 아니라, 그와 함께 느끼는 두려움.

이윽고 그가 입을 열었다.

"개는 잘 있어? 그…… 이름이 뭐였더라?"

공기. 그게 그 개의 이름이었다. 그가 개를 기억한다는 사실에 그녀는 놀라움을 느꼈다. 그는 그 개를 실제로 본 적도 없었다. 부부 모임 때 사진을 보여준 적이 있긴 했다. "다음에 우리 집에 와서 인사해요." 하지만 그런 일은 일어나지 않았다. 반년쯤 지났을 때 그는 이혼을 했고, 연락이 두절되었기 때문이다. 작은 개. 그녀는 사실 큰 개를 키우고 싶었다. 자신만 한 덩치의 큰 개를 키우고 싶었는데, 그 개는 너무 작았다. "나의 사랑하는 작은 개, 공기. 너는 우리의 공기야." 남편은 그렇게 말했었다.

그녀는 통증을, 샅굴부위의 통증을 느꼈다. 잠시 후 선루프 위로 하나둘씩 빗방울이 떨어지는 게 보였다.

개를 입양한 건 3년 전 늦여름이었다. 그 모든 일은 충동적이고 독자적으로 이루어졌다. 그 전까지 그녀는 동물을 키우고 싶다는 생각은 해본 적도 없었다. 그런데 우연히 유기견을 구조 입양하는 단체에 관한 영상을 보고 나서 단번에 개를 키우고 싶어졌다. "동물은 장난감이 아닙니다. 인형도 아니에요. 동물과 함께 살면 당신의 생각보다 훨씬 더 곤란한 일이 많이 생길 겁니다." 영상 속 입양단체 관계자는 개를 충동적으로 입양하지 말라고 경고했는데, 오히려 그 말이 그녀를 부추기는 꼴이 되어버렸다. 그녀는 당장이라도 버려진 개와 함께 살고 싶었다. 볼품없는 개, 미움받은 적 있는 개, 고통받은 적 있는 개와 살고 싶었다. 그녀는 한동안 인터넷에 유기견을 입양한 사람들이 올린 글이나 영상을 찾아보며 시간을 보냈다. 그런 걸 보고 있으면 그들—개와 개의 주인—이 느끼는 감정이 너무 생생하고 다채롭게 다가왔다. 전이, 그런 걸 전이라고 하나? 그녀는 그 감정들을 세세하게 구분할 수 있을 것 같았고, 거기에 다 다른 이름을 붙일 수 있을 것 같았다. 그런 자신감이 마구 솟구쳤다. 실제로 시도한 적은 없었다.

가끔은 울었다. 영상 속의 개 때문에, 버림받은 개를 선택한 사람들 때문에, 순전히 그런 이유로.

그녀가 입양하기로 한 개는 암컷 몰티즈 믹스견으로 두 살이었다. 다리가 부러진 채로 도로를 돌아다니다가 구조되어 동물병원에서 치료 중이라고 했다. 개를 데리러 운전해서 동물병원으로 가는 내내 그녀는 이런 말을 내뱉었다. "세상에, 말도 안 돼." 혹은 "아, 진짜 어쩌려고 이래?" 그때까지도 남편에게는 개에 대해 일언반구도 하지 않은 상태였다. 남편이 어떤 식으로 반응할지 짐작조차 할 수 없었다. 하지만 차 안에서 그런 말을 내뱉는 건, 그녀 자신에게 쓰는 작은 속임수에 지나지 않았다. 그해, 아니 이미 몇 해 전부터, 심지어 그 후로도 몇 년 동안 그녀의 결정은 무자비하고 조잡한 합리성과 생생하고 가차 없는 충동의 이상한 결합으로 이루어졌다.

이를테면 그녀는 그—남편의 가장 친한 친구이자 자신의 선배인 바로 그 남자—와 몇 년 동안 미묘한 관계를 맺었었다. 그가 결혼한 이후의 일이었다. 그가 결혼하기 전에는 그런 관계가 아니었다. 미묘하다고 표현한 건 그였다. 그 닳아빠진 표현 때문에 그녀는 소스라치게 놀랐다. 애달픔도, 심오함이나 죄책감도 단번에 회피해버리는 그의 술수 때문에. 술수? 아니다. 그의 표현은 정확했다. 그는 술수를 부린 적이 없었다. 그들의 육체관계는 손을 잡거나 팔짱을 끼는 것 이상으로 나아가지 않았다. 어깨를 감싸거나 포옹한 적이 있긴 했다. 타액을 교환한 적은 맹세코 단 한 번도 없었다. 우발적이라거나 혼란스러운 느낌도 없었다. 하지만…… 그 시절을 떠올리면 모든 것이 뒤죽박죽이긴 했다. 어떤 일이 먼저 일어났고 어떤 일이 나중에 일어났는지를 정리하려면 노력이 필요했다. 그와 처음으로 단둘이 공원을 걸으며 손을 잡았던 건, 그녀가 일하던 학교를 그만둔 이후였다. 그건 확실했다. 그와 식사를 할 때, 메뉴가 정해져 있던 것도 기억났다. 스시(혹은 회) 아니면 구운 소고기. 그때가 바로 기능의학병원에서 더러운 음식을 먹지 말라는 처방을 들은 시기였다. 그녀는 웬만하면 식사는 집에서 직접 만든 음식으로 하려고 노력하고 있었다. 무농약 식재료, 삶거나 데

쳐서 만든 요리, 목초 사료를 먹인 붉은 고기나 Non-GMO 사료를 먹인 닭이 낳은 달걀, 무항생제 닭고기. 밖에서 파는 거의 모든 음식은 오염된 것 같았다. 그래도 (순전히 그녀의 판단이지만) 조리하지 않은 생선이나 소고기(때로는 돼지고기) 정도는 괜찮을 것 같았다. 부부 모임 때도 그 둘 중 한 가지 메뉴를 선택했다. 그래도 불안해서 그녀는 가니시 같은 것에는 손을 대지 않았고 소스도 먹지 않았다.

한번은 이런 일이 있었다. 그녀와 그가 관객이 거의 없는 극장의 제일 앞자리에 앉아 서로에게 기대 있었다. 그의 손이 그녀의 허벅지를 쓰다듬었고, 극장을 나왔을 때는 영화 내용이 하나도 기억나지 않았다. 그들은 도심의 벚꽃을 구경한 후 스시 오마카세를 먹으러 갔다. 왜 맨날 같은 음식만 먹느냐고 그가 물었다. "난 깨끗한 음식만 먹고 싶어." 그녀의 대답에 그는 영문을 모르겠다는 표정을 지었다. 그들 앞에 서서 스시를 만들던 요리사가 미소를 지었다. 그녀는 으스대고 싶어졌고, 조금은 행복해졌다. 아무런 말 없이 그가 그녀의 손등을 쓰다듬었다. 간지러움과 압박감. 충분히 감내할 만하지. 그녀는 그런 생각을 했다.

그야말로 깨끗한 음식에 둘러싸여 있던 그 시절, 그녀를 둘러싸고 있던 다른 것들도 있었다. 난포, 배에 놓는 주사, 과배란, 질정, 배아 이식, 초음파검사……. 그런 노력과 실패의 반복이 그녀를 우울하게 만든 건 아니었다. 슬프거나 안타까울 때는 있었다. 그렇지만 참담한 건 아니었다. 그런 건 절대 아니었다. 그녀와 그가 '미묘한' 관계에 놓여 있는 동안에도 부부 모임은 계속되었다. 놀라우리만치 아무렇지도 않았다. 그녀는 그들—그와 그의 아내—부부가 정말로 아이를 바라지 않는다는 걸 알았다. 그들은 정말이지 아무런 노력도 하지 않았다. 그녀는 그들이 불쌍했다. 때로는 비웃고 싶은 마음이 들었다(비웃고 싶은 대상으로서의 그와 그녀가 만나는 그는 전혀 다른 사람으로 여겨졌다. 일부러 그러는 게 아닌데도 자연스럽게 그렇게 되었다).

당연히 그에게 그런 말은 한마디도 하지 않았다.

3년 전 봄에, 그녀 부부가 아이를 포기하기로 결정한 것과 비슷한 시기에 그녀는 그와의 '미묘한' 관계를 끝내기로 했다. 아이를 포기하기로 한 게 먼저였는지, 그에게 "선배랑 더 이상 이런 식으로 만나고 싶지 않아"라고 말한 게 먼저였는지는 잘 기억나지 않았다. 기억력이 부족해서는 아니었다. 두 가지 일 사이에는 그 어떤 인과관계도 없기 때문이었다. 시간적 선후를 따지는 게 무의미하게 느껴지기도 했고, 시간적 선후를 따지면 (거짓) 인과관계를 인정하는 꼴이 되어버릴 것도 같았다. '깨끗한' 식재료에 대한 열망도 점차 사그라들었다. 부부 모임은 지속되었다. 그녀는 여전히 그들을 불쌍하다고 느꼈다. 여전히 비웃고 싶을 때가 있었다.

"배 아래층에 가봤어?"

남편의 물음에 그녀는 고개를 끄덕였다.

"엄청 잘 꾸며놨지? 대단해……. 돈이 대체 얼마나 들었을까?

그런 사람들이 있는 거 알아?"

"어떤 사람?"

그녀가 물었다.

"요트에서 사는 사람."

"난 그래도 땅 위가 좋다. 바다 위는 너무 물렁물렁하잖아."

그가 대답했다. 물렁물렁이라니. 그녀는 이번에도 짜증이 났다. 그녀의 옆에 그가, 그의 옆에는 남편이 앉아 있었다. 그녀의 몸이 그와 살짝살짝 닿았다. 그녀는 그와 남편이 자리를 바꾸기를 원했지만, 그런 말을 하지는 않았다. 그저 창 쪽으로 고개를 돌렸다. 여전히 비가 내리고 있었다. 일기예보에서는 비가 온다는 말이 없었다. 덥긴 해도 맑고 쾌청할 거라고 했었다.

"배 위에서 산다는 건, 돈을 벌 필요가 없다는 말이잖아. 놀고먹어도 되는 사람이라는 뜻이지."

그녀는 남편에게만 시선을 주려고 상체를 쑥 내밀고 말했다.

"비가 그치지 않을 것 같은데, 우리 괜찮은 거야?"

"문제가 있다면 선장이 이야기해주겠지. 걱정하지 마. 바다는 원래 변화무쌍하잖아."

걱정하지 마. 그녀도 그러고 싶었다. 지레 겁먹는 것, 쓸데없는 감정적 손실을 입기는 싫었다. 때로는 감정적 손실을 되풀이하는 것이 자신의 천성이라는 생각이 들 때가 있었다. 그녀는 다람쥐같이 음식을 먹던 젊은 여자를 눈으로 찾았다. 그 여자가 선장에게 이렇게 비가 많이 오는 게 정상인가요? 하고 물어봐주길 바랐다.

빗방울은 점점 더 거세지는 중이었다. 바람도 강해져서 선체의 흔들림이 심해졌다. 그녀는 기둥을 꽉 잡았다. 사근거리는 듯한 통증이 그녀의 살굴부위를 끊임없이 맴돌았다. 그제야 그녀는 약을 챙겨 오지 않았다는 사실을 떠올렸다. 그녀는 몸을 웅크렸다.

"어디 아파?"

그렇게 질문을 한 건 그였다.

"아파?"

남편의 질문에 그녀가 고개를 끄덕였다.

"약은?"

"깜빡 잊고 안 가지고 왔어."

남편이 다정한 목소리로 말했다.

"여보, 그거 착각이야. 진짜 아픈 거 아니야. 알지?"

"아니야. 진짜로 아파. 나 진짜로 아프다고."

"대체 어디가 아픈 건데?"

그가 또다시 물었다. 남편이 그에게 뭔가를 설명하려고 했을 때, 그녀의 입에서 이런 말이 튀어나왔다.

"그때 이후로 내가 오염된 음식을 자주 먹어서 그런가 봐."

남편이 황당하다는 표정을 지었다. 그녀 스스로도 어째서 그런 말을 내뱉은 건지 알 수 없었다. 그런 생각을 한 적은 한 번도 없었다. 맹세코 없었다. 그가 말했다.

"아, 그래. 너 한때 소고기랑 스시만 먹었잖아. 깨끗한 음식만 먹고 싶다고."

그녀의 심장이 덜컥 내려앉았다. 부부 모임을 할 때, 그녀는 '깨끗한 음식'이라는 말을 사용한 적이 없었다. 그러므로 남편의 입장에서는 그가 그런 단어를 알고 있다는 게 의아할 터였다. 하지만…… 이미 그녀의 입에서 '오염'이라는 단어가 나왔으니까 '깨끗한'이라고 말한 게 아주 부자연스러운 일은 아닐 수도 있었다. 갑자기 배가 심하게 요동쳤다. 그의 어깨가 그녀의 가슴 쪽에 강하게 부딪혔다.

"괜찮아?"

그녀가 고개를 가로저으며 소리를 질렀다.

"아파!"

그리고 덧붙였다.

"눌이 자리 좀 바꾸면 안 돼?"

순식간에 배 안의 분위기가 바뀌었다. 비바람 때문에 느긋함은 사라지고, 혼란과 초조함, 불안함이 폭발하듯 떠올랐다. 분주하게 요트를 점검하던 선주가 갑판에 나갔다가 비에 홀딱 젖은 채로 들어와서 큰 소리로 말했다.

"자리를 옮기지 마시고 거기 그대로 딱 앉아 계세요. 구명조끼를 입으시는 게 좋을 겁니다. 아니, 입으세요. 걱정은 마시고요. 저의 항해 경력을 걸고 말하는데, 이 정도는 정말 아무것도 아니니까 전혀 걱정할 필요 없어요."

사람들은 굳은 얼굴로 구명조끼를 입기 시작했다.

"일단 돌아가겠습니다."

파도에 흔들리는 배 위를 돌아다니면서 구조물에 이리저리 부딪혔지만, 선주는 계속 분주하게 움직였다. 한 번도 넘어지지 않았다.

그녀는 처음 요트에 탔을 때, 내부의 명칭을 설명하던 선장(그래, 이제 그녀는 선주라는 명칭은 사용하지 않을 생각이었다)의 모습을 떠올렸다. 한쪽 눈을 찡긋거리던 얼굴을 떠올렸다. 아, 그랬다. 그건 허세가 아니었다. 거슬리긴 했지만 분명한 실체를 가진 권위의 표현이었다. 그리고 그 방식은 선장 자신이 선택한 것이었다. 여전히 배는 거칠게 움직였지만, 선장 덕분에 사람들은 이제 약간의 안도감을 느끼고 있었다.

그녀의 남편은 몸을 고정시키려고 의자 손잡이를 꽉 잡은 채 아까 하던 대화를 이어나갔다.

"그때, 집에서는 어땠는지 알아? 모든 식재료를 삶으려고만 했어. 튀기거나 구워서는 안 된다고. 아, 정말 힘들었는데(그녀는 어이가 없었다. 남편은 그 시절에도 야근을 자주 했다. 집에서 깨끗한 음식으로 같이 식사한 건 일주일 중 주말, 그러니까 몇 끼에 불과했고 그 몇 끼도 먹는 둥 마는 둥 했다). 외식할 때는 스시집이랑 청정육을 파는 소고깃집에만 갔고. 기억나지? 부부 모임 할 때도 우리 맨날 그런 것만 먹으러 다녔잖아."

남편은 그녀를 바라보려고 상체를 쑥 뺀 채 빙그레 웃었다.

"그때 당신은 유기농 음식에 완전히 미쳐 있었던 거야, 그렇지?"

미쳐 있었다고? 그녀는 기가 찼다. 심지어 그녀가 미쳐 있었던

건 유기농 음식이 아니었다(게다가 그녀는 유기농이라는 표현은
적절하지 않다고 생각했다. 언제나 '깨끗한'이라는 단어를 썼고,
앞으로도 그럴 것이었다). 그건 절대 아니었다.

"그게 뭐든 미칠 대상이 있다는 건 좋은 거지. 그건 정말 좋은
거야."

남편은 상체를 그녀 쪽으로 더 내밀고(가운데에 있던 그가 몸을
최대한 뒤로 빼주었다) 빠르게 덧붙였다.

"당신이 가장 최근까지 미쳐 있었던 것."

그녀는 남편과 그의 시선을 동시에 느꼈다. 배가 다시 한번 심하
게 휘청했다. 먼저 입을 연 건 그였다.

"그게 뭔데?"

그런 걸 묻는 그 때문에, 그의 대범함과 경솔함 때문에 그녀는
놀랐고, 당황스러웠다.

그녀 대신 남편이 대답했다. 슬픔과 서글픔을 가득 담은 목소
리로.

"개, 공기."

그녀는 자신의 몸속을 흐르는 전류가 번쩍번쩍 빛을 발하며 요
동치는 것 같은 기분이 들었다. 가슴의 통증 때문인지, 샅굴부위의
통증 때문인지, 그도 아니면 다른 이유 때문인지는 알 수 없었다.

그녀가 남편에게 말했다.

"당신도 공기를 좋아했잖아."

'미쳐 있었다'는 표현은 차마 나오지 않았다.

"사랑했지."

남편의 확신에 찬 말투와 표현 때문에 그녀는 어안이 벙벙해졌다. 남편이 처음부터 공기를 반긴 건 아니었다. 오히려 그 반대였다. 처음에는 키울 수 없다고 했다. 아주 완강한 태도였다. 남편이 또 뭐라고 했더라? 한층 더 심해지는 샅굴부위의 통증을 느끼며 그녀가 쥐어짜듯이 말했다.

"당신 그때, 허전함을 채우려고 개를 키우는 건 죄라고 말했었잖아. 처음에, 내가 공기를 데리고 왔을 때 나한테 이기적이라고 했었잖아."

남편이 대답했다.

"난 허전하지 않았어. 그래서 공기를 진심으로 받아들일 수 있었던 거야. 아무런 사심 없이."

개와 만난 첫날, 남편은 이런 말도 했었다. 돌려주라고. 당장 돌려주고 오라고. 그녀는 남편에게 되물었다. 누구에게? 물론 그 질문에 대답할 수 있는 건 그녀 자신뿐이었다. 남편은 개가 어디에서 왔는지 몰랐다. 물론 길에서 왔다는 건 알았지만, 개가 어떻게 구출되고 누구와 함께 머물다가 어떤 식으로 그들의 품에 안착하게 되었는지는 관심이 없었다.

정말로 관심이 없었다.

개가 원래 머물던 곳. 서울 서쪽의 외곽 구역. 차가 막히지 않아도 30분은 족히 달려야 도착할 수 있던, 그녀가 태어나서 처음 가본 동네. 넓은 도로 너머에 늘어서 있는 신축 아파트 단지 몇 개를 지나치니 어느새 낮은 건물만 덩그러니 모여 있는 구간이 나왔다. 도로는 넓고 길게 이어져 있었는데, 주위 풍경만 덜컥 바뀐 탓에 이질적인 느낌이 들었다. 건물들은 누군가에 의해 무심하게 던져진 것 같았다. 아무런 의도나 질서 없이, 그저 되는대로, 마음 가는 대로. 그녀는 몸을 웅크린 채 핸들을 꽉 잡고 내비게이션이 안내하는 좁은 골목길로 들어갔다. 금방 소나기라도 내릴 것 같은 우중충한 여름 하늘, 파란색 셔터가 내려진 건물들, 영원히 거기 멈춰 서 있을 것 같은 낡고 작은 트럭 몇 대, 땅 위에 나뒹구는 깨진 유리 조각. 그녀는 골목 교차로에 있는 단층짜리 건물 앞에 차를 세웠다. 어디선가 요란한 소리가 났다. 하늘을 보니 비행기가 날아가고 있었다. 차창으로 보이는 비행기는 지상과 너무 가까이에서 날고 있었다.

비행기 배를 그렇게 가까이서 본 것도 그때가 처음이었다.

초록동물병원. 그게 그녀의 개를 임시 보호하고 있던 병원의 이름이었다. 간판은 20년은 족히 되어 보였고, (한 번도 닦은 적 없는 것 같은) 더러운 유리창에는 빛바랜 강아지 사료 광고 팸플릿이 볼품없이 붙어 있었다. 형광등이 켜져 있는데도 어두웠고, 선반 위에는 온갖 약과 물품들이 조잡하게 놓여 있었다. 거미줄이 있다 해도 이상하지 않을 것 같았다(거미줄은 없었다). 에어컨이 시원찮은지 병원 안은 후덥지근했다. 여기서 치료가 가능해? 병이나 안 얻어 가면 다행이겠네. 그런 생각을 하고 있을 때 불쑥, 안쪽 문을 열고 파란색 반팔 유니폼을 입은 남자가 걸어 나왔다. 나이는 그녀와 비슷해 보였고, 키는 평균 정도였다. 약간 마른 편에 안경을 쓰고 있었다. 안경테와 신발은 싸구려였다. 그녀는 그런 걸 기억했다. 상의에는 명찰이 달려 있었다. 저런 식으로 수의사가 명찰을 다는 게 일반적인가? 알 수 없었다. 그때만 해도 그곳이 그녀가 가 본 유일한 동물병원이었다. 그녀는 자신이 뻔질나게 다녔던 산부인과를 떠올려보았다. 명찰을 본 적은 없는 것 같았다. 아닌가, 그들도 명찰을 달았었던가(이후에 그녀는 병원마다 방침이 다르다는 걸 알게 되었다)?

수의사는 그녀에게 특별히 말을 걸지 않았다. 두 손을 상의 주머니에 집어넣은 채 안쪽으로 사라졌다. 그런 태도는 그녀가 예상한 것과는 완전히 달랐다. 적어도 그녀는 자신이 하려는 일에 대한 다정한 언급이나 소박한 감탄 정도는 있을 줄 알았다. 잠시 후 수의사가 개를 품에 안고 나타났다. 말하지 않아도 그녀가 개를 데리러 온 사람이라는 걸 알 수 있다는 듯이. 개는 너무 작았다. 너무 작은 개가 그녀의 품에 쏙 안겼다. 다리에 붕대를 감은 너무 작은 개가 그녀에게 안겨 있었다. 최초로 개를 품에 안게 된 순간. 자신에게 속하게 될 작은 생명체를 처음으로 안게 된 순간.

수의사가 개를 조심스럽게 쓰다듬었다.

"아직 해야 할 치료가 남았지만, 곧 괜찮아질 거예요. 가까운 동네 병원에 가시면 될 겁니다."

무뚝뚝한 말투 때문에 이제 그녀는 겁이 났다. 수의사가 건넨 서류가 있었다. 공간이 마땅치 않아서 그녀는 개를 수의사에게 맡기고, 유리창을 받침대 삼아 선 채로 서류를 작성해야 했다. 유리창이 뜨끈뜨끈했다.

가족 구성원에게 분양에 대한 동의를 받으셨습니까? 예.

분양은 충동적으로 결정하지 않아야 합니다. 심사숙고하셨습니까? 예.

집에 방문하여 분양된 동물이 어떻게 지내는지 확인하는 것에 동의하십니까? 예.

서류와 펜을 돌려주며 그녀는 수의사의 품에 안긴 개를 바라보았다. 무엇을 질문해야 하는지 잘 알고 있었다. 그렇다고 믿었다. 빈틈없는 입양자처럼 보일 것. 솟구치는 애정에 휘둘리는 입양자가 아니라 치밀한 판단력을 지닌 입양자처럼 보일 것.

"혈액검사나 기생충 검사 같은 건 다 끝났나요?"

"네. 아무 이상 없어요."

"분리 불안은 없어요?"

수의사는 가슴팍에 달린 주머니에 펜을 집어넣으며 대답했다.

"없어요."

"입질은요?"

수의사가 그녀를 잠시 동안 빤히 바라보았다.

"만약 입질을 한다면요?"

"네?"

"만약 분리 불안이 있고, 다리가 영원히 치료되지 않는다면요? 예방주사를 하나도 접종하지 않았다면요. 그럼 이 녀석을 여기에 두고 갈 건가요?"

그녀는 입도 벙긋하지 못했다. 수의사가 그녀를 보며 살짝 웃었다. 웃음은 금방 사라졌지만, 그녀는 그걸 분명히 보았다. 수의사가 그녀에게 개를 돌려주었다. 그녀는 개를 꼭 안은 채 유리창으로 시선을 옮겼다. 아까 서류를 댔던 흔적이 유리창에 남아 있었다. 아니다. 흔적이 남은 게 아니라, 그녀가 서류와 소매를 대는 바람에 그 부분의 먼지만 닦인 것이었다. 그녀는 자신의 옷이 더러워진 걸 그제야 알아차렸다. 수의사가 그녀에게 질문했다.

"이동장 안 가지고 오신 거죠?"

그녀는 모욕감을 느꼈는데, 아니라고 대답할 수 없었기 때문이었다. 그 순간, 어디선가 굉음이 들려왔다. 아까보다 훨씬 더 커다란 굉음이. 유리창이 덜컹거렸다. 그녀는 살갗으로 전해지는 공기의 진동을 분명히 느낄 수 있었다. 개가 왕왕 짖었다. 비행기, 방금 전보다 훨씬 더 지상 가까이에서 날아가는 비행기 때문이었다.

갑자기 비가 그쳤다. 유리창을 사납게 두드리던 빗물의 소음이 사라졌다. 요트를 흔드는 파도는 계속되고 있었지만, 아까보다는 상황이 좋아진 것 같았다. 그래도 선장은 구명조끼를 벗지 말라고, 움직이지 말고 자리를 지키라고 했다. 술도 마시지 말라고 했다.

궁금해서 참을 수 없다는 듯이 그가 좌우―그녀와 남편―를 살피며 물었다.

"개가 어떻게 됐는데?"

"죽었어요."

"무지개다리를 건넌 거야."

남편이 그녀의 말을 정정해주었다. 1년이었다. 딱 1년. 작은 개와의 시간은 1년 후에 끝이 났다. 엄밀하게 말하자면 1년은 아니었다. 아프기 시작한 게 작은 개를 데려오고 1년 후였고, 치료를 받은 기간은 3개월가량이었다. 처음으로 병원에 데리고 간 건, 다른 이유 때문이 아니었다. 작은 개가 너무 우울해 보여서였다. 신체적 문제가 있을 거라고는 생각도 못 했다. 시내에 있는 동물병원은 4층짜리 커다란 건물을 전부 사용했는데, 수의사만 여섯 명이었다. 간호사들은 동물의 이름을 기억했다(보호자의 이름은 기억하지 않았다). 그 병원에서 공기는 췌장암 진단을 받았다. 남편이 그녀를 꼭 끌어안았다. "보호자분 잘못이 아니에요." 그들은 병원에서 그 말을 두 번 들었다. 아니다. 세 번 혹은 네 번. 어쩌면 다섯 번 정도. 공기를 입원시키고 돌아온 날 밤, 그녀와 남편은 오래도록 대화를 나눴다. 돈을 아끼지 말자고 했다. 최고의 치료를 받을 수 있게 하자고. 그 정도 여유가 있어서 다행이라고. 돈이 없는 사람들에게 이런 일이 생겼다면 개가 그냥 죽었을 거라고. 정말로 그들은 그런 말을 했다. 개가 그냥 죽었을 거라고.

이어지는 수많은 검사, 입원과 퇴원, 수술과 항암 치료. 그때마다 흘러나온 한숨과 눈물.

석 달 후, 병원에서는 더 이상의 치료가 불가능할 것 같다고 했다. 그 누구도—의사도, 간호사도, 남편도—'죽는다'는 표현은 사용하지 않았다. 피치 못할 때는 '무지개다리를 건넌다'고 했다. 그녀는 가끔 이 말이 지닌 무시무시한 위력을 실감하고 깜짝 놀라곤 했다. 이 말 속에서 죽음 때문에 상처받는 건 남겨진 사람들뿐이었다. 죽음을 맞이하는 대상은 영원히 행복해질 수 있었다. 집으로 돌아온 공기는 대부분 잠들어 있었다. 그녀는 하루 종일 공기의 곁을 떠나지 않았다. 가슴이 찢어지는 것 같았다.

그리고 불현듯 깨달은 사실 하나.

시내에 있는 그 휘황찬란한 동물병원으로 공기를 처음 데려갔던 날이, 공기를 집으로 데리고 온 지 딱 1년째 되던 날이라는 것. 사실 딱 1년째는 아니었다. 보름 정도 차이가 났다. 하지만 그녀는 그런 건 무시하기로 했다. 그녀는 잠들어 있는 공기를 조심스럽게 이동장 안으로 옮겨 차에 실은 후 초록동물병원으로 향했다. 하늘 위로 비행기가 날아다니며 굉음을 흩뿌리고, 그녀의 살갗으로 공기의 진동을 고스란히 전달하던 그 조잡한 병원으로.

그때 병원으로 가는 동안 무슨 생각을 했더라? 그녀는 수의사의 이름을 떠올리려 애쓰고 있었다. 그런데 그 어느 하나 기억나는 게 없었다. 자음이나 모음 하나도, 어렴풋이라도 떠오르는 게 없었다. (조금 있으면 알기 싫어도 알게 될) 이름 하나를 기억하지 못하는 것뿐인데도, 그때 그녀는 정말로 미칠 것 같았다. 애가 닳았다. 병원에 도착하기 전까지 이름을 기억해내지 못한다면 공기가 정말로 죽게 되리라는 생각이 들었다. 머리로는 그게 미신이나 허황된 생각에 불과하다는 걸 정확하게 알았지만, 몸은 전혀 다른 식으로 반응했다. 심장이 쿵쿵거렸다. 핸들을 잡은 손에 땀이 축축하게 배었다. 아, 세상에. 갑자기 그런 생각이 들었다. 이름을 기억하지 못해서 공기를 죽음으로 내몰 수 있다면, 반대로 공기를 죽음으로부터 구출할 수도 있는 거야! 어떻게 그런 반전이 가능했는지 알 수 없었다. 그건 거의 기적 같은 일이었다. 머릿속이 빛으로 번쩍번쩍했다. 여전히 심장이 쿵쿵 뛰었고 손바닥은 땀에 젖어 있었지만, 그건 더 이상 두려움 때문이 아니었다. 그녀 자신을 아찔하게 만든 원대한 포부 때문이었다. 그녀가 든 심오한 시험 때문이었다. 그녀는 시간을 벌기 위해 차를 멈추지 않았다. 절대로 그런 꼼수는 쓰지 않았다. 음…… 한적한 도로에 들어섰을 때는 속도를 좀 줄이기는 했다. 그건 인정했다. 얼마나 줄였냐면, 시속 50킬로 정도로. 아니, 40킬로, 아니, 30킬로까지.

그리고 그녀는 결국 기억해냈다.

민영수. 수의사의 명찰에 새겨져 있던 세 글자는 분명히 그것이었다. 하얀 플라스틱 명찰에 새겨진 세 글자가 환영처럼 그녀의 주위를 두둥실 떠돌았다. 세상에, 내가 그걸 떠올리다니. 공기는 죽지 않을 거야. 공기는 무지개다리를 건너지 않을 거야. 왜냐하면 내가 수의사의 이름을 기억해냈기 때문에. 아무런 속임수도 쓰지 않고 그의 이름을 떠올렸기 때문에.

그녀는 병원 안으로 들어가자마자 수의사의 명찰부터 확인하려고 했다. 병원은 1년 전과 바뀐 점이 하나도 없었다. 여전히 허름하고 낡고 조잡했다. 수의사 역시 그대로였다. 소매 끝이 해진 파란색 유니폼, 싸구려 안경테와 신발. 달라진 점이 하나 있다면 명찰을 달고 있지 않다는 것. 그것뿐이었다. 수의사가 먼저 알은척을 했다.

"아, 당신 기억나요. 이동장도 안 가지고 와서 개를 데리고 간 분이죠? 맞죠?"

그런 말을 들어도 다른 생각이 들지 않았다. 굴욕감을 느끼거나 분통을 터뜨릴 만한 여유가, 그때의 그녀에게는 없었다. 그녀는 다급하게 물었다.

"민영수 선생님이시죠? 맞죠?"

영문을 모르겠다는 표정으로 수의사가 윗주머니에서 명찰을 꺼내 그녀에게 건넸다. 거기에 적힌 세 글자 때문에 그녀는 속이 부글거렸다. 수렁에 빠진 것 같았다. 머릿속의 스위치가 내려간 기분이었다. 민영수가 아니었다. 비슷한 느낌도 아니었다. 헛다리. 수의사의 이름은 안기호였다. 그녀는 마치 저주받은 물건이라도 되는 것처럼 재빨리 명찰을 돌려주었다. 명찰에 닿았던 손이 불에 덴 것처럼 화끈거렸다. 그녀는 수의사의 유니폼에, 이제는 해지다 못해 구멍이 뚫린 소매 부분에 시선을 고정시켰다. 수의사가 이동장 안에 쥐죽은듯이 잠들어 있는 공기를 보더니 혀를 찼다.

"병에 걸렸군요."

그러고는 고개를 절레절레 흔들었다. 그녀는 자신이 작은 개에게 얼마나 정성을 쏟았는지, 작은 개를 얼마나 사랑하는지, 췌장암 진단을 받고 난 후에는 어떤 치료를 받았는지, 병원비는 얼마나 들었는지 구구절절 설명했다. 훗날 그녀는 자신이 떠든 그 모든 일화 속에 남편이 등장하지 않는다는 사실을 깨닫게 되었다. 그 단순하지만 교묘한 술책, 협잡, 혹은 사기. 그녀가 술책을 쓴 것 자체는 문제가 되지 않았다. 그런 것 같았다. 문제는, 그녀가 어떤 이득을 얻으려고 그런 술책을 부린 게 아니라는 점이었다. 자연스럽게 그렇게 되었다는 점이었다. 아무런 결과도 기대하거나 예측하지 않은, 그 어떤 희망이나 망상도 품지 않은, 그야말로 순수하고 무구한 속임수. 그건 투자나 투기 같은 것과는 달랐다. 전혀 달랐다.

"돌아가요. 개는 죽을 겁니다. 죽을 거라고요. 당신 때문에."

수의사는 화난 듯 내뱉었다. 유감이나 위로의 표현은 없었다.

보름 후, 작은 개가 죽었다.

그녀는 자신이 수의사의 이름을 잘못 기억해내서 그렇게 된 거라고 생각했다. 제대로 기억해냈다면 개가 죽지 않았을 것 같았다. 하지만 시간이 좀 더 흐르자 이름을 잘못 기억한 건 문제가 아니라는 생각이 들었다. 진짜 죄는 교만이었다. 잘못 떠올린 이름을 그내도 믿어버린 것. 더 나아가서는 이름을 기억해낼 수 있으리라고 자신을 과신한 것. 그것 때문에 개가 죽었다.

갑자기 저 멀리서 하늘이 부서지는 소리가 났다. 마치 분노를 터뜨리는 것처럼. 순식간에 떨어지기 시작한 빗방울이 배의 표면을 매섭게 때렸다. 아까와는 비교가 되지 않았다. 선체가 크게, 그 어느 때보다 크게 기우뚱거렸다. 모든 일이 너무 돌발적으로 일어나서 정신을 차릴 수가 없었다. 구슬프고 사나운 기운이 급작스럽게 사방으로 퍼져나갔다. 무엇보다 소리가, 너무 많은 소리가 들렸다. 빗방울이 요트 유리창을 세게 두드리는 소리, 거대한 물이 선체에 찰싹찰싹 부딪치는 소리, 저 멀리서 들려오는 천둥 번개 소리, 그리고 정체를 알 수 없는 경고음 같은 것들(그에 비하면 사람들의 비명은 그리 극적이지도 날카롭지도 않았다. 그녀를 포함한 사람들의 입에서는 억눌린 듯한 목소리, 무언가 억울하다는 듯한 목소리만 터져 나왔다). 선장은 마구 흔들리는 실내외를 이리저리 돌아다니며 조치를 취하는 중이었다. "괜찮아요. 돌풍은 곧 지나갈 겁니다. 내가 알아요!"라고 연신 소리를 지르면서.

그녀의 남편이 팔을 뻗어서 그녀의 손을 잡았다(그 탓에 그는 남편의 팔에 갇힌 형국이 되었다).

"여보, 괜찮을 거야. 아무런 일도 일어나지 않을 거야."

아무 일도 일어나지 않을 거라고? 배가 요동치는 바람에 남편이 그녀의 손을 놓쳤다. 그녀는 남편에게 동정심을, 지독한 연민을 느꼈다. 작은 갈퀴들이 그녀의 혈관 구석구석을 믿을 수 없을 정도로 빠른 속도로 떠돌아다니며 위협하는 것 같았다. 외부로부터의 위협과 내부로부터의 협박. 두려움 바깥의 두려움. 아니다, 두려움 속의 두려움. 아, 이 남자는 내가 미쳐 있었던 대상이 뭔지 죽었다 깨어나도 모를 것이다. 지금 상황에서 '죽었다 깨어나도'라는 표현을 쓰는 건 선을 넘은 것 같았다. 하지만 동시에 지금 상황을 완전히 꿰뚫고 있는 표현이기도 했다. 놀라웠다. 출렁이는 배 안에서, 커다랗게 일렁거리는 파도를 온몸으로 느끼면서, 어떤 감정들이 그 어느 때보다 명징해진다는 것. 아니다. (그녀는 결국 이 표현을 쓰기로 결정했다) 생명의 위협을 받고 있기 때문에, 명징하고 진실한 감정이 가능해진 것이다. 아, 그래. 그녀는 인정했다. 그녀는 한동안 수의사에게 (남편의 말마따나) 미쳐 있었다. 수의사의 그 말. "개는 죽을 겁니다. 당신 때문에." 수의사는 그 작은 개의 죽음에 대해 자신에게 책임을 묻고 화를 낸 유일한 사람이었다. 바로 그게 그녀가 수의사에게 미쳐 있었던 이유다. 배 안의 누군가가 울음을 터뜨렸다. 그녀는 옆자리의 그를 바라보았다. 그는 눈을 꼭 감은 채 입을 앙다물고 있었다. 규칙적으로 숨을 내쉬려고 노력하고 있었다. 아무런 소리와 감정이 새어 나오지 않게 하려고 애쓰고 있었디. 그리던 그가 갑자기 입을 열었다.

"패닉에 빠지면 안 돼."

그건 누구에게 하는 말일까? 그 자신에게? 나에게? 아니면 남편에게? 아니면 우리 세 명 모두에게? 배가 크게 뒤뚱거리다가 옆으로 기울었다. 파도가 유리창 전체를 덮었다(착각이었다). 몸이 하나도 젖지 않았다는 게 도저히 믿기지 않았다. 그녀와 그의 몸, 그리고 남편의 몸이 한쪽으로 한꺼번에 쏠렸다. 마치 몸 전체가 딱붙은 세 인형처럼. 그때, 그녀에게로 쏟아지는 깨달음이 있었다. 빗줄기처럼, 가랑비가 아니라 소낙비처럼 순식간에 흠뻑 젖게 만드는 깨달음. 그녀는 자신이 수의사에게 미쳤었다고 믿어왔지만, 그건 그 모든 상황을 너무 단순하게 바라본 것에 불과했다. 눈이 먼 사람이 코끼리를 만지는 것처럼. 물론 눈이 먼 사람도 코끼리의 진짜 모습을 알 수 있지. 하지만 그러려면 많은 시간과 힘이 필요하리라. 비바람에 요동치는 배 안에서, 그녀는 단숨에 그런 시간과 힘을 얻은 것 같았다. 수의사는 그저 반사체에 불과한 거였어. 무엇에 대한 반사체? 자신이 사랑한 건, 자신이 진짜로 미쳐 있었던 건 치유 그 자체였다는 걸 그녀는 알 것 같았다. 치유? 그래, 치유! 수의사를 사랑하지 않았다고 말할 수는 없었다. 그렇지만 그 사랑은 협소한 시각, 비천한 어리석음을 토대로 하는 것이었다(그래도 사랑은 사랑이었다). 그녀가 생각하기에 그걸 인정하는 건 대단한 용기를 필요로 하는 일이었다. 생명의 위협 앞에서야 비로소 힘을 발휘한 진실!

남편이 또다시 소리쳤다.

"여보, 걱정 마. 내가 유튜브에서 항해 영상을 정말 많이 봤거든. 이 정도는 아무것도 아니야. 훨씬 더 힘든 상황에서도 그 사람들, 다 살아났다니까?"

당연했다. 죽은 사람들은 영상을 올릴 수 없을 테니까.

수의사의 집에 간 적이 있었다. 갑자기 기온이 떨어진 그해 초겨울. 수의사의 집은 동물병원에서 그리 멀지 않은 곳에 있었다. 좁은 골목으로 계속해서 들어가야 했다. 그런 걸 뭐라고 하지? 개량식 한옥이라고 해야 하나? 콘크리트 담벼락과 이어지는 오래된 철제 대문을 열자 작은 마당이 나왔다. 그리고 파란색 슬레이트 지

붕 아래 낡은 미닫이문. 그 문 너머에 나무 바닥으로 된 궁색한 거실이 있었다. 거실 안쪽 미닫이문을 열자 나온 (역시 궁색한) 작은 방 하나. 방음도, 단열도 잘 되지 않았다. 벽지에는 곰팡이가 피어 있었다. 그래도 먼지는 하나도 없었다. 수의사는 집에 들어가자마자 입고 있던 재킷을 벗어 옷걸이에 걸어두었다.

비행기가 날아갈 때마다 벽 전체가 진동하는 것 같았다.

그녀를 정말 놀라게 한 건, 화장실이 외부에 있다는 사실이었다. 마당 한쪽에 있는 화장실은 너무 좁고 추웠다. 따뜻한 물을 쓰려면 보일러를 켜고 한참을 기다려야 했다. 씻을 때는 몸을 한껏 웅크려야 했다. 약간은 서글픈 마음이 들 때가 있었다. 하지만 화장실이 실외에 있어서 좋은 점도 있었다. 그녀가 용변을 보는 소리를 수의사가 들을 수 없으리라는 사실. 혹은 수의사의 용변 소리를 듣지 않아도 된다는 사실. 저 좁은 집 안에 화장실이 있었다면? 상상만으로도 몸서리가 쳐졌다.

수의사는 그 집을 3천만 원에 샀다고 했다. 3천만 원이라는 숫자가 그녀의 심장을 마구 찔러대는 것 같았다. 그 말을 들은 지 얼마 지나지 않은 때였다. 수의사의 집에 가기 전 그녀는 자신의 동네에 있는 마트에 들러 장을 봤다. 실로 오랜만에 '깨끗한' 식재료를 구입했다. 아보카도오일과 친환경 채소와 버섯, 목초를 먹고 자란 고기, 질 좋은 계란⋯⋯. 수의사의 동네 마트에서는 그런 걸 안 팔 것 같았다. 그녀는 수의사의 집에 갈 때는 차를 몰지 않았다. 세워둘 곳도 마땅치 않았고, 무엇보다 그녀의 차가 수의사의 집(혹은 그

동네)과 어울리지 않을 것 같았다. 사람들이 수군거릴지도 몰랐다. 택시를 타지도 않았다. 택시 기사가 미심쩍은 눈초리로 자신을 관찰하고, 결국은 기억해낼까 봐. "아, 그 여자요. 그 동네에 전혀 어울리지 않았죠." 그런 말을 할까 봐(도대체 누구에게?). 그래서 그날 그녀는 양손에 장바구니를 든 채로 전철과 버스를 두 번 갈아타야 했다. 버스에서 내려 수의사의 집까지 걸어가는데 손바닥이 얼얼하고 팔이 빠질 것 같았다. 집에 들어가자마자 그녀가 말했다.

"부엌은 어디에 있죠?"

마당 구석, 작은 문 너머에 부엌이 있었다. 타일이 다 떨어진 벽면과 이가 맞지 않는 싱크대의 문짝, 군데군데 들뜬 리놀륨 장판. 바닥이 너무 차가워서 양말을 꼭 신고 있어야 했다. 처음 냉장고 문을 열 때는 약간 기도하는 심정이 되었다. 다행히 냉장실에는 생수와 김치통, 계란밖에 없었다. 썩은 채소나 유통기한이 지난 우유는 없었다. 그리고 냉동실에는 얼음과 냉동 과일 한 봉지. 그날 그녀는 냉장고 안에 있는 걸 모두 버리고 자신이 사 온 식재료를 채워 넣었다. 그와의 관계가 끝날 때까지, 그녀는 자신이 사 온 음식으로 수의사의 냉장고를 채워 넣는 걸 반복했다. 깨끗한 식재료가 잔뜩 든 장바구니 두 개를 손에 들고 그 집까지 가는 건 힘든 일이었다. 쉽지 않았다. 그래도 그녀는 그렇게 했다.

그들은 무항생제 닭고기를 삶아서 히말라야 핑크 솔트에 찍어 먹거나, 국산 콩두부와 무농약 채소, 꽃게를 넣어 만든 찌개를 먹었다. 목초를 먹고 자란 소고기를 구워서 아무런 드레싱도 곁들이

지 않고 먹었다. 수의사는 (그것이 무엇이든 간에) 불평을 하거나 불만을 잘 드러내지 않았다. 억눌린 게 아니었다. 불평하거나 분노할 때와 그러지 않을 때를 구분할 줄 아는 거라고, 그녀는 그게 수의사가 가진 재능이라고 생각했다. 재능이라는 말로는 부족했다. 통찰력? 아니, 세상을 발아래에 둘 수 있는 권위이자 권능이었다. 아무리 많은 돈을 가져도 그렇게 할 수 없을 것 같았다. 수의사는 원래 의대에 진학하고 싶었지만, 여러 가지 이유로 포기해야만 했다. "아쉬움은 전혀 없어요." 그런 말을 들을 때마다 그녀는 수의사에 대한 마음을 주체하기가 어려웠다. 드라마나 영화에서는 이런 상황이 훨씬 더 관능적이거나 반대로 우스꽝스럽게 그려졌는데, 그녀가 실제로 느끼기엔 그 어느 쪽도 아니었다. 이를테면 이런 일이 있었다. 한겨울에 너무 추워서 수의사의 집 보일러에 문제가 생겼다. 그녀는 의아했다. 추울 때 필요한 게 보일러가 아닌가? 추워서 보일러에 문제가 생긴다는 게 가당키나 한가? 구태의연하고 자질구레하지만 절박하고 진지한 질문으로 이루어졌던 관계, 사랑.

한번은 그녀가 이런 질문을 한 적이 있었다. 한겨울, 그들은 전기장판 위에 이불을 둘둘 둘러싸고 앉아 있었다. 어째서 그런 주제로 이야기가 오가게 되었는지는 알 수 없었다.

"병원이 너무 외진 곳에 있는데 사람들이 많이 찾아오나요?"

그녀는 그런 질문이 절대로 수의사의 마음을 상하게 할 수 없다는 걸 알았다. 수의사는 그런 걸 별로 마음에 담아두지 않았다.

"그럼요. 생활하는 데 문제가 없을 만큼은 돈을 벌죠. 잘 먹고,

잘 자고, 잘 입고."

수의사가 말을 이었다.

"사실 예전에는 병원이 시내에 있었어요. 몇 년 전에 이 동네로 옮긴 거예요."

"왜요?"

"음…… 투자를 했다가 실패했거든요."

"투자요?"

그녀는 조금 놀랐다. 옆에 앉아 있는 이 남자, 불평불만이라고는 모르고, 이득에는 관심이 없(는 것 같)고, '개가 죽을 것'이라고 똑똑히 말하고, 그에 대해 자신에게 책임을 물은 이 남자가 주식 차트를 살피고, 돈과 관련된 결정을 내리고, 계산기를 두드리는 모습은 아무래도 잘 상상되지 않았다. 그녀는 수의사에게 더 가까이 붙어 앉았다.

"금에 투자하면 금값이 폭락하고, 주식을 사면 주식이 폭락하고, 코인을 사면 코인이 폭락했어요."

마이너스의 손. 가엾어라. 그녀는 생각했다.

"내가 가장 마지막에 투자한 게 뭔지 알아요?"

"뭔데요?"

"북한 돈. 그걸 4만 달러어치 샀어요."

이 집이 3천만 원이라고 들었을 때처럼, 작은 바늘들이 일제히 그녀의 심장을 찌르는 것 같았다.

"북한 돈에 어떻게 투자를 하는데요?"

수의사가 갑자기 웃었다.

"아는 형이 북한 돈의 가치가 엄청 오를 거라고 했어요. 열 배 넘게 오를 거라고."

"북한 돈이 열 배 넘게 오른다고요?"

"실제로 이득을 볼 뻔한 적도 있었어요. 열 배까지는 아니었지만…… 어쨌든 제때 팔지 못한 거예요. 그 후로는 하락만 했죠."

"그 돈은…… 북한 돈은 어디에 있어요?"

"은행 금고 안에. 음…… 금고 이용료는 계속 나가고 있어요."

수의사의 말투에서 후회하는 기색이나 패배감은 느껴지지 않았다. 그런 허황된 정보를 준 선배에 대한 분노도 느껴지지 않았다. 그녀는 실제로 은행 금고를 본 적이 없었다. 북한 돈이 어떻게 생겼는지도 몰랐다(김일성이 그려져 있는가? 그녀는 궁금한 건 언제나 열심히 검색하는 편이었지만, 그런 건 찾아보고 싶은 마음도 들지 않았다). 그녀는 차가운 금속으로 만들어진 커다란 방에 지폐가 차곡차곡 쌓여 있는 모습을 떠올렸다. 계산기를 두드리는 수의사의 모습은 잘 상상되지 않았지만 어째 된 영문인지 그런 걸 떠올리는 건 하나도 어렵지 않았다.

"하지만 난 지금 이 삶에 만족해요. 내 집과 병원이 좋아요."

어떻게 이런 남자를 사랑하지 않을 수 있어? 차가운 금고, 그 안의 지폐 뭉치를 떠올리며 그녀는 수의사의 품속으로 더 깊이 파고들었다.

돌풍이 멈추고 비가 그쳤다.

급작스럽게 찾아온 것처럼 급작스럽게 사라졌다. 안도감과 함께 얼떨떨함을 느끼며 요트 안의 사람들은 각자의 자리에 웅크리듯 머물렀다. 머리카락이 헝클어지고 옷매무새가 엉망이 된 사람들. 선장의 말(그리고 남편의 말)이 맞았다. 그들이 처한 위협은 아주 심한 게 아니었다. 온몸이 다쳤을 거라고, 뼈 어딘가가 부러졌을 거라고 생각했지만, 실제로는 멍이 든 곳도 거의 없었다. 다만 힘을 너무 많이 주고 있어서 온몸이 욱신거렸다. 불안감이 가시지 않았다. 거대한 바다는 이 요트(안 사람들)를 상대로 최고로 좋은 것을 내어주다가 갑자기 돌변해버렸다. 언제 어떤 식으로 또 등을 돌릴지 알 수 없었다. 아무것도 예측할 수 없었다. 선장은 자기의 경험으로 미루어봤을 때 더 이상의 위협은 없을 것 같다고 말했다. 돌풍은 비구름과 함께 물러났고 한 시간 후면 육지에 도착할 거라고, 그 후에는 마리나항의 좋은 호텔에서 편하게 눈을 붙이면 된다고 했다. 그리고 덧붙였다.

"오늘 겪은 일이 여러분 인생의 **무용담**이 될 거예요."

문득, 그녀의 시야로 젊은 여자—음식은 다람쥐처럼 먹지만 선장에게는 대범하게 질문을 던지던—가 들어왔다. 여자는 거울을 보며 빗으로 머리를 빗고 있었다. 그걸 보자 뻣뻣하게 굳어 있던 그녀의 몸에서 힘이, 과도한 힘이 조금씩 빠져나가는 것 같았다. 안심이 되었다.

여전히 분주하게 돌아다니며 배를 살피는 선장을 보고 있노라니 이상한 기분이 들었다. 이루 말할 수 없을 정도로 이상한 감정이 그녀의 마음속에서 서서히 솟구치기 시작했다. 무언가가 그녀의 신체 말단에서부터 서서히 꿈틀거리며 올라오는 듯했다.

"거봐, 괜찮아질 거라고 했잖아."

남편이 그녀와 그를 번갈아 바라보며 말했다. 그는 입을 꾹 다문 채로 약간 멍한 표정을 짓고 있었다. 그녀와 남편 쪽으로는 시선 한 번 주지 않았고, 뻣뻣하게 앉아 정면만 바라보았다.

사람들이 삼삼오오 모였다가 흩어졌다. 그녀 부부와 그도 마찬가지였다. 그동안에도 그는 어딘가 어색해 보였고, 여전히 그녀(혹은 그녀의 남편)를 바라보려고 하지 않았다. 그녀는 그걸 알아차렸다. 배 안에는 여전히 긴장감과 불안감이 남아 있었지만(그래서 사람들은 구명조끼를 절대 벗으려고 하지 않았다), 함께 위기를 겪은 사람들이 흔히 느끼는 서로에 대한 너그러움과 애정이 옅게 퍼져 있었다. 무용담이 될 거라던 선장의 말이 (너무 이른 감이 있지만) 맞았다. 사람들은 벌써부터 방금 자신들이 겪은 일을 서로에게 이야기하기 시작했다. 약간의 허세, 과장, 술회하는 듯한 태도. 모두가 함께 겪은 일이고, 모두가 다 알고 있는 사실인데도 아무도 (의도된) 오류들을 지적하지 않았다. 지적하기는커녕 오히려 세부 사항을 추가하고 부풀리기를 즐기는 것 같았다. 모든 일은 그런 식으로 과장되고 부풀려질 것이었다. 모든 일은 그런 식으로 축소되고 쪼그라들 것이었다.

하지만 그녀는 동참하지 않았다. 그저 듣기만 했다.

그녀는 배가 돌풍 속에서 표류(이 단어를 떠올린 그녀는 이 표현 자체가 과장이 아닌가 하고 잠시 주춤했지만 상관하지 않기로 했다)할 때 자신에게 쏟아지던 깨달음, 그 깨달음이 주었던 해방감을 잃고 싶지 않았다. 그게 바로 그녀의 무용담이 될 것이었다. 진실에 가닿는 것. 사태를 똑바로 바라보는 것. 이를테면 이런 것. 그녀는 작년 초봄에 수의사에게 헤어지자는 말을 했는데, 그때 수의사가 자신의 통보를 너무 순순히 받아들여서 상처를 받았었다. 헤어진 이후, 수의사의 연락을 기다린 적이 없다고 말하는 게 기만이라는 사실을 이제는 인정할 수 있었다. 수의사는 그녀에게 절대로 연락하지 않았고, 그녀 역시 마찬가지였다.

그래도 그녀는 수의사를 본 적이 있었다. 문자 그대로, 수의사를 봤다.

작년 가을, 그녀는 오랜만에 대학 친구(사주 카페에 함께 갔던 친구들은 아니었다)들을 만나서 새로 생겼다는 식당에서 밥을 먹었다. 그리고 혼자서 근처 호텔 카페로 (끝물인) 망고빙수를 먹으러 갔다. 평일 낮인데도 카페는 10만 원이 넘는 망고빙수를 먹으려는 사람들로 붐볐다. 그녀가 앉은 자리는 입구에서 멀리 떨어져 있었지만, 드나드는 사람들의 옆모습을 훤히 볼 수 있었다. 그녀는 빙수를 먹으며 카페 안으로 드나드는 사람들을 멀뚱히 바라보곤 했었다.

그러다가, 카페 입구로 들어오는 수의사를 보았다.

(당연히) 유니폼은 입고 있지 않았다. 몸에 잘 맞는 양복을 차려

입고(저이에게 저런 양복이 있었다고?), 고급 안경테와 시계를 착용하고 있었다(돈이 어디서 나서?). 거리가 좀 있어서 확신할 수는 없었지만 양복에 커프스단추가 달려 있는 것 같았다(설마?). 이상했다. 갑자기 심장이 오그라드는 것 같았다. 얼굴이 홧홧했다. 손끝과 발끝에서 저릿한 감각이 느껴지다가 갑자기 신체의 모든 부위가 둔해지는 기분이 들었다. 수의사는 천천히 카페 안을 둘러보았다. 수의사의 시선이 자신이 있는 쪽에 닿기 직전 그녀는 고개를 푹 숙였다. 수의사는 그녀를 발견하지 못한 것 같았고(발견했다면 분명히 무언가 반응이 있었을 것이므로), 그녀의 반대편 안쪽, (역시) 잘 차려입은 두 남자가 있는 자리로 성큼성큼 걸어갔다. 그들은 친근하고 자연스럽게 인사를 나누었다. 거리가 멀기도 하고 이제 수의사의 뒷모습밖에 보이지 않았지만 그녀의 심장은 여전히 요동치고 있었다. 온몸이 심장이 된 것 같았다. 앉은 자세, 머리 스타일, 손짓, 모든 게 예전과 그대로였다.

세 남자는 번갯불에 콩을 볶아 먹듯이 커피를 마시고는 바깥으로 나가버렸다.

그날 밤, 그녀는 인터넷으로 북한 돈에 대해 검색했다. 북한 돈의 환율이 올라가서 그가 떼돈을 벌었을지도 모른다는 생각이 들어서였다. 하지만 아니었다. 그런 기사는 찾을 수 없었다. 그렇다면 어떻게 그가 그런 옷과 시계를 구입한 거지? 중요한 약속이 있어서, 잘 보여야 하는 상대를 만나야 해서 그 모든 걸 대여한 걸까? 그게 가능해? 그럴 수도 있었다. 하지만 그 남자들을 처음 만나는 것처럼 보이지는 않았는데, 만날 때마다 매번 그런 식으로 모든 걸 대여했던 걸까? 그게 가능해? 하지만…… 그녀가 아는 수의사는 그런 사람이 아니었다. 남에게 어떤 식으로 보일지 신경 쓰는 부류의 사람이 아니었다. 그건 절대 아니었다.

수의사가 엄청난 부자가 되었다.

이것뿐이었다. 다른 가능성을 떠올리는 건 헛짓거리 같았다. 그녀에게 미처 말하지 않은 투자 종목이 있었고, 그걸로 크나큰, 말도 안 되게 크나큰 수익을 낸 거라면? 아주 불가능한 일도 아니었다. 인터넷 게시판이나 유튜브 댓글, 혹은 지인의 친구의 친구……들 중에 그런 식으로 큰돈을 번 사람들이 있었다(그녀가 직접 아는 사람은 한 명도 없었다. 만약 수의사가 큰돈을 벌었다면 그녀가 직접 아는 사람 중 그렇게 돈을 번 최초의 사람이 되는 셈이었다). 물론 수의사가 큰 수익을 내든 말든 그녀와는 아무런 상관이 없었다. 그렇지만 수의사가 엄청난 부자가 되었다면…… 그건 좋은 일이었다. 무엇보다 수의사는 쾌적한 집에서 살고 있을 터였다. 보일러가 고장 날 일이 없고 곰팡이가 없는 집, 스타일러와 커다란 티브이와 근사한 식탁과 오븐이 있는 집, 화장실(두 개 이상)이 실내에 있고 손님을 데려와도 용변 소리가 들릴까 봐 걱정하지 않아도 되는 그런 집.

올해 초 결혼기념일에 남편은 그녀를 유명한 식당에 데리고 갔다. 그곳으로 가는 내내 그녀는 두 달 전부터 웨이팅을 걸어놓아야 했다며 생색을 내는 남편의 말을 들어야 했다. 규모는 크지 않았지만 음식값은 혀를 내두를 정도였다. 그녀와 남편은 그렇게까지 비싼 식당은 처음 가보는 것이었다. 조명은 어둡게 해두고, 테이블마다 작은 초를 켜놓았다. 남편은 연신 음식을 칭찬했다. 돈이 아깝지 않다는 말을 세 번이나 했다(세 번째로 그 말을 했을 때, 그녀는 남편의 입을 틀어막고 싶었다). 디저트가 나오기 직전에 그녀는 화장실에 다녀왔는데, 자리로 돌아가는 길에 수의사를 보았다. 두 여자와 함께 있었다. 나이 든 여자와 젊은 여자. 젊은 여자는 어깨가 드러나는 블랙 원피스를 입고 귀에는 다이아몬드 귀걸이를 달고 있었다. 나이 든 여자는 캐시미어 니트에 진주 목걸이를 착용하고 있었다. 젊은 여자는 조금 통통했고, 늙은 여자는 깡말랐다. 둘 다 얼굴에서 미소가 떠나지 않았고 피부에서는 빛이 났다. 수의사는 양복 대신 몸매가 (아주) 약간 드러나는 남색 터틀넥 니트를 입고 있었다. 안경은 쓰고 있지 않았지만(렌즈를 낀 건가? 라식을 한 건가?), 시계는 몇 달 전 카페에서 봤던 그대로였다. 그녀는 수의사를 알아보자마자 고개를 숙였다. 이번에도 그녀의 심장이 어김없이 요동치기 시작했다. 오, 제발. 그녀는 속으로 중얼거렸다. 온몸이 떨려서, 균형을 잡지 못하고 넘어질까 봐 걱정이 되었다. 귀 뒤의 맥박이 생생하게 느껴졌다. 얼굴이 붉어졌고 인중에 땀이 맺혔다. 그녀는 맥박의 숫자를 세며, 남편이 기다리는 자리로 겨우 돌아갔다.

"얼굴이 왜 그렇게 창백해?"

남편의 말에 그녀는 다행이라고 생각했다. 붉어진 것보다는 창백해진 게 나았다. 백 번 천 번 그랬다.

그녀가 수의사에게 전화를 한 건, 식당에 다녀오고 한 달 정도 후의 일이었다. 아, 시도는 그 전에도 여러 번 했었다. 번호를 끝까지 누르고 연결음을 기다릴 수 있기까지 한 달이 걸렸다는 의미다. 한 달의 속앓이가 무색하게도 전화기 저편에서 기계의 안내음이, 없는 번호라는 안내음이 나왔다. 없는 번호라니? 그러고 나서 또 다시 한 달이 지난 후, 그녀는 수의사의 집을 찾아갈 수 있었다. 도저히 전철과 버스를 갈아타고 갈 엄두가 나지 않아 직접 차를 몰기로 했다. 첫 번째 시도 때는 시동조차 걸지 못했다. 두 번째 시도 때는 백 미터쯤 차를 몰았다가 다시 돌아와야 했다.

여러 번의 시도와 실패를 반복한 끝에 그녀는 마침내 수의사의 집에 도착했다.

거기에는 아무도 살고 있지 않았다. 수의사가 살고 있지 않으리라는 건 예상했지만, 아무도 살지 않는 건 예상 못 한 일이었다. 그녀는 (아주) 조금 망설이다가 초록동물병원으로 가보기로 했다. 이상하게도 그건 어렵지 않았다. 단번에 차를 출발시키고 금방 병원에 도착했다. 그곳에는 병원 대신 작은 디저트 가게가 들어서 있었다. 낡은 건물에 밝은색 페인트를 칠하고 창문틀을 새로 만들고 유리창에 스티커를 붙이는 등 공을 들여 인테리어를 했지만, 해결할 길 없는 조잡한 기운이 뿜어져 나왔다. 좌절감이 들었다. 실망스러운 마음이 피어났다. 엄청난 부자가 되었더라도 수의사가 여전히 그곳에서 병원을 운영하고 있을 거라고 믿었는데.

가게에는 손님이 한 명도 없었다. 하루 종일 아무도 찾아오지 않는 것 같았다. 선반 위에 진열된 스콘과 구움과자는 오래되어 보였다. 그래도 그녀는 트레이에 스콘과 카늘레, 마들렌 여러 개를 담았다. 따뜻한 커피도 한 잔 주문했다.

"원래…… 동물병원이 있지 않았나요?"

불행인지 다행인지 사장은 수다쟁이였다. 누군가 말을 걸어주기만을 기다린 듯 계산대 건너편에 앉아서 쉴 새 없이 자신의 이야기를 늘어놓았다. 창업할 생각을 어떻게 하게 되었는지부터 이곳을 지금처럼 만드느라 얼마나 고생했는지까지 한참 동안 이야기를 늘어놓았다. 그녀는 적당히 맞장구를 치며 사장의 말을 들었다(그런 처했다). 하지만 커피와 디저트에는 손도 대지 않았다.

"여기가 얼마나 지저분하고 정신없었는지 아세요? 창문을 다 막아놔서 빛도 안 들어오고…… 아휴 참. 아, 저 소리 들려요?"

뭉툭한 소리가, 어딘가 뭉개진 듯한 소리가 저 멀리서 날아와 그들 주위에 노달했다가 어느새 떠나가고 있었다.

"비행기 소리예요."

그녀는 놀라움을 숨기며 고개를 끄덕였다. 방음창의 기능은 엄청났다. 전에 여기서(혹은 수의사의 집에서) 들었던 것과 다르게 지금의 소리는 너무나 깔끔하고 매끈했다. 아무것도 해치지 못할 것 같았다. 그 무엇에도 영향을 미치지 못할 것 같았다.

"방음창을 제일 비싼 걸로 했거든요. 얼마인지 알면 아마 깜짝 놀랄걸요. 저는 여기에 와서 디저트를 먹는 사람들에게 최선을 다하고 싶었어요."

여기에 누가 와? 그런 생각을 하며 그녀가 물었다.

"그전에 여기에 있던 병원은…… 망했나 봐요?"

갑자기 사장의 미간이 찌푸려졌다.

"왜 그렇게 생각하세요?"

"네?"

"왜 망했다고 생각하시냐고요."

"아, 저는……."

"여기가 너무 외진 곳이어서요?"

그녀는 당황해서 손사래를 쳤다. 사장이 자리에서 일어나더니 그녀의 접시를 보며 말했다.

"하나도 안 드셨네요? 미안해요. 내가 너무 말이 많아서 그런 거죠? 조용히 할 테니 얼른 드셔보세요."

그녀는 억지 미소를 지으며 스콘을 천천히 입으로 가져갔다. 입은 크게 벌렸지만 최대한 조금 베어 물었고, 그 부분이 사장에게 보이지 않게 접시 위에 올려두었다. 겉은 질깃했고 밀가루가 뭉친 맛이 났다. 그리고 지나치게 짠맛. 버터의 풍미 같은 건 없었다. 예상보다 훨씬 더 별로였다. 그녀는 표정을 유지하려고 노력하면서 말했다.

"아주 맛있어요."

그녀의 말에 사장이 빙그레 웃었다. 그러고는 곧 정색하고 고개를 절레절레 흔들었다.

"죽었대요."

"누가요?"

그녀는 스콘을 목구멍으로 억지로 넘기며 물었다.

"원래 여기 있던 동물병원 선생님이요. 교통사고로 갑자기 돌아가셨다고 했어요. 부동산 아저씨가 그러더라고요. 사람 삶이 참 허망하다고."

죽었다고? 순간적으로 그녀는 그 의미를 파악할 수 없어서 눈만 깜빡거렸다. 곧 귀에서 이명이 들리기 시작했다. 순식간에 눈앞이 뿌예졌다. 온몸의 수분이 증발한 것 같은 기분이 들었다. 피부가 바짝바짝 타들어가는 것 같은 기분. 그녀는 식은 커피를 후루룩 마셨다. 죽었다고? 머릿속이 하얗게 표백되고 뇌 속의 스위치가 하나씩 내려지는 느낌. 끔찍해. 죽었다고? 죽었다고? 어쩌면 좋아? 그녀는 남은 스콘을 입안에 쑤셔 넣었다. 마들렌과 카늘레도. 사장은 그녀가 먹는 모습을 만족스럽게 바라보았다. 그녀가 물었다.

"언제요?"

"뭐가요?"

"그…… 여기 동물병원 의사 선생님이 죽은 거요."

사장은 어깨를 으쓱했다.

"정확하게는 몰라요. 제가 부동산 아저씨한테 그런 이야기를 들은 게 작년 말이었어요."

그녀는 마지막으로 남은 힘을, 초인적인 힘을 발휘했다. 평정심을 유지하며 자리에서 일어났다. 그녀가 괜찮다고 했지만, 사장은 기어코 남은 디저트를 포장해줬다(선심을 베풀듯, 어려운 일도 아니라는 말을 덧붙이면서). 그녀가 차에 올라탈 때까지, 아니 그 후에도 사장은 미소를 지으며 그녀를 바라보고 있었다.

그녀는 덜덜 떨리는 손으로 차를 출발시켰다.

사장의 시야에서 벗어나자마자 차를 멈췄다. 그리고 오랫동안 거기에 남아 있었다. 슬픔과 참담함이 한바탕 몰아치고 난 후, 그녀는 올해 초에 남편과 함께 간 식당에서 수의사를 봤던 걸 떠올렸다. 그건 착각이었던 거야. 정말? 착각한 거야? 그녀는 그 식당에서 빠르게 뛰던 자신의 심장을 기억했다. 귀 뒤의 맥박을 세던 자신의 리듬을 기억했다. 인중에 맺힌 땀을 기억했다. 얼굴이 왜 그렇게 창백해? 그렇게 물어보던 남편의 목소리를 기억했다. 그녀는 고개를 저었다. 그렇다면 작년 가을에 호텔 카페에서 본 사람은? 그건 분명히 수의사였어. 아닌가? 그것도 착각이었나? 아니야. 착각이 아니야.

저 멀리서 비행기가 날아오는 게 보였다. 그녀는 차에서 내렸다. 비행기 소리가 고막을 찢을 듯했지만 귀를 막지 않았다. 그녀는 비행기를 뚫어지게 바라보았다. 비행기를 탄 사람들이 자신을 발견하기를 바라면서. 저기 봐, 저 여자 무척 대범해 보이네, 하고 손가락질하기를 바라면서. 그녀는 갑자기 못 견디게 부끄러워졌다. 주체할 수 없을 정도로 창피한 마음이 들었는데, 왜 그런지는 몰랐다. 그녀는 조수석에 놔둔 (남은 디저트가 들어 있는) 종이봉투를 꺼내서 길가에 힘껏 던졌다. 그러고는 쭈그려 앉아서 아까 먹은 디저트를 모두 게워냈다.

　젊은 여자는 소파에 기대어 잠들어 있었다. 선장은 여전히 여기저기를 왔다 갔다 하는 중이었다. 이상했다. 더 이상 샅굴부위의 통증이 느껴지지 않았다. 통증이 사라졌다. 어떻게 그럴 수가 있어? 약을 먹기 전에 통증이 사그라든 적은 한 번도 없었다. 그녀는 선장을 다시 한번 바라보았다. 그러자 아까 선장을 보며 느꼈던 감각―신체 말단에서부터 무언가 꿈틀거리며 올라오는 것 같은―이 되살아났다. 한층 더 선명해졌다. 그녀는 비로소 그 감각의 정체를 알 수 있었다. 선장의 옷은 젖어 있었고 몰골은 엉망이었다. 그의 팔다리는 온통 긁힌 상처투성이였다. 그런데 머리 모양만은 그대로였다. 물에 젖으며 헝클어졌었는데, 마르면서 다시 처음의 모양을 되찾은 것이었다. 그것 때문이었다. 그것 때문에 그녀는 마음이 저릿해졌다. 참을 수 없었다.
　"울어?"
　그녀 쪽으로는 눈길도 돌리지 않겠다는 듯 앉아 있던 그가, 그녀가 우는 걸 알아차리고는 당황한 목소리로 물었다. 그녀는 고개를 저었다.
　"왜 울어? 이제 돌아가기만 하면 되는데. 여보, 걱정 마. 우린 무사히 육지로 돌아가게 될 거야."
　남편은 그렇게 말하며 팔을 뻗어(그는 이번에도 남편이 손을 잘

뻗을 수 있게 몸을 뒤로 빼주었다) 그녀의 눈물을 닦아주었다. 사실 닦아주지는 못했고, 그런 시늉으로 끝났다. 육지라는 말 때문에 그녀는 자신들이 바다 위에 머문 지 아주 오래된 것 같다는 착각에 빠졌다. 그녀는 눈물을 줄줄 흘리며 까만 바다를 바라보았다. 그녀는 남편에게 말하고 싶었다. 무엇을? 살굴부위의 통증이 시작된 게, 수의사가 죽었다는 소식을 들은 직후의 일이라는 것을. 그래, 이제 그녀는 이 인과관계를 무시할 수 없었다. 인정할 수밖에 없었다. 남편에게 자신의 부정을 고백하고 싶은 건 아니었다. 절대로 그런 건 아니었다. "여보, 수의사가 죽었대." 그녀가 그렇게 말한다면 남편은 이렇게 질문할 것이다. "수의사? 우리가 다녔던 병원의 수의사가 죽었어? 공기의 담당의가 죽었어?" 그리고 덧붙이리라.

"그걸 어떻게 알았어?"

그게 핵심이었다. 남편은 그런 식으로 부지불식간에 핵심을 찌를 것이다. 수의사가 죽었다는 걸 알아차리게 되기까지 그녀가 들여야 했던 그 수고로움. 그녀가 소진한 것들. 감수할 준비가 전혀 되어 있지 않았던, 절대로 만회할 수 없는 손해, 손실들. 전화를 거는 데 한 달, 찾아가는 데 한 달, 도합 두 달이 걸렸다. 그렇게 하지 말았어야 했어. 없는 번호라는 안내음을 들었을 때 그만뒀어야 했어. 아, 도대체 몇 번의 기회를 놓친 거야? 처음 수의사의 집으로 가려고 차의 시동을 걸었다가 마음이 무너지는 것 같았을 때, 그때 포기했어야 했다. 수의사의 집에 아무도 살지 않는다는 걸 알았을 때, 그때라도 그냥 집으로 돌아왔다면 좋았을 것이다. 그랬다면 수의사가 죽었다는 소식을 알지 못했을 테니까. 그랬다면 그녀의 기억 속에 수의사는 영원히 엄청난 부자가 된 채로 남아 있었을 것이다. 살아 있는 채로, 그녀의 세상 속에 남아 있었을 것이다.

이제 그녀는 옆자리에 앉은 그의 시선을 느꼈다. 돌풍이 지나간 후에는 자신을 한 번도 쳐다보지 않았던 그가 이제는 노골적으로 자신을 바라보고 있었다. 하, 어떻게 그럴 수 있었을까? 지난 몇 년 동안 그녀는 그가 남편과 연락을 하는지 어떤지 궁금했지만, 그런 걸 묻지 않을 수 있었다. 참을 수 있었다. 인내심을 발휘할 수 있었다. 하지만 어째서 수의사에 대해서는 그럴 수 없었던 걸까? 나의 교만이 그 작은 개를 죽였다는 걸 알면서도 왜 실수를 반복한 걸까? 왜 조바심을 내며 수의사를 찾아가도 된다는 건방을 떨었을까? 어째서…….

그때 쿵, 하는 소리가 났다. 배가 좌우로 흔들렸다. 아주 잠깐이었고, 그리 심한 수준은 아니었다. 다만 파도가 잔잔하고 바람도 한 점 없었기 때문에 방심하고 있던 몇 명이 구조물에 부딪혔다. 그 바람에 작은 비명이 터져 나오긴 했지만, 돌풍 속에서 고생했던 것에 비하면 그건 그저 작은 해프닝 같았다. 하지만 곧이어 사람들은 어리둥절함을 느꼈다. 배가 멈췄기 때문이었다. 배가 멈췄어? 갑판으로 뛰어간 선장의 얼굴이 구겨졌다. 그리고 드디어 선장의 입에서 불평이, 좌절감 어린 한탄이 터져 나왔다.

"이런 젠장!"

선장은 지치고 피곤한 투로 요트의 스크루가 어선이 근처에 쳐놓은 그물에 걸렸다고, 곧 해경이 올 거라고 말했다. 돌풍 속에 머물렀던 것에 비하면 훨씬 덜 막막한 상황이었고, 그들을 구출할 사람들이 오는 중이었지만, 배 안에는 (아까까지는 찾아볼 수 없었던) 분노감이, (약간의 과장을 곁들여서) 끊임없이 이 배에 찾아오는 불운으로 인한 분노감이 감돌았다. 젊은 여자가 중얼거리듯 말했다.

"내 인생 최악의 밤이야."

선장은 갑판으로 나가서 그물을 풀려고 시도했다. 어쩔 수 없다는 듯이 몇몇 사람들도 갑판으로 나가 선장을 돕기 시작했다(하지만 별 도움은 안 되었을 것이다). 그녀의 남편도 나갔지만, 그와 그녀는 꼼짝도 하지 않았다. 실내에 남아 있던 누군가 코웃음 치듯 말했다.

"다시는 배를 타나 봐라!"

그 말이 무슨 기폭제라도 된 것처럼, 마치 배가 그 말을 알아듣고 복수라도 감행한 것처럼 순식간에 한쪽으로 툭, 하고 기울었다. 계단이 있는 줄 알고 발을 내디뎠다가 온몸이 휘청이는 것처럼. 왜? 어째서? 돌풍이 부는 것도 아닌데, 어째서 이런 일이 벌어진 거야? 예상치 못한 상황에 겁에 질린 사람들이 소리를 질러댔다. 선장이 소리쳤다.

"꽉 잡아요!"

그녀는 그 말대로 했다. 두 손으로 옆 기둥을 꽉 잡았다. 발이 차가웠다. 물에 젖은 느낌이 들었다. 처음엔 착각인 줄 알았다. 돌풍 속에서도 그런 착각을 했었으니까. 이렇게 고요한 바다 위에서 배가 기울고, 내가 물에 젖을 수가 있어? 하지만 아니었다. 착각이 아니었다. 어느새 그가 두 팔을 둘러 그녀를 안은 채로 기둥을 잡고 있었다. 절대로 그녀를 놓치지 않겠다는 듯이. 그리고 그녀의 귀에 대고 빠르고 낮은 목소리로 말했다.

"내가 아까 돌풍 속에서 깨달은 게 하나 있어."

"뭐라고?"

이리저리 흔들리며 그녀가 되묻자 이번에는 그가 결연한 투로 소리치듯 말했다.

"아까 비바람이 몰아칠 때, 알게 된 게 있다고!"

그녀는 세차게 고개를 저었다. 그들이 있는 자리로 또 한 번 물이 왈칵 들이쳤다. 포효하듯 물이 배 안을 점점 점령하고 있었다. 무언가 깨지는 소리가 들렸고, 갑자기 실내등이 툭 하고 꺼졌다. 어두웠다. 주위가 너무 어두워졌다. 오, 빛이 사라졌어. 공포에 찬 비명이 들렸다. 서로 이름을 부르는 소리가 들렸다. 사람들의 목소리가 엉켜서 누구의 이름을 부르는지 알아들을 수 없었다. 그래도 용케 이 말은 알아들었다.

"물속으로 뛰어들어야 해!"

물속으로 뛰어들려면 갑판으로 나가야 했다. 그와 그녀는 있는 힘을 다해 갑판 쪽으로 기어갔다. 물이 몸 전체를 완전히 덮쳤다. 물, 사방이 물이었다. 으르렁거리는 물. 사납도록 으르렁거리는 물. 숨이 막힐 것 같았다. 그녀의 몸이 그녀의 것이 아닌 것 같았다.

정신을 차릴 수가 없었다. 물속, 그리고 물 밖. 반복. 숨이 막혔다가 다시 트였다. 반복. 끝나지 않을 것 같은 반복. 무슨 일이 일어나고 있는지는 알 수 없었는데, 물속에 들어갔다가 나오는 그 순간만은 너무 천천히 흘러가는 것 같았다.

그리고 다음 순간, 그녀는 배가 아니라 물 위에 있었다.

몸이 너덜너덜해진 것 같았다. 목구멍과 콧구멍으로 들이친 바닷물 때문에 자꾸 기침이 났다. 머리에서 무언가(피였다)가 얼굴을 타고 계속 흘러내렸다. 눈을 뜰 수가 없었다. 다른 사람들도 배 안에서 부서져 나온 부유물에 의지한 채 물 위에 둥둥 떠 있었다. 주위가 너무 어두웠다. 하지만 괜찮을 것이다. 어둠에는 곧 익숙해질 것이다. 그런 건 아무 문제도 되지 않을 것이다. 여기저기서 흐느끼는 소리가 났다. 하지만 아무도 불평하지 않았다. 화를 내지 않았다. 구출되지 못할까 봐, 저체온증에 걸릴까 봐, 지금 입은 부상이 영구한 손상을 남길까 봐 너무 두려워서 다른 감정은 느낄 수가 없었다. 어둠 속에서 그녀의 남편이 그녀를 불렀다. 남편은 그녀의 목소리가 들리는 쪽으로 헤엄쳐 왔다.

"여보, 이거 피야? 괜찮아?"

그녀는 남편의 말에 건성으로 대답하고 어둠 속을 두리번거렸다. 그를 찾았다. 너무 어두워서 얼굴을 구분하기가 어려웠다. 그의 이름을 부르고 싶은 마음이 간절했다. 어디선가 속삭이는 말소리가 들렸다.

"아홉 명 모두 배에서 탈출했어. 내가 세봤어."

아, 왜 숫자를 셀 생각을 못 했을까? 그녀가 남편에게 속삭였다.

"모두 무사하대."

자신이 한 말 때문에 그녀는 새삼스레 놀라움을 느꼈다. 파도 소리가 너무 평화로워서 무언가 거대한 착각에 빠진 것 같았다. 무지개다리를 건너다. 물속에서, 사방이 어둠뿐인 물속에서 파도 소리를 들으면서 그녀는 그 말을 떠올렸다. 무지개다리를 건너다. 그녀는 그 말이 치밀한 속임수를 품고 있다고 생각했다. 죽은 대상을 영원히 행복하게 만듦으로써 이득을 얻는 건 결국은 살아남은 사람들이라고. 죽은 대상이 기필코 행복하게 남아야 하는 건, 다름 아닌 살아남은 사람들을 위해서라고. 하지만 그게 그저 속임수에 불과한 걸까? 손실뿐인 속임수인 걸까? 손실뿐인 속임수라는 게 이 세상에 과연 존재하는 걸까? 오, 세상에. 그녀는 흐느끼기 시작했다. 아까 돌풍이 몰아칠 때, 죽을지도 모른다는 위협 속에서 그녀는 자신이 진실에 가닿았다고 믿었었다. 허위의 가면을 집어 던짐으로써 진짜 자유를 얻었다고 생각했다. 하지만 정말 그랬었나? 아니다. 진짜 자유를 얻었다는 그 믿음이야말로 허위에 불과한 것이었다. 아니다. 가면을 집어 던지는 바로 그 행위 자체가 허위에 불과한 것이었다. 아니다. 그녀는 모멸감에 대해 생각했다. 응당 느껴야 했던 모멸감, 수치심, 혹은 혐오……. 아니다. 이런 판단 역시 언젠가는 잘못된 것으로 판명이 날 테지. 지금 떠올린 생각이 영원히 진실로 남을 수 있는 유일한 방법은 그녀가 죽음을 맞이하는 것뿐이었다. 그렇게 된다면 어떤 생각들은 영원히 그녀의 세상에서 진실로 남게 될 것이다. 하지만 그것은 더 이상 그녀의 것이 아니게 되리라. 그것은 주인을 잃어버린 부유물, 정박할 기회를 잃어버린 구조물에 지나지 않게 될 것이다.

시간이 꽤 흐른 것 같았다. 왜 아무도 오지 않는 거지? 정말로 이렇게 죽는 걸까? 추워서 이가 딱딱 부딪치고 몸에서 힘이 점점 빠져나갈 때쯤, 사람들이 하나둘 겁에 질려서 패닉에 빠지기 직전, 마치 그렇게 될 때까지 기다리기라도 했다는 듯 저 멀리서 서치라이트의 희미한 빛이 보이기 시작했다. 사람들이 마지막 힘을 다해 소리를 질렀다. 마구마구 질렀다. 하지만 소리를 지를 필요는 없었다. 그들에게는 구명등이 있었으므로. 선장이 먼저 구명등을 꺼내 비추었고, 다른 사람들도 따라서 그렇게 했다. 사람들을 향해 배가 다가왔다. 밧줄이, 말 그대로 생명의 밧줄이 그들에게로 던져졌다. 해경은 아니었고 조업을 하러 나온 어부들이었다. 어부들은 이런 상황에 대비해 교육을 받았다고 했다.

"이제 괜찮을 거예요. 안심하세요."

사람들이 모두 조업선에 올라탔을 때, 한 어부가 말했다.

"당신들은 두 번째 기회를 얻은 거예요."

죽을 위기를 가까스로 모면하고 방금 전까지 차가운 물 속에서 덜덜 떤 사람들을 위로하려는 말이었을 테지만, 아무도 그 말에 대꾸하지 않았다. 물론 시간이 흐른 후에는 물에 빠졌던 사람들 스스로 그런 말을 내뱉게 될지도 모르지만, 적어도 지금은 아니었다. 그럴 준비가 되어 있지 않았다.

그가 그녀와 남편 곁으로 다가왔다. 그는 팔이 부러져서 간단하게 부목을 대고 있었다. 그런 것까지 조업선에 준비되어 있다는 사실에 그녀는 조금 감격스러운 마음마저 들었다.

"저것 좀 봐."

그가 멀쩡한 팔로 어딘가를 가리켰다. 저 멀리, 요트가 서서히 물아래로 가라앉고 있었다. 세상에, 저게 얼마짜리인데…… 저걸 어째? 그런 생각을 하며 그녀는 선장을 바라보았다. 선장은 요트 쪽으로는 눈길도 주지 않았다. 대신, 젊은 여자가 가라앉는 요트를 보며 발을 동동 굴렀다. 그녀는 마음이 찢어지는 것 같았다. 선장에 대한 연민으로 마음이 일렁거렸다. 그건 정말 진실한 감정이었다.

"10억이 가라앉는다. 영원히 바다 아래로."

남편의 말투에서 동정심이나 아쉬움은 찾아볼 수 없었다. 오히려 선고를 내리는 것처럼 엄숙하고 근엄했다. 하지만 뭐가 죄인데? 알 수 없었다. 죄가 있다 한들 선고를 내릴 자격이 남편에게 있어? 없었다. 남편뿐만 아니라 그녀 자신에게도 없었다. 그리고, 그에게도. 그리고…… 그 순간 그녀는 샅굴부위, 아니 와이존의 통증이 영원히 자신의 곁을 떠났다는 걸 알 수 있었다. 이제 다시는 그런 통증을 느끼지 못하게 되리라……. 그녀는 그를 바라보았다. 내가 아까 돌풍 속에서 깨달은 게 하나 있어. 그는 그렇게 말했었다. 이제 그는 그 어느 때보다 자연스러워 보였다. 어색함은 눈곱만치도 찾아볼 수 없었다. 그래도 어느 정도의 결연함은 남아 있으리라고, 여전히 그러리라고 그녀는 생각했다. 문득 이런 질문이 떠올랐다. 어부들은 저이의 팔에는 부목을 대주었으면서 왜 내 이마의 상처는 가만히 둔 거지? 이렇게 피가 많이 흘렀는데? 그녀는 두리번거리며 어부들을 찾았다. 이마의 상처에 정성스럽게 약을 발라주고, 거즈를 대주고, 반창고를 붙여줄 사람들을. 물론 배 안에는 상비약이 준비되어 있었다. 그녀가 미처 몰랐던 건, 상처에 약을 바르고 거즈를 대고 반창고를 붙이는 건 그녀 자신이 해야 할 일이라는 점이었다.

제 2 5 회
이 효 석
문 학 상

———

대 상 수 상 작 가
자 선 작

천 　 생 　 연 　 분

길을 잃은 것 같아, 라는 문장을 떠올리고 그녀는 깜짝 놀란다. 그건 다른 사람의 말버릇이지 그녀의 것이 아니었으므로. 그녀는 불과 몇십 분 전, 그 말버릇의 주인공이 살고 있는 도시를 지나쳐 왔다. 그 도시명이 적힌 표지판을 봤을 때는 그를 전혀 떠올리지 않았다. 그 사실 때문에 그녀는 어쩔 수 없이 우쭐해진다. 하지만 (당연히) 그런 감정은 곧 사라지고, 그녀는 어리둥절해진다. 반년 전, 그녀는 차를 몰고 밤새도록 그 도시를 돌아다녔었다. 길을 잃은 건 아니었다. 그냥 목적지의 주소를 몰랐다.

지금도 길을 잃은 건 아니었다. 목적지가 어디에 있는지도 알았다. 그녀를 그곳으로 안내해줄 우주—무엇이든 조금이라도 관련이 있으면 우주라는 단어를 갖다 붙이는 건 그녀의 말버릇이었다. 그걸 도저히 멈출 수가 없었다—로부터 온 정보, 내비게이션이 있었다. 그녀는 그 기계로부터 흘러나오는 목소리에 절대로 의문을 가지지 않을 터였다. 절대복종. 뭐라고? 절대로 복종한다고? 도로 위에는 그녀가 모는 차 이외에 다른 차는 거의 보이지 않았다. 밤 11시가 넘은 시간이었다. 한 해의 마지막 날, 그녀는 눈이 내리는 국도를 달리고 있었다. 두 시간 전쯤 서울에서 출발할 때만 해도 금방 그칠 것 같았던 눈발은 점점 거칠어지더니 이제는 위협하듯 차 주위로 밀려들었다가 흩어지기를 반복하는 중이었다.

성마르고 조급하게, 눈의 소용돌이.

그녀는 작은 포터 트럭을 운전하는 중이었다. 렌터카 센터에서 빌린 것이었다. 작고 낡은 트럭의 히터가 잘 작동하지 않아서 차 안에는 한기가 감돌았다. 그녀는 장갑이 없었다. 와이퍼가 차창을 훑고 지나가기가 무섭게 눈이 쌓였고 시야가 흐려졌다. 무용지물. 제일 싼 거요. 렌터카 센터에서 그녀는 그 말을 되풀이했다. 이 일에 돈은 최소한만 쓰고 싶었다. 혹시라도 직원이 바가지라도 씌울까 싶어 일부러 허름한 옷을 입고, 머리는 빗지 않은 채 질끈 묶고, 화장도 하지 않은 채로 렌터카 센터에 갔었다. 그녀가 하도 딱딱하게 굴어서 직원은 기분이 상한 것 같았다(직원이 기분이 상하는 게 말이 돼? 하지만 말이 되었다). 저에게 전혀 틈을 안 주시는군요. 직원의 볼멘 목소리를 들었을 때, 그녀는 하마터면 허물어질 뻔했다. 돈을 더 쓸 뻔했다. 사무실을 나올 때, 그녀는 끝까지 참아낸 자신에게 상이라도 주고 싶은 기분이었다.

싼 게 비지떡인데. 포터 트럭을 빌린 사실을 알게 된다면, 그녀는 남동생이 그렇게 말해주길 바랐다. 그러면 그녀는 되물을 것이다. "비지떡이 뭔지나 알아?" 남동생은 솔직한 태도로 잘 모른다고 대답하리라. 흠…… 그녀는 고개를 저었다. 그 애는 절대로 거기서 멈추지 않을 것이므로. 분명히, 진지한 표정으로 자신의 아내―그러니까 그녀의 올케―는 비지떡이 뭔지 알 거라고 덧붙일 것이므로. 그녀는 짜증이 났다. 그 애가 (그녀는 정말로 이 단어를 쓰기가 싫었다!) 팔불출이어서, 그러니까 툭하면 그런 식의―자신의 아내는 모르는 게 없다는―허황된 믿음을 경솔하게 드러내서가 아니었다. 그녀 자신의 상상이 작동하는 방식 때문이었다. 그녀는 남동생에게 포터 트럭에 대해 이야기할 생각이 눈곱만큼도 없었다. 그러므로 그런 상황은 실제로 일어날 가능성이 전혀 없었다. 만에 하나, 포터 트럭을 빌린 사실을 남동생이 알게 된다 한들 그런 식으로 대화가 이어질 리도 없었다. 속담 운운할 그런 분위기는 절대 안 될 것이다. 남동생은 단번에 화를 낼 것이다. 누나, 내가 뭐랬어? 거기 가면 내가 누나를 다시는 안 볼 거라고 했잖아? 그들 남매가 험악한 분위기 속에서 이야기를 나눌 때 남동생의 아내, 그러니까 그녀의 올케는 그들을 바라보고 있을 것이다.

그녀를 짜증 나게 하는 건 바로 이 점이었다. 그녀의 그 소박한 상상 속, 실제로는 일어날 가능성이 전혀 없는 그 조악하고 거짓된 공상 속에 포함된 단 하나의 진실이 왜 그녀의 올케와 관련된 것이어야 한단 말인가? 올케는 자신의 남편(그러니까 그녀의 남동생)이 지나치게 화를 내는 거라고 판단되면, 검지로 남편의 팔꿈치를 지그시 누르곤 했다. 싸구려 커피 자판기 버튼을 누를 때처럼 아무

흥미도 기대도 없는 듯한 표정이었지만 그 효과는 확실했다. "여보, 난 그게 그렇게까지 화낼 일인지 잘 모르겠어." 어쩌면 올케는 이렇게 말한 후, 남편은 보지 못하도록 고개를 살짝 그녀 쪽으로 돌려서는 미소를 지어 보일지도 모른다. 아주 짧은 시간 머물다가 이내 사라져버릴 그런 미소. 주의를 기울이지 않으면 알아차릴 수도 없을 그런 미소(그렇다면 그런 미소의 효용은 어디에 있단 말인가?).

한번은 이런 일이 있었다.

남동생이 결혼하고 얼마 안 돼 아버지가 돌아가셨다. 아버지의 장례식이 끝나고 처음으로 남동생 부부와 함께 저녁을 먹던 날, 어쩌다 보니 어머니에 대한 이야기가 나왔다. 아니다. 어쩌다 보니, 는 아니었다. 아버지와 어머니는 25년 전 이혼했다. 그녀가 열한 살이었던 해, 외할머니가 돌아가시고 얼마 지나지 않았을 때의 일이었다. 이혼을 하고 어머니는 영국으로 떠났다가 1년 후 돌아왔다. 영영 돌아온 줄 알았는데, 아니었다. 어머니는 다시 떠났고, 그 후 7년을 영국에서 살았다. 한국으로 돌아오기 전, 어머니는 그들 남매에게 미리 언질 한 번 주지 않았다. 재혼 소식을 알릴 때도 마찬가지였다. 아버지는 이혼 후 혼자 살았다. 그들 남매가 아는 한, 그 어떤 여자도 만난 적이 없었다. "설마요. 자식들 몰래 누군가 만나기야 하셨겠죠." 그날 그런 이야기가 (처음으로) 나왔을 때 올케가 말하자 그녀의 남동생이 고개를 끄덕였다. "나도 그렇게 생각해." 그녀는 배알이 꼴리는 것 같았다. 어머니가 재혼한다고 했을 때 남동생은 완전히 분노했었다. "엄마가 재혼한 게 그렇게 큰 잘못이야? 엄마도 자기 삶을 살아야지." 그녀의 말에 남동생이 대답했다. "누나, 우리 아버지는 다른 여자랑 데이트 한 번 안 했어."

그날, 올케는 시어머니에 대한 이야기를 처음 들었다고 했다. 시아버지가 이혼남(정말로 올케는 이 단어를 사용했다)이라는 사실은 진작에 알았지만 시어머니는 오래전에 돌아가신 줄 알았다고 했다. "이이가 어머니 이야기는 전혀 안 했거든요." 자신의 남편(이 되기 전에도)에게 어머니의 생사조차 확인 안 한 이 여자에게 어떤 감정을 느껴야 하는 건지 그녀는 알 수가 없었다.

하지만, 그들 남매 역시 어머니에 대한 이야기는 좀처럼 주고받으려 하지 않았다. 돌이켜보면 그건 정말 이상한 일이었다. 어머니는 한국에 돌아오자마자 곧바로 지방 국립대학 영문과에 교수로 채용되었고, 가끔 그들 남매를 만나러 서울로 왔다. 셋이 함께 만나는 경우는 없었다. 어머니를 만나고 왔다는 사실을 서로에게 말하지도 않았다. 어쩐지 그래야 할 것 같았다. 물론 그들은 다 알고 있었다. 공공연한 비밀. 아버지도 알고 있었을 것이다. 모를 수가 없었다. 어머니는 아버지가 주지 못하는 것을 줄 수 있었고, 실제로도 그렇게 했다. 대학 등록금을 대신 내줬고, 비싼 옷과 신발을 사줬다. 해외여행을 갈 수 있도록 비행기표를 끊어주고 호텔도 예약해주었다. 현금을 직접 주는 법은 없었다. 절대로 없었다.

"어떻게 그렇게 돈이 많으셨는데요?" 그날, 올케의 질문에 그녀는 머뭇거렸다. 대답을 한 건 남동생이었다. "대대로 부자였대." 대대로 부자, 라는 말로는 부족했다. 그들 남매의 외할아버지는 지역 유지였고 보수당의 국회의원을 지낸 적도 있었다(대학원을 졸업한 후 시간강사로 이 학교 저 학교를 전전하는 동안 그녀는 어머니가 연줄 덕분에 한국으로 돌아오자마자 교수로 채용될 수 있었다는 걸 알게 되었다. 그녀에게까지는 닿지 않았던 그 연줄). 사실, 그들 남매에게는 (한 번도 만난 적이 없는) 외삼촌이 있었다. 그가 하려는 모든 일에는 한도 없는 지원이 따랐다. 그러다가 그는 무리하게 사업을 시작했고, 그 사업은 (이런 이야기 속에서는 으레 그렇듯) 실패했다. 거기에 쏟아부은 어마어마한 돈. 갑작스러운 병으로 돌아가신 외할아버지. 전형적이지 않은 구석이 없었다. 딱 하나만 빼고. 외할머니는 일찍부터 자신과 딸을 위해 현금을 야금야금 모아두었고(외삼촌은 '빼돌렸다'고 표현하고 싶었겠지만), 살고 있던 집과 부동산 일부를 어머니 명의로 바꾸어두었다. 외할아버지가 돌아가신 후에 외할머니는 외삼촌네와 절연했다.

그녀는 못마땅한 마음으로 남동생이 올케에게 시시콜콜 다 털어놓는 걸 보고만 있었다. 모든 이야기를 들은 올케는 팔짱을 긴 채로 그들 남매를 번갈아 바라보았다.

"대대로 부자였다니, 대체 언제부터요?"

며칠 후, 그녀는 남동생에게 전화를 걸어서 그 말의 의미를 따져 물었다. 남동생은 처음에는 영문을 모르겠다는 투로 그게 무슨 말이냐고 되물었고, 사태를 파악한 후에는 오히려 이렇게 말했다. "대대로 부자라는 그 말의 의미를 모르겠어? 누나는, 정말 모르겠어?" 그녀는 기가 찼다. "누나, 아버지는 노동운동가였어. 그게 바로 아버지가 어머니와 함께 살 수 없었던 이유야." 허, 세상에, 그녀는 아주 어렸을 때를 기억했다. 늘 집을 비우는 아버지 대신 어머니는 그녀 남매를 돌보고 살림을 하고 돈도 벌었다. 어머니가 동네에서 조금 거리가 있는 대형 마트에서 파트타임으로 캐셔 일을 한 적이 있었다. 한번은 어머니가 농담처럼 이런 말을 했다. "내가 직업을 가진다면, 영어를 사용하는 일을 할 줄 알았어. 수학이 아니라 말이야." 마냥 웃자고 한 말이 아니었을 것이다. 정말로 그런 생각이 들었을 것이다. 심지어 어머니는 영문학 석사학위가 있었으므로. 나중에 남동생은 이 시절의 어머니에 대해서도 비난하듯 말했다(그녀는 남동생이 그 시절을 기억한다는 사실 때문에 놀랐다. 그때 그 애는 발도 잘 못 할 정도로 어렸었는데!). "어머니에게는 충분한 돈이 있었는데, 어째서 우리를 두고 일을 하러 나간 거야? 도대체 왜?" 그녀는 어머니를 따라 구치소에 갇힌 아버지를 면회하러 갔던 것도 기억했다. 그걸 제외하면 그녀의 기억 속 아버지는 대부분 평범한 회사원이었다. 아버지 인생 전체를 놓고 보더라도 그랬다. 노동운동가라니, 너무 과도한 표현이었다. 게다가 그녀가 기억하기로 이혼을 바란 건 어머니였지, 아버지가 아니었다. 하지만 그녀는 그런 말은 하지 않았다. 그래도, 이 말만은 하지 않고는 못 배길 것 같았다. 견딜 수 없을 것 같았다.

"너네는 정말 천생연분이다."

또 다른 천생연분. 어머니와 어머니의 새 남편도 천생연분이었다(천생연분이 이렇게 흔한 거였어? 두 부부를 떠올릴 때마다 그녀는 기가 찼다). 처음엔 몰랐다. 그런 건 그녀의 관심사가 아니었다. 그녀는 어머니의 새 남편과 실제로 만난 적도 없었다. 만나기는커녕 목소리도 들어본 적이 없었다. 그러니까, 2년 전 갑작스럽게 전화를 걸어오기 전까지는.

사진을 본 적은 있었다. 결혼식 직후 그녀의 어머니가 보내준 사진들. 결혼식은 도시의 가장 비싼 호텔에서 열렸다. 어머니의 새 남편은 같은 학교의 시간강사였고, 어머니보다 네 살이 어렸다(이런 사실이 남동생을 더 화나게 했다. "남자 없이는 못 산대? 시간강사? 네 살이나 어리다고?"). 사진 속 어머니는 소박하고 간소한 드레스를 입고 있었다. 팔뚝과 배의 살이 어쩔 수 없이 드러났다. 그녀는 얼굴이 화끈거려서 조그만 목소리로 중얼거렸다. 러플이 달린 드레스를 입었어야지. 어머니의 새 남편은 키가 크고 약간 살집이 있었다. 이마에는 (사진으로도 알아차릴 수 있을 정도로) 주름살 하나가 깊게 잡혀 있었지만 머리칼이 까맣고 숱이 아주 많았다. 지금 그 남자는 사진 속 모습과는 많이 달라져 있을 것이다. 그건 무려 10년 전에 찍은 것이므로. 어머니가 재혼 소식을 알렸을 때 그녀는 너무 놀라서 한참 동안 아무 대꾸도 하지 못했다. 그녀는 자신이 그토록 놀란 이유가 어머니가 결혼을 한다는 사실 때문인지, 아니면 결혼식을 올린다는 사실 때문인지 알 수가 없었다. 그게 그거라고 할 수 있겠지만, 그녀는 그런 식으로는 생각하기가 싫었다. "이제 너한테 새 가족이 생긴 거잖니." 어머니는 그녀에게 집에 내려와서 결혼식을 보고 하룻밤 자고 가라고 했다.

집, 외할머니가 명의를 어머니로 바꾼 바로 그 집.

"결혼식에 가는 건 아버지를 배신하는 거나 마찬가지야. 평생 우리를 키워준 아버지를 배신하는 행위라고." 남동생의 말에 그녀는 되묻고 싶었다. 그럼, 어머니의 도움을 받은 건? 그건 배신이 아니야? 하지만 그녀는 입을 다물었다. 그건 아버지의 돈을 아껴준 것이니 배신이 아니라는 대답이 돌아올까 봐. 직접 아버지에게 물어보자고 할까 봐(훗날 아버지가 뇌출혈로 쓰러졌을 때, 그들은 아버지가 모아둔 돈 덕분에 병원비 걱정은 하지 않아도 되었다. 어머니는 아버지가 아니라 그들의 돈을 아껴준 것이었다). 결혼 후에도 어머니는 몇 번이나 집에 놀러 오라고 했다. "인테리어를 싹 다시 했어. 예전과는 달라." 그녀는 가겠다고 약속했고, 실제로도 그러려고 했다.

하지만 그럴 때마다 꼭 이런저런 일이 생겼다.

어머니가 결혼한 후, 남동생은 절대로 어머니를 만나지 않으려고 했다. 자신의 결혼식 때도 부르지 않았다. 어머니는 상관없다고 했다. "뭐, 걔도 내 결혼식에 오지 않았잖니." 그러고는 이렇게 덧붙였다. "나는 니 결혼식도 안 갈 거다." 당연했다. 그녀 역시 어머니의 결혼식에 가지 않았으므로. 그렇게 말한 후 어머니는 자신이 한 농담이 너무 재미있다는 듯 입을 가리고 웃었다. 그녀가 어머니의 결혼식에 가지 않은 건, 아버지를 배신한다는 생각 때문이 아니었다. 직장 때문이었다. 그해에 그녀는 대학원을 휴학하고 (선배 소개로) 데일리 라디오 프로그램의 보조 작가 일을 하고 있었는데, 정말이지 정신이 하나도 없었다. 게다가 그 당시 그녀가 일하던 방송국은 이런저런 이유로 분위기가 아주 험악했다. 이틀이나 휴가를 내겠다고 말하는 건 결코 쉬운 일이 아니었다(그리고 불과 2주 후 그녀는 사표를 냈는데, 결국 이렇게 될 줄 알았으면 어머니의 결혼식에나 갈 걸 하는 생각은 하지 못했다. 영영 그런 생각은 하지 못했다).

2년 전, 한동안 연락이 뜸하던 어머니가 뜬금없이 그녀에게 전화를 걸어서 이런 질문을 한 적이 있었다. "내가 너에게 상처를 준 적이 있었니?" 상처를 준 적이 있었냐고? 그녀는 당혹스러웠다. 있었냐고? 있었냐고? 그녀는 그 말을 떠올리는 걸 멈출 수가 없었다. 그런 생각을 그만둔 건, 그로부터 한 달 후 어머니의 새 남편이 걸어온 전화를 받고 나서였다(그때 그녀는 처음으로 어머니의 새 남편의 목소리를 들었다).

"아내가, 그러니까 당신 어머니가 죽었어요. 보름 전에…… 보름 전에 죽었어요."

알고 보니 어머니는 호스피스 병원에서 전화를 건 것이었다. 어머니의 새 남편(이었던 남자)은 이어서 설명했다. 어머니가 반년 정도 투병을 했다고, 장례식도 이미 치렀다고. 유언에 따라 아주 조촐하게. 신체 일부를 기증했다는 말을 들었을 때 그녀는 자신도 모르게 되물었다.

"누구에게 뭘 줬다는 거예요?"

세상에, 그런 걸 묻다니. 그런 어리석은 질문을 하다니. 그녀는 곧이어 어머니의 새 남편에게 소리치듯 말했다. "어떻게 이런 소식을 이제야 알려줄 수 있어요? 어떻게 자식인 우리에게 이럴 수가 있어요? 어떻게……." 핸드폰 너머의 남자가 지친 목소리로 대답했다. "나는 내 아내가 시키는 대로 한 거예요." 시키는 대로 한 거라고? 세상에 그런 걸 시키는 사람이 어딨어? 그렇게 하란다고 그렇게 하는 사람이 어딨어? 그렇게 시키는 사람이나 그렇게 하는 사람이나 둘 다 최악이네. 최악으로 천생연분이네.

어머니의 새 남편이 말을 이었다. "내가 지금 전화를 한 것도 아내의 유언 때문이에요. 난 낭신늘과 통화하기도 싫었어요. 아내가 당신과 당신 동생에게 남긴 물건이 있어요. 그…… 뭐라더라, 앤티크 가구 말이에요. 영국에 살 적에 경매로 사서 갖고 온 건데 아주 귀한 거라고 했어요. 당신들이 새 가족을 이루면 그 집에 두었으면 좋겠다고 생각했다는데, 말할 기회가 없었다고. 작은 트럭 같은 게 필요할 겁니다." 딱딱하고 단조로운 말투. 그제야 그녀는 그 남자가 처음부터 무언가를 보고 읽었으리라는 사실을 알아챘다. 슬픔에 매몰된 목소리, 고통에 잔뜩 절여진 목소리.

죽은 아내의 (생면부지) 딸에게 할 말을 미리 적어놓아야만 했던 남자.

남동생은 분노했다. "어떻게 돌아가실 때도, 아니 돌아가시고 나서도 이렇게까지 이기적일 수가 있어? 이게 엄마야? 어떻게 우리에게 이럴 수가 있어?" 남동생이 격양된 목소리로 말했다. "가구? 앤티크 가구? 그걸 가지러 오라고?" 언제나처럼 옆에 있던 올케가 남동생의 팔꿈치를 지그시 눌렀지만 이번에는 그 효력이 오래가지 못했다. 팔꿈치에 가해지는 압박, 급격하게 낮아지는 목소리, 하지만 얼마 안 가 다시 커지는 목소리 그리고 또다시 팔꿈치에 가해지는 압박…… 꺼져가는 모닥불에 끊임없이 땔감을 쑤셔 넣는 것. 그 취약하고 미심쩍은 힘의 발산과 갈구.

그녀는 문득 히스테릭, 이라는 단어를 떠올렸고 온몸에 소름이 돋는 것 같았다.

"거기에 가면 나 정말 누나랑 연 끊을 거야." 남동생의 팔뚝을 꽉 잡고 있던 올케가 그녀에게 조심스럽게 물었다. "왜 돌아가신 거예요? 어디가…… 아프셨대요?" 암이었다고 대답하자, 무슨 암이었냐는 질문이 돌아왔다. 결과적인 사인은 폐암이었지만 시작은 유방암이었다. 하지만 그녀는 모른다고 대답했다.

"무슨 병으로 돌아가셨는지 알아봐주실 수 있으세요?"

도대체 그게 왜 궁금한데? 그녀는 그런 질문을 억지로 삼키고 대신 이렇게 대답했다.

"다시 통화하게 되면 물어볼게."

올케는 만날 때마다 똑같은 질문을 했고, 빈도수가 줄긴 했지만 최근까지도 종종 그걸 물어봤다. 마치 갑자기 생각났다는 듯이. 그녀는 올케에게 어머니의 사인을 알려주지 않았다. 올케를 기만했다는 생각은 들지 않았다. 분명히 자신은 '다시' 통화를 하게 되면 알려주겠다고 했으니까. 그 후로는 그 남자(어머니의 새 남편이었던)와 통화를 한 적이 없었으니까.

그러니까 한 달 전, 그 남자가 다시 전화를 걸어오기 전까지는.

그게 바로 그녀가 지금 이 밤, 혼자서 눈 오는 도로를 달리는 이유였다. 정말? 정말 그런 이유야? 그녀는 차가운 핸들을 움켜잡았다. 눈발이 마치 어두운 사위를 점령하듯 몰아치고 있었다. 그녀는 계속 나아갈 생각이었다. 멈추지 않을 생각이었다. 멈출 수가 없었다. 네 바퀴 모두 멀쩡하고 연료가 충분하다면 차가 멈출 일이 뭐가 있을까? 있었다. 진작부터 말썽이던 와이퍼가 갑자기 멈춰버린 것이었다. 와이퍼가 멈추자 눈발이 차창에 징그럽게 들러붙기 시작했고, 얼마 지나지 않아 시야를 막아버렸다. 무용지물인 줄만 알았는데. 그녀는 입술을 깨물며 차를 갓길에 세우고 헤드라이트와 비상등을 켰다. 눈과 어둠을 뚫고 달려올 다른 차들이 자신을 알아볼 수 있도록. 차에서 내린 그녀는 차의 전면창으로 팔을 길게 뻗어 맨손으로 눈을 쓸어내고 와이퍼를 이리저리 움직여보았다. 소용없는 짓이었다. 그녀의 손이야말로 무용지물이었다. 잠깐 서 있었을 뿐인데도 그녀의 머리카락 위로 하얗게 눈이 쌓였다. 코끝이 차가웠고 귀가 아팠다. 손이 얼어붙는 것 같았다. 그녀는 다시 차 안으로 들어갔다. 히터의 온도를 최대로 올렸지만 바람은 좀처럼 뜨거워지지 않았다. 그녀의 차에서 길게 쏟아진 빛 사이로 굵은 눈송이들이 춤을 추었다. 전면창은 금방 다시 눈으로 뒤덮였다. 그래도 그녀의 차에서 뻗어나간 어슴푸레한 불빛의 궤적이 여전히 거기에 있었다.

다른 사람들은 이럴 때 누구에게 연락을 할까? 누구에게 데리러 와달라고 부탁할까?

가족. 하늘 아래 그녀에게 남아 있는 유일한 피붙이. 그녀는 고개를 흔들었다. 아니면, 이런 상황에 놓이게 한 장본인? 어머니의 새 남편(이었던 남자)? 한 달 전 다시 전화를 걸어온 그 남자는 그녀에게 왜 그동안 유품을 가지러 오지 않았느냐고 따지듯이 물었다.

"가려고 했었어요."

정말 그랬다. 하지만 번번이 일이 생겼다. 그녀는 지난 몇 년 동안 일주일에 나흘은 강의에 할애하고 있었다. 이 학교, 저 학교, 이 도시, 저 도시를 건너다녔다. 늦은 밤에 서울로 돌아가는 기차를 타야 할 때가 있었다. 고속전철이 아니었다. 완행열차. 다른 선택의 여지가 없었다. 해가 진 후 기차에 올라서면 그녀는 자신의 치부가 드러날까 봐 조마조마했다. 거기에 있는 모든 승객들이 한결같고 고질적인 고달픔을 주렁주렁 매달고 있는 것처럼 보였다. 그녀는 자신의 치부가 드러나는 것만큼이나 다른 사람들의 치부를 보기가 싫었다. 무차별적인 치부. 그 기차 안에 우월함을 느낄 만한 사람은 아무도 없는 것 같았다(하지만 무차별적인 치부, 라는 생각 자체가 허울이었다. 만약 그들을 다른 장소에서 봤다면 그녀는 절대 그렇게 느끼지 않았으리라. 그녀는 그들의 특징을 단숨에 알아보고 그들을 구분 지었을 것이다).

어머니가 돌아가셨다는 소식을 들은 지 석 달 정도 지났을 때, 그 기차 안에서 그녀는 어떤 남자와 이야기를 나누게 되었다. 그가 그녀 옆으로 왔고 명함을 건넸다. 그는 변호사였다. 사무실은 서울에 있지만 의뢰인 때문에 일주일에 한 번은 지방으로 출장을 간다고, 한 달 전 집으로 돌아가는 기차 안에서 처음으로 그녀를 봤다고 했다. "당신이 울고 있었어요." 그의 말에 그녀는 어리둥절 해졌다. 내가 울고 있었다고? 내가? "당신이 길을 잃었다고 생각 했어요." 이번에도 그녀는 어리둥절해졌다. 길을 잃다니, 기차에서 어떻게 길을 잃어? 알고 보니 그건 그의 말버릇이었다. 그는 아무 상황에나 그런 표현을 잘도 갖다 붙였다. 그는 오늘이 지방에 갔다 오는 마지막 날이라고, 그래서 용기를 내서 말을 거는 거라고 했다. 감색 양복, 맨 위 단추를 푼 셔츠, 넥타이는 풀어서 백팩 안에 넣어두었으리라. 마른 몸, 익살스럽게 생긴 입술, 날렵한 턱선, 창백한 안색, 안경은 쓰지 않았는데 라식 수술을 했다고 했다. 대상—이때는 그 대상이 바로 그녀 자신이었다!—을 샅샅이 탐구하는 듯한 눈빛, 약간은 냉담하게 느껴지는 말투와 미소. 나중에 알고 보니 그는 전형적인 자수성가 스타일이었다. 장학금을 받으려고 성적보다 입시 점수가 낮은 대학 법대에 들어갔고, 아르바이트를 하며 공부해서 (몇 번의 시도 끝에) 사법고시에 합격했다. 그날 전화번호를 교환하고 집으로 돌아온 그녀는 자신이 사랑에 빠졌다는 걸 알았다. 그것 자체—그녀가 사랑에 빠졌다는 사실—가 이상한 일은 아니었다. 그녀는 언제나 그런 식으로 쉽게 사랑에 빠졌으니까. 그렇게 시작한 사랑이 오래가는 법은 없었다. 그녀는 쉽게 사랑에 빠지는 대신 쉽게 질리는 타입이었다. 짧게는 일주일, 길게는 반년. 그 이상 간 적은 없었다.

"넌 참 못됐다." 친구들은 그녀가 먼저 유혹을 하고(사실은 꼬리를 친다, 라는 표현을 사용했지만), 넘어오면 그 즉시 차버린다고 했다. "네가 무슨 어부니? 네 어장에 들어오면 관심을 잃는 거야, 그렇지?" 맹세코 그런 게 아니었다. 그냥 진짜 사랑을 만나지 못한 것뿐이라고 그녀는 생각했다. 그래서, 그와 사랑에 빠진 지 1년이 훌쩍 지났을 때 그녀는 친구들에게 여봐란듯이 말하고 싶었다. 자신도 진정한 사랑에 빠졌다고. 변호사와 사랑에 빠진 건 처음이었다. 그 사실에 그녀는 놀라움을 느꼈지만, 따지고 보면 그렇게 놀랄 일은 아니었다. 그녀가 사귀어보지 못한 직업을 가진 남자들은 얼마든지 있었다. 사실은 널리고 널렸다. 그녀가 사귀어본 남자의 직업은, 연구원, 대학원생, 회사원, 동네 카페의 사장 겸 바리스타(헤어진 후로 그녀는 그 카페가 있는 길을 피해 다녀야만 했다. 카페가 폐업할 때 그녀는 안도했다. 양심의 가책을 느꼈지만, 어쩔 수 없었다)가 전부였다. 국가고시 합격자를 만난 적은 없었다(정말 그런가? 그런 것 같았다). 그러니까, 그는 그녀가 처음으로 만난 국가고시 합격자였다. 하지만 그녀는 친구들에게 그에 대해서는 일언반구도 하지 않았다.

할 수가 없었다.

　처음에 그녀는 그가 싱글남(한 번도 결혼한 적 없는 진짜 싱글남)이라고 생각했었다. 조금 시간이 지났을 때에는 그가 이혼남인 줄 알았다. 시간이 더 지났을 때에는 다섯 살짜리 아들이 있다는 사실을 알게 되었다. 그래서 그녀는 그가 아들이 있는 이혼남이라고 여겼다. 하지만 그것마저도 아니었다. 그는 별거남이었다. "난 이혼한 거나 마찬가지야." 어이없는 말이었다. 서류, 서류가 있는데? 사귄 지 반년 정도가 지났을 때, 모든 사실을 알게 된 그녀가 따져 묻자 그는 자신은 분명히 말했었다고 대답했다. 결혼한 적이 있고 지금은 떨어져 사는데, 아들은 애엄마가 키우고 있다고 하지 않았느냐고. 그와 그의 아내는 대학 동기였다. 아내는 대학을 졸업하자마자 지방의 작은 무역회사에 취직을 했다. 취직한 후, 아내(가 되기 전이긴 했지만)에게 문제가 생겼다. 약간의 빚. 그는 연수원에 들어가자마자 마이너스 통장을 만들어 빚을 갚아줬다. 그리고 결혼을 했다("그땐 이미 사랑하지도 않았어. 순전히 책임감 때문에 결혼한 거야. 내가 사랑하는 건 너야. 걔랑은 말도 안 통해. 너만큼 똑똑하지도 않아"). 그녀가 난리를 쳐서 그는 그녀에게 결혼식 사진을 보여줘야 했다. 싸구려 조명, 벽에 붙어 있는 조잡한 장식들, 조화, 치맛단을 있는 대로 부풀린 드레스, 무턱대고 진한 화장과 유치해 보이는 티아라("티아라를 하는 사람이 아직도 있어?"). 돈은 아끼면서도 화려하게 보이려고 애쓴 결혼식의 전형이라고 그녀는 생각했다. 그러면 그럴수록 드러나는 것은 궁색함과 허접함이리라고. 그녀는 그가 여전히 사진을 가지고 있다는 사실을 문제 삼았고 밤새도록 싸웠다. 간통, 어수룩한 내연녀. 죄를 짓고 있다는 감각, 그 감각이 지독하리만치 생생해서 다른 모든 감각은 마비되어버린 것 같았다. 어쩌면 그 모든 것이 관점의 문제일 수도 있다는 생각이 들었다. 그러면 얼마간은 마음이 편해졌다. 하지만 그가 아들 때문에 서울에서 떨어진 도시로 가서 아내(전 아내가 아니라니!)를 만나는 날이면 그런 생각—관점 어쩌고저쩌고—은 애들 장난도 아닌 것처럼 느껴졌다.

어느 날, 수업이 끝나고 한 학생이 그녀에게 다가와 물었다. "어디 아픈 데라도 있으세요?" 학생의 근심 어린 표정과 말투 때문에 그녀는 눈물을 쏟을 뻔했다. 하지만 곧바로 분노가, 불꽃같은 분노가 그녀의 심장을 꼬집어댔다. 그런 질문을 한 학생에 대한 미움이 솟구쳤다. 그런 식이었다. 그와 함께하는 동안 그녀의 감정은 늘 그런 식으로 방향을 잃고 솟구쳤다가 엉뚱한 곳으로 곤두박질쳤다. 심지어 그녀는 그와의 결혼을 꿈꾸었다. 그와 진지하게 그런 이야기를 나누었다. 그의 (얼굴은커녕 이름도 모르는) 아들을 키우는 상상. 그녀도 아이를 낳을 생각이었지만 차별 없이 키울 자신이 있었다. 그들은 결혼식에 돈을 얼마나 쓸 건지에 대해서도 이야기를 나눴다. 그는 두 번째 결혼이므로 하객을 많이 부르지는 못할 거라고 했다("나한테 기꺼이 축의금을 두 번 낼 수 있는 사람들만 초대할 거야"). 행복에 젖어 시작한 이야기의 결론은 늘 좋지 않았다. 언제 이혼할 거야? 대체 언제? 한다고 했잖아! 제발 내 말 믿어

줘. 그들은 늘 그런 싸움을 했다. 둘 다 눈물을 쏟았다.

이루어질 수 없는 사랑. 그 문장을 떠올리면 그녀는 몸서리가 쳐졌다. 하지만 그녀는 장애물 때문에 공고해지는 사랑은 믿지 않았다. 그런 건 믿기가 싫었다.

그러다가 반년 전, 그가 갑자기 그녀에게 통보했다. 아내에게 돌아가기로 했다고. 오로지 아들을 위한 결정이라고. 아내가 사는 도시로 내려가서 함께 살 거지만 아내를 사랑하지 않고, 남남처럼 지낼 거라고(그는 각방이라는 단어를 썼다). 사무실도 이전할 거라고. 자기를 찾을 생각은 하지도 말라고. 그녀는 정신을 차릴 수가 없었다. 그가 서울을 떠난 후 얼마 지나지 않은 어느 날 밤, 그녀는 무작정 차를 몰고 그 도시로 갔다. 당연히 그의 집주소를 몰랐고, 그러므로 그녀는 밤새 그 도시를 정처 없이 배회해야만 했다.

이 모든 게, 그녀가 그 집에, 어머니의 집에 유품을 가지러 갈 수 없는 이유가 되었다.

물론 한 달 전 다시 전화를 걸어온 어머니의 새 남편(이었던 남자)은 그녀의 이유 같은 것엔 전혀 관심이 없었다. 그저 무덤덤하려고 노력하며 이렇게 말했을 뿐이었다.

"곧 이사를 갈 거예요."

남자는 아내의 모든 물건이 그대로 있다고, 도저히 버릴 수가 없었노라고 했다. "하지만 더 이상 여기에 홀로 남아 있고 싶지 않아요." 남자는 이사 갈 날짜를 알려주었다. "앤티크 가구를 가지고 가요. 아니면 난 그걸 버릴 수밖에 없어요. 그런 일이 없었으면 좋겠군요."

그녀는 가구를 버리는 절차를 알고 있었다. 폐기물 신고필증을 발급받아 가구에 붙일 것.

이번에야말로 그녀는 갈 생각이었다. 갈 수 있었다. 겨울방학이었고, 진 빠지는 (비도덕적인) 연애 중도 아니었고, 아르바이트를 하는 것도 아니었다. 방해 요인이 없었다. 하지만 자꾸 처리해야 할 일들이 생겨났다. 마치 온 우주가 나서서 그녀가 그곳으로 가는 걸 막기라도 하는 듯이. 갑작스럽게 핸드폰이 고장 났고, 그걸 고치고 나니까 이번엔 보일러가 고장 났다. 직접 수령해야 하는 우편물도 있었다. 미룰 수 없는 자잘한 약속들도 있었다……. 그 일들이 모두 끝나고 이제는 정말 아무 일도 생기지 않을 것 같아서 포터 트럭을 빌렸는데, 그다음 날부터 갑작스러운 몸살에 시달렸다. 이렇게 심하게 아파본 건 태어나서 처음이었다(정말로 그랬나? 그런 것 같았다).

그녀는 약을 먹고 저녁 늦게까지 잠들어 있다가 깨어났다. 더 이상 아프지 않았다. 열도 나지 않았고 목이 따끔거리지도, 기침이나 콧물이 나지도 않았다. 정신도 또렷했다. 그녀는 생각했다. 이번에야말로 그 어떤 방해도 받지 않고 그 집에 갈 수 있으리라고. 그러자, 아침이 올 때까지 도저히 기다릴 수 없어졌다. 또 무슨 일이 그녀의 출발을 가로막을지 누가 알겠는가? 당장 출발해야 해. 눈이 내리고 있었지만 괜찮을 것 같았다. 금방 그칠 것 같았다.

그러므로, 그녀가 지금 어둠과 눈 속에 갇혀서 오도 가도 못 하게 된 걸 어머니의 새 남편 탓으로 돌리는 건 공정하지 못한 처사였다. 그런 식으로 그녀의 질문은 자꾸 다시 원점으로 돌아갔다.

다른 사람들은 이럴 때 누구에게 연락을 할까? 누구에게 데리러 오라고 부탁할까?

피붙이에게 부탁할 수도 없고, 생면부지인 사람의 탓으로 돌릴 수도 없다면, 그렇다면 누구? 누가 남았어? 그녀는 아까 지나왔던 도시의 표지판을 떠올렸다. 지금 이 밤, 그녀가 아는 사람들 중 가장 가까이에 머물고 있는 사람. 반년 전 그가 살고 있는 도시를 배회하던 날 밤, 그녀는 그에게 수도 없이 전화를 걸었다. 문자를 퍼부었다. 그는 전혀 반응하지 않았다. 그랬던 그가, 그렇게까지 매몰차게 굴었던 그가, 지금 이 시간 아내와 함께 한 침대에 누워 있을 그가, 그녀의 전화를 받을 리 없었다. 절대로 없었다. 그녀는 운전석의 창문을 열었다가 닫았다. 창문에 쌓여 있던 눈이 우수수 떨어졌다. 그녀는 손바닥으로 창문의 얼룩을 닦은 후, 한동안 바깥을 바라보았다. 무자비한 눈과 가차 없는 어둠의 행렬, 자신의 차로부터 희미하게 쏟아지는 빛. 우주에 있는 누군가 이 빛을 발견할 수 있을까? 아니다, 이 빛은 너무 미약해서 그 누구의 눈에도 띄지 않을 것이다. 눈에 띄지 않을 것이다……. 그리고 곧이어 그녀에게 떠오른 생각. 어차피 내 전화를 받지 않을 거라면, 그렇다면 전화를 걸지 말아야 할 이유가 뭐란 말인가? 어차피 받지도 않을 텐데, 내가 전화를 걸든 말든 그게 무슨 상관이란 말인가? 이러나저러나 그에겐 아무런 문제도 되지 않을 텐데!

그래서 그녀는 그에게 전화를 걸었다.

그리고 그가 전화를 받았다.

전화벨이 몇 번 울리지도 않았는데 마치 기다리고 있었던 사람처럼. 그녀의 마음속에서 작은 돌풍이 일었다. 그는 정말로 각방을 쓰고 있나 보구나! 그가 그녀의 이름을 불렀다. 바로 얼마 전에도 만났던 것처럼. 하나도 변하지 않은 목소리 때문에 그녀는 자기도 모르게 자신의 상황을 술술 설명했다. 심란함과 두려움을 마구 드러냈다. "길을 잃은 거야?" 그가 이렇게 물었을 때 마침내 그녀가 용기를 냈다. "올 수 있어?" 그가 대답했다. "기꺼이." 그 대답 때문에 그녀는 자신의 몸 한 부분이 마비되는 것 같았다. 손가락이 저릿했고 누군가 자신의 피부를 잘근잘근 씹는 것 같은 기분이 들었다. 어떻게? 어떻게 그가 그녀의 전화를 받을 수가 있단 말인가? 어떻게? 어떻게 그가 이 우주에서 그녀를 데리러 올 단 한 사람이 될 수 있단 말인가? 그녀는 반년 전 그날 밤, 자신이 도시를 배회하며 그에게 보냈던 문자의 내용을 아직도 생생하게 기억하고 있었다. "내가 임신을 했으면 어쩔 거야? 내가 생리를 안 하고 있다고!"

거짓말이었다. 그녀는 생리를 거른 적이 없었다. 생리를 시작한 이래로 그런 적은 단 한 번도 없었다. 여자들끼리 있는 자리에서 생리 주기가 화제에 오를 때마다 그녀는 말하곤 했다. "나? 나는 생리 기계야." 그런 말을 내뱉고 나면 그녀는 자신이 자부심과 처참함의 파편들에 포위되어 있는 것 같았고, 그 둘을 절대 구분해낼 수 없을 것 같아서 좌절감이 들었다(그래도 그런 기회가 되면 또 그렇게 말했다).

어머니가 유방암에 걸렸다는 말을 들었을 때 그녀는 충격을 받았다. 그녀가 생각하기에, 어머니는 유방암에 걸릴 가능성이 거의 없는 부류의 여성이었기 때문에. 어머니는 십대 중반이 넘어서야 생리를 시작했고, 출산도 두 번이나 했다. 유방암에 걸릴 위험이 다분한 부류는 어머니가 아니라 그녀 자신이었다. 그녀는 열두 살 가을에 생리를 시작했고, (아직) 한 번도 출산을 하지 않았다. 그건 에스트로겐에 노출된 시간이 어머니보다 현격하게 많으리라는 의미였다.

유방암에 걸릴 가능성이 많은 여자.

그녀는 핸들을 잡고 있던 차가운 손으로 자신의 가슴을 한번 움켜쥐었다가 놓았다. 가슴이 무슨 버튼이라도 되는 것처럼, 갑자기 그녀에게 어떤 기억이 떠올랐다. 열두 살 봄에 학교에서 해준 성교육. 남자애들은 남자애들끼리, 여자애들은 여자애들끼리 층이 다른 과학실에 모아두고, 난자를 향해 헤엄치는 정자의 모습이 담긴 시청각 자료를 보여줬던 날. 젊은 (여자) 양호 선생에게 어설프거나 얼버무리는 느낌은 없었다. 과학실은 최적의 장소였다. 지금부터 너네—여자애들—가 알게 될 사실은 순전히 생물학적인 거야. 일종의 법칙이지. 법칙에는 그 어떤 열기나 충동이 개입되지 않을 것이었다. 남자 몸에 있는 정자가 어떻게 여자 몸으로 들어가는지는 설명해주지 않았지만—사실 그런 건 궁금하지도 않았다—그녀(와 또래 여자애들)는 자신들의 몸—정확하게는 질—에서 피를 흘리리라는 사실 때문에 이미 너무 많은 충격을 받았다. 시청각 자료가 끝나자, 양호 선생이 생리대의 비닐 포장을 뜯는 시범을 보여줬다. "이렇게 하는 거예요." 그걸 뜯을 줄 모르는 사람이 누가 있어? 지금이라면 양호 선생의 (위장된) 진지함 때문에 안쓰러운 마음이 들었겠지만, 그때는 아니었다. 작은 기저귀 모양의 생리대. 저런 걸 죽을 때(죽을 때까지는 아니지만)까지 한 달에 며칠 동안 차고 있어야 한다고? 모든 게 끔찍한 농담 같았다. 재앙이었다. 양호 선생은 한쪽 손에 테이프를 제거한 생리대를 들고, 다른 한 손을 손바닥이 아이들 쪽으로 향하게 들었다. "내 손바닥이 팬티의 아랫부분이라고 생각해봐요. 거기에다가 이렇게 이걸 붙이는 거예요." 양호 선생은 생리대를 손바닥에 붙였다. 그리고 거기에 모인 여자애들이 그걸 빠짐없이 봐야 한다는 듯, 좌우로 손을 천천히 움직였다. 더러워. 양호 선생의 손바닥이 영구적으로 오염되었으리라는 생각 때문에 그녀는 속이 메슥거렸다.

그 후로 한동안 그녀는 그런 생각을 멈출 수가 없었다. 그러니까, 그녀가 마주치는 (모르는) 여자들부터 시작해서 양호 선생, 담임선생, 슈퍼마켓이나 문방구 아주머니……까지, 저 여자들이 혹시 지금, 피를 흘리고 있는 건 아닐까 하는 그런 생각. 하지만, 어떻게 그러고 살아? 세상의 모든 여성이 그런 일을 당할 리가 없었다. 세상에는 분명히 그런 일에서 제외되는 여성이 있을 것이었다. 그녀는 자신이 그런 여성 중 한 명이 되기를 간절하게 바랐다.

불과 몇 달 후 그녀 자신이 생리를 시작했을 때, 그 사실을 아버지에게 털어놓지 못한 건 부끄럽거나 창피해서가 아니었다(물론 그런 이유도 있었을 테지만). 그녀는 그게 생리라고 여기지 않았다. 그냥 어쩌다 보니 피가 나온 거라고 생각했다. 그렇게 여길 만도 했다. 그 당시 그녀는 다른 이차성징도 제대로 시작되지 않은 상태였다. 그녀는 뭔가 착오(도대체 누구의 착오?)가 있는 거라고 생각했다. 그러니까, 그다음 날부터는 피를 흘리지 않으리라고, 원래대로 돌아가리라고 철석같이 믿었다. 하지만 다음 날에도 그다음 날에도 그녀는 어김없이 피를 흘렸다.

그녀는 자신이 그런 일을 당하는 여자라는 사실을 받아들여야 했다.

하지만 아무에게도 말하지 않기로 했다. 아는 사람이 없으면 그런 일은 벌어진 적이 없다는 듯이 굴 수 있었다. 얼마든지 그럴 수가 있었다. 그녀는 생리대 대신 휴지를 썼고, 밤마다 피가 묻은 팬티를 빨았다. 그랬다. 피가 묻은 팬티를 빨았다. 어떻게 그걸 그동안 잊어버리고 있었지? 그 장면을 떠올리자 그녀는 자기도 모르게 웃음이 났다. 자기도 모르게 새어 나오는 웃음, 그것보다 굴욕스러운 건 없었다. 그래도, 이 차에 탄 이후로(아니 어쩌면 그보다 더 전일지도) 처음 짓는 웃음이기도 했다(굴욕적이어도 웃음은 웃음이므로). 그녀는 실내등을 켜고 백미러로 자신의 얼굴을 확인했다. 푸석푸석한 피부, 거친 머릿결, 부은 눈. 그 와중에 화장품 파우치를 챙겨 온 게 우주의 계시 같았다. 얼굴에 파우더 팩트를 두드리고 립스틱을 바르고 나니까, 개미 눈물만큼 나아진 것 같았다 (그래도 나아진 건 나아진 거지). 거울을 보며 손으로 대충 머리를 매만지고 나서 그녀는 실내등을 껐다. 그가 왔을 때 언제쯤 실내등을 켜는 게 좋을지 고민했다. 그러니까, 그에게 자신을 곧바로 노출하는 게 더 이득일지, 아니면 노출하는 시간을 미루는 게 더 이득일지를 고민했다. 둘 다 이득은 이득이잖아. 그래도…… 그녀는 될 수 있는 한 어둠 속에 자신을 숨기리라고 마음먹었다.

숨길 수 있을 만큼.

그 당시, 그녀가 팬티를 빨며 느낀 감정은 참담함이나 수치심이 아니었다. 자기 연민 같은 것도 아니었다. 가끔은 그런 궁금증이 들긴 했다. 여자애들은 피를 쏟는데, 남자애들은 뭘 쏟아내? 하지만 그런 질문은 금방 털어내야 하는 것이었다. 시간이 지나면서 미처 빨지 못한 피 묻은 팬티가 쌓여갔고, 그녀는 그걸 자신의 옷장 깊숙한 곳에 숨겨두기로 했다. 하지만 학교에서 수업을 듣는 내내 그녀는 피가 묻은 팬티 생각을 멈출 수가 없어서 괴로웠고, 결국 그걸 비닐에 싸서 봉한 후 책가방에 넣어두었다. 책가방은 언제나 그녀 옆에 있을 터였다. 그러자, 비로소 안심이 되었다. 더 이상 다른 여자들을 보면서, 저 여자는 지금 생리 중인 걸까? 라고 생각하지 않게 되었다. 과학실에서는 생리대를 붙인 것만으로도 선생의 손바닥이 영원히 오염되었으리라고 여겼지만, 그녀 자신의 피가 묻은 팬티가 더럽다는 생각은 들지 않았다. 아니, 더럽다는 생각은 했을지언정 영구적이리라고 여기지는 않았다. 양호 선생의 손이 더럽혀졌다는 생각은 여전히 유효했다.

방금 전까지 쏟아져 내리던 눈은 그가 출발하자마자 그쳤다. 거짓말처럼 그친 눈 때문에 그녀가 더 이상 자신을 필요로 하지 않을지도 모른다는 생각이 들었지만, 그는 멈추지 않기로 했다. 그리고 저 멀리 포터 트럭이 보이자, 차를 세웠다. 도대체 왜 저런 (허접한) 차를 빌린 걸까? 하지만, 그는 가끔 그녀가 자신의 처지와 맞지 않는 이상한 선택을 한다는 사실을 알고 있었다. 그는 한동안 차 안에 머물렀다. 하필이면 아내가 혼자 훌쩍 새해맞이 여행을 떠난 밤, 그녀가 연락을 해왔다. 핸드폰 너머로 그녀의 목소리를 들으며 그는 마지막으로 그녀와 통화할 때 자신이 했던 말을 떠올렸다. "넌 가진 게 많잖아. 애엄마는 하나도 없다고." 정말 그랬다. 가끔씩 그녀도 모르게 나오는 말들이나 습관들. 그녀는 타고난 부자였고, 그건 그나 그의 아내는 아무리 노력해도 절대로 가질 수 없는 것이었다.

그때, 그녀는 전화기에 대고 소리를 질러댔었다. 오늘 밤의 그녀는 소리를 지르지는 않았지만, 횡설수설하는 건 마찬가지였다. 그는 그녀가 뭐라고 하는 건지 도통 알아들을 수가 없었다. 그때도 그랬고, 오늘 밤도 그랬다. 차로 20분(물론 쌓인 눈 때문에 그 두 배 정도의 시간이 걸렸지만)만 달려가면 도착할 수 있는 곳에 그녀가 있다는 건 알아들었다. 데리러 오라는 말도 알아들었다. 보험 회사 대신 자신에게 연락한 것이리라. 운전하는 내내 그는 (실로 오랜만에) 그녀와의 사랑을 떠올렸다. 헤어졌다 만났다를 몇 번이나 반복했는지. 이별을 고하고 며칠이 지나면 그녀는 차를 몰고 그의 집으로 달려오곤 했다. 그의 집 문을 두드리고, 미친 사람처럼 초인종을 눌러댔다. 그가 문을 열어주면 그녀는 신발도 벗지 않고 들어와 무작정 그의 몸부터 만졌다. 그 차가운 손(계절이 여름일 때도 이상하게 그녀의 손은 언제나 차가웠다)의 촉감. 그는 매번 유혹에 굴복했다. 한두 번이 아니었다. 그가 말했다. "동네 망신이다, 정말. 사람들은 네가 미친 여자인 줄 알 거야." 그런 말들은 서로의 욕망을 부추기는 도구가 되었다. 동네 망신, 미친 여자. 지금 고장 난 차 때문에 오도 가도 못 하게 된 여자. 그가 어떻게 그런 여자를 모른 척할 수 있단 말인가? 그에게 무슨 다른 꿍꿍이가 있는 건 아니었다. 그런 건 불가능했다. 정말로 그랬다.

갑자기, 누군가가 손으로 차창의 눈을 쓸어버렸다. 그였다. 조수석 문 쪽 잠금장치를 열어주자 그가 성큼 트럭 위에 올라탔다. 눈에 젖은 머리카락, 옷, 차가운 공기에 섞인 그의 체취가 느껴졌다. 예전에 만날 때마다 그가 뿌리고 나오던 바로 그 향수. 순간 그녀의 가슴이 쿵쿵거리기 시작했다. 순식간에 모든 게 너무 비현실적으로 느껴져서 어질어질할 정도였다. 겨드랑이에서는 땀이 끝도 없이 배어 나왔다. 어떻게 이렇게 추운데 땀이 날 수가 있어? 그녀는 입고 있는 티셔츠에 자국이 남을까 봐 조마조마했다. 차마 고개를 들 수 없어서 처음에는 그의 손만 보았다. 그의 손이 자신의 몸과 너무 가까이 있어서 숨이 막힐 것 같았다. 무용지물이 아닌 손. 와이퍼 대신 차창의 눈을 단숨에 쓸어버린 저 가차 없고 강인한 손, 무모하고 위협적인 저 손의 주인이 이 우주에서 그녀를 데리러 온 단 한 명의 사람이었다.

그녀는 그가 보고 싶어서, 실내등을 켜고 싶은 마음을 애써 억누르며 고개를 들었다. 허, 세상에, 순식간에 얼굴이 화끈 달아올랐다. 방금 전까지 자신을 그에게 곧바로 노출할 것인지, 아니면 미룰 만큼 미룰 것인지를 따지던 건, 둘 중 뭐가 더 이득인지를 따지던 건 어리석은 일이었다. 그녀는 자신의 겨드랑이를 적신 땀이 차갑게 식는 걸 느꼈다. 내 몸에서 나온 땀이 나를 얼려 죽일 수도 있나? 그녀는 고개를 흔들었다. 실내등을 켜지 않은 게 그나마 잘한 일이었다. 왜냐하면 그녀가 사랑했던 남자는 더 이상 존재하지 않았기 때문에. 그런 사실을 빛 아래에서 확인하고 싶지는 않았기에. 그의 마른 몸은 사라져버렸다. 턱선도, 창백해 보이던 피부도, 예민함을 품고 있던 분위기도 사라졌다. 통통한 볼, 두꺼워진 피부, 불룩 나온 배, 궁색하고 어리숙해 보이는 표정. 그의 손이 강인하고 위협적이라고 생각한 건 명백한 착각이었다. 밖에 나오기 전에 면도를 한 모양인지 턱은 말끔했다. 그가 향수를 뿌렸다는 사실, 그리고 면도를 했다는 사실이 그녀를 얼떨하게 만들었다. 수치심이, 말도 안 되게 지독한 수치심이 들었다.

"어디를 가는 중이라고?"

그의 말투는 그대로였다. 차라리 말투가 변했더라면…… 그녀는 고개를 저으며 대답했다.

"엄마네 집."

외할머니가 명의를 바꾼 그 집, 3층짜리 으리으리한 양옥집. 어머니가 영국으로 떠나고 한동안 그 집은 비어 있었다. "너는 이제부터 거기에 가서 살아야 해." 열두 살이 끝나갈 무렵 아버지가 그렇게 말했을 때, 그녀는 소스라치게 놀랐다. 아버지가 자신을 빈집으로 보내려는 줄 알고. 하지만, (당연히) 아니었다. 알고 보니 이혼하고 나서 영국으로 떠났던 어머니가 그 집에 돌아와 있었다. 왜인지는 몰랐다. "넌 이제부터 엄마랑 같이 사는 거야." 그 말을 들었을 때, 막연하게나마 그녀는 그런 생각을 했다. 자식이 둘이니까 공평하게 나누어 가져야 한다고. 그게 바로 어머니와 아버지가 합의한 바일 거라고(실제로 일이 어떤 식으로 돌아갔는지는 모르지만, 여튼 그랬다).

어머니에게 가기 며칠 전에, 그녀가 남동생에게 말했다.

"엄마 아빠에게 자식이 둘이어서 다행이야. 자식이 한 명이었으면 반으로 잘랐을 거야."

남동생이 그녀의 머리카락을 힘껏 잡아당겼고, 그녀는 주먹으로 남동생의 얼굴을 때렸다.

그 집에 갈 때, 그녀는 자신의 책가방—피 묻은 팬티가 들어 있는—을 꼭 안고 있었다. 외양은 여전히 으리으리했지만, 집 안은 그렇지 않았다. 오래된 가구와 가전, 유행에 뒤처진 커튼과 조명.

어머니가 2층과 3층에는 올라가지 말라고 했다. "거긴 난방을 꺼 났거든. 추울 거야. 우리 둘이 1층으로 충분해." 여름에 2층과 3층 은 열기로 가득했다. 외양을 유지하기 위해 따르는 필연적이고 필 사적인 검소함의 흔적. 하지만 어머니는 외출할 때 항상 고급 소재 의 옷을 챙겨 입었고, 대중교통을 이용하는 대신 택시를 탔다. 그 녀에게도 좋은 옷과 신발, 가방을 사주었다. 학교 선생들이나 친 구들은 그녀가 진짜 부잣집 딸이라고 생각했다. 하지만 그녀가 착 용하고 다닌 것들은 알고 보면 아주 오래되었거나 혹은 세일할 때 구입한 것들이었다. 어머니는 제과점에는 마감 시간이 닥치면 갔 고, 식료품은 떨이 위주로 샀다. 집에 있는 과일은 언제나 맛이 없 었다.

어머니와 함께 산 이후로도 생리를 한다는 사실을 계속 숨겼지 만 더 이상 휴지를 사용할 필요는 없었다. 화장실 수납장에는 (어 머니의) 생리대가 종류별로 구비되어 있었으므로(어머니는 생리 대를 사는 것에는 인색하게 굴지 않았다). 생리대를 사용하니까, 그때부터 피가 콸콸 쏟아지기 시작했다. 그녀는 놀랐다. 갑작스 럽게 늘어난 피의 양 때문이 아니었다. 자신이 몸—피의 양과 통 증—을 조절했다는 생각 때문에. 자기도 모르는 사이에 발현된, 자기 자신을 보호하는 능력 때문에. 이를테면 전학 수속을 마쳤을 때는 새 학년이 시작되기 직전이었다. 그녀는 전학생이라는 사실 을 숨기려고 했다. 그곳에서 계속 살아온 아이인 척하려고 했다. 그런데 금방 들통이 났다. 그녀의 말투—사투리를 쓰지 않는—때문이었다. 그녀는 생각했다. 만약 나에게 그런 능력이 있었다면 서울말 대신 사투리가 저절로 나왔어야 하는 게 아닐까(그녀는 외할머니가 쓰던 사투리를 알고 있었다)? 왜 내 몸―혀, 성대, 목구멍―이 그런 식으로 작동하지 않았을까? 하지만 곧 그녀의 몸이 오작동한 게 아니라는 사실이 밝혀졌다. 사투리를 사용하지 않은 게 정당한 반응이었다. 그녀의 서울 말투가 친구들의 호감을 산 것이었다. 반에는 그녀와 같은 동네에 사는 친구가 있었다. 그 친구는 반 친구들에게 말했다. "쟤네 집 엄청 크고 좋다니깐?" 방과 후에 집으로 돌아오면 언제나 어머니가 그녀를 기다리고 있었다. 아니다, 언제나 기다리고 있던 건 아니었다. 어머니도 외출을 했다. 가끔은 그녀보다 (아주 조금이지만) 늦게 돌아올 때도 있었다. 어디를 갔다 오느냐고 물으면 그냥 잠깐 앞에 다녀왔다고 했다. 하지만 그녀는 어머니가 잠깐 앞에 다녀오는 게 아니라는 걸 알았다. 손질한 머리와 착용한 귀금속, 입고 있는 옷을 보면 알 수 있었다.

어머니는 그녀를 쫓아다니면서 온갖 것에 상관하며 잔소리를 했다. 2학기 때부터 그녀는 집으로 돌아오는 시간이 늦어지기 시작했다. "왜 이렇게 늦게 다니는 거야? 엄마가 집에서 기다리는 거 몰라?" 기다리긴 뭘 기다려, 라고 반박하고 싶었지만 그녀는 그냥 이렇게만 말했다. "몰라." 어디서 뭐 하다가 오냐는 질문에는 그러는 엄마는? 이라고 되묻고 싶었지만 그녀는 기계처럼 이 말만 반복했다. "몰라!" 어머니도 절대 지지 않았다. "학교 끝나고 도대체 뭘 하고 다니는 거냐고!"

뭘 하고 다녔냐면, 친구와 함께 옆 반 남자애 무리를 몰래 쫓아 다녔다. 아, 그랬다. 남자애 무리, 라는 말은 너무 과한가? 세 명이 었다. 이차성징이 시작된 남자애들. 도통 또래 여자애들에게는 관심이 없는 것 같던 남자애들. 친구는 셋 중 한 명을 (친구의 표현을 따르자면) 사랑했다. 얼굴이 작고 키가 컸던 남자애. 전체적으로 호리호리하고 팔다리가 길쭉했다. 그녀도 친구에게 말했다. 자신도 그 세 명 중에 사랑하는 남자애가 있다고. 어불성설이었다. 친구가 셋 중 한 명을 사랑한다고 말했기 때문에, 그저 나머지 둘 중 한 명을 선택한 것뿐이었다. 그럼에도 일단 누군가를 사랑한다는 말을 입 밖에 내니까, 어느 순간부터 정말로 그렇게 되었다. 말이 먼저 있었고, 그다음으로 마음이 작동했다. 그렇다고 그 마음이 가짜라는 생각은 들지 않았다. 그 남자애는 셋 중 가장 키가 크고, 눈썹이 진하고, 어깨가 딱 벌어져 있었다. 코는 매부리코였다. 말을 건 적은 없었다. 눈을 마주친 적도 없었다. 그 남자애들이 자신들을 쫓아다니는 여자애들의 존재를 알 것 같지도 않았다(아니다, 알았을까?). 쉬는 시간이 되면 그녀와 친구는 옆 반 교실 앞을 서성거리며 그 남자애들을 살폈다. 방과 후에 그 남자애들은 한동안 학교 운동장을 어슬렁거렸고 그녀와 친구는 숨어서 그 모습을 지켜보았다. 그녀는 음료수를 마시던 그 애를 기억했다. 그 애의 목젖. 물을 마시거나 침을 삼킬 때마다 아래위로 크게 움직이던 그 애의 목젖. 그녀는 넋 놓고 그걸 바라보곤 했다. 약간은 숭배하고 싶은 마음이 들었다. 좋아하는 마음이 어찌나 커졌던지 때때로 그녀는 친구 모르게 그 남자애를 쫓아다니기도 했다.

그녀는 자신의 옆에 앉아 있는 그의 목을 힐끗 살폈다. 원래도 목젖이 작았는지, 아니면 살에 파묻힌 건지 알 수가 없었다. 그와 만난 게 더 최근의 일인데도, 도통 기억나지 않았다. 그가 물었다.

"어머니 돌아가시지 않았어?"

"맞아, 해결되지 못한 유산 문제가 있어."

유산? 유산 문제라고? 그녀는 자신이 선택한 단어 때문에 짜증이 났다. 그는 알 것 같다는 듯 고개를 끄덕이며 물었다.

"히터 온도 최대로 올린 거야?"

그녀는 그렇다고 대답했다. 차 안이 춥긴 추웠다. 와이퍼 말고도 뭔가 잘못되긴 한 것 같았다.

"일단은 내 차로 가자."

"왜?"

그가 영문을 모르겠다는 표정을 지었다.

"왜냐니?"

어쭙잖고 뻔한 술수. 그녀는 생각했다. 왜냐니? 도대체 뭘 하고 싶어? 이런 말이 그녀의 입가를 맴돌았다. 여기에 오는 동안 무슨 생각을 했어? 그녀는 그가 그냥 가주기를 바랐다. 어머니 집에 가겠다는 생각도 사라져버렸다. 눈도 그쳤고, 이곳에서 조금만 견디면 서울로 돌아가는 게 그리 어려운 일은 아니리라. 그가 네가 나를 여기로 불렀잖아? 라고 말하는 듯한 태도로 차에서 내렸다. 그러니까 자신을 따라오는 건 정해진 수순이라는 듯이. 그 자신감 있는 태도 때문에 그녀는 기가 찼다. 그녀는 차창을 열고서 사이드미러를 통해 걸어가는 그의 뒷모습을 보았다. 씰룩거리는 엉덩이. 끔찍했다. 그가 오지 않았더라면 좋았을 거라고, 그녀는 생각했다. 문득, 그녀는 자신이 그토록 쫓아다녔던 남자애 세 명 중 한 명—아무에게도 사랑받지 못한—의 얼굴을 전혀 기억하지 못한다는 사실을 깨달았다. 그 어떤 모습도 떠오르지 않았다. 어떻게 그럴 수가 있지? 그녀는 다시 사이드미러를 살폈다. 그는 없었다. 눈길 위에는 그의 발자국만 찍혀 있었다.

순식간에 차 안의 공기가 차가워졌다. 황급히 창문을 닫은 그녀는 체온을 간직하려고 팔짱을 꼈다. 그런데 갑자기 콧물이 나기 시작했다. 마치 이 순간을 기다리고 있기라도 했다는 듯 믿을 수 없을 정도로 많은 양의 콧물이. 차 안에는 휴지 비슷한 것도 없었다. 옷소매로 해결해보려고 했지만 어림도 없었다. 코로 들이마실 엄두도 안 났다. 그녀는 몸을 더 웅크렸다. 콧물을 흘리면서, 줄줄 흘리면서.

결국 그녀는 차에서 내려야 했다. 그가 자신을 유혹하려고 한다면? 그런 상상만으로도 그녀는 (또다시) 지독한 수치심이 들었다. 조금이라도 그런 기색을 보인다면 그녀는 그의 뺨을 때릴 생각이었다. 그런 다짐을 하며 그녀는 그의 차문을 열었다.

하지만, 그런 다짐을 할 필요가 없었다.

그의 차에는 그만 있는 게 아니었다. 뒷좌석 카시트에 작은 남자애가 앉아 있었다. 다섯 살짜리 그의 아들, 얼굴도 이름도 모르면서 친자식처럼 키울 수 있으리라고 생각했던 바로 그 애.

"애를 혼자 둘 수는 없고, 너는 도움이 필요하고. 오죽했으면 나한테 연락을 했나 싶고. 그래서 데리고 온 거야. 아까까지는 자고 있었는데 그사이에 깼나 봐."

그의 말투에서 당혹스러움은 느껴지지 않았다. 변명투도 아니었다(하지만 그가 왜 그녀에게 변명을 해야 한단 말인가? 그가 왜 당혹스러워해야 한단 말인가?). 그녀는 휴지로 콧물을 닦으며 그 애를 바라보았다. 그 애가 상체를 쑥 내밀며 말했다.

"아줌마 왜 그렇게 휴지를 많이 써요? 우리 엄마가 휴지는 아껴 써야 한다고 했어요."

그 말을 듣자, 그녀는 그가 보여준 결혼식 사진이 떠올랐다. 돈을 아끼려고 한 결혼식. 그리고 보면 아이는 제 아빠보다는 엄마를 더 많이 닮은 것 같기도 했다. 순전히 책임감 때문에 결혼한 거야. 그녀는 그 말을 기억했다. 사랑 없이 억지로(그녀는 헷갈렸다. 그가 억지로, 라는 표현을 썼던가? 썼던 것 같았다) 결혼을 했는데, 어떻게 아이가 생겼어?

"너네 엄마 엄청 알뜰하시구나?"

"알뜰해서 그런 게 아니에요. 좋은 일을 하려고 그러는 거예요. 휴지 같은 걸 마구 쓰면 지구가 너무 아프다고 했어요. 아줌마는 일회용품 많이 써요?"

허, 뭐라고? 쟤네 엄마가 뭘 어떻게 한다고? 그녀는 기가 막혔다.

"쓸데없는 소리 하지 말고 다시 자라."

그가 말했다. 그녀는 보란 듯이 휴지를 아까보다 훨씬 더 많이 뽑아서 코를 팽팽 풀었다.

"아줌마가 아빠 친구예요? 길을 잃은 친구예요?"

그녀가 뭐라고 대꾸하기도 전에 그가 아이의 몸을 뒤로 밀면서 말했다.

"안 졸려?"

"배고파요."

"배고파도 참아라."

"휴게소 가서 햄버거 먹고 싶어요."

그녀는 그런 식으로 이어지는 그들의 대화를 듣기가 싫었다. 정말 그랬다. 오로지 그게 싫어서, 그 대화를 끊어내고 싶어서, 그녀는 불쑥 끼어들었다.

"너, 근데 이름이 뭐야?"

그 애가 뭐라고 대답하기 전에 (이번에도) 그가 대신 대답을 했다.

"그런 건 뭐 하러 물어봐? 어차피 이름 부를 일도 없을 텐데."

그의 말투에는 별 감정이 실려 있지 않았다. 냉담하지도 않았고, 그렇다고 실없는 것도 아니었다. 바로 그 사실 때문에 그녀는 그에게 빰을 얻어맞은 것 같은 기분이 들었다. 그러니까, 예전보다 두툼해지고 투박해진 저 손바닥으로. 저 못생긴 손바닥으로.

그녀가 기억하지 못하는 건 (나머지) 남자애의 얼굴뿐만이 아니었다. 휴게소로 가는 차 안에서 그녀는 자신이 사랑했던 남자애, 커다란 목젖을 가지고 있던 그 남자애의 이름을 기억하지 못한다는 사실을 깨달았다. 그녀는 깜짝 놀랐다. 단지 이름을 기억하지 못해서가 아니었다. 오히려 (이름을 제외한) 너무 많은 것을 기억하고 있어서. 누군가를 그저 지켜보는 것만으로 그토록 많은 것들을 알아내는 게 가능한 일일까? 정말로? 갑자기 그 애에 대한 기억들이 우후죽순처럼 떠올랐다.

그 애는 1교시가 끝나면 항상 화장실에 가서 조금 오래 머물렀다. 밥을 먹는 속도는 (다른 남자애들에 비해) 느렸다. 축구는 안 했고, 농구는 곧잘 했다. 달리기를 잘했고, 눈에 띄게 땀을 많이 흘렸다. 미간을 자주 찌푸렸다. 같은 반 여자애들과는 이야기를 잘 나누지 않았다. 그 또래 남자애들이 흔히 그러는 것과 달리 여자애들을 놀리는 것에 관심이 없었다. 파란색 보온 통을 가지고 다녔다. 점퍼의 깃은 항상 올리고 다녔다. 폴라 티를 자주 입었다.

그리고, 혼자 있을 때는 두 손을 주머니에 넣고 터덜터덜 걸었다.

그랬다. 그 애가 무리에서 빠져나와 혼자 있을 때가 있었다. 그 애 혼자 지하층으로 내려갈 때가 있었다. 거기에는 뭐 하러? 양호실에 가려고. 하, 그랬지, 학교 양호실을 떠올리자 또 다른 기억들이 속수무책으로 밀려들었다. 어떻게 그걸 까맣게 잊고 있었지? 그 남자애를 쫓아다니기 전까지 그녀는 학교 양호실에 가본 적이 없었다. 양호 선생이 어떻게 생겼는지도 몰랐다. 양호실엔 왜? 어디가 아팠나? 그래서 땀을 많이 흘렸나? 그게 무슨 병의 전조였나? 아니었다(하지만 맞을 수도 있었다. 그녀는 그 애가 지금 어떤 건강 상태로 살아가는지 몰랐으므로. 어쩌면 벌써 병으로 죽었을지도 모르니까). 그 애가 양호실 안으로 들어간 적은 (그녀가 알기로는) 없었다. 항상 창문을 통해 양호실 안을 몰래 지켜보기만 했다. 그녀는 그 애가 그러는 이유를 알아차렸다. 모를 수가 없었다. 사랑에 빠진 것이었다. 누구를? 양호 선생을. 그래서 그 애는 기회가 있을 때마다 양호 선생을 보러 그곳으로 (다른 친구들 몰래) 간 것이었다. 마치 그녀가 그 애를 몰래 지켜본 것처럼 그 애도 그렇게 한 것이었다. 무리 속에 있을 때 그 애는 위풍당당해 보였는데, 양호실을 지켜보는 그 애는 어딘가 비굴해 보였다. 그녀는 그 애가 비굴해 보이는 게 싫었다. 싫으면서도 사랑스러웠다. 사랑스러우면서도 싫었다.

　도대체 어떤 여자이길래? 그녀는 궁금해죽을 것 같았다. 그 애가 성인 여성을 사랑하는 게 이상하다는 생각은 들지 않았다. 저런 완벽한(그녀는 그렇게 생각했다) 남자애의 사랑을 받는 여자는 도대체 어떤 여자야? 물론 그녀는 그걸 확인할 수 있었다. 어려운 일이 아니었다. 원하기만 하면 언제든지 양호실 문을 열고 들어갈 수 있었다. 양호실 안을 훔쳐볼 수도 있었다. 얼마든지 그럴 수 있었다. 하지만 이상했다. 그런 건 상상도 할 수 없었다. 양호실에 들어가는 것도 훔쳐보는 것도, 그녀 자신이 절대 할 수 없는 일처럼 느껴졌다. 있는 힘껏 용기를 내서 양호실 주위를 서성거린 적은 있었지만, 창문 쪽으로는 가까이 가지도 못했다.

그녀가 할 수 있는 거라고는 그저 양호실 안을 훔쳐보는 그 애를 훔쳐보는 게 전부였다.

어느 날, 수업시간 도중에 그녀는 갑작스러운 복통을 느꼈다. 몸이 저절로 수그러들었고, 두 손으로 배를 움켜잡았다. 수업을 하던 담임이 그녀가 아프다는 걸 단번에 알아챘다. 얼굴에 핏기가 하나도 없고, 이마에 식은땀이 송골송골 맺혀 있다는 걸 곧바로 알아보았다. 담임은 수업을 중단하고 그녀를 양호실에 데려다주었다. 그녀는 양호실에는 죽어도 가기 싫었다. 그냥 집으로 돌아가고 싶었지만, 너무 아파서 그런 의사를 밝힐 경황도 없었다.

양호 선생은 그녀의 외투를 벗긴 후 곧바로 침대에 눕혔다. 그녀의 이마를 짚으며 물었다.

"열은 없는데, 아침에 뭘 먹었니? 화장실에 가고 싶니?"

그녀는 고개를 가로저었다.

"배에 가스가 찬 것 같아? 부글부글거려? 토할 것 같아?"

이번에도 그녀는 고개를 저었다.

"무언가 콕콕 쑤시는 것 같아? 속이 쓰려? 아니면 장이 꼬이는 것 같니?"

그녀는 뭐라고 설명해야 할지 알 수가 없었다. 콕콕 쑤시냐고? 쓰리냐고? 꼬이는 것 같냐고? 이 모든 것들이 구분 가능한 고통인가? 그녀는 자신이 느끼는 고통이 생전 처음 느껴보는 종류의 것이라는 건 알았지만 그걸 설명할 자신은 없었다. 다른 사람들은 고통의 종류를 다 구분할 수 있나? 그 고통을 말로 표현할 수 있나? 어른이 되면 그런 게 가능해지나?

아니었다.

아, 어쩌면 누군가는 그럴 수도 있겠지만, 그녀는 아니었다. 그녀는 어른이 되어도 아픔을 언어로 설명하는 게 어려웠다. 몇 년 전 갑자기 어깨를 움직일 수 없을 정도로 아파서 정형외과를 찾아갔을 때, 의사는 그녀에게 어떤 식으로 아프냐고 물어보았다. "찌르듯이 아픈가요? 찌릿찌릿한가요? 근육이 뭉친 것 같나요?" 그녀는 항복하듯, 비굴하게 이렇게 대답하는 수밖에 없었다.

"모르겠어요, 정말 모르겠어요."

의사가 이해가 안 된다는 듯 그녀를 바라보았다.

"어떻게 모를 수가 있어요? 그걸 본인이 모르면 누가 알죠?"

그녀는 의사가 과도하게 굴었다는 걸 알고 있었지만, 그 말은 종종 이상한 방식으로 이상한 순간 그녀를 찾아왔다. 한때 사랑했던 남자와 그 남자의 아들과 함께 차를 타고 가장 가까운 휴게소로 달려가고 있는 지금도 마찬가지였다. 본인이 모르면 누가 알죠? 어쨌든, 그녀는 몰랐다. 자신이 고통을 느껴야 하는 건지, 아니면 처량함을 느껴야 하는 건지, 지독한 자기 연민을 느껴야 하는 건지 그녀는 몰랐다.

다시 눈이 내리기 시작했다. 아까보다 더 사납고 강력하게. 휴게소에 가자고 노래를 부르던 아이는 어느새 다시 잠에 들었다. 그녀는 침묵 속에서 운전 중인 그를 바라보았다. 안전벨트 아래로 약간 튀어나온 배, 두툼해진 볼살, 전체적으로 윤곽이 희미해진 얼굴. 원래 눈가에 저렇게 주름살이 짙었던가? 도대체 왜 저렇게까지 변한 거야? 그녀는 고개를 저었다. 오죽했으면 나한테 연락을 했나 싶고. 그 말을 들은 게 마치 전생같이 느껴졌다.

그녀는 시선은 앞에 둔 채 손을 뻗어, 핸들을 잡고 있는 그의 오른손 손등에 살짝 갖다 댔다가 뗐다. 그는 가만히, 정말로 가만히 있었다. 전혀 움직이지 않았다. 눈도 깜빡이지 않았다. 그녀는 한 번 더 손을 갖다 댔다. 속으로 숫자를 셌다. 하나, 둘, 셋…… 그는 여전히 얼음처럼 가만히 있었지만, 눈을 두어 번 깜빡거리긴 했다. 이번에는 그의 손가락을 살짝 그러쥐었다. 그녀의 손 아래에서 그의 손가락이 조금 움찔거렸다. 그런 식으로 그들은 한동안 가만히 있었다. 얼마나 시간이 지났을까? 그가 헛기침을 했다. 그러고는 그녀에게서 슬쩍 손을 빼내 핸들의 다른 부분으로 옮겼다. 그녀의 손이 하릴없이 핸들을 잡고 있는 셈이 되었다. 그녀는 그 손이 자신의 신체처럼 느껴지지가 않았다. 마치, 그녀의 몸에서 뚝 떨어져 나간 것 같았다. 주인을 잃어버린 신체.

"그런데 유산 문제가 있었어?"

그녀는 (그럴 필요가 없는데) 옷매무새를 매만지면서 대답했다.

"응."

"하긴, 부자들은 그런가 보더라. 시간이 지나도 유산 문제가 해결이 안 될 때가 있나 봐."

"그렇게 대단한 건 아니고……."

"대단한 거겠지. 너네 집, 대대로 부자였잖아."

그녀는 깜짝 놀랐다. 아, 그랬다. 그녀가 그에게 그런 이야기를 한 적이 있었다. 그것도 자주. 외할아버지에 대해, 어머니와 아버지의 이혼에 대해, 어머니의 유학에 대해, 한국에 돌아온 어머니가 그들 남매에게 주었던 것에 대해, 어머니의 새 남편에 대해. 그리고 그들의 결혼식에 대해. 그렇지만 어머니의 죽음에 대해서는 별말을 하지 않았다. 그들이 사귈 때, 그는 그녀가 뭘 해도 부잣집 아가씨 티가 난다고 했다. "얘엄마랑은 완전히 달라. 걘 그냥 얼굴만 봐도 고생한 티가 나. 넌 사랑만 받고 자란 것 같거든. 그게 돈의 힘인가?" 웃기는 말이었다. 그녀가 정말로 부잣집 딸이었다면 왜 기차를 타고 그 고생을 하며 지방 학교에 출강을 했겠는가? (그에게는 이야기하지 않았지만) 왜 이런저런 아르바이트를 하느라 사람들 눈치를 봐야 했단 말인가? 하지만 그녀는 그의 그런 말에 긍정도 부정도 하지 않았다. 그냥 웃기만 했다. 그녀는 그 웃음에 아무런 감정도 담지 않으려고 무던히도 애를 썼고, 대부분은 그렇게 되었다.

그녀는 양호 선생의 웃음도 기억해냈다. 허스키한 목소리, 음절과 음절 사이에 미묘한 분절이 있어서 소리는 부드럽게 이어지지 않았고 약간 꾸민 듯한 인상을 주었다.

양호실에 갔을 때, 그녀는 결국 어디가 어떻게 아픈지 설명하지 못했다. 양호 선생은 한숨을 쉬며 그녀에게 진통제를 주었다. 다른 방도가 없어서 그런 것뿐이었는데, 결과적으로는 옳은 판단이었다. 진통제를 먹고 한숨 자고 일어났더니 통증이 씻은 듯이 사라졌던 것이다. 양호실 안에는 그녀 혼자였다. 느낌이 이상해서 덮고 있던 이불을 치우니까 하얀색 침대보에 피가 묻어 있었다. 생리혈이었다. 시작하려면 일주일이나 남았는데, 별안간 터져버린 것이었다. 처음이자 마지막으로 오작동한 생리 기계. 생리통. 그녀 생애 첫 생리통이었다(그것 역시 그때가 처음이자 마지막이면 좋았으련만, 그렇지는 않았다. 그 후로 생리통은 그녀의 고질병이 되었다). 갑자기 정신이 확 들었다. 문득, 책가방에 들어 있는 (오래된) 생리혈이 묻은 팬티들이 떠올랐다. 그동안 그걸 잊어버리고 있었다는 사실을 깨달았다. 자리에서 벌떡 일어난 그녀는 황급히 침대보를 걷어서 둘둘 말았다. 다행히 재킷이 길어서 바지에 번진 핏자국을 가리기는 충분했다. 그녀는 쉬는 시간까지 화장실에 숨어 있다가 담임이 교실에서 나간 걸 확인한 후에 책가방을 챙겨서 (친구들의 괜찮냐는 말은 무시하고) 뒤도 돌아보지 않고 집으로 돌아갔다. (예상했던 것처럼) 집은 비어 있었다. 그녀는 욕조에 차가운 물을 받아서 침대보를 담가두었다. 차가운 물이어야 했다. 뜨거운 물은 절대로 안 됐다. 누군가 알려준 게 아니었다. 그녀 스스로 알아낸 사실이었다. 핏기가 빠진 침대보는 세탁기에 넣어 탈수까지 끝냈다. 어머니 몰래 침대보를 널어두려면 2층이나 3층이 적당할 것 같았다. 3층이 좀 더 나으리라. 그 모든 일을 다 끝낸 후에야 그녀는 샤워를 하기 시작했다. 입고 있던 바지와 팬티는 침대보와 똑같은 방식으로 찬물에 담가두었다가 세탁기에 넣고 돌렸다. 그러는 동안 책가방에 든 팬티는 다시 까맣게 잊었다.

다음 날 담임에게 혼이 날 거라 예상했지만, 그런 일은 일어나지 않았다. 양호 선생 덕분이었다. 방과 후에 침대보를 돌려주려 양호실에 들렀을 때 알게 되었다. "담임이 너 찾으러 왔더라. 그래서 내가 너 집에 보냈다고 했어." 양호 선생은 그녀에게 받은 침대보를 이리저리 살펴보았다. 냄새도 맡아보았다(냄새는 왜?). 땀을 너무많이 흘려서 어머니가 세탁해주었다고 거짓말할 생각이었는데 양호 선생은 다른 질문은 하지 않았다. 팔짱을 낀 채 한동안 눈을 가늘게 뜨고 그녀를 내려다보긴 했다. 무언가를 판별하겠다는 듯이. 양호 선생을 결코 미녀라고 할 수는 없으리라는 생각을 한 건 바로그때였다. 그녀가 사랑하는 남자애가 양호 선생을 사랑하게 된 이유가 적어도 외모 때문은 아닐 것이라고. 그럼 뭐야?

침대보를 간 후 양호 선생이 말했다.

"따뜻한 차 한잔 줄 테니까 거기 의자에 앉아 있어."

그녀는 양호 선생이 차를 만드는 동안 천천히 양호실 안을 둘러보았다. 지상층만큼 빛이 들어오지는 않았지만, 완전히 어두운 것도 아니었다. 하지만, 이곳으로 내려오는 아침마다 양호 선생은 얼마간 낙담했다. "양호실을 지하에 두는 학교가 어디 있담?" 하지만천년만년 이 계단을 오르락내리락할 것도 아니었다. 양호 선생은계약직이었으니까. 지난 3년 동안 세 번 계약을 연장해왔지만 또

다시 연장할 수 있을지는 알 수 없었다. 물론 그녀는 양호 선생의 그런 상황은 몰랐다. 계약직이니 뭐니 그런 건 (당연히) 알지도 못했다. 선생들은 다 똑같은 줄 알았다.

그녀는 그때 자신이 양호실에서 했던 행동을 기억했다. 의자 하나는 창문을 바라보는 쪽으로, 다른 하나는 창문을 등진 쪽으로 옮겨둔 것. 그녀는 창문을 바라보는 쪽에 앉았다. 잠시 후 양호 선생이 머그컵 두 개와 버터크래커 한 통을 가지고 왔다. 크래커 통에서 자신의 몫으로 세 개만 꺼내고 나머지는 통째로 그녀에게 주었다.

"난 과자를 많이 먹으면 안 되거든."

"왜요?"

"그럴 일이 있어."

'그럴 일'이라는 건 결혼식을 말하는 것이었다. 양호 선생은 몇 달 후 결혼식을 올릴 예정이었는데, 웨딩드레스를 입으려고 다이어트를 하는 중이었다. 그걸 알게 된 건, 시간이 조금 흐른 후였다.

어쨌든 그때, 그런 건 그녀의 관심사가 아니었다. 그녀의 신경은 온통 복도 쪽으로 난 창문에 쏠려 있었다. 거기에, 그녀가 사랑하는 남자애가 있었기 때문에. 그 남자애가 양호 선생을 염탐 중이었기 때문에. 그 애 눈에 정면으로 보이는 건 바로 그녀 자신이리라는 사실 때문에. 그녀는 심장이 간질거리는 것 같았다. 머릿속이 표백되는 것 같았고, 감히 고개를 들 수가 없었다. 그녀가 애매하게 시선을 돌린 채로 차와 크래커를 먹는 동안 양호 선생은 이런저런 질문("어디 살아?" "왜 사투리는 안 써?" "언니나 동생이 있어?")을 던졌다. 돌이켜보면 딱히 궁금해서 그랬던 건 아니었을 것이다. 아니, 궁금하긴 했겠지만 그녀가 그토록 시시콜콜 털어놓을 줄은 몰랐을 것이다. 정말 그랬다. 그녀의 입이 자기 처지를 저절로 늘어놓았다. 어머니와 아버지의 이혼, 어머니와 함께 살려고 내려온 후로 아버지와 동생을 한 번도 못 만났다는 사실, 어머니가 맨날 외출하는데 어딜 가는지 모르겠다는 것까지…… 그녀는 있는 그대로 다 말했다. 모든 것이 사실이었고 꾸민 이야기는 하나도 없었지만, 솔직하게 털어놓는다는 느낌은 들지 않았다. 진솔하다거나 정직하다는 느낌도 들지 않았다. 약간 어리둥절하기는 했다. 그리고 어느 순간 슬쩍 창문 쪽을 바라본 그녀는 그 애가 사라졌다는 걸 알았다. 그러니까, 그 애는 양호 선생의 뒤통수만 보다가 가버린 것이었다. 그녀는 자신이 그때 느꼈던 감정을 기억했다. 실망감, 그래, 그때 그녀는 실망감을 느꼈다. 그렇게 끈기가 없다니! 그렇게 쉽게 포기해버리다니!

그녀는 양호 선생에게 물었다.

"다음에 또 와도 돼요? 여기에 놀러 와도 돼요?"

양호 선생은 (이번에도) 그녀를 빤히 내려다보았지만, (역시 이번에도) 별다른 질문을 던지지는 않았다.

"좋아. 하지만 너무 자주는 안 되고 일주일에 한 번, 매주 수요일—그날이 바로 수요일이었다—마다 와. 과자 먹는 날이야."

그녀는 그렇게 했다. 겨울방학이 되기 전까지, 두 달 반가량, 수요일마다 방과 후에 양호실에 내려갔다. 그렇게 한 이유는 명백했다. 그 남자애가 양호 선생의 어떤 면을 사랑하게 되었는지 알고 싶어서. 그걸 알지 못하면 견딜 수 없을 것 같아서. 친구와 함께 남자애 무리를 미행하는 일은 점점 줄어들었다. 하루는 친구가 그녀의 손을 꼭 잡고 선언하듯이 말했다. "남자애를 사랑하는 건 멍청한 일 같애." 하지만 (빈도수는 줄어들었을지언정) 그녀는 여전히 그 남자애를 혼자 쫓아다닐 때가 있었다. 양호실에 가는 것도 빠뜨리지 않았다. 항상 창문이 정면으로 보이는 의자에 앉는 것도. 그렇지만 더 이상 시선을 애매하게 두는 일은 없었다.

그녀의 시선은 대부분 양호 선생을 향해 있었다.

그러므로 매주 수요일마다 그 남자애는 양호 선생을 바라보는 그녀를 바라봤을 것이다.

양호 선생은 체격이 컸고, (그러므로) 손과 발도 컸다. 피부가 까무잡잡하고 눈썹이 짙었다. 머리는 길러서 웨이브를 주었지만 대부분은 얌전하게 묶고 다녔다. 그 애는 양호 선생의 저 잔머리를 사랑하는 걸까? 웃을 때 반달 모양이 되는 눈? 기다랗고 가느다란 손가락(아마도 그게 양호 선생의 몸에서 가장 가느다란 부분이리라고 그녀는 추측했다)? 굵은 손목(하지만 그 애가 이런 것까지 봤을까 하는 의구심이 들긴 했다)? 손목을 지나가는 녹색 혈관(손목도 보기 어려운데, 손목을 지나가는 혈관을 봤을 리가 만무했지만 그녀는 정말로 그런 게 궁금했다)? 첫날에는 양호 선생의 질문에 대답만 했지만, 그 후로는 그녀가 물어보는 게 훨씬 많았다. 머리카락은 얼마나 오래 기른 거예요? 언제 처음으로 남자친구를 사귀어봤어요? 왜 양호 선생님이 되었어요? 언제 키가 자랐어요? 립스틱 색깔은 뭐예요? 그녀의 질문에 양호 선생은 성의 있게 대답해주었다. 인스턴트커피를 만들어주었고("너네 엄마한텐 말하면 안 된다"), 매주 다양한 종류의 크래커를 내주었다. 자기 몫의 세 개를 다 먹고 나면 언제나 더 먹을까 말까 고민했고 언제나 먹지 않았다. 그때까지만 해도 그녀는 먹고 싶은 걸 억지로 참는 게 너무 이상하게 느껴졌고, 그런 절제력이 얼마나 놀라운 것인지도 잘 알지 못했다. 하지만 양호 선생은 살이 빠지는 것 같지 않았다. 찌지도 않았지만 빠지지도 않는 것 같았다.

"난 뼈대가 굵어서 엔간하게 빼서는 표시도 안 나거든."

"살을 안 빼고 입어도 되잖아요."

양호 선생이 웃으며 대답했다.

"아, 그래도 되지. 당연히 되지. 까짓것 그렇게 하지 뭐."

"사람들은 왜 결혼을 해요?"

"사랑하니까? 사랑하는 사람이랑 함께하고 싶으니까?"

"나도 사랑하는 사람이 있는데 그 사람이랑 결혼할 수 있어요?"

"아니, 결혼은 어른들만 할 수 있는 거니까…… 그런데, 뭐라고? 너 사랑하는 애가 있어?"

사랑하는 애. 이제 더 이상 그 애는 양호 선생을 보러 오지 않았다. 양호 선생은 웃겨죽겠다는 듯한 표정으로 그녀를 바라보며 물었다.

"네가 사랑하는 애가 누군데?"

그녀는 끝까지 대답하지 않았다. 대신 이렇게 말했다.

"선생님 결혼식에 저도 가고 싶어요. 저도 꼭 초대해주세요."

양호 선생은 그렇게 해줬다. 겨울방학이 다가오던 어느 날, 그녀에게 청첩장을 주었다. 결혼식은 1월 말이었다. 그녀가 정말로 올 거라고 생각한 건 아니었다. 그래도 줬다. 기껏해야 봉투 하나인 걸. 그렇게 생각했다. 하지만 양호 선생이 늘 그런 식으로 그녀를 대한 것은 아니었다. 그녀가 요청하지 않았는데 화장품 파우치를 보여준 적도 있었다. 파우치 속 화장품들을 봤을 때, 그녀는 입이 딱 벌어졌다. 어머니의 화장품과는 비교도 되지 않았다. 사실 그즈음, 어머니는 화장을 거의 하지 않았다. 언제나 그녀보다 빨리 귀가했지만 계속 기다리고 있었다느니 그런 말도 하지 않았다. 집에서는 늘 안경을 쓰고 노트북으로 무언가를 작성하거나 종이에 줄을 그으며 읽었고, 저녁을 먹을 때도 골똘히 생각에 빠져 있을 때가 많았다. 그녀에게 뭔가를 말하려다 입을 다물기도 했다. 가끔씩은 밤늦은 시간에 그녀의 옆에 와서 누웠다. 그리고 그녀를 꼭 껴안았다. 그때마다 그녀는 자는 척을 했다. 그리고 진짜 잠에 들었다가 깨어나면 어머니는 언제나 곁에 없었다.

"한번 발라볼래?"

양호 선생이 그녀에게 립스틱을 건네주었다. 그녀가 바르는 걸 지켜보던 양호 선생은 결국 휴지로 그녀의 입술을 박박 닦아내고 직접 발라줬다. 양호 선생이 그녀에게 가까이 다가왔다. 양호 선생의 기다란 머리카락이 그녀에게 닿았다. 그리고, 냄새가 났다. 화장품과 향수를 뚫고 나오는 다른 냄새. 둔탁하고 미약하지만, 분명히 느껴지는 날것의 냄새. 불쾌하거나 피하고 싶은 건 아니었다. 그런 건 절대 아니었다. 오히려 그 반대였다. 그럼에도 그녀는 자신에게서도 그런 냄새가 날까 봐 걱정이 되었다. 너무 걱정이 되어서 땀이 삐질삐질 날 정도였다.

"애, 너 땀 난다." 양호 선생이 말했다. "입술을 음파음파 해봐, 이렇게."

그녀는 시키는 대로 했다. 양호 선생은 그녀에게 손거울을 건네주며 활짝 웃었다.

"와, 예쁜데? 진짜 잘 어울리는데?"

그녀는 거울 속 자신의 얼굴을 바라보았다. 붉어진 볼, 그리고 붉어진 입술. 그녀 눈에는 전혀 예뻐 보이지 않았다. 하나도 어울리지 않았다. 그래도 그녀는 자기도 그런 것 같다고, 예뻐 보인다고 대꾸했다.

"그치? 나중에 중학교 가면 입술은 꼭 바르고 다녀. 그런 거 있잖아. 색깔 들어간 립밤 같은 거."

양호 선생은 거울도 보지 않고 능숙하게 자신의 입술에 립스틱을 덧발랐다. 그리고 거울을 보며 그녀에게 물었다.

"너 그때 여기 처음 온 거, 생리통 때문이지? 맞지?"

그녀는 혀로 입술을 핥으며 대답했다.

"아니요."

"아니야?"

"선생님, 저 아직 생리 시작 안 했어요."

이상했다. 전혀 그럴 의도가 없었는데 입에서 그런 말이 술술 흘러나왔다. 양호 선생의 눈을 똑바로 바라보면서도 전혀 움츠러들지 않았다. 그녀의 눈을 피한 건 양호 선생이었다.

"흠…… 생리통이 있더라도 진통제는 엔간해서는 안 먹는 게 좋을 거다. 내성이 생길 수 있거든. 차라리 푹 자고 일어나는 게 나을 거야."

아픈데 왜 약을 먹지 않고 참아야 한단 말인가? 하지만 그때 그녀는 그 말을 전적으로 신뢰했다. 그 후로 몇 년 동안 생리통이 있어도 약을 먹지 않았다. 몸을 웅크리고 땀을 흘리고 다리를 발발 떨고 침대 위를 기어다니면서도 절대 약을 먹지 않았다. 하지만 어느 날 더 이상 참을 수가 없어졌을 때, 정말로 고통스러워서 죽을 것 같았을 때, 그녀는 결국 약 두 알을 입에 털어 넣었다. 알약이 목구멍으로 넘어갈 때 느껴지던 미묘한 죄책감과 패배감. 그렇지만 통증이 사라지면서 그런 감정도 온데간데없이 사라져버렸다.

그녀는 새삼스럽게 놀라움을 느꼈다.

돌이켜보면 지난 20여 년 동안 생리통 약은 그녀를 배신한 적이 없었다. 약을 먹고 기다리면 생리통이, 고통이 씻은 듯이 사라졌다. 그러지 않은 적은 단 한 번도 없었다(그런 것 같았다). 어떻게 그럴 수가 있어? 그에 비하면 그녀의 어머니는 13년 만에, 그러니까 그녀가 열세 살에서 열네 살로 넘어가던 그 겨울에, 그녀를 배신했다. 13년? 아니다. 정확하게 말하자면 1년이었다. 고작 1년. 그녀를 데리고 있던 1년 남짓한 시간 동안, 그녀의 어머니는 다시 떠나기 위해 이런저런 준비를 해오고 있었다. 그게 어머니가 매일같이 외출을 한 이유였다. 그렇게까지 돈을 아낀 이유였다. 유학 자금을 확보하려고. 처음부터 그럴 계획이었던가? 아버지는 알고 있었던가? 애초에 자식을 두 동강 낼 필요도 없이, 그저 잠깐만 빌려줄 생각이었던가? "아빠랑 동생 보고 싶지 않아?" 그해 겨울방학이 시작되고 얼마 지나지 않아 어머니는 그녀에게 그렇게 물었다. 엉성한 속임수였는데 그녀는 속아 넘어갔다. 솔직하게 보고 싶다고 대답했다.

"그래, 그럴 것 같았어. 아빠랑 동생 보게 해줄게."

그때 그녀는 그 말의 의미를 잘 몰랐다. 어머니는 여전히 한밤중이 되면 그녀의 침대로 와서 옆에 누워 있었다. 달라진 건, 낮에도 그녀의 옆에 머문다는 점이었다. 그녀와 하루 종일 시간을 함께 보내려고 한다는 점이었다. 더 이상 돈을 아끼지도 않았다. 그녀를 백화점에 데리고 가서 책가방과 옷과 신발을 몇 개나 사줬다. 크리스마스 때에는 이탈리안 식당에서 근사한 식사를 했다. 잔소리도 하지 않았다. 그녀는 원하는 모든 걸 할 수 있었다. 하루 종일 티브이를 봐도 괜찮았다. 늦게 자고 늦게 일어나도 괜찮았다. 양말을 뒤집어놔도 괜찮았다. "학교 선생님이 결혼을 하는데, 가도 돼요?"라고 물었을 때, 잠깐 고민하는 기색은 있었지만 어머니는 결국엔 그렇게 하라고 했다. 대신 이렇게 물었다. "엄마랑 같이 가면 어때?" 그녀는 싫다고 대답했고 어머니는 왜냐고 되묻지 않았다.

"내가 너에게 상처를 준 적이 있었니?"

문득, 그녀는 그 말을 떠올렸다. 2년 전, 호스피스 병동에서 죽음을 앞둔 어머니가 자신에게 전화를 걸어 했던 말. 한동안 그녀를 어질어질하게 만들었던 말. 만약 그때 어머니가 다른 식으로 질문을 했다면? 내가 너에게 상처를 준 적은 없었니? 라고 물었다면? 그랬더라면 그렇게까지 당혹스럽진 않았을까? 있다와 없다, 없다와 있다. 그녀는 그 사이에 아무런 차이도 없는 것 같아서 좌절감이 들었다. 하지만, 아니었다. 그건 잘못된 생각이었다. 그 사이엔 분명한 차이가 있었다. 있었다. 어머니가 그녀에게 준 것이 있었다.

허, 그랬구나. 그제야 그녀는 알 수 있었다. 지난 몇 년간 어머니의 집으로 가려고 했을 때마다 그녀에게 도달한 우주의 신호를 무시하고 기어코 출발한 이 밤, 어느새 그쳤던 눈이 다시 몰아치고, 한때 사랑했던 남자와 그 남자의 아들과 함께 차를 타고 달려가는 이 순간, 그녀는 깨달았다. 올케가 어머니의 사인에 그렇게 집착했던 이유. 자신의 남편—그러니까 어머니의 아들, 그녀의 남동생—이 무엇을 물려받았는지 알고 싶어서. 어떤 병의 씨앗을 받았는지 알고 싶어서. 그녀는 기가 막혔다. 남동생이 (적어도) 어머니로부터 아무런 병의 씨앗도 받지 않았으리라는 사실, 그걸 받은 건 순전히 자기밖에 없으리라는 사실 때문이 아니었다. 그녀를 놀라게 한 건, 그것—어머니의 사인을 궁금해한 것—이 바로 올케가 자신의 남편을 사랑하는 방식이리라는 사실이었다. 그 가차 없고 기이하고 무자비한, 이 우주에 존재할 그 징그럽고 징그러운 모든 사랑의 방식이 그녀를 기막히게 했다. 너무 기가 막혀서 마음이 무너지는 것 같았다.

"눈이 너무 많이 내리는데?"

그가 걱정스럽다는 투로 말했다. 정말 그랬다. 눈발은 아까보다 훨씬 더 사납고 강력했다. 그런 것도 모른 채 아이는 색색거리며 잠에 들어 있었다. 결국 그는 스노체인을 달려고 갓길에 차를 세웠다. 그녀는 전조등 사이로 내리는 굵은 눈발과 그 사이를 왔다 갔다 하는 그를 볼 수 있었다. 길 위에 다른 차는 없었다. 원래 그런 건지, 아니면 오늘 밤만 특별히 그런 건지 알 수 없었다. 그녀는 자신이 버리고 온 포터 트럭을 떠올렸다. 멈춰버린 자동차. 누군가 그걸 본다면, 눈을 뭉쳐서 트럭 모양으로 만든 것이라고 여길지도 몰랐다. 하지만 누가 그 차를 눈여겨보기나 할까? 아무도 그러지 않을 것 같았다. 그래도 그녀는 생각을 멈추지 않았다. 트럭 위에 총총히 쌓일 눈을 생각했다. 아무것도 마모되지 않고, 소진되지 않은 결정체들의 끝도 없는 조합들. 그녀는 하나의 눈송이 속에 끊임없이 반복되는 똑같은 패턴이 있다는 걸 알고 있었다. 패턴 속의 패턴, 또다시 그 패턴 속의 패턴, 또다시 그 패턴 속의 패턴…… 그런 식으로 영원히 반복되는 것, 무한대. 무한대의 패턴으로 이루어진 세계.

잠시 후, 그가 차를 출발시키며 말했다.

"이제 괜찮을 거야. 휴게소까지 얼마 안 남았어. 거기 가서 뭘 좀 먹자. 정말 좀 출출하네."

그녀는 그의 깨끗한 턱을 바라보았다. 그가 거울을 보며 면도하는 모습을 상상해보려고 했지만 잘 되지 않았다. 그녀의 머릿속에 떠오르는 건 지금의 그의 모습이 아니라 예전의 모습이었으므로.

"열네 살이 되던 해 겨울에 처음으로 다른 사람의 결혼식에 가봤어."

그는 영문을 모르겠다는 듯 그녀를 한 번 흘긋 보았다.

"결혼식?"

"알고 지낸 선생님의 결혼식이었어. 혼자 갔는데, 엄마가 남의 결혼식에 빈손으로 가는 거 아니라고 돈봉투를 줬어. 택시도 불러주고. 돌아올 때 연락하라고 신신당부를 했지. 아무 옷이나 입으면 안 된다고 해서 겨울 원피스를 입고 그 위에 체크무늬 코트를 걸쳤던 것도 기억이 나. 식장에 도착했을 때에는 혼자 간 게 좀 후회가 됐어. 너무 사람이 많고 복잡했거든. 식장이 여러 개 있으리라고는, 그 식장에서 선생님 말고 다른 사람들의 식도 있을 거라고는 생각도 못 한 거야. 그런 것도 몰랐어. 신부 대기실에 가서 인사를 한다든가 하는 것도 아예 몰랐어. 그래도 어찌어찌해서 선생님의 식장을 찾아갔는데, 앉을 자리를 잘 찾을 수가 없었던 것 같아. 식장 벽에 기대어 있던 내가 또렷이 떠오르거든."

그녀는 그를 바라보며, 아까 자신이 손을 잡았을 때 그가 슬그머니 피했던 걸 떠올렸다. 그리고, 핸들 위에 미련하게 남아 있던 자신의 손, 도저히 자신의 것처럼 느껴지지 않고, 자신의 몸에서 뚝 떨어져 나간 것 같았던 바로 그 손. 하지만 아니었다. 잘못된 생각이었다. 그건 그녀의 손이었고, 엄연히 그녀에게 속한 것이었다.

"뭐, 결혼식이 뻔하잖아? 신랑이 씩씩하게 걸어 나오고, 그다음으로는 하얀 웨딩드레스를 입은 신부가 자기 아버지의 팔짱을 끼고 조심스럽게 걸어 나오는 거. 선생님의 남편 될 사람이 주례석 앞까지 행진을 하고 나니까, 식장 안의 조명이 조금 어두워지더라. 가슴이 엄청 두근두근거렸어. 입술이 바짝바짝 마르더라고. 그리고 조금 있으니까, 자기 아버지의 팔짱을 낀 선생님이 나타났어. 어깨가 드러난 드레스를 입고서. 걸을 때마다 조명에 반사된 비즈가 반짝거렸어. 치마 부분은 사그락거렸고."

그녀는 치마 사이로 언뜻언뜻 보이던 양호 선생의 하이힐—사람들이 웨딩 슈즈라고 부르는—을 기억했다. 치마를 밟지 않으려고 조심스럽게 내딛던 발. 그걸 떠올리며 그녀는 핸들 위에 놓인 그의 손을 잡았다. 아주 꽉 잡았다. 그가 슬그머니 도망갈 수 없도록. 도망가려면 그는 힘을 들여야 하리라. 아주 많은 힘을.

"내가 그때 무슨 생각을 했는지 알아?"

"아니."

그가 침을 한 번 꿀떡 삼켰다. 그의 목젖(아, 있긴 있었구나. 하지만 목젖이 없는 남자가 어디 있단 말인가?)과 그의 손이 움직이는 걸 느끼며 그녀는 손가락으로 그의 손등을 긁었다.

"무슨 생각을 했는데?"

그는 평정심을 유지하려고 애쓰며 물었다.

"너무 말랐다는 생각."

도대체 살을 얼마나 뺀 거야? 왜 저렇게까지 살을 뺀 거야? 그녀는 이해할 수가 없었다. 그녀가 살을 안 빼고 드레스를 입어도 되지 않느냐고 했을 때, 분명히 양호 선생은 그렇게 하겠다고 대답했었다. 하지만 눈앞으로 보이는 양호 선생의 허리는 개미만큼 가늘었고, 쇄골은 완전히 드러나 있었다. 가느다란 팔뚝. 코는 더 높아진 것 같았고 눈도 더 커진 것 같았다(물론 화장술의 역할도 있었으리라).

그녀는 그의 목덜미로 손을 옮겼다. 그의 목덜미와 어깨를 어루만졌다. 그가 침착하게 말했다.

"원래 결혼식 때 여자들은 다른 사람이 되어서 나타나잖아."

그녀는 대답하지 않고 그의 귓불을 만졌다. 그가 저항하듯 어깨를 움직였다. 하지만 그 정도로는 턱도 없었다. 그녀는 그의 어깨, 목덜미, 귀와 뒤통수를 집요하게 어루만졌다. 숨이, 그에게서 흘러나오는 불규칙적인 숨이 느껴졌다.

"울었어."

"뭐라고?"

그의 목소리가 갈라졌다.

"울었다고. 눈물이 나더라고. 처음엔 안간힘을 쓰며 참았는데, 나중에는 그냥 눈물이 줄줄 흐르게 됐어. 훌쩍거리면서 결혼식장

벽에 기대서 있었던 거야. 눈물을 어찌나 많이 흘렸던지 볼이 따갑더라고. 아마 어떤 사람들은 내가 이상하다고 생각했을 거야. 혼자 온 조그만 여자애가 남의 결혼식에서 울고 있었으니까. 누군가 왜 우냐고 물었다면 아무 대답도 못 했을 거야."

이제 그녀는 그의 허벅지로 손을 옮겼다. 그가 그녀를 바라보며 고개를 저었다. 그녀의 가슴속에서 무언가가 소용돌이치는 것 같았다. 하지만 무엇이? 무엇이? 그녀는 그의 시선을 무시하고 계속 말을 이었다. 그의 허벅지 안쪽을 파고드는 것도 멈추지 않았다.

"너무 눈물이 많이 나서, 고개를 푹 숙이고 있을 수밖에 없었어. 그런데, 내 시야로 누군가의 손이 쑥 들어왔어. 작은 휴대용 휴지를 들고 있었어. 남자인지 여자인지 알 수 없었어. 나이도 가늠할 수 없었어. 나는 고개를 들 수도, 고맙다는 인사를 할 수도 없었어. 너무 창피했거든. 고개를 푹 숙이고, 그 손이 건네준 휴지로 눈물만 박박 닦았어."

"하지 마."

마침내, 쥐어짜듯이 그가 말했다. 아, 제발, 그녀는 절박하게 속으로 중얼거렸다. 그녀는 단념하고 싶지가 않았다. 절대 멈추고 싶지가 않았다. 참을 수 없다는 듯 그가 급작스럽게 갓길에 차를 세웠고, 그 바람에 그녀의 몸이 앞으로 쏠렸다. (안전벨트를 하고 있었지만) 본능적으로 그녀가 그의 허벅지를 꽉 잡았다. 그는 순간적으로 뒷좌석의 아이를 확인했다. 아이는 괜찮았다. 깊은 잠에 들었는지, 조금 칭얼거리고 몸을 뒤척거리다가 다시 잠에 들었다. 그가 그녀의 손을 거칠게 낚아챘다. 그녀의 손목을 잡고 허공에 흔들며 경고하듯, 아주 작은 목소리로 말했다.

"더 이상은 하지 마."

하, 그녀는 몸이 뻣뻣해지는 것 같았다. 수렁에 빠진 것 같았다. 아, 제발. 황량한 어둠, 눈의 행렬, 몰아치는 차가운 바람. 잠깐만 정신이 팔려도 미끄러지고 말겠지. 어딘가 부러지는 건 예사일 거다. 그녀가 입을 열었다.

"그때, 내가 눈물을 닦는 동안, 나에게 휴지를 건네준 사람이 내 등을 토닥여줬어. 토닥토닥, 하고 두드려줬어. 내가 울음을 그칠 때까지 그렇게 해줬어."

이윽고 그녀가 눈물을 멈추었을 때는 그 손의 주인도 사라진 후였다. 결혼식에 다녀오고 불과 며칠 후에 그녀는 서울로 다시 보내졌다. 그녀는 어머니의 집에 자신의 책가방—피 묻은 팬티가 들어 있는—을 두고 왔다. 그녀는 어머니가 그걸 봤을지, 봤다면 무슨 생각을 했을지 그런 게 항상 궁금했다. 그래서 오래전 어머니가 한국으로 돌아온 직후에 물어본 적이 있었다. 자신이 집에 놔두고 온 책가방을 본 적이 있느냐고.

"책가방? 글쎄다. 영국으로 갈 때는 집을 쭉 비워두려고 했는데, 중간에 생각이 바뀌어서 부동산을 통해서 집을 빌려줬었거든. 원래 있던 가구나 그런 것들은 창고를 빌려서 보관해달라고 부탁했고. 책가방? 내가 여기에 와서 짐을 확인했을 때 책가방 같은 건 없었어."

138

그녀는 더 이상 궁금해하지 않기로 결정했다. 그럴 가치가 없어서. 그리고 실제로도 그 후로는 그 가방을 떠올리지 않았다. 하지만 지금 이 순간, 눈이 마구 내리는 어두운 밤, 멈춰진 차 안에서 한 남자가 자신의 손을 그러쥐고 흔드는 동안, 그녀는 그게 못 견디게 궁금해졌다. 도대체 누가 그걸 가지고 갔을까? 누가 그걸 열어봤을까? 아니면 그 누구도 열어보지 않았을까? 아, 제발, 그녀는 속으로 중얼거렸다. 아, 제발, 중얼거리며 그를 바라보았다.

그녀의 손을 그러쥔 채 한동안 숨을 몰아쉬던 그가 천천히 그녀 쪽으로 몸을 기울였다.

그가 입술을 그녀의 입술에 가져다 댔다. 그녀는 자신이 이 순간을 기다려왔다는 걸 알았다. 그녀는 조급하게 굴고 싶지 않았다. 신중해야 했다. 속으로 천천히 숫자를 셌다. 하나, 둘, 셋, 넷, 다섯…… 그의 숨결이 그녀의 숨결과 섞여 들어가고(그의 체취가 놀랄 만큼 그대로여서 그녀는 깜짝 놀랐다), 그의 한 손이 그녀의 가슴을 움켜쥐려고 했을 때, 바로 그때, 그녀가 두 손으로 그를 밀어냈다. 그러고는 그의 뺨을 때렸다. 있는 힘을 다 실어서 때렸다.

"아!"

순수하게 통증 때문에 터져 나온 소리. 그는 두 손으로 자신의 뺨을 감싸안은 채 얼떨떨한 표정으로 씩씩거렸다.

"이게 무슨 짓이야?"

그녀는 (이번에야말로 그렇게 해야 했으므로) 옷매무새를 가다듬었다. 그녀는 자신의 몸이 조금씩 떨리고 있는 걸 알았다. 하지만 그는 모를 것이다. 알 수가 없을 것이다.

"당신이야말로 애도 있는데 이게 무슨 짓이야?"

"뭐라고?"

그의 표정이 일그러졌다. 그녀는 냉담한 목소리로 천천히 말했다.

"당신 정말 최악이다. 세상에 당신 같은 아빠가 또 있을 것 같아? 새벽에 옛날 여자친구 전화 한 통에 애까지 데리고 쪼르르 달려오다니. 게다가 애가 뒷좌석에 잠들어 있는데, 이런 짓을 해? 감히 이런 짓을 해?"

그는 당혹스러웠고, 그리고 화가 났다. 그는 그저 선의를 가지고 여기로 달려온 것뿐이었는데, 자신이 왜 이런 취급을 받아야 하는지 알 수가 없었다. 그녀가 냉랭한 미소를 지으며 말했다.

"왜? 하고 싶은 말이 있으면 해봐."

물론 그는 할 말이 있었다. 그녀를 몰아붙일 수 있었다. 네가 먼저 나를 유혹한 거 아니냐고, 처음부터 이럴 생각이었냐고, 동네 망신, 미친 여자, 정말로 미쳐버린 거냐고 따져 물을 수 있었다. 하지만, 그녀의 말이 맞았다. 이 차 안에는 그의 자식이 있었다. 그녀의 자식이 아니라, 그의 자식이. 그러므로 무슨 수를 쓴다 한들, 그는 완전히 패배할 것이었다. 그는 치밀어 오르는 분노를 억지로 집어삼키며 차에서 내렸다. 눈이 날리는 바깥으로 나갔다. 그녀가 자신을 볼 수 없는 곳까지 걸어가서 숨을 몰아쉬었다.

여전히 남아 있는 약간의 긴장감, 무슨 대단한 육체적 활동을 한 듯한 기진맥진함, 무언가가 잔뜩 소진된 후 남아 있는 전율, 은근한 떨림. 하지만 잦아들 것이다. 모든 신체적 증상은 그런 식으로 잦아들게 되어 있으므로. 그러지 않은 경우는 없었다(아니다. 물론 그런 경우도 있겠지만, 지금 그녀에게는 그런 가능성들을 모두 다 배제할 수 있는 자격이 부여된 것 같았다). 그녀는 느긋하게 계획을 세우기 시작했다. 다음 휴게소까지만 가면 거기서부터는 그녀 혼자 알아서 할 수 있을 것이었다. 그의 도움 따위는 필요치 않았다. 제일 좋은 방법은 레커차를 부르는 것이리라. 레커차에 그녀의 포터 트럭을 연결해 어머니의 집으로 가는 것.

나중에 포터 트럭을 돌려주러 렌터카 센터에 가게 되면, 그녀는 직원에게 무슨 일이 있었는지 말해줄 생각이었다. 물론 그때는 좀 꾸미고 가야 하리라. 지나치게는 말고. 그녀는 직원이 이렇게 말하는 장면을 상상했다. "거봐요. 싼 게 비지떡이라니까요." 물론 직원은 그런 표현―싼 게 비지떡―은 사용하지 않을지도 모르지만 여하튼 싸구려 차를 빌린 그녀를 가볍게 탓할 것이다. 그런 식으로 그들은 사랑에 빠지게 될지도 모른다. 하, 정말 그렇게 될지도 모른다.

"아줌마, 우리 아빠 어디 갔어요?"

겁에 질리고 불안해하는 목소리. 잠에서 깬 그의 아들 때문에 그녀는 렌터카 직원과 사랑에 빠지는 상상에서 빠져나와야 했다.

"걱정하지 마. 잠깐 나가신 거야. 곧 돌아오실 거야."

"어디 갔는데요?"

그녀가 그 애 쪽으로 몸을 반쯤 돌리고 대답했다.

"노상 방뇨하러."

"노상 방뇨요?"

"응. 오줌 싸러."

개처럼, 이라는 단어를 붙이고 싶은 마음을, 그녀는 억지로 눌렀다. 그 애가 그녀를 빤히 바라보았다.

"참을 수가 없었대."

잠시 동안 창문 바깥을 살피더니 그 애가 중얼거리듯 말했다.

"오줌이 얼어버리겠어요."

"그래, 그럴 수도 있겠구나."

그녀가 픽 웃었다. 그러고는 아까보다 한층 더 그 애 쪽으로 몸을 돌렸다.

"너는 오늘 밤을 절대 잊지 마. 너네 아빠가 무슨 일을 했는지 절대 잊지 말아라. 내 말 알겠니? 이렇게 눈이 펄펄 내리는 날, 노상 방뇨를 하러 나간 너네 아빠를 잊지 마. 알았니?"

그 애는 대답하지 않았다. 처음에는 영문을 모르겠다는 표정을 지었고, 그다음에는 적대감에 가득 찬 표정을 지었다. 딱히 그럴 이유가 없는데도 그랬다. 지금 이 순간 그녀가 한 말 속에 그 애가 그런 감정을 느낄 만한 내용은 없었다. 그럼에도 그 애는 거의 본능적으로 그녀의 말 속에 스며들어 있는 어떤 기미를 알아차렸다. 그녀는 그 애가 아주 오랜 시간이 흐른 후에 분명히 이 밤을 떠올리게 되리라는 사실을 알았다. 그리고 그 애에게 남아 있는 어떤 기억들 중 일부를 버리고, 일부를 득하고, 그것들을 조립하여 자신만의 이야기를 만들어내리라는 것을 알았다. 물론 그녀는 그 이야기의 내용이 무엇이 될지 알 수 없었다. 훗날 그 애가 어떤 식으로 자신이 느껴야 했던 감정들에 정당한 판정을 내리게 될지 알 수 없었다. 그녀가 아는 건 어쨌든 지금 이 순간 그 애가 그녀가 한 말의 핵심을, 누군가의 도움 없이 스스로 파악했다는 사실이었다. 아이들은 참으로 대단하구나, 라고 중얼거리며 그녀는 다시 시선을 앞으로 주었다.

와이퍼가 끊임없이 밀어내는 눈송이를 바라보며 그녀는 다짐했다. 절대로 빈손으로 서울에 돌아가지는 않으리라고. 무슨 수를 써서든지 어머니의 집으로 가서 어머니가 남긴 것을 받아 올 것이다. 앤티크 가구, 그걸 죽을 때까지 간직하다가 훗날 생길 자식(아니다, 자식이 아니라면 어떻단 말인가?)에게 물려줄 것이다. 그녀는 이번에야말로 우주에서 자신을 방해할 일은 아무것도 없으리라고 생각하며, 편하게 좌석에 몸을 기댔다.

제 2 5 회
이　　효　　석
문　　학　　상

———

대 상 수 상 작 가
수 　상 　소 　감

소 　설 　이 　　비 　로 　소
완 　　성 　　될 　　　때

며칠 전, (이 수상작품집의) 편집자님이 보내준 「끝없는 밤」의 교정지를 검토하려고 오랜만—거의 1년 만—에 이 소설을 다시 읽었다. 카페에 있었는데, 공기—소설 속 주인공이 키우다가 죽게 된 강아지—에 대한 이야기가 나올 때 예기치 못하게 눈물이 났고, 나는 다른 사람들이 볼까 봐 얼른 눈물을 닦아내야 했다(내 소설을 읽고 눈물짓다니, 맹세코 이런 경험은 처음이다).

　공기가 다니던 병원, 공기를 살리고 싶어서 '그녀'가 매달리던 어처구니없고 허황된 속임수들, 그리고 공기의 죽음, 무지개다리를 건넌다는 그 말.

　올해 봄, 함께 살던 고양이 칸트를 떠나보냈다. 칸트의 나이는 열일곱 살이었고, 나와 함께 산 지는 10년이 되었다. 소설을 쓸 당시에는 이런 일이 있으리라는 상상도 하지 못했다. 물론, 「끝없는 밤」에는 몇 년 전 칸트가 신부전과 췌장염으로 병원에 다녔던 경험이 반영되었다. 병원에서는 최악의 상황을 염두에 두라고 했지만, 칸트는 그 모든 걸 이겨냈다. 나와 남편은 성가시더라도, "신부전과 췌장염을 이겨낸 고양이"라고 칸트를 부르는 걸 좋아했다. 그때, 칸트가 죽지 않고 살아났을 때, 나는 이렇게 생각했다. "칸트가 나중에 정말로 죽게 된다 해도 나는 그걸 받아들일 수 있을 것 같아." 하지만 아니었다. 그런 깨달음 같은 건 부질없는 것이었다. 칸트가 암 판정을 받은 이후부터 나는 큰 슬픔에 빠졌고, 칸트가 떠나버린 후에는 모든 일에 의욕이 사라졌다. 무엇보다도 글을 쓰는 것이 싫었다.

싫었다. 이게 맞는 표현인 것 같다. 내가 이제껏 읽은 소설들, 소설 속 인물이 느끼는 상실감과 괴로움들, 삶을 살아간다는 건 무언가를 계속 잃어가는 과정이야, 라고 나를 읊조리게 했던 순간들. 나는 소설을 통해 그런 것들을 배웠다고 여겼고, 소설을 통해 세계 도처에 숨죽이고 있는 상실감과 괴로움을 실감하게 되었다고 느꼈다. 그리고 어쩌면 내 소설을 통해 그런 것들을 전달하고 싶다는 원대한 포부를 가지고 있었는지도 모른다. 삶에 대한 '진실된' 반응을 내 소설을 읽는 사람들이 느꼈으면 좋겠다고. 하지만 칸트가 죽은 후, 나는 내가 얻은 깨달음이 허상(혹은 과장)에 지나지 않는다는 생각을 멈출 수 없었다. '진짜' 상실을 겪지 못한 내가 제멋대로 '겪었다고' 믿은 것들. 내가 소설을 통해 배웠다고 믿었던 것들은 착각이었고, 내가 쓴 것들은 그저 오해에서 비롯된 것 같았다.

그래서 소설을 쓰는 게 싫었다(그래도 써야 했다).

「끝없는 밤」을 다시 읽으면서 처음에는 이렇게 생각했다. 만약 내가 칸트를 떠나보낸 후 이 소설을 썼다면 이렇게 쓰지 않았을 거야. 공기의 죽음을 이런 식으로 다루지 않았을 거야. 좀 더…… 잘 다뤘을 거야……. 왜냐하면 나는 이제 '진짜' 상실을 알게 되었으니까. 하지만 소설을 읽다가 나는 속절없이 슬퍼졌고, 그래서 눈물이 났다. 이상하게 들리겠지만, 「끝없는 밤」을 다 읽고 나서 나는 내가 '진짜' 상실을 겪었고, '진실된' 상실에 대해 알게 되었다고 느낀 건 어불성설이라는 생각에 다다랐다. 물론 나는 상실을 겪었다. 그건 '진짜' 상실이 맞고, 내가 느낀 슬픔도 '진실된' 것이었다. 동시에 그건 소설 속 주인공이 공기를 상실한 것과는 전혀 다른, 개별적인 사건이었다. 나의 상실은 나의 상실이었고, 소설 속 그녀의 상실은 그녀의 상실이었다. 세상의 모든 상상은 제각각의 모양을 하고 있고, 그러므로 나의 상실을 통해, 내가 이 세상에 존재하는 모든 상실에 대한 진실을 알게 되었다고 말할 수는 없었다. 그건 정말이지 오만한 생각이었다.

이번에 내가 흘린 눈물은 칸트 때문이기도 한 것이지만, 동시에 공기 때문이기도 한 것이었다. 이 소설을 쓸 당시보다 지금 나는 공기의 죽음을 훨씬 더 깊이 느낄 수 있다. 소설 속 사건이 아니라, 정말로 마치 내게 일어났던 일인 것처럼 실감할 수 있다. 하지만 이 역시 착각이다. 내가 느낀 공기의 죽음은 칸트의 죽음을 경유한 것이므로. 그렇다고 할지라도 나는 분명히 공기의 죽음에 대해(혹은 이 세상의 다른 죽음들에 대해) 예전과는 다른 방식으로 바라보게 되었다. 그건 실제로 일어난 일이다.

이런 생각이 든다. 소설을 통해 이 세상을 이해한다는 건 백 퍼센트 불가능하다고. 예전에는 그런 줄 알았다. 소설을 통해 세상을 이해할 수 있다고 믿었다. 내 소설이 그런 식으로 작동하면 좋겠다고. 그건 (역시) 오만한 생각이었다고 말하고 싶다. 내가 이제껏 소설을 읽으면서 세상을 실감할 수 있게 되었다는 감각은 언제나 현실에서 실제로 (느끼게 될) 감정과는 격차가 존재할 수밖에 없을 것이므로.

동시에 이런 생각도 든다. 그 반대는 가능한 게 아니겠느냐고. 이를테면 때때로 우리는 우리의 경험을 통해 소설 속 세계를 더 잘 느낄 수 있다. 소설 속 인간을, 그가 겪고 있는 슬픔과 상실과 좌절감을, 그가 하는 그 이상한 선택들을 더 잘 이해할 수 있게 된다. '나'를 통과한 후 비로소 보이는 소설 속 세계의 (숨어 있는) 조각들이 있는 게 아닐까? 그렇다면 소설이 현실을 반영하는 거울이 아니라, 어쩌면 현실이 소설을 반영하는 거울인지도 모른다. 아니다. 뻔한 말이지만, 소설과 현실은 서로를 반영하는 거울이리라.

(당연히) 여전히, 어떤 소설들, 훌륭한 작가의 훌륭한 소설들은 그런 느낌을 불러일으킬 것이다(얼굴도 모르는 타인에게 '글'로 그런 감정을 불러일으킨다는 건 대단한 일이다). 이 소설을 통해 나는 세상을 더 잘 이해할 수 있게 되었어, 그들의 마음을 이해

할 수 있게 되었어. 아, 정말 그래, 라는 그런 느낌들. 훗날, 이 감정들이 착각과 오해에 기반을 두고 있다는 것을 깨닫게 되더라도, 그건 배신이 아니다. (약간의 비약을 감수하고) 이렇게 말하고 싶다. 현실과 소설 속 세계의 격차를 느끼는 순간, 하나의 소설(읽는 사람이나 쓰는 사람 둘 다에게)은 비로소 완성되는 것일지도 모른다고. 소설 속 세계를 비로소 마음 깊이 실감하고, 그것을 통해 자신의 현실을 다시 바라볼 수 있게 되는 것일지도 모른다고. 소설을 읽고 느끼게 될 착각과 오해, 그리고 (알게 될) 현실과의 격차, 그 격차를 통해 새롭게 이해하게 된 소설 속 세계, 그리고 그 세계에 대한 이해를 품은 채 다시 바라보게 될 현실……. 현실과 소설은 그런 식으로 서로 상호작용하며 서로를 더 넓어지게 하고 깊어지게 할 수 있을 것이다.

정말 그런가? 정말 그렇게 될 수 있을까? 아니, 무엇보다 내 소설이 그렇게 할 수 있을까?

사실은 여전히 잘 모르겠다. 여전히 나는 소설을 쓰는 것이 두렵고, 걱정이 된다. 정말로 그렇다. 그 어떤 것도 그런 두려움이나 걱정을 물러가게 할 수는 없으리라. 하지만 「끝없는 밤」을 다시 읽은 후로, 그리고 이 수상소감을 쓰면서, 글을 쓰는 것이 싫던 나의 생각은 조금씩 옅어지고 있는 것 같은 기분이 든다. 지난 몇 달 동안 빠져 있던 부정적인 생각들에서 낙관적인 기대로 몸을 옮길 수 있을 것 같은 예감이 든다. (이것 역시) 정말로 그렇다. 그러므로, 지금 이 글을 마무리해야 하는 시점의 나는 간절하게 바라고 있다. 내 소설이 누군가에게 착각과 오해를 불러일으킬 수 있게 되기를. 그런 식으로, 무언가를 이해했다는 착각을 통한 도약을 가능하게 할 수 있게 되기를. 때때로 소설(을 쓰는 것)에 대한 나의 바람은 최대한의 욕심을 초과하는 것 같은데, 그럼에도 멈출 수가 없어진다.

제 2 5 회
이 효 석
문 학 상

———

작 품 론

파도가 되는 문장들,
표류하는 진실(들)
정 실 비

2012년 『문학동네』를 통해 평론을 발표하기 시작했다. 서울대학교 국어국문학과와 동 대학원 석사과정을 졸업하고, 도쿄대학교 총합문화연구과 박사과정에서 언어정보과학을 전공했다.

1933년, 스물여섯 살의 이효석은 자주 바다를 바라보았다. "미흡하고 어리석은 일신상의 실책으로 인하여 주위로부터 오해 험구 욕설을 받아 우울의 절정에 있을 때"* 그는 경성을 떠나 함경북도로 거처를 옮겼고, 시간이 날 때마다 독진 해변으로 향했다. 그곳에서 이효석은 끊임없이 몰려오는 파도와 오가는 배를 바라보곤 했다.** 사실 그가 바라본 것은 눈앞에 펼쳐진 바다만은 아니었다. 그는 바다에서 꿈 많던 과거의 자신을 보았다. 과거의 그는 고요하고 안온한 바다를 무심히 저어 가는 배와 닮아 있었다. 배에는 꿈이 가득히 실려 있었고, 배는 바다가 그저 아름다울 것이라 믿었다. 그러나 몇 번의 계절을 겪으며 배는 부서졌고, 이효석은

---

* 이효석, 「이등변 삼각형의 경우」, 『월간매신』, 1934. 7.
** 이효석, 「북국풍물」, 『시대공론』, 1931. 9.

더 이상 고요하고 안온하지 않은 자신의 바다와 마주하게 된다. 그 바다를 바라보며 이효석은 이렇게 썼다.

그때와 이제와의 사이에는 불과 몇 번의 가을이 지났을 뿐이언만 그 몇 번의 가을이 나의 꿈을 모조리 빼앗아 갔소이다. 관념의 꿈이 산산이 부서져버리고 앙크런 해골만의 객관이 이제는 앞에 남았소이다. 갈피갈피의 인생의 관조에 피곤하고 현실에 부대껴 불그스레하던 동안이 핼쓱하게 여위었소이다. 그러면서도 아직 찾을 것을 못 찾았소이다. 그러나 예이츠의 인물과 같이 그것을 기어코 찾아내고야 말겠소이다. 파도 심하고 배 부서지고 옷이 찢겨졌다 할지라도. 이제 무풍대 시대를 생각하며 흔들리는 나침반을 조심스럽게 응시하고 있소이다.*

이효석은 '관념적 꿈'과 '객관적 현실'의 사이에서 부대끼다가 여위어버린 자신을 발견한다. 그럼에도 그는 여전히 무언가 찾아내고자 했다. 흔들리는 나침반을 응시하려는 그의 자세는, 이후에도 그의 문학세계가 꿈과 현실 사이에서, 몽상과 일상 사이에서, 주관과 객관 사이에서 흔들리고 부서지기를 부단히 반복하며 만들어져나갈 것임을 예고한다.

'사이'에서 흔들리며 쓰인 문학은 힘이 세서, 한 세기가 지나도

* 이효석, 「무풍대」, 『삼천리』, 1933. 3.

우리는 여전히 이효석을 읽는다. 단지 그가 묘사한 메밀밭이 눈부시게 아름다워서가 아니라, 힘겨운 낮과 꿈꿀 수 있는 밤의 '사이'를 견디며 살아내는 장돌뱅이의 삶이 우리의 삶과 닮아 있기에, 우리는 지금도 이효석을 펼친다. 그리고 오늘 우리 앞에 이효석의 이름과 손보미의 이름이 가까이 놓여 있어도 이질적이지 않은 것은, 이효석의 바다와 손보미의 바다가 시간과 공간을 넘어 공명하고 있기 때문이다.

손보미의 「끝없는 밤」의 시작 부분에서 바다는 안온한 듯 보이고, 요트는 순항하는 듯하다. 그러나 이내 파도는 거세지고, 요트는 흔들린다. 요트가 흔들리는 동안, 예측과 현실, 사실과 진실, 믿고 싶었던 것과 믿고 싶지 않은 것의 '사이'에는 틈이 생겨나고, 그 틈은 점점 더 벌어지고 깊어진다. 손보미의 소설은 이효석의 소설이 그러했듯, 그리고 오래도록 울림을 지속하는 좋은 소설들이 그러하듯, '사이'에서 흔들리며 쓰여졌다. 손보미의 소설을 읽어나가는 시간은 이 흔들림과 벌어짐과 깊어짐을 견디는 시간이기도 하다.

그렇기에 나는 이 소설을 읽는 것이 쉽지 않았다. 이야기의 끝에 도달하기까지 몇 번이고 다시 방금 지나온 문장으로 되돌아가야 했다. 추측하건대, 이러한 난항의 독서를 경험한 것은 비단 나 혼자만이 아닐 것이다. 이 소설의 문장들은 앞으로 나아가는 듯하다가 이내 다시 뒤로 물러난다. 방금 읽은 문장은 다음 문장에 의해 부정되고, 예상되었던 것들은 다시 의심스러워진다.

그러니 우리는 이 소설의 끝에 좀처럼 빠르고 쉽게 다다를 수 없다. 손보미의 문장들은 방향과 모양을 짐작할 수 없는 파도가 되어 순탄한 읽기를 의도적으로 방해한다. 이 글은 순탄하지 않았던 독서의 항로를 다시 되짚어보는 글이 될 것이다.

파동 1. 섣부른 예측과 무감한 현실 사이의 낙차로부터

손보미의 「끝없는 밤」은 순항하던 요트가 흔들리고 기울어지는 동안, '그녀'가 보고 듣고 겪고 생각하는 것을 담아낸 소설이다. 요트의 전복은 소설의 중요한 사건이면서 동시에 소설을 관통하는 강력한 상징이기도 하다. 가장 좋은 것을 내어주던 요트가 돌변하듯, 미래에 대한 예상, 현재에 대한 짐작, 과거에 대한 기억이 모두 흔들리고 뒤집히기 때문이다.

우선, 이 소설에서 가장 맥없이 뒤집히는 것은 미래에 대한 예언적 진술들이다. 독자가 소설을 펼쳤을 때 가장 먼저 맞닥뜨리게 되는 문장은 그녀가 엄청난 부자와 결혼하게 될 것이라는 사주가의 예언적 진술이다. 이 단순하고 속물적인 예언은 그 예언이 발화되고 있는 장소에 대한 묘사로 인해 곧장 신빙성을 잃는다. 퀴퀴한 곰팡이 냄새와 조악한 커피잔, 싸구려 원목 테이블과 흉물스러운 화분은 이 예언을 볼품없어 보이게 만든다.

"태어난 시"를 몰라도 괜찮다는 사주가의 말은 예언적 진술의 권위를 한 번 더 떨어뜨린다. 소설이 진행되면서, 이 예언적 진술은 요트, 부자, 기회 등 몇몇 중요한 단어들만 포말처럼 남긴 채 무감한 현실에 부딪혀 흩어진다. 사주를 듣던 스물여섯 살의 그녀는 강렬하게 내리쬐는 햇살 아래 여러 대의 요트가 평화롭게 떠 있는 풍경을 떠올리는데, 그녀가 상상했던 풍경은 9년 후 정반대로 실현된다. 현실의 바다는 어둡고, 요트는 기울어지고, 사람들은 아우성친다.

이 소설을 추동하는 에너지 중 하나는 이처럼 '예측'과 '현실' 사이의 낙차에서 발생한다. 선장은 경험에 근거하여 요트가 괜찮을 것이라고 말하고, 그녀의 남편 역시 "괜찮을 거야. 아무런 일도 일어나지 않을 거야"(46쪽)라고 그녀를 다독인다. 돌풍이 멈춘 직후에는 그들의 예측이 맞은 듯 보이지만, 곧 새로운 불운이 찾아오고, 요트는 결국 기울어지고 만다. 이 소설에서 예상되던 일들은 뒤집히고, 확정적 진술은 불확실성을 금세 들켜버리며, 성급한 위로는 힘이 없다.

파동 2. 표면적 사실과 숨겨진 진실의 낙차로부터

이 소설을 이끌어나가는 또 다른 중요한 힘은 '표면적 사실'과 '숨겨진 진실' 사이의 낙차에서 발생한다. 손보미는 독자가 '그녀'의 시점을 따라가면서 숨겨진 진실에 점진적으로 접근해갈 수 있도록 서사적 장치를 마련해두었다. 독자는 초점화자인 '그녀'의 시점을 통해 제한된 정보를 받아들이고 단서를 취합하며 소설을 읽어나가게 되는데, 문제는 독자가 '그녀'를 좀처럼 신뢰할 수 없다는 데에 있다.

가령, 그녀와 선배의 미묘한 관계는 처음에는 독자에게 은닉되어 있다. 선배에 관한 이야기가 시작될 때, 선배는 요트에 승선한 "그녀가 아는 두 명 중 나머지 한 명"이자 "남편의 가장 친한 친구"(16쪽)로 표현된다. 파도가 거세지고 선체의 흔들림이 격렬해지면서 선배와의 '미묘한' 관계에 대한 정보가 좀 더 구체적으로 독자에게 제공된다. 선배와의 관계에 대한 단서가 추가될 때마다 독자는 다시 이전의 이야기로 돌아가서 정보를 덧붙이고 이야기를 재구성하며 소설을 읽어나가게 된다.

그녀와 수의사의 관계 역시 처음에는 은닉되어 있다. 그녀의 남편이 그녀가 최근까지 미쳐 있었던 것이 '개'라고 말했기 때문에, 독자는 남편의 진술에 토대하여 그녀 내면의 고통이나 신체적 통증의 원인이 '개'일 것이라고 짐작하게 된다. 그러나 배가 요동치면서 그녀와 수의사와의 관계에 대한 서술이 추가로 이루어지고, 그녀와 수의사 사이의 숨겨진 이야기들이 속속 드러나기 시작한다.

손보미 소설 특유의 추리소설적 색채는 이 소설에도 이렇게 유려하고 능숙하게 스며 있다. 독자는 화자가 제공하는 제한된 단서들을 토대로, 그녀와 선배의 관계에 대해서, 그리고 그녀와 수의사의 관계에 대해서 추리해나가야 한다. 그러나 이것이 전부였다면 이 소설은 그저 불륜을 소재로 한 재치 있는 단편소설에 지나지 않았을지도 모른다.

파동 3. 안온한 자기기만과 비참한 진심 사이의 낙차로부터

「끝없는 밤」을 읽는 일이 특별한 난항일 수밖에 없는 이유는 '그녀'가 때로 자기 자신마저 속이기 때문이다. 그녀는 자신의 평안을 위해, 치명적인 감정적 손실을 막기 위해, 비참한 진심과 마주하는 순간을 지연시키기 위해, 정보를 선택적으로 수용한다. 그녀는 수의사가 진짜 어떤 사람이었는지, 자신의 통증의 정체가 무엇인지 분명히 알지 못하고, 알지 못하기 때문에(알고 싶지 않기 때문에) 고통스럽다.

그녀는 '처음에 자신이 사랑했던 수의사의 모습'과 '나중에 알게 된 수의사의 모습' 사이의 간극 때문에 혼란스러워한다. 그녀가 사랑했던 수의사의 모습은 "불평불만이라고는 모르고, 이득에는 관심이 없(는 것 같)고, '개가 죽을 것'이라고 똑똑히 말하고, 그에 대해 자신에게 책임을"(52쪽) 묻는 사람이다. 그녀는 '말과 행동과 생활에 허위가 없는 수의사'를 사랑했다.

그러나 수의사는 정말 그런 사람이었을까? 수의사가 북한 돈에 투자했다가 실패했다는 사실이 드러나면서 최초의 수의사 상(像)

은 흔들린다. 그녀는 그 흔들림을 무시하지만, 그와 헤어진 이후 마주친 수의사의 또 다른 낯선 모습들은 그녀를 혼란스럽게 만든 다. 그녀가 사랑을 담아 빚어냈던 '말과 행동과 생활에 허위가 없 는 수의사'라는 상은, 헤어진 이후에 마주친 '고급 안경테와 시계 로 외양을 꾸민 수의사' '고급 레스토랑에서 세련되게 꾸민 모녀와 함께 웃고 있는 수의사'라는 상과 부딪치며 그녀를 혼란스럽게 한 다. 그럼에도 그녀는 애써 부정하며 되뇐다. "그녀가 아는 수의사 는 그런 사람이 아니었다. (……) 그건 절대 아니었다.""다른 가능 성을 떠올리는 건 헛짓거리 같았다"(58쪽)고.

그녀는 진짜 수의사의 모습과 직면하기를 회피하면서 자기 자 신을 속인다. 더 큰 문제는 그녀가 수의사와의 이별, 그리고 수의 사의 죽음으로 인해 응당 느꼈어야 할 고통스러운 상실의 감정을 회피해왔다는 것이다. 그러나 요트가 돌풍 속에서 흔들리는 동안, 죽을지도 모른다는 위협 속에서, 그녀는 자신의 진심을 조금씩 '인 정'하게 된다. 이 인정의 과정을 거칠게 요약하자면 이렇다. 첫째 그녀는 자신이 '수의사에게 미쳐 있었다는 사실'을 인정하고, 둘째 그것이 '치유에 대한 갈구'이기도 했다는 사실을 인정하며, 셋째 '수의사가 자신의 이별 통보를 너무 순순히 받아들여서 상처를 받 았다'는 사실을 인정한다. 그리고 넷째 샅굴부위의 통증이 시작 된 것이 수의사가 죽었다는 소식을 들은 직후의 일이라는 것을 인 정한다. 이렇게 지난한 인정의 과정을 거쳐서야 샅굴부위의 통증 은 사라진다.

낙차를 견디는 자세 혹은 언어에 대하여

　상처를 인정하기까지의 지난한 과정을 그녀가 감내할 수 있었던 것은 애초에 그녀가 예측과 현실, 사실과 진실, 자기기만과 진심 사이의 낙차를 누구보다 예민하게 감지하는 사람이었기 때문이다. 소설이 진행되는 내내, 그녀는 자신의 표현을 자주 번복하고, 판단을 유보한다. 그녀는 '내 말이 확실하다'고 한 번 소리치고 마는 사람이 아니라 '확실하게는 알 수 없다'고 거듭 생각하는 사람이다. 그녀는 '미묘한' 관계라는 표현이 애달픔, 심오함, 죄책감과 같은 감정들을 단번에 회피해버리는 말이라는 것을 알고 있는 사람이며, '와이존'이라는 우스꽝스럽고 황망한 단어를 쓰는 대신 통증 부위를 지칭할 수 있는 객관적이고 공명정대한 단어를 원하는 사람이다. 그렇기에 그녀는 '무지개다리를 건너다'라는 표현에 숨어 있는 치밀한 속임수를 간파할 수밖에 없었고, 자신이 애써 덮어둔 내면의 상처를 신체적 통증의 형태로 감지할 수밖에 없었는지도 모른다.

　손보미는 낙차를 감지하고 견디는 '그녀'의 자세를 고딕체와 괄호를 활용하여 시각적으로 구현해낸다. 군데군데 고딕체로 강조된 단어들은 독자로 하여금 그 단어에 멈춰 서서 그 단어의 적합성을 다시 한번 따져 묻게 만든다. 사이사이 끼어드는 괄호들은 문장의 의미를 마침표가 있는 곳에서 끝나게 하지 않고 괄호의 안과 밖 사이에서 유동하게 만든다. 손보미의 문장들은 독자로 하여금 '읽으며 나아가고 있다'는 읽기의 감각을 생생하게 곤두서게 하고, 소설이 문장과 문장부호로 조밀하고 입체적으로 짜인 텍스트라는 사실을 잊지 않게 만든다.

번복되고, 유보되고, 멈춰 서고, 유동하는 문장들을 따라 읽으며 우리는 소설의 끝에 겨우 다다른다. 그런데 소설이 끝나는 지점에서도 여전히 그녀는 진실의 육지에 가닿지 못하고 '과정' 속에 있는 것처럼 보인다. 그녀가 이렇게 생각하기 때문이다.

돌풍이 몰아칠 때, 죽을지도 모른다는 위협 속에서 그녀는 자신이 진실에 가닿았다고 믿었었다. 허위의 가면을 집어 던짐으로써 진짜 자유를 얻었다고 생각했다. 하지만 정말 그랬었나? 아니다. 진짜 자유를 얻었다는 그 믿음이야말로 허위에 불과한 것이었다. 아니다. 가면을 집어 던지는 바로 그 행위 자체가 허위에 불과한 것이었다. 아니다. 그녀는 모멸감에 대해 생각했다. 응당 느껴야 했던 모멸감, 수치심, 혐오……. 아니다. 이런 판단 역시 언젠가는 잘못된 것으로 판명이 날 테지. 지금 떠올린 생각이 영원히 진실로 남을 수 있는 유일한 방법은 그녀가 죽음을 맞이하는 것뿐이었다. (71쪽)

그녀는 진실에 가닿았다는 믿음을 다시 폐기하고, 지금 자신이 진실이라고 믿고 있는 것이 언제든 다시 허위로 판명될 가능성을 수용한다. 그러므로 이 소설은 허위에서 벗어나 진실을 발견하게 되는 성공의 서사도, 상처에서 벗어나 고통을 극복하게 되는 치유의 서사도 아니다. 작가는 다만 허위와 진실 사이의 낙차를 견디며 돌풍과 물보라 속에서 표류하는 것이 삶의 과정임을 보여준다. 그 결과 「끝없는 밤」은 허위와 진실 사이의 간극을 성찰하는 소설로서 고유한 파동을 획득한다.

이렇게 소설을 읽어보았다. 독서가 끝난 뒤에 명징하게 떠오르는 진실 같은 것은 이곳에 없다. 이 바다의 밤은 끝이 없고, 파도는 앞으로 나아가는 듯하다가 다시 우리를 뒤로 데려갈 것이다.

제 2 5 회
이 효 석
문 학 상

———

대상 수상작가
인 터 뷰

삶과 고통이라는
진자운동에 관한
거 대 한 은 유
김 유 태

매일경제신문 문화부 문학 담당 기자. 2018년 월간 『현대시』를 통해 시를 발표하기 시작했다. 시집 『그 일 말고는 아무 일도 일어나지 않았다』, 독서 에세이 『나쁜 책』이 있다.

손보미의 소설 「끝없는 밤」은 한 무리의 사람들이 승선한 초호화 요트가 난파하는 과정에서 주인공 '그녀'가 과거와 현재의 고통을 응시하는 작품입니다. '그녀'는 와이존이라 불리는 살굴부위의 통증을 느끼지만 그 통증의 이유를 알지 못합니다. 증상은 분명하지만 환부가 불분명한, 육체의 통증이자 정신의 통증이기도 한, 불명확함이 특징인 그런 통증입니다. 그런 통증은 누구나의 것이지만 그 감각은 타인에게 이해받지 못하는 경우가 많습니다. 그건 삶 자체의 민낯입니다. 10억 원짜리 요트가 가라앉기 전 물속으로 뛰어들었을 때 '그녀'는 목구멍과 콧구멍으로 들이치는 바닷물 위에서 그 통증의 이유를 알게 됩니다. 손보미 작가를 2024년 7월 18일 서울 충무로에서 만나 이야기를 나눴습니다. 한 시간 반 남짓한 대화를 옮겨 적어 독자분들께 전합니다.

Q 작가님, 근황이 궁금합니다.

　올해 상반기에 단편 원고 두 편을 마무리했어요. 하나는 『문학동네』 여름호에 발표된 「천생연분」이라는 작품이에요. 제25회 이효석문학상 수상작품집 자선작으로 실릴 예정이고요. 다른 하나는 『한국문학』 상반기호에 수록된 작품으로 제목이 「동전의 양면」이에요. 둘 다 「끝없는 밤」처럼 긴 소설인데 각각 240매, 200매쯤 될 거예요. 저 때문에 문예지가 쓸데없이 두꺼워지는 것 같아 죄송스러운 마음이 커요. (웃음) 원래라면 하반기에 단편소설을 한 편 더 써야 하는데, 제가 일을 효율적으로 하지 못한 바람에 스케줄이 다 틀어졌어요. 아마 단편은 쓰지 못할 것 같고, 겨울부터 교보문고 플랫폼 '창작의날씨'에 앙스트 시리즈를 연재할 계획이에요. 그 시리즈 콘셉트가 고딕소설이거든요. 고딕소설들을 읽으면서 소설을 구상하려고 하는데 아직 머리가 잘 안 돌아가네요.

Q 제25회 이효석문학상 심사에서 심사위원 전원 만장일치로 「끝없는 밤」이 대상작으로 뽑혔습니다. 여러 문학상을 수상하셨지만 매번 수상 전화를 받을 때의 느낌은 다를 것 같아요.

　저는 좀 일희일비하는 스타일의 사람이에요. 모르겠어요, 다른 분들은 어떤지……. 저는 그런 면이 강한 것 같아요. 언제나 평정심을 유지하는 게 제게는 아주 중요해요. 개별적인 사안에 자꾸 마

ⓒ이충우

음이 이리저리 흔들리면 소설을 쓰기가 참 어려워지거든요. 그래서 그런 걸 의식하지 않으려고 매우 노력하는 편이에요. 작품 하나하나에 연연하지 않으려고 하죠. 이를테면 소설을 완성했는데 정말 구제의 여지가 없는 것 같을 때, 이렇게 생각하는 거죠. 음, 망쳤지만 괜찮아, 다음에 잘 쓰면 되지 뭐, 하고요. 상도 그 연장선에 있는 것 같아요. 받으면 당연히 좋죠. 기뻐요. 제 소설에 대한 극적이고도 공식적인 긍정적인 반응인 거잖아요. 하지만 이미 말했다시피 저는 일희일비하는 사람이기 때문에 수상이 저의 작업이나 생활에 이런저런 영향을 끼칠까 봐 걱정이 되어요. 그래서 평정심을 유지하려고 애써요. 무감해지려고 노력해요. 그렇다고 하더라도 상을 받는 건 굉장한 행운이죠. 다른 많은 훌륭한 작품들 중에서 심사위원분들이 제 소설을 가장 좋아해준 건 정말 운이 좋은 일이죠.

Q 이제 작품 「끝없는 밤」의 내부로 들어가볼게요. 이 소설의 '처음'이 궁금합니다.

모든 소설이 그렇지만, 다 쓰고 나면 이게 시작점이었던가? 저게 시작점이었던가? 헷갈리게 되는 지점이 있어요. 다만 이 소설에 대해 제가 또렷이 기억하는 건 보트가 전복되는 내용의 꿈을 꾼 거예요. 저는 때때로 꿈을 꾸다 새벽에 깨어나면 꿈의 내용을 핸드폰 메모장에 급하게 메모해두곤 하거든요. 물론 다음 날 아침이 되면 제가 쓴 게 뭔지 도통 알아먹을 수 없는 경우가 훨씬 더 많긴 하지만요. 어쨌든 꿈속에서 배가 전복되었고, 누군가 죽어가고 있었고, 저는 죽어가는 그 남자의 손을 잡고 있었어요. 제 메모장의 일부를 그대로 옮긴다면 다음과 같아요. "나는 그가 기절하지 않도록 그의 손을 잡고 여러 가지 이야기를 해준다. 그는 자기 자신이 싫다고 말하고 나는 그런 그가 좋았다고 대답한다……. 활동가가 꿈이라는 어린 여자아이가 나에게 참 따뜻한 사람이라고 말해준다." 이것 말고도 이 꿈에는 여러 가지 이야기가 나와요. 나중에 깨어나서 메모를 봤을 때, 제가 누구의 손을 잡고 있었는지 잘 알 수 없다고 생각했어요. 다만 전복된 배, 라는 이미지가 계속 저를 맴돌았어요. 그러다가 친구가 제게 손보미가 쓴 불륜 소설을 읽어보고 싶다고 말했고, 저는 꿈을 소재로 불륜 소설을 쓰면 재밌을 거라는 생각이 들었어요. 처음에는 두 쌍의 부부가 배에 타는 걸로 구상했었는데, 그 인물들을 다 컨트롤할 자신이 없어서 이런저런 식으로 바꾸고 이야기를 덧붙이고……. 꿈을 메모한 건 2021년 3월이었는데 그 꿈으로 소설을 쓴 건 2023년 봄이었어요. 이건 조금 다른 이야기지만, 수상작품집에 실린 자선작 「천생연분」도 불륜 소설이에요. 한 편 정도 더 써서 불륜 3부작을 완성하고 싶어요.

Q 소설의 맨 처음 시작은 꿈이었다고 말씀을 주셨는데, 그런 경우가 종종 있나요. 또 꿈을 메모하는 습관이 언제부터였는지도 궁금해요.

그런 소설이 꽤 있어요. 아주 예전에 쓴 「폭우」라는 작품도 꿈에서 아이디어를 얻었어요. 중력에 대한 내용이었고, 그 아이디어는 「과학자의 사랑」이라는 작품으로 이어졌죠. 하지만 꿈이 소설이 된 가장 극적인 경험은 제20회 이효석문학상 우수작품상을 받았던 「밤이 지나면」이라는 작품에 담겨 있어요. 그 소설은 제가 처음으로 일인칭 여자아이를 주인공으로 쓴 작품이기도 해요. 그때 꾸었던 꿈은 어린 여자아이가 자기보다 조금 나이가 있는 언니들을 동경하는, 뭐 그런 내용이었던 것 같아요. 꿈속에서 어린 여자아이는 친구의 병문안을 가게 되는데, 그 친구가 말했어요. "너는 앞으로 상상도 하지 못한 삶을 살게 될 거야." 잠에서 깨어났을 때, 저는 이 대사가 주는 이상한 감정 때문에 한동안 깨어 있었어요. 제가 꾼 꿈이지만 이게 행운을 빌어주는 말인지, 저주를 퍼붓는 말인지도 구분되지 않았어요. 오싹한 기분이 들었고, 그런 오싹한 감정을 불러일으키는 소설을 쓰고 싶다고 생각했던 기억이 나요.

지금도 소설을 쓸 때 아무것도 떠오르지 않으면 저는 메모장을 뒤져보곤 해요. 꿈만 메모하는 건 아니고, 뭔가 좋은 생각이나 아이디어가 떠오르면 그때그때 핸드폰에 메모를 해둬요. 안 그러면 내가 뭔가를 떠올렸다는 느낌만 남아 있고 그 내용은 사라져버리더라고요. 예전엔 안 그랬어요. 기억력이 좋았거든요. 다만 제 성격이 체계적이지 못해서 메모장에서 뭘 찾으려면 꽤 애를 먹어요. 제 메모장은 완전 뒤죽박죽이에요.

Q 「끝없는 밤」에서 가장 인상적이었던 문장은 "죽은 대상을 영원히 행복하게 만듦으로써 이득을 얻는 건 결국은 살아남은 사람들이라고. 죽은 대상이 기필코 행복하게 남아야 하는 건, 다름 아닌 살아남은 사람들을 위해서라고. 하지만 그게 그저 속임수에 불과한 걸까?"(71쪽)였습니다. 이 문장에 대해 이야기해주실 수 있을까요.

저는 항상 양가적인 생각을 왔다 갔다 해요. 저는 죽으면 끝이라고 늘 주장해왔어요. 사후 세계 같은 건 없다고요. 제가 (저나 타인의) 죽음을 두려워하는 건, 죽은 후의 세상에 대해 아무것도 알 수 없으리라는 생각 때문이에요. 그게 절 아주 두렵고 슬프게 해요. 하지만 사실 이건 말도 안 되는 생각이죠. 죽음 이후가 완전한 무(無)라면 이런 생각 자체가 의미 없는 거겠죠. 음…… 잘 모르겠어요.

이 소설에는 죽은 강아지가 나와요. 무지개다리를 건넌다는 표현은 죽음을 죽음으로 받아들이고 싶어 하지 않는 마음에서 비롯되는 거라고 생각했죠. 그건 죽은 대상의 행복과는 관련이 없다고요. 저는 그게 이기적인 마음이라고 생각했어요. 다른 이의 죽음조차 자신을 위해 이용한다고나 할까. 속임수 같은 거요. 하지만 동시에 그런 생각도 들었어요. 그런 속임수 없이 우리가 삶을 살아갈 수 있을까? 더 나아가서는 그런 속임수 없이 우리가 누군가를 마음 깊이 사랑할 수 있을까? 어쩌면 그 속임수야말로 우리를 살아가게 하고 누군가를 사랑하게 만드는 것 아닌가? 그렇다면 그걸 속임수라고 말할 수 있나? 잘 모르겠어요. 어제는 이게 맞는 생각 같다가도 내일은 아, 그건 틀린 생각이었어, 하고 후회하거든요. 이 생각과 저 생각 사이에서 언제나 오락가락해요. 아무것도 알지 못한 채로 말이에요. 저는 아마 그런 오락가락한 상태 자체를 소설로 쓰는 사람인 것 같기도 하고요. 제가 가장 자주 하는 말은 음…… 잘 모르겠어, 인 것 같아요.

Q 소설가는 진실이란 걸 말하기 위해 쓰는 존재라고 생각해왔는데 오히려 반대되는 이야기를 해주셨어요. 조금 더 자세히 말씀해주실 수 있을까요.

레이먼드 카버의 에세이 「글쓰기에 대하여」를 보면 이런 문장이 나와요. "작가가 반드시 그 지역 일대에서 가장 똑똑한 사람이어야 한다는 법도 없다." 저는 카버의 이 말에 항상 백 퍼센트 동의해왔어요. 아마 똑똑한 사람만 쓸 수 있다면 저는 못 썼을 거예요. 저는 그다지 대단한 통찰력을 가지고 있지도 않고 지식이 많지도 않아요. 그런 걸 보여주는 게 소설이었다면 역시 전 쓰지 못했을 거예요. 제가 소설로 할 수 있는 건 제가 모르는 것에 대해 문장으로 옮기는 것 정도인 것 같아요. 물론 진실에 가닿고 싶다는 욕망이 있죠. 하지만 진실을 말하고 싶다는 욕망과 진실에 가닿고 싶다는 욕망은 엄연히 다르다고 느껴요. 전자는 진실을 알고 있다고 믿는 자의 욕망이고, 후자는 진실을 알 수 없다고 느끼는 자의 욕망이니까요.

그리고 이건 약간의 비약을 감수하고 말하는 건데, 만약 제가 더 많은 경험을 했다면 어쩌면 소설을 못 썼을 수도 있다는 생각도 해요. 황당한 생각처럼 보이지만, 정말 그래요. 이를테면 작년 출간된 소설집 『사랑의 꿈』(문학동네, 2023)의 표제작인 「사랑의 꿈」은 딸을 버리려는 엄마에 대한 이야기예요. 그 소설을 읽은 어떤 독자분이 어떻게 이런 생각을 했는지 너무 놀랐다는 말씀을 하셨어요. 자신은 아이를 버린다는 생각만으로도 몸이 굳는 것 같다고요. 그 말을 듣고 문득 그런 생각이 들었어요. 만약 나에게 자식이 있었다면, 이런 내용을 쓸 수 없었을지도 모르겠다고요. 제가 하고 싶은 말은 많은 경험이 꼭 소설을 풍부하게 해주는 건 아니리라는 거예요. 많은 경험을 하고, 많은 것을 알고, 지식을 쌓고…… . 그런 것들은 소설을 쓰는 것과는 관련이 없죠. 아니, 아주 없지는 않겠죠. 있긴 있겠지만 그게 결정적인 영향을 끼치는 건 아니리라고 믿어요. 중요한 건, 어쨌든 소설은 이야기라는 점이에요. 내가 만들어낸 세계 속에서 살아가는 인물들을 가만히 응시하는 거. 어떤 의미 같은 것도 부여하지 말고, 그냥 그들의 말과 행동, 선택을 바라보는 거요. 세상엔 이해할 수 없는 것들이 있고, 절대로 설명될 수 없는 감정들이 있다는 거, 저에게는 그게 중요한 것 같아요.

Q 「끝없는 밤」에서 배 위에서의 돌풍과 폭풍우는 마치 인생과 같다는 느낌을 한 명의 독자로서 받았습니다. 요트라는 공간은 삶의 공간이자 은유란 생각이 들었어요. 작중 요트란 공간은 작가님께 어떤 곳이었을까요.

아까 이 소설의 시작에 대해 물어보셨잖아요. 저는 그게 꿈에서 시작한다고 말씀드렸고요. 꿈에서 본 요트를 생각하다가, 그동안 잊어버리고 있던 기억을 떠올렸는데 제가 이십대 중반에 친구들과 보러 간 사주 카페에 대한 것이었어요. 만 원을 내면 커피도 마실 수 있고 사주도 볼 수 있는 그런 곳이요. 당시 사주를 봐주시던 분이 제게 작가가 될 운명은 아니라고 했어요. 정말 그렇게 말했어요. 절대로 작가가 될 수 없다고요, 그런 운명이 아니라고요. 그 대신 이렇게 말했죠. "빨리 결혼을 해야 해요. 부자 남편을 만날 운명인데, 요트나 타고 다니고 여행이나 할 팔자야." 그러고는 소설가가 될 생각은 하지도 말고, 빨리 결혼하라고 했어요. 하지만 저는 소설가가 되었고, 그로부터 오랜 시간이 흐른 후에 결혼을 했죠. 보시다시피 요트나 타고 다니는 삶과도 거리가 멀어도 너무 멀고요. (웃음) 그 기억이 떠오르자, 처음에는 불륜의 장소로 기능할 예정이었던 요트가 저에게 조금 다른 식으로 다가왔어요. 그걸 뭐라고 한마디로 설명하기는 어려운 것 같아요. 이를테면 요트는 누군가는 올라타고 싶은 계급의 상징이기도 할 거예요. '요트나 탈 팔자'를 가진 사람들에 대해 가지는 복잡한 마음들이 있죠. 동시에 요트는 육지에서 멀리 떨어진, 불안정한 공간이기도 할 거예요. 아무것도 통제할 수 없는, 내 의지에서 멀어지는 극적인 경험을 하게 되는 공간이요. 내 삶의 운명, 나를 속박하는 것, 혹은 죽음. 이런 식으로 쓰는 동안 요트는 삶의 세속적인 욕망이 폭발하는 공간인 동시에 운명이나 죽음과 관련된 공간이 된 것 같아요.

Q 이 소설을 아직 읽지 않은 분들께 작품을 소개한다면, 어떤 소설이라고 이야기하실 수 있을까요.

'자신이 정말로 가지고 싶은 게 뭔지 모르는 여자가 결국 아무것도 알지 못하게 되는 이야기' 정도로 요약할 수 있을까요? 흠, 이렇게 요약하니까 왠지 아무도 읽기 싫어할 것 같아서 걱정이 드는데, 저는 사실 이 소설의 어떤 부분들은, 읽는 분들이 약간은 우스꽝스럽게 느끼기를 바랐거든요. 이 소설에 나오는 인물들 모두 약간은 어딘가 미묘하게 우스운 부분들이 있다고 생각했어요. 그녀와 '미묘한 상태'에 놓여 있던 장본인이자, 남편의 친구가 선택하는 그 이상한 단어들, 곧 죽어도 배 안에서 그녀와 남편 사이에 앉아 있으려고 하는 태도 같은 거요. 남편도 그렇죠, 그녀가 강아지를 데리고 왔을 때는 키울 수 없다고 난리를 쳤으면서 자기가 그 강아지를 가장 사랑했다고 주장하죠. 그녀도 어딘가 모르게 이상한 느낌을 줘요. 수의사 이름을 기억해내면 강아지가 죽지 않을 거라는 이상한 믿음으로 자신만만하게 이름을 기억해내지만, 결국은 틀렸죠. 이 소설 안에서 그녀는 내내 허둥거리고 이랬다저랬다 하죠. 제가 제일 재밌게 쓴 부분은 디저트 가게에 찾아갔을 때의 장면이에요. 맛없는 디저트를 먹기 싫은 그녀와 디저트 가게 사장 간의 그 미묘한 긴장감 같은 거요. 저는 이게 '웃긴' 장면이라고 생각했어요. 삶의 희비극에 관한 유명한 문장이 있잖아요. "삶은 가까이서 보면 비극이지만 멀리서 보면 희극이다." 제가 이번에 출간한 『아무튼, 미드』(제철소, 2024)라는 책에 썼지만, 이 문장을 완전히 거꾸로 뒤집을 수 있는 것 같아요. "삶이란 가까이서 보면 희극이고 멀리서 보면 비극이다." 비극적인 상황 속에 현미경을 들이밀면 거기서도 이상하고 우스꽝스러운 부분들이 존재하는 거죠. 물론 이 웃음은 우리가 흔히 말하는 웃음과는 다른 거겠죠. 그 웃음 속에는 이상한 죄책감과 수치심, 비굴함과 무안함 같은 것들이 섞여 있어요. 게다가, 그런 식으로 누군가의 비극에 현미경을 들이밀고 웃고 싶어 하는 사람도 드물 거예요. 제 생각엔…… 그 드문 사람 중 한 명이 바로 저인 것 같아요. 저는 그런 걸, 그러니까 그 이상한 웃음에 대해 쓰는 걸 좋아하는 사람인 것 같아요. 이상하게 들리겠지만 이건 거부할 수 없는 사실이에요.

Q 재작년 제45회 이상문학상 대상을 받은 소설 「불장난」, 그리고 『사랑의 꿈』에 수록된 소설들에 대해 함께 이야기해볼게요. 소설에는 주인공이 처한 상황이 나오는데 그 원인이나 이유는 소설 후반부에 나온다는 느낌을 받았습니다. 가령 「끝없는 밤」의 경우도 샅굴부위에서 느껴지는 통증의 이유가 상실이었음이 마지막 부분에서 밝혀지고요. 고통의 원인이 먼저 독자에게 공유되고 그 때문에 어떤 일이 벌어졌는가가 아니라, 사건의 이유가 마지막 장면에 나오면서 소설의 마지막 부분에서 독자와 공명하게 되는 거예요. 그런 점에서 '나는 과거의 삶을 받아들일 수 있는가'가 작가님 소설의 공통된 흐름이란 생각을 해보았습니다.

「끝없는 밤」을 보면 이런 표현이 있어요. "두 가지 일 사이에는 그 어떤 인과관계도 없기 때문이었다. 시간적 선후를 따지는 게 무의미하게 느껴지기도 했고, 시간적 선후를 따지면 (거짓) 인과관계를 인정하는 꼴이 되어버릴 것도 같았다."(30쪽) 가끔은 소설의 어떤 문장을 쓰고 난 후에야, 내 자신이 그 문장이 의미하는 바에 동의하는지, 아니면 정반대의 입장에 서 있는지 자문하는 경우가 있어요. 여러 편의 소설을 쓰고 난 후에야 저는 제가 저 문장의 어떤 부분에 가슴 깊이 공감하고 있다는 사실을 알아차렸어요. 우리는 우리가 지금 현재 겪는 고통이나 상처의 원인을 파헤치곤 하잖아요. 음, 그 일이 내게 영구적인 상처를 남긴 것 같아. 물론 그건 좋은 일이에요. 널리 알려졌다시피 심리 상담에서 흔히 사용되는 방법이니까요. 하지만, 때때로 저는 그런 인과관계가 오히려 나를 속박하는 게 아닌가 하고 생각할 때도 있어요. 물론 이렇게 단순하게 설명되어서는 안 되겠죠. 인과관계를 부정하려면 인과관계를 상정하는 과정이 먼저 선행되어야 할 테니까.

제가 하고 싶은 말은, '지금 이 순간 고통을 겪고 있는 내가 (그것의 원인이라고 생각하는) 과거의 특정 사건을 어떤 눈으로 바라보느냐'가 중요하다고 느낀다는 거예요. 어쩌면 제 소설의 주인공들은 그런 식으로 현재 자신의 자리를 알고 싶어서 과거의 사건들을 거꾸로 추적해나가는 사람들, 그런 식으로 자신의 과거를 새롭게 발굴해내가고 싶은 사람들일지도 모른다는 생각이 들어요. 그런 발굴은 성공할 때도 있지만 실패할 때도 있어요. 제가 느끼기에 「불장난」은 '발굴'에 성공한 인물을 다룬 이야기이고, 「끝없는 밤」은 '발굴'에 실패한 인물을 다룬 이야기 같아요. 저는 그런 성공이 주인공에게 무엇을 가져다줄 수 있는지에 대해서는 잘 모르겠어요. 삶의 어떤 드라마틱한 변화를 가져다줄까? 모르겠어요. 다만 실패한 주인공의 삶에 대해서는 이렇게 생각하죠. 그녀는, 그녀의 남편은, 그 남자는 '끝없는 밤'에 갇혀 있게 될 것이다, 라고요.

Q 작품으로부터 잠시 빠져나와 '소설가로서 손보미'의 처음으로 돌아가볼게요. 어린 시절부터 글과 관련해 크고 작은 상을 받으신 것으로 알고 있어

요. 처음 책을 좋아하던 시절의 손보미는 어떤 사람이었나요.

아니에요. 잘못 알고 계신 거예요. 최근에 이 경험에 대한 글을 쓴 적이 있는데, 중학교 때에는 가끔 백일장에 나갔던 기억이 있어요. 크고 작은 백일장이 많이 열렸어요. 학교에서는 대표를 몇 명 참가시켰는데, 글쓰기에 특별한 재능이 있는 학생들을 내보낸 것 같진 않고…… 그냥 반에서 공부 잘하는 애들을 내보냈던 것 같아요. 네, 전 중학교 때까지는 공부를 잘했답니다. (웃음) 어쨌든 제가 다닌 중학교에, 시에서 하는 백일장 대회에서 항상 장원을 받는 친구가 있었는데, 그 친구는 나중에 과고에 갔어요. 저는 가작인가 입선인가를 한 번 받고 더 이상 대회에 나가지 않았어요. 글쓰기와는 별 인연이 없다고 생각했죠. 하지만 책 읽는 걸 좋아했어요. 글씨를 읽는 걸 좋아해서 어렸을 적에는 어른들이 읽는 신문이나 백과사전 같은 걸 읽었어요. 청소년 때는 만화책을 훨씬 더 많이 읽었지만, 소설책도 많이 읽었어요. 소설가가 될 수 있으리라고는 언감생심 꿈도 못 꿨죠. 저는 너무 평범한 집안에서 자란 평범한 아이였고, 저처럼 평범한 아이는 소설을 쓸 수 없다고 생각했어요.

국문과에 들어간 것도 그냥 책 읽는 걸 좋아하니까, 뭐 그런 단순한 생각이었던 것 같아요. 소설을 처음 쓴 것도 우연히 일어난 일이었고요. 대학 내내 소설학회에서 1년에 한 편 정도 소설을 썼지만, 그때도 소설가가 될 수 있으리라고는 생각하지 못했어요. 제 소설이 재밌다고 말해주는 사람도 별로 없었고, 대개는 꽤 심한 혹평을 들었어요. 가끔은 힘들고 괴로웠죠. 2009년에, 지금은 없어진 『21세기문학』으로 데뷔를 하고 나서도 청탁이랄 게 없어서 음, 이게 작가의 삶인가? 하는 생각을 했던 기억이 나요. 제가 능동적으로 아주 열심히 무언가를 준비한 건 2011년 신춘문예였어요. 그때 제가 쓴 소설 중 가장 좋아하는 작품인 「담요」를 냈어요. 만약 이 작품이 안 되면 소설가로서의 삶은 버리겠다, 고 다짐했었죠. 그래서 저는 지금 작가가 되어서 활동하고 있다는 게 많이 신기해요. 어떻게 내가 작가가 되었지? 타임머신을 타고 과거의 나 자신에게 넌 작가가 될 거야! 라고 말해도 과거의 저는 믿지 못할 것 같아요.

Q 『사랑의 꿈』의 '작가의 말'을 보면 이런 문장이 나옵니다. "내가 통과한 시간들을 이렇게 손으로 만질 수 있는 무언가로 남길 수 있어서 다행이라고 생각한다." 소설을 쓰면서 작가님은 어떤 상태가 되나요.

아까도 말했지만 예전에는 기억력이 좋았는데, 지금은 정말 기억력이 나빠졌거든요. 그래도 어떤 소설을 쓴 순간들은 마치 사진을 찍은 것처럼 제 머릿속에 남아 있어요. 저는 제 소설을 엔간해서는 다시 읽지 않지만, 이런저런 일 때문에 다시 읽게 되면 아, 이 소설은 여기서 썼지, 저 소설을 쓸 때 나는 상태가 이랬지 저랬지, 하는 게 아주 자연스럽게 떠올라요. 그런 장면을 떠올리면 기분이 이상해져요. 소설을 쓰면서 감정의 긍정적인 발산이 일어나기도 하지만, 때때로 너무 힘들기도 하잖아요. 그 모든 순간을 거쳐서 하나의 소설을 끝냈구나, 그런 생각이 들면 어쨌든 행복해져요. 소설을 쓰던 힘든 순간들도 지금의 저를 행복하게 해준다는 게 참 신기한 일인 것 같아요.

저는 일상에서는 매사 어리바리하고 얼렁뚱땅 일을 처리해요. 저조차도 이해하기 어려운 실수를 하죠. 꼼꼼하지도 않고 물건도 엄청 잘 잃어버려서 저랑 가까운 사람들은 가끔 경악을 해요. 그걸 그렇게 했어? 그걸 또 잃어버렸어? 하고요. 삶에서 계획도 별로 하지 않아요. 될 대로 되라 그런 성격이죠. 하지만 소설을 쓸 때는 전혀 달라요. 안달복달해요. 내가 이런 장면을 쓰고 싶은데, 이걸 잘 쓰고 있는 걸까? 나는 이런 장면을 이런 의도로 쓰는 건데 읽는 사람들이 그걸 잘못 이해하면 어떡하지? 소설을 쓸 때만은 꼼꼼해져요. 그렇게 되는 제 자신이 아주 신기해요. 이런 식으로 말할 수도 있겠죠. 소설을 쓸 때 너무 신경을 많이 써서 다른 일에는 소홀해진다고요. 하지만 사실은 아니에요. 소설을 쓰기 전에도 저는 이미 덤벙대는 사람이었어요.

Q 소설가로서만 느낄 수 있는 행복감이란 무엇일까요.

저는 하나의 소설을 완성했을 때 가장 큰 행복감을 느껴요. 하나의 단계를 지난 것 같은 기분이 들어요. 게임을 할 때 하나의 퀘스트를 깬 것 같은 느낌이랄까……. 물론 소설을 쓰는 동안 느끼는 쾌감 같은 건 있죠. 쓰기 전에 아무리 내용을 열심히 구상한다고 하더라도 쓰다 보면 처음에는 상상도 하지 못하는 장면이나 대사들이 등장할 때가 있어요. 그럴 땐 정말 즐겁고 재밌어요. 이를테면 「끝없는 밤」은 꿈이나 사주를 봤던 경험, 기타 등등에서 시작했지만, 사실 수의사가 나올지 몰랐고, 강아지가 나올 줄도 몰랐고, 그녀가 디저트 가게에 가게 될 거라고도 생각하지 못했어요. 그런 식으로 소설을 쓰면서 전혀 예상하지 못했던 순간들을 만날 때, 저는 굉장한 쾌감을 느껴요.

제 소설을 읽으신 분들을 만날 때도 행복하죠. 제가 엄청 소름 끼치게 인기 있는 작가는 아닌 것 같지만, 그래도 때때로 저보다 제 소설을 더 사랑해주시는 분들을 만나곤 해요. 제 소설을 읽고 살아갈 용기를 얻게 되었다고 말해주시는 분들, 그런 분들을 만나면 행복하다는 표현으로는 부족하고, 뭔가 이상한 기분이 들어요.

Q '행복감'을 여쭤본 이유는 다음 질문을 드리고 싶기 때문이었어요. 소설가로서 느끼는 행복감과는 반대로, 소설가로서만 느끼는 '고통'이란 무엇일까요.

음…… 소설 쓰는 작업은 너무 외로운 것 같아요. 맞아요, 외로워요. 가끔은 혼자 일을 한다는 게 큰 행운처럼 느껴지기도 하죠. 왜냐하면 아까 말했듯이 저는 꼼꼼하지도 못하고 일 주변이 없어서 무언가 다른 사람들과 일을 함께 해야 했다면 그들로부터 미움받았을 것 같거든요. 하지만 소설을 쓰다가 내가 제대로 된 방향으

로 가고 있는지 어떤지 그 모든 걸 혼자 판단해야 한다는 점이 조금 괴로울 때가 있어요. 마감은 다가오는데, 쓸 만한 것이 아무것도 떠오르지 않을 때, 빈 화면을 계속 보고 있어야 할 때 말이에요. 아침부터 일을 하러 나왔는데, 한 글자도 못 쓰고 집으로 돌아갈 때 느끼는 자괴감 같은 거요. 그 모든 건 오직 제가 해결해야 하는 문제죠. 작업을 시작해도 문제가 발생하죠. 「끝없는 밤」을 쓸 때도 그랬어요. 이게 맞나? 저게 맞나? 이렇게 써도 되나? 저렇게 써야 하나? 이건 아주 가끔 있는 일이지만 이 소설을 쓸 때, 남편에게 내용을 털어놓으며 이게 말이 돼? 라고 물어본 적이 있어요. 그는 대답했죠. "응, 말이 돼." 말이 된다고? 라고 되물으니까 그는 이렇게 말했어요. "뭐든 다 말이 돼." 그런 말을 들을 땐 도움이 돼요. 음, 뭐든 말이 되는군, 내일 이어 쓰면 되겠다, 라고 생각하죠. 그렇지만 다음 날 다시 작업을 시작하려고 하면 또다시 나 자신에게 똑같은 질문을 던지고 있는 거예요, 이게 말이 돼? 이러면서.

Q 최근 읽은 책을 소개해주실 수 있을까요.

올해는 정말 책을 많이 읽지 못해서 민망한데, 요즘 읽고 있는 건 2018년 문예출판사에서 번역 출간된 로널드 랭의 『분열된 자기: 온전한 정신과 광기에 대한 연구』(신장근 옮김)라는 책이에요. 저도 아주 우연히 읽게 되었어요. 저자는 스코틀랜드 출신의 정신과 의사고, 1960년에 출간되었대요. 음…… 저는 신체의 작동에 좀 관심이 많은 것 같아요. 소설에서 그런 묘사를 쓰는 걸 좋아하기도 하고, 마음과 연결된 신체, 혹은 신체에 연결된 마음에 관심이 많아요. 아마 그런 관심사가 저를 이 책으로 이끈 것 같아요. 이 책으로 인해 조현병 환자를 바라보는 방식이 완전히 달라졌다고 해요. 저는 의학이 조현병 환자를 바라봤던 예전 방식을 모르니까, 이게 얼마나 큰 변화인지 잘 모르겠어요. 다만 짐작은 하죠. 이를테면 (이 예시는 여러 번 들었지만) 올리버 색스의 『깨어남: 폭발적으로 깨어나고 눈부시게 되살아난 사람들』(이민아 옮김, 알마, 2012)이라는 책을 보면 파킨슨증 환자를 새롭게 바라볼 것을 주장하거든요. "객관적 관찰자"에서 내려와서 그들(환자)의 이야기를 들어야 한다고요. 환자를 병에 걸린 부류로 유형화하는 게 아니라, 환자 개인의 증상을 바라볼 수 있어야 한다고요. 저는 이게 소설을 쓰는 제가 가져야 하는 아주 중요한 마음이라고 생각해요. 제 인물들의 얼굴을 들여다볼 것. 『분열된 자기 : 온전한 정신과 광기에 대한 연구』도 그런 방식을 취하고 있는 것 같아요. 조현병 환자나 혹은 조현성 성격장애 환자들을 하나의 병증이나 증상의 발현으로 바라보는 게 아니라, 그들의 내면에서 어떤 일들을 겪고 있는지를 바라봐야 한다고 주장해요. 그리고 그들의 증상은 이 세상에서 살아남기 위한 부단한 투쟁의 모습이라고 말하죠. 죽지 않으려고요. 저는 죽지 않고, 살아남으려고 고군분투하는 사람들에게 경외감을 느껴요.

Q 독서를 포함해 작가로서의 하루 루틴이 궁금해요. 하루에 2천 자씩은 꼭 쓰신다는 이야기를 다른 인터뷰에서 읽은 기억이 있습니다.

아, 제가 너무 저 자신을 포장했나 봐요. 1년 365일 매일 2천 자를 쓰는 건 당연히 아니고요. 작업을 시작해야 하는 시점이 되면 그렇다는 말이에요. 늘 2천 자를 쓸 수 있는 건 아니에요. 특히 작업을 처음 시작할 때요. 며칠 동안은 한 글자도 못 쓰는 날도 많아요. 유튜브만 보다가 집으로 돌아올 때도 많고요. 그런 날이 몇 날 며칠 반복되다가 아, 더 이상 이러면 안 돼, 라고 저를 다독이죠. 내일 지우더라도 오늘은 써야 한다, 라고요. 그리고 매일매일 몇 자를 썼는지 기록해둬요. 2050자, 1670자, 2600자, 1200자…… 이런 식으로요. 어느 날은 3천 자를 훌쩍 넘겨 쓰고 좀 뿌듯해하기도 하고요.

저는 아침 일찍 나가 작업하는 걸 좋아해요. 고요한 넓은 카페에, 사람들이 드문드문 앉아 있고, 그런 느낌을 좋아하죠. 집에는 1시나 2시쯤 돌아오고 그때부터는 작업 생각은 전혀 안 해요. 침대에 누워서 꼼짝 안 할 때도 많고.

Q 아까 레이먼드 카버를 말씀하셨는데 아끼는 해외 작가를 알려주실 수 있나요. 곤란하실 테니 한국 작가는 여쭤보지 않겠습니다. (웃음)

어렸을 적에는 레이먼드 카버와 헤밍웨이를 좋아했어요. 미니멀리즘이요. 조금 이후에는 존 치버를 좋아했죠. 뭐랄까, 그의 소설에는 기묘한 유머 감각 같은 게 있어요. 시니컬하기도 하고요. 카프카를 이십대 후반이 되어서야 좋아하게 되었어요. 그 전엔 사람들이 왜 카프카를 좋아하는지 이해를 못 했는데, 우연히 「선고」라는 작품을 읽게 되었고, 그때 정말 충격을 받았어요. 사실, 저는 어떤 책을 읽고 '충격을 받았다'고 표현하는 걸 좋아해요. 그리고 정말로 좋은 점은 저에게 충격을 준 작가가 무궁무진하게 많다는 거예요. 안톤 체호프, 도리스 레싱, 윌리엄 트레버, 앨리스 먼로, 그레이엄 그린, 리처드 플래너건, 아고타 크리스토프, 팀 오브라이언……. 이 세상에는 충격적으로 좋은 소설들이 너무 많아요.

Q 작년 한 인터뷰에서 '충분히 보호받지 못한 사람들'에 대한 관심을 이야기 하셨어요. 그 문제의식은 지금도 유효할까요.

아, 그 인터뷰는 『사라진 숲의 아이들』(안온북스, 2022)이라는 작품을 출간한 이후에 했던 것 같아요. 일종의 추리소설인데, 저는 그 소설의 주인공들, 그리고 거기에 나오는 아이들이 이 사회에서 충분히 보호받지 못한 존재들이라고 생각했어요. 저는 가끔 '사회를 보호한다'라는 개념에 대해 생각해요. 사회는 개인을 보호하고, 개인은 사회를 보호하는 식의 선순환이 이루어져야 하는데, 지금은 그게 불가능한 시대 같다고 느껴요. 물론 저는 사회적 문제를 소설로 녹이거나 하는 것에는 전혀 재능이 없어요. 앞에서도 말했지만 제가 이 세상에 대한 어떤 정답이나, 통찰 같은 걸 가지고 있지도 않아요. 다만 「임시 교사」를 쓸 때, 막연하게 그런 의문을 가졌던 것 같아요. 사회에서 보호받지 못하는 사람이 취할 수 있는 삶의 방식은 무엇일까? 그 방식이 옳고 그른지 누가 판단할 수 있을까? 그런 생각이요.

아마도 사회에서 보호받지 못한다는 말 속에는 경제적인 측면이 포함되겠죠. 분명히 그렇겠죠. 『사랑의 꿈』의 표제작이나 「해변의 피크닉」에는 그런 계급 격차를 가진 관계가 전면에 드러나 있어요. 하지만, 좀 이상한 격차죠. 한 집에서 어머니는 돈이 없는데, 어린 딸은 부자가 될 운명이거든요. 그 사이에서 발생하는 미묘한 감정, 사랑과 질투, 위선과 위악 같은 것들을 그리는 게 재밌었어요. 물론 이런 생각들을 의식하고 소설을 쓰는 건 아니에요. 그냥 쓰다 보면 이야기가 그런 식으로 흘러갈 때가 있고, 음…… 앞으로도 그렇게 되겠죠.

Q 마지막 질문이에요. 흔히 '골방'이라고 표현하지요. 뭔가를 쓰는 순간의 골방, 카페와 같은 물리적인 장소가 아니라 어떤 내면과 심부의 장소라고 해야 할까요. 작가님이 소설을 쓰는 동안의 그 장소, 골방의 풍경은 어떤 모습인지 궁금합니다.

너무 어려운 질문이네요. 저는 '골방'에서 쓰는 것 같진 않아요. 무슨 말이냐면, 제가 정말로 소설이 잘된다고 느낄 때 저는 온전히 소설 속에 들어가 있어요. 제가 어디에 있건 거기에서 무슨 일이 벌어지건, 물론 노이즈캔슬링 이어폰의 도움을 받긴 하지만, 어쨌든 저는 소설 속에 있어요. 소설 속 인물들의 얼굴과 표정을 보면서 그들이 무슨 일을 하려는 참인지 궁금해하죠. 그들이 느끼는 감정을 저도 느낄 수 있고, 그들이 무슨 말을 하는지 들을 수 있어요. 항상 그럴 수 있는 건 아니에요. 하지만 제가 그들을 볼 수 있을 때, 저는 제가 소설을 쓰고 있다고 인식할 수 있어요. 제 작업이 잘될 때, 저는 분명히 그들—제 소설 속 인물들—과 함께 있어요. 흠, 맞아요. 혼자 작업을 하는 건 외로운 일이고 고통스럽고 힘들지만 그런 순간들을 기다리죠. 그리고 그런 순간을 맞이하면 전혀 외롭지 않아요. 그땐 정말 재있어요! 아마 이런 기분 때문에 하나의 소설을 끝내고, 또다시 다음 작업을 시작하게 하는 원동력이 되는 거겠죠.

제 2 5 회
이　　효　석
문　　학　　상
————
우 수 작 품 상
수　　상　　작

2010년 단편소설 「체이서」를 통해 소설을 발표하기 시작했다. 소설집 『고 잉 홈』 『우리가 다리를 건널 때』 『사자와의 이틀 밤』, 장편소설 『중급 한국 어』 『초급 한국어』 『비블리온』 『P의 도시』 『체이서』가 있으며, 『라이팅 픽 션』 『끌리는 이야기는 어떻게 쓰는가』 등을 우리말로 옮겼다.

허 리 케 인　　나 이 트
문　　　　지　　　　혁

1

바닥에 물이 차오르고 있다는 걸 알게 된 건 저녁 식사 후였다. 10분 전만 해도 알리오올리오가 담겨 있었던 빈 그릇을 들고 일어섰는데 양말 끝이 차가웠다. 누가 카펫 위에 물을 쏟았나. 그러나 492 sq. ft.의 복층 스튜디오에 살고 있는 생명체는 나뿐이었다. 창밖으로 시선을 돌렸더니 검은 나무들이 빗속에서 세차게 흔들리고 있었다. 허리케인. 낮에 같이 수업 듣는 동료들이 몇 차례 입에 올렸던 단어가 떠올랐다. 아무리 그렇다고 해도?

처음에는 키친타월 몇 장을 뜯어 닦아보려 했다. 나중에는 화장실에서 수건 여러 장을 들고 와서 막아보려 했다. 하지만 그럴 수 있는 정도가 아니었다. 처음에 대한민국 정도 크기였던 검은 얼룩은 빅뱅에 맞먹는 속도로 세계지도로 변해가다가 마침내 광활한 우주가 되었다. 1층 전체가 물에 젖어버리는 데는 채 30분도 걸리지 않았다.

머리가 하얘졌다. 나는 아직 젖지 않은 나무 계단에 걸터앉은 채로 핸드폰을 들고 연락처 목록을 살폈다. 스마트폰도 없던 시절, 누구한테 뭐라고 연락을 해야 할지 막막했다. 집주인에게 해야 하나. 관리사무소 연락처가 뭐였더라. 일요일 밤이었고 모든 것이 망설여졌다. 가장 최근에 등록된 번호를 검색해보니 낯익은 이름이 떴다. Peter Choi. 옆 동네에 살고, 2주 전 맨해튼 다운타운에서 같이 밥을 먹었던 고등학교 동창. 번호를 불러주면서 피터, 아니 최용준이 했던 말을 떠올렸다.

아무 때나 연락해. 밥이나 먹게.

쉽게 통화 버튼을 누를 수 없었다. 아주 많은 시간이 흐를 때까지, 그러니까 비교적 최근까지, 나는 그 순간에 대해 오랫동안 생각했다. 나는 그때 왜 망설였을까. 일요일 밤이어서? 부탁하는 게 부담스러워서? 친구에게 민폐를 끼치고 싶지 않아서? 과거의 기억 때문에? 아니면 그저 최용준이라서?

지금이라면 내 선택은 달라질까.

하지만 2010년의 나, 비바람이 몰아치고 카펫이 젖어가던 포트리의 1250달러짜리 월셋집에 살던 나에게는 다른 선택의 여지가 없는 것처럼 보였다. 나는 통화 버튼을 눌렀고, 몇 번 울리기도 전에 피터가 전화를 받았다. 그는 큰 소리로 말했다.

"야, 너 괜찮냐?"

2

검은색 BMW X5가 집 앞에 도착한 건 15분 후였다. 나는 소지품과 옷가지를 간단하게 싼 백팩 하나를 메고 로비에서 기다리고 있다가 차에 올랐다. 베이지색 가죽 시트에 빗물이 튈까 봐 조심스럽게 우산을 묶었다. 내 낡은 운동화 밑창에서 조금씩 새어 나오는 구정물이 신경 쓰였다. 은은한 우디 향이 감도는 차내에서는 둔중한 베이스가 강조된 힙합이 흐르고 있었다. 볼륨이 지나치게 컸다.

"이 난리가 났는데 모르고 있었어?"

피터는 텔레비전을 보고 있었다고 했다. 지금, 이 동네 전체가 패닉이야. 오죽하면 와이프가 너한테 전화해보라고 하더라고. 네가 안 했으면 몇 분 있다가 내가 했을걸. 피터가 말하면서 와이퍼의 속도를 높였다. 두 개의 검은 손이 흐릿한 세계와 선명한 세계를 가르며 빠르게 움직였다.

"텔레비전이 없어서."

내 대답은 어딘지 변명처럼 들렸다.

피터의 아내는 지난 식사 때 처음 만났다. 미인이라는 소문을 듣기는 했지만, 피터가 그녀와 함께 등장했을 때 나는 적잖은 충격을 받았다. 세상에 저렇게 생긴 사람이 존재할 수 있구나. 그건 예쁘거나 매력적이라는 말과는 조금 다른 감정이었다. 놀라움이나 경외감이라고 해야 할까. 마치 다른 세계에서 온 생명체를 조우하는 기분이었다. 그녀가 말을 걸 때마다 나는 당황하며 횡설수설하기 일쑤였고 보다 못한 피터가 한마디 했다. 얘가 원래 좀 이래. 숫기가 없어가지고.

"와이프한테 내가, 급하면 전화하겠지, 했는데 딱 그때 진짜로 너한테 전화 온 거 알아? 소름."

한 치 앞도 잘 보이지 않는 도로를 피터는 여유 있게 달렸다. 실제로는 그렇지 않겠지만 나한테는 다 비슷하게 들리는 래퍼의 목소리가 열심히 F-워드를 뱉어냈다. 원래라면 환하게 밝았어야 할 거리의 상점들은 불이 다 꺼져 있었다.

3

1995년, 우리는 중곡동에 있는 외국어고등학교에서 만났다. 1월생이었던 나는 만으로 열다섯 살이었고 금호동에 있는 중학교를 졸업한 직후였다. 입학 전에 신입생 환영회 비슷한 모임이 있었는데 거기서 피터를 처음 봤다. 피터는 대치동에 있는 중학교를 나왔는데, 매년 수십 명을 외고에 보내는 학교라서 그런지 이미 아는 친구가 많은 것 같았다. 내가 나온 중학교에서 그 외고에 진학한 사람은 나를 포함해 달랑 두 명뿐이었다. 하지만 그 한 명조차 전혀 모르는 친구였고, 과묵한 데다 과도 달라서 그와는 입학 후로 만날 일이 없었다.

그날 모임에서 우리는 합격을 자축하며 이제 앞으로 3년간 영어과라는 이름 아래 함께 지내게 될 것을 기대했다. 남녀 비율은 절반 정도였다. 돌아가면서 장래 희망을 말하는 순서가 있었는데, 남자아이들의 절반은 국제변호사가 되겠다고 했다. 국제변호사라는 말은 존재하지 않고 그저 한국 변호사나 미국 변호사가 있을 뿐이라는 걸 그때는 누구도 지적하지 않았다. 분위기에 휩쓸려 나 역시 내 꿈이 국제변호사라고 말했다. 사실 그날 처음 들어본 단어였지만, 본능적으로 그렇게 말해야만 이 세계에 진입할 수 있을 것 같은 느낌이 들었다. 국제변호사는 일종의 패스워드이자 암구호였다. 다만 그 와중에도 조금 달라 보이고 싶었는지 나는 자신 없는 목소리로 '소설을 쓰는 국제변호사'가 꿈이라고 말했고 20여 년의 세월이 흐른 뒤 그 꿈은 앞쪽 절반만 겨우 이루어졌다.

정말로 국제변호사가 된 것은 피터뿐이었다.

정확히 말하자면 피터는 미국 변호사가 되었고 이후 맨해튼에 있는 유대계 대형 로펌을 다니다가 나와서 자기 회사를 차렸다고 했다. 그의 회사가 정확히 뭘 하는지, 업계에서 어떤 위치인지 나는 잘 몰랐지만 피터가 하고 있다면 대단한 일일 거라고 생각했다. 고등학교 때부터 그렇게 생각하면 대부분 맞았으니까. 용준이는 그런 아이니까.

고등학교 때 운동장에서 농구를 하다가 작은 소동이 벌어진 적이 있었다. 피터와 아이들이 골대 근처 주차된 자동차 위에 옷이며 소지품들을 잠시 올려두었는데 운동하는 사이 그 차가 사라져버린 것이다. 땀 냄새 나는 아이들의 티셔츠나 양말 같은 건 차가 떠난 길 위에 떨어져 있기도 했지만, 피터가 올려놓았다는 손목시계만은 끝내 찾을 수 없었다.

너 진짜 괜찮아?

수돗가에서 세수하던 피터는 고개를 끄덕이며 교실 쪽으로 걸어갔다. 물어봤던 친구는 이해가 안 된다는 듯 피터와 차가 사라진 방향을 한동안 번갈아 쳐다보았다.

왜, 비싼 거야?

내가 묻자, 친구는 약간 허탈하게 웃으며 대답했다.

롤렉스잖아.

생각해보면 우리는 친해질 이유가 없었다. 같은 학교 안에서도 모두가 친한 건 아니었다. 시간이 지날수록 끼리끼리 어울려 다니는 그룹이 생겼고 서로 딱히 적대적이거나 폭력적인 것은 아니었지만 선이 분명했다. 여기도 저기도 모두 어울리는 친구는 드물었다. 누가 정해준 것도 아닌데 아이들은 자석 옆 쇳가루처럼 자신과 비슷한 사회·문화·경제·가정환경을 지닌 친구들 쪽으로 모여들었다. 금호동의 나와 대치동의 최용준 사이의 거리는 N극과 S극만큼이나 멀었다.

우리가 다닌 고등학교는 마치 대학 같았다. 사복을 입었고, 남녀 합반에다가, 전공마다 다른 교실로 이동해서 수업을 들었다. 아이들의 마인드도 그랬다. 투박하고 거칠지만 끈끈한 무엇이 오가는 고등학생 느낌이 아니었다. 정제되고 젠틀했지만 개인적이고 차가웠다. 대학과 한 가지 다른 점이 있다면 모두가 공평하게 매일 야간 자율 학습을 했다는 것. 물론 그 자율 학습은 자율이 아니었고.

저녁 6시부터 밤 10시까지 진행되는 자율 학습 시간에도 쉬는 시간이 있었다. 50분 공부하고 10분 쉬는 식이었다. 넘치는 혈기를 주체하지 못한 몇몇은 쉬는 시간마다 농구공을 들고 나가 텅 빈 운동장에서 운동을 하고 오기도 했다. 운동에 별로 취미가 없던 나는 운동장 끄트머리에 있는 난간, 우리끼리는 전망대라고 부르던 장소에 가는 걸 좋아했다. 용마산을 뒤로하고 지어진 학교는 지대가 꽤 높아서, 전망대에 서면 서울 시내가 한눈에 내려다보였다. 낮의 빛이 사라지고 밤의 그림자가 드리워진 도시는 그 본래 모습이 어떻든 꽤 그럴듯해 보였다. 어둠 속에서 다닥다닥 모여 있는, 하늘보다 밝게 빛나는 인공적인 불빛들은 저마다 자신의 존재를 알리는 조난신호처럼 보였다. 나는 멍하니 서서 불빛 사이로 보이는 붉은 십자가의 개수를 세다가 쉬는 시간 끝나는 종소리를 듣곤 했다.

전망대로 내려갈 때는 저녁 시간에 사놓은 캔 커피를 하나 들고 갔다. 야경을 내려다보며 뜨뜻미지근하고 달콤 쌉싸름한 커피를 마시는 일은 마치 어른이 된 것만 같은 착각을 주어 좋았다. 파란색 캔 커피에는 레쓰비라고 적혀 있었는데, 생각해보면 아무도 그다음 빈칸을 궁금해하지 않았다. 레츠 비. 우리는 뭐가 되고 싶었던 걸까. 무엇이 되고 싶었던들 아마 우리가 원한 대로 되지는 못

했을 테지만.

네 소설 읽어봤어.

언젠가 깜짝 놀라 뒤를 돌아보았더니 피터가 서 있었다. 나는 뭐라고 답을 해야 할지 몰라 얼버무리듯 말했다.

왜 그랬어.

피터는 몇 걸음 더 앞으로 나와 내 옆에 섰다. 학교 외벽에 설치된 조명이 그의 얼굴 위에서 두 쪽으로 갈라졌다.

재밌던데.

얼굴이 달아올랐다. 중학교 때 쓴 소설을 인쇄해 와서 짝에게 보여준 적이 있는데, 아마 그걸 본 것 같았다. 로봇에 의해 점령된 지구에서 인간들이 반란을 일으키는 이야기였다. 아이들이 돌려 읽는다는 걸 알면서도 애써 모른 척했던 지난날의 내가, 그 작은 우쭐함이 부끄러웠다. 진작 돌려받았어야 했는데. 애초에 왜 그런 걸 가지고 와서.

난 한 번도 그런 걸 써보겠다는 생각을 해본 적이 없어서. 신기해.

내가 아무 말이 없자 피터가 말했다. 우리는 말없이 잠시 서울의 밤을 내려다보다가, 종이 울리자 교실 쪽으로 걷기 시작했다.

나중에 또 보여줘.

교실로 들어가기 직전에 피터가 말했다. 나는 계속 소설을 썼지만 그날 이후로는 절대로 학교에 가져가지 않았다.

4

리버 로드를 따라 내려가던 차가 좌회전 신호 앞에 멈췄다. 비 때문에 흐릿한 창밖으로 얼핏 '럭셔리 콘도미니엄'이라고 적힌 간판이 보였다. 노란색 차단기가 올라가고 아파트 지하 주차장으로 들어서자 노이즈캔슬링 헤드폰을 낀 것처럼 비바람 소리가 작아졌다. 빗물이 침입하지 못한 주차장은 아늑하고 평온했다.

"배고프지?"

피터는 차에서 내리며 말했다. 나는 방금 저녁을 먹었다고 답하려다가 말았다. 이상하게 허기가 졌다. 따뜻한 노란색 조명이 달린 엘리베이터 내부는 고풍스러운 나무 장식으로 꾸며져 있었다. 피터는 20층 위에 P라고 적힌 버튼을 눌렀다. 내 옷과 신발에서 비비린내가 나는 것 같아 자꾸 움츠러들었다.

"우리 왔어."

문을 열고 들어서는 피터를 따라 나도 집 안으로 들어갔다. 엘리베이터에 적힌 P는 펜트하우스를 말하는 거였구나. 뒤늦은 깨달음에 혼자 속으로 무안해하고 있는데 피터의 아내가 나타났다. 지난번 만났을 때보다는 편안한 차림새였지만 이번에도 역시 이 세상 사람이 아닌 것 같은 느낌은 별반 다르지 않았다.

"어서 오세요. 외투는 저 주시고요."

나는 아 네, 네, 하면서 어색하게 빗방울 묻은 점퍼를 벗어 건넸다. 서둘러 팔을 빼다가 어깨 근육이 놀랐는지 통증이 느껴졌다.

거실에서는 방금 세탁한 침구 같은 냄새가 났다. 잠시 사라졌던 피터가 금세 반팔에 반바지 차림으로 나타나서 말했다.

"손 씻고 잠깐 소파에 앉아 있어. 먹을 것 좀 만들어줄게."

"나 사실 아까 저녁을……."

"알았어, 조금만 먹어. 오늘 밤은 아주 길 거니까."

나중에야 알게 되었지만 피터의 말은 사실이 되었다. 사람들은 참 신기하다. 우리의 무의식은 뭔가를 알고 있는 것만 같다. 아니, 어쩌면 모든 것을 알고 있는지도 모른다. 난파선 위에서 먼저 뛰어내리는 건 쥐뿐만이 아니다. 우리도 우리의 미래를 안다. 그저 모종의 이유로 망각하고 있는 척할 뿐. 우리가 하는 말은 결국 자기실현적 예언이거나 결과를 이미 알고 치는 점괘로 판명된다. 하지만 그때 나는 아직 아무것도 알지 못했으므로…….

소파에 앉아 텔레비전에서 계속 흘러나오고 있는 뉴스를 봤다. 헬멧을 쓴 기자가 바로 아래 허드슨강 변 어딘가에서 리포트를 하고 있었다. 빗물이 기자의 얼굴 위에서 번들거리며 흘러내렸다. 강한 바람 때문에 가만히 서 있기조차 어려운지 그는 말하면서 조금씩 뒷걸음질을 쳤다. 멀찍이 1인 소파에 앉아 있던 피터의 아내가 조용하게 물었다.

"마실 것 좀 가져다드릴까요?"

원래 필요 없다고 말할 생각이었는데, 그녀와 눈이 마주치자 나는 다른 말을 해버렸다.

"따뜻한 물이요."

얼마 후 미지근한 물을 마시며 뉴스를 보던 나를 부엌 쪽에서 피터가 불렀다. 나는 어색하게 물잔을 들고 식탁에 앉았다. 테이블 가운데의 커다란 접시 위에 배가 갈린 랍스터 세 마리가 놓여 있었다. 희미한 김과 함께 고소하고 향긋한 냄새가 올라왔다.

"마침 엊그제 홀푸드에서 랍스터 사놓은 게 있어서. 먹어봐."

피터는 파란색 요리용 장갑을 벗으며 내 앞에 마주 앉았다. 그가 먼저 랍스터를 하나 자기 앞접시로 옮겨 가더니 거침없이 잘라 입에 넣었다. 어느새 내 왼쪽에 앉은 피터의 아내도 랍스터를 가져갔다. 나는 으흠, 하는 피터의 콧소리를 들으며 내 몫의 마지막 랍스터를 옮겨 담았다.

"요리까지 잘하는 줄은 몰랐네."

내 말에 피터는 나와 내 접시를 쳐다보더니 웃었다.

"아직 먹어보지도 않고?"

"이 정도면 안 먹어봐도 알지."

나도 따라 웃으며 랍스터를 잘라 입에 넣었다. 예상대로 비주얼을 배반하지 않는 맛이었다. 부드럽고 짭조름하면서도 고소한 맛. 이 맛을 어떻게 표현할 수 있을까 생각하다가 그의 손목을 봤다.

롤렉스였다.

엉뚱하게도 순간 나는 오래전 학교 운동장에서 겪었던 일을 떠올렸고, 그제야 피터가 롤렉스를 한 번도 잃어버리지 않았다는 것을 깨달았다. 잃어버린다는 건 다시 찾을 수 없다는 뜻이다. 다시 찾을 수 있다는 건 잃어버려도 괜찮다는 뜻이다. 어떤 사람들에겐 잃어버려도 잃어버리지 않을 방법이 있고, 그게 무엇이든 도무지 잃어버릴 수 없는 사람들도 있다. 그가 롤렉스를 잃어버렸다는 것은 나의 착각에 불과했다.

"와인 한잔할래?"

피터가 말했고 나는 고개를 끄덕였다. 남은 랍스터를 씹을 때마다 입안에서 풍미가 진한 버터 향이 파도처럼 철썩였는데, 나는 그 맛을 어떻게 표현해야 할지 알게 되었다. 그건 불편한 맛이었다.

5

비슷한 불편함을 느낀 적이 있다.

피터가 뉴욕에 있는 로스쿨로 유학을 떠나기 전, 그러니까 이십대 중반에 둘이 여행을 갔을 때였다. 왜 둘이서만 여행을 갔는지는 아직도 미스터리다. 우리의 과거란 대체로 개연성이 엉망인 소설 같아서, 돌아보면 이해할 수 없는 일이 허다하다. 굳이 서사를 만들어보자면 우리가 같은 대학교에 다녔기 때문이 아닐까. 길 가다 우연히 만나서 방학 계획을 이야기하다가, 아니면 학교 식당에서 노닥거리다가, 혹은 서넛이 가려던 여행에 결원이 생겨서 그랬을지 모른다. 물론 실제로는 아무 계기가 없었을 수 있고 그것이야말로 가장 유력한 가설이다.

일본을 여행지로 하는 데는 흔쾌히 합의가 이뤄졌다(고 나는 기억한다). 도시를 고르는 데는 다른 이유로 의견이 일치했다. 교토. 그는 역사와 유적에 관심이 많았고, 나는 문학 쪽이었다. 피터는 금각사에 가보고 싶다고 했다. 이유는 달랐지만 나도 그랬다. 여행 내내 미시마 유키오의 『금각사』를 읽겠다는 야심 찬 계획을 세우고 책도 샀다. 우리는 아주 짧은 준비 기간을 거쳐 여행을 떠났다. 그에게는 수십 번째, 나에게는 첫 해외여행이었다.

사실 내가 정말로 가보고 싶었던 곳은 윤동주가 공부했다는 도시샤대학이었다. 청년 윤동주가 자신의 가장 빛나는, 그러나 가장 어둡다고 느꼈을 시절을 보냈던 곳. 거기 있는 윤동주 시비가 내 진짜 목적지였다. 하지만 나는 여행 마지막 날까지도 도시샤대학 이야기를 꺼내지 못했다. 우리는 금각사, 은각사, 청수사를 돌아다니느라 바빴고 중간에는 기차를 타고 고베와 나라에 다녀오기도 했다. 고베에서는 바다를 보고 나라에서는 사슴을 봤지만 정작 내가 보고 싶은 건 다른 거였다.

돌아가는 날에는 아침부터 비가 왔다. 귀국행 비행기 시간은 저녁이었으므로 오전에 한 군데 정도 둘러볼 여유가 있었다. 망설이던 나는 윤동주와 도시샤대학 이야기를 꺼냈고 침대에 반쯤 누워 있던 피터는 예상대로 썩 반기지 않았다.

좀 쉬는 게 좋을 것 같은데. 비도 오고.

나도 알았다. 하지만 피터가 원했던 곳 중심으로 돌아다닌 이번 여행에서 내가 소외되었다는 느낌이 들자 갑자기 분이 차올랐다. 한 군데 정도는 내가 가고 싶은 곳에 갈 수도 있는 거지. 그래야 공평하지 않아?

그럼 나 혼자라도 다녀올게.

공평하지 않다고는 말하지 못했다. 그게 내가 말할 수 있는 최대한이었다. 그러자 피터는 잠시 창밖을 바라보다가 몸을 일으켰다.

같이 가.

우리는 숙소에서 나와 버스를 타고 도시샤대학으로 향했다. 문제는 버스에서 내려 걷는 동안에 생겼다. 여행 가방 안에는 여행 내내 내가 꺼내지 않은 물건이 두 개 있었는데, 하나는『금각사』였고 또 하나는 토즈 샌들이었다. 책은 피곤해서 읽을 엄두가 나지 않았고 샌들은 내가 가진 유일한 명품이었기 때문에 신기가 주저됐다. 여행을 떠나기 전, 내가 피터와의 동행을 염려하자 당시 사귀던 여자친구는 백화점에 가서 명품 신발을 하나 사주겠다고 했다. 처음 보는 브랜드 매장에 들어가 이것저것 나에게 신겨보던 여자친구는 작은 목소리로 여기가 티는 안 나지만 아는 사람만 아는, 진짜 명품이라고 말했다. 신발들은 다 멋지고 근사해 보였지만 가격은 언제나 내가 예상했던 것보다 0이 하나 더 붙어 있었다. 나는 구두나 운동화를 사주겠다는 여자친구의 제안을 끝내 거절하고, 여행 경비가 빠진 내 통장 잔고로 살 수 있는 유일한 신발이었던 샌들을 샀다. 사이즈가 한 치수 컸지만 남은 물건은 그것뿐이었다. 엑스 자로 발등을 감싸는 로마 군인 같은 샌들이었고 가격은 39만 원이었다. 그걸 사서 집에 갔을 때 엄마는 박스와 더스트백을 보고 무슨 '쓰레빠'가 이렇게 포장이 요란하냐고 했고, 내가 가격을 이야기하자 기가 차다는 듯 샌들에 발을 꿰어보며 말했다. 야, 3만 9천 원이라고 해도 못 믿겠다. 나는 명품의 가치를 알아보지 못하고 그런 말을 거침없이 하는 엄마가 부끄러웠다.

그날 교토에서 나는 토즈 샌들을 꺼내 신었다. 마지막 날이었고, 비가 오고 있었으니까. 그리고 오늘의 목적지는 내가 정했으니까.

하지만 도시샤대학 쪽으로 걷기 시작했을 때부터 샌들 속 발은 들이치는 빗물 때문에 자꾸 미끄러졌다. 평범한 나이키 운동화를 신고 있던 피터는 앞서서 빠르게 걸어갔다. 애를 쓰면 쓸수록 피터와 나 사이의 거리는 점점 멀어졌고, 억지로 끼워 움직이던 발은 점점 아파왔다. 대학 정문을 지날 때쯤 멈춰 살펴보니 엑스 자로 마감된 발등 부분이 까져 피가 나고 있었다.

이거 맞아?

윤동주 시비 앞에 먼저 도착해 있던 피터는 흥미롭다는 듯 비석을 내려다보며 말했다. 시비 앞에는 누가 먼저 다녀갔는지 소주와 소주잔, 몇 개의 꽃다발이 놓여 있었다. 비에 젖어 번진 편지와 펜도 있었다. 여행의 무수한 목적지가 그렇듯 막상 도착해보니 별다른 감흥이 없었다. 죽는 날까지 하늘을 우르러 한 점 부끄럼이 없기를 잎새에 이는 바람에도 나는 괴로워했……. 억지로 시비를 읽는 척했지만 실은 옆에 코팅해서 붙여둔 한글 안내 문구가 눈에 더 들어왔다.

먹을 것 놓고 가지 마시오.

잠시 후 피터가 마지막 점심 식사 장소로 정해놓은 시내의 백

년 된 유도후집으로 발길을 옮기려는데, 피터가 반대쪽을 가리켰다.

여기 또 뭐가 있네?

윤동주 시비 맞은편에 거의 비슷하게 생긴 시비가 하나 더 있었다. 가서 보니 그건 정지용의 시비였고 거기엔 비석 말고 아무것도 없었다.

6

피터가 와인을 가지고 왔다. 피터의 아내가 텔레비전을 끄고 클래식을 틀었다. 피터가 와인병을 보여주었지만 내가 해독할 수 있는 언어는 많지 않았다. 좋은 거겠지. 내 말에 피터가 웃으며 차례로 잔을 채웠다. 잔을 받아 들자 옅은 피 같기도 하고 보라색 벨벳 같기도 한 액체 위로 나무에 문지른 버터 같은 향이 올라왔다. 병을 내려놓고 피터가 말했다.

"뭘 위해야 하나?"

피터의 아내가 답했다.

"오늘 밤?"

"그래."

"오늘 밤을 위해."

잔이 부딪치자 맑은 종소리가 났다.

그리고 그때 불이 나갔다.

7

불 꺼진 펜트하우스에서는 밖이 더 잘 내려다보였다. 정전은 뉴 저지 지역만인지 강 건너 맨해튼은 폭우 속에서도 불길에 휩싸인 것처럼 여전히 빛나고 있었다. 우리는 아무 일 없다는 듯 어둠 속에서 대화를 나눴다. 허리케인의 진로, 미국 대선과 한국 정치, 테니스와 야구, 근황을 알고 있거나 소식이 끊긴 동창들에 관해. 그 사이 피터의 아내가 어디선가 캠핑용 랜턴을 가지고 와서 거실에 누었다. 노란색 불빛이 모닥불처럼 일렁이자 분위기가 더 그럴듯해졌다.

"오늘은 어쩔 수 없이 일찍 자야겠다."

와인잔이 다 비워졌을 때 피터는 손전등을 하나 켜더니 손님방으로 나를 안내했다. 바깥에서 들어오는 희미한 빛 속에 보이는 넓은 방에는 호텔처럼 잘 정리된 침구가 준비되어 있었다. 인사를 나누고 피터가 문을 닫은 뒤, 나는 옷을 갈아입고 누웠다. 몸은 피곤했지만 잠이 오지 않았다. 거실에서 두런두런 말소리가 들렸다.

우리 정도면 괜찮은 거야.

언젠가 정전이 되었을 때 아빠는 말했다. 그건 아빠의 말버릇이기도 했다. 괜찮지 않을 때도 아빠는 늘 그렇게 말했다.

고등학교 때 우리 집은 산꼭대기에 있었다. 사람들이 우리 동네 주변을 일컬어 달동네라고 한다는 건 나중에야 알았다. 텔레비전에서 재연 프로그램을 보는데, 가장의 사업 실패로 폭삭 망한 집이 이사하는 장면에서 화면 아래 자막이 떴다. 서울 금호동. 우리 집은 동네에서 가장 잘살았지만 학교 아이들 중에서는 가장 못살았다.

리바이스 청바지를 사달라고 엄마를 졸랐던 적이 있다. 교복을 입지 않을 때라 매일 다른 옷을 입고 학교에 가야 하는 게 싫었다. 내가 가진 옷들이 메이커 옷이 아닌 것도 싫었다. 청바지는 티가 덜 날 것 같았다. 리바이스 정도면 쪽팔리지는 않겠다 생각했다. 그러나 엄마는 내 요청을 단칼에 거절했고 그때부터 나는 식사를 거부하기 시작했다. 잠긴 방문을 두드리며 엄마는 우리 집이 망하면 그건 네가 옷을 사재껴서일 거라고 말했다. 일주일 후 엄마는 결국 리바이스를 사주었고 나는 그걸 입고 학교에도 가고 교회에도 가고 목욕탕도 가고 농구도 하고 잠도 잤다. 학교에서는 티도 나지 않았지만 동네에서는 잘난 척한다고 욕을 먹었다. 동네 친구들은 우리 집에 단독 화장실이 있는 걸 부러워했지만 나는 학교 친구들의 대궐 같은 집과 비싼 물건들을 부러워했다. 서로 다른 두 개의 현실이 지닌 불균형 속에서 오락가락 괴로워하는 나에게 아빠는 말했다. 사람이 아래를 보고 살아야지, 위를 보면 끝도 없다. 우리 정도면 괜찮은 거야.

야간 자율 학습이 끝나면 대다수 아이들은 스쿨버스를 타러 갔다. 학생이 많이 거주하는 지역을 따라 노선과 차 번호가 정해졌는데, 우리 집 쪽으로 가는 스쿨버스는 없었다. 나는 산 위에 있는 학교에서 내려와 대로변의 차고지 옆에서 집 근처로 가는 시내버스를 기다렸다. 배차 간격이 뜸해진 버스를 기다리다 보면 1호부터 15호까지 스쿨버스가 한 대씩 지나갔다.

나는 좋아하는 여자애가 타던 7호 차를 일부러 기다리곤 했다. 간혹 정류장에서 문을 열어도 타지 않는 나를 보고 시내버스 아저씨는 욕을 뱉기도 했다. 스쿨버스 실내등 아래, 혹시라도 내가 서 있는 쪽 창가에 앉아 있을지 모르는 그 애를 기다리는 일은 지루하게 반복되는 하루의 유일한 희망이자 위로였다. 눈이 마주친다 해도 겨우 일이 초에 불과할 그 시간을 위해 나는 매일 밤 몇백 배의 시간을 걸었다.

비 오던 밤, 이상하게 7호 차가 오지 않아 평소보다 오래 기다렸던 날이었다. 서너 대의 시내버스를 보내고 이제 차고지에 남은 버스가 단 한 대뿐이라는 걸 알게 되었을 때 나는 조금 두려웠다. 막차를 놓치면 집에 어떻게 가야 할지 상상조차 할 수 없었다. 마지막 버스가 내 앞에 올 때까지 7호 차는 오지 않았고 나는 어쩔 수 없이 시내버스에 올랐다. 그때 멀리서 7호 차가 속력을 내며 오기 시작했는데, 두 버스가 스치듯 지나칠 때 나는 그 아이 옆자리에 피터가 앉아 있는 것을 보았다. 그날 밤 나는 우리 가족의 이사 계획에 관해 물었고 지친 표정의 아빠는 고개를 저으며 말했다. 우리 동네 정도면 괜찮은 거야.

대학 시절 엘리베이터에서 피터를 만난 적이 있다. 영문과였던 내가 '법과 문학' 수업을 들으러 법대 강의동에 갔다가 법대를 다니고 있던 그와 마주친 것이다. 친구들과 농담을 주고받으며 낄낄거리는 그와 인사를 하고 가만히 서 있다가 1층에서 내리려는데, 그가 손목을 잡으며 내가 차고 있는 시계를 가리켰다. 부모님이 생애 첫 미국 여행을 갔다가 아웃렛에서 120달러에 사 온 코치의 쿼츠 시계였다.

"야, 어떻게 학생이 명품을 차고 다니냐."

그는 내 어깨를 한 번 툭 치고 씩 웃으며 친구들과 강의실 쪽으로 사라졌다. 그때도 나는 아빠의 말을 떠올렸던 것 같다. 우리 정도면 괜찮은 거야.

누워 있던 나는 발끝에 힘을 주어보았다. 많이 걸은 것도 아닌데 허벅지가 뻐근했다. 밖에서 희미하게 아이 울음소리 같은 것이 들렸다. 흐느끼는 소리 같기도 하고, 아파하는 소리 같기도 한 어떤 소리가.

8

나는 조심스럽게 일어나 문을 열었다. 거실은 여전히 어둠 속에 잠겨 있었다. 소리는 피터 부부가 자고 있는 마스터 베드룸 쪽에서 나는 듯했다. 그쪽을 향해 다가가다가 문을 서너 걸음 앞에 두고 가만히 멈춰 섰다. 울음소리. 한숨 소리. 낮게 투덕거리는 소리. 문이 닫히는 소리. 신음 소리. 문 긁는 소리. 짧은 비명. 날카로운 소리가 차례로 들렸다. 나는 다음 소리를 남김없이 채집하려는 사람처럼 모든 감각을 귀에 집중한 채 한동안 그 자리를 지켰다. 수많은 상상과 가능성과 비밀이 머리를 스쳐 갔지만 그중에서도 가장 두려운 장면은 내가 걸어가 그 문을 열어버리는 것이었다.

마침내 더 이상 아무 소리가 들리지 않게 되었을 때, 나는 방으로 돌아왔다. 발소리가 나지 않도록 물 위를 걷듯 거실을 걸었다. 문을 닫고 침대에 눕자 마치 온몸이 물에 잠긴 것 같았다.

9

다음 날 눈을 떠보니 빛이 환하게 쏟아져 들어오고 있었다. 밤사이 날이 갠 모양이었다. 거실로 나가자 텔레비전이 켜져 있고 부엌에서 피터의 아내가 인사를 했다. 어제 봤던 리포터가 퀭한 눈으로 허리케인이 북대서양으로 완전히 빠져나갔다고 반복해서 말했다. 어디선가 규칙적으로 떵, 떵, 하는 소리가 났다.

"마실 것 좀 드릴까요?"

"좋죠."

내가 말했다.

사과주스가 담긴 유리잔을 받아 들고 피터는요? 하고 묻자 그녀

가 창 쪽을 가리켰다. 통유리로 다가가 아래를 내려다보니 피터가
초록색 테니스 코트에서 혼자 서브 연습을 하고 있었다. 밤새 비바
람이 몰아쳤는데도 코트는 전혀 젖지 않은 것 같았다. 머리부터 발
끝까지 하얗게 차려입은 그는 윔블던 대회 참가자처럼 보였다. 나
는 사과주스를 천천히 홀짝이며 피터 옆의 볼 카트가 천천히 비어
가는 모습을 지켜보았다. 인기척에 옆을 돌아보자 피터의 아내가
다가와 같이 아래를 내려다보고 있었다.

"좋은 사람이죠, 피터는?"

내가 말했다.

"좋은 사람이죠."

그녀가 잠시 쉬었다가 덧붙였다.

"나빠질 기회를 얻지 못했던 사람이기도 하고요."

그녀는 웃으며 말했다. 나는 어제 무슨 일이 있었던 거냐고 묻는
상상을 했다. 아이 우는 소리와 흐느끼는 소리의 정체에 관해. 완
벽해 보이는 피터와 당신 뒤에 존재할 비밀과 그림자에 관해. 우리
가 모두 어쩔 수 없이, 그러나 공평하게 빠져 있는 시궁창에 관해.
그러다 검은색 줄무늬고양이 한 마리가 피터의 방 쪽에서 걸어 나
오는 것을 발견했다. 피터의 아내가 말했다.

"환한 빛을 좋아하는 아인데 어제 아주 무서웠나 봐요. 밤에 시
끄럽지 않으셨어요?"

나는 고개를 저었다. 피터가 요란한 소리를 내며 집 안으로 들어
왔다.

점심으로는 피터의 아내가 만들어준 샌드위치를 먹었다. 세서 미베이글 사이에 BLT를 넣은 샌드위치였다. 베이컨 향이 너무 세서 조금 거슬렸지만 전체적으로는 먹을 만했다. 우리는 악수에 이어 가벼운 포옹을 하고 헤어졌다. 그가 집까지 데려다준다고 했지만 나는 어제 먹었던 랍스터가 너무 맛있어서 바로 옆 홀푸드에 들렀다가 버스를 타고 가겠노라고 말했다. 거짓말을 하려던 건 아니었는데 피터의 집을 나서자 거짓말처럼 랍스터를 먹고 싶은 마음이 사라졌고 그래서 그냥 버스를 탔다. 집에 돌아와 여전히 젖어 있는 카펫을 보니 비로소 현실로 돌아온 기분이 들었다. 나는 신발을 신은 채 그 위에 서서 집주인에게 전화를 걸었다.

10

며칠 후 침수 카펫을 청소하기 위해 한 무리의 인부들이 들이닥쳤다. 백인, 흑인, 황인이 골고루 섞인 청소 업체 사내들은 파란색 비닐봉지로 신발을 감싸고 청소기처럼 생긴 커다란 기계를 돌려 물기를 제거했다. 덕분에 나는 더 이상 위층에서만 생활할 필요가 없어졌고 다시 신발을 벗은 채 집에서 알리오올리오를 만들어 먹을 수 있었다. 그날 이후 피터에게서 전화가 몇 번 더 왔지만 나는 받지 않았다. 학교를 졸업하고 취업이 좌절되어 한국으로 급하게 귀국할 때까지 나는 피터 부부를 다시 만나지 못했다.

오늘 피터를 생각하게 된 건 뉴스 때문이었다.

소설에 참고할 자료를 찾다가 미주 한인 신문 사이트에서 단신으로 처리된 작은 헤드라인을 봤는데, 피터 초이라는 이름의 변호사가 60억 원대 사기 혐의로 구속되었다는 소식이었다. 기사를 눌러 살펴보니 사진은 없었고 사건 정황상 그건 내가 아는 피터가 아니었다. 구글링으로 몇 개의 키워드를 넣어 피터 초이의 얼굴을 찾아보았지만 나오지 않았다. 아니, 정확히는 너무 많은 피터 초이의 얼굴이 나와 누가 누군지 분간할 수가 없었다.

오랫동안 들어가지 않았던 페이스북에 비밀번호까지 재설정하면서 들어가 피터 초이를 찾았다. 낯익은 동창 이름들을 클릭해 거기서 피터 초이의 흔적을 발견해보려고 했지만 역시 실패였다. 나는 인스타그램으로 옮겨 피터 초이의 이름을 다양한 방식으로 조합해 검색어에 넣어보았으나 그의 얼굴은 끝내 나타나지 않았다.

마감 기한을 보름 넘긴 소설을 새벽까지 붙들고 있다가 나는 편집자에게 정중한, 그러나 템플릿 형태로 늘 가지고 있는 사과 이메일을 보낸 뒤 노트북을 덮었다. 아내와 두 딸이 잠들어 있는 안방에 들어가 하던 대로 습도와 온도를 체크하고, 이불을 걷어찬 첫째와 배를 내밀고 있는 둘째의 잠자리를 정리했다. 그리고 내 방으로 돌아와 삼단으로 펴지는 접이식 매트리스를 깔고 누워 뒤척이다가…….

일어나 서랍을 열고 안쪽 깊숙이 들어 있는 피터의 롤렉스를 꺼낸다. 아니, 이제는 내 롤렉스라고 하는 편이 더 옳을 것이다. 어느덧 시계는 나와 함께 보낸 시간이 더 길고, 피터에게는 언제나 새로운 롤렉스가 함께할 것이므로.

시계를 차고 다시 자리에 눕는다. 묵직하고 서늘한 시계의 감촉이 손목에서 온몸으로 퍼져나간다. 피터는 아직도 내가 쓴 소설이 궁금할까. 나는 이미 그 대답을 알고 있다.

제 2 5 회
이 효 석
문 학 상
———
우 수 작 품 상
수 상 작

2020년 동아일보 신춘문예를 통해 소설을 발표하기 시작했다. 소설집 『당신이 모르는 이야기』가 있다.

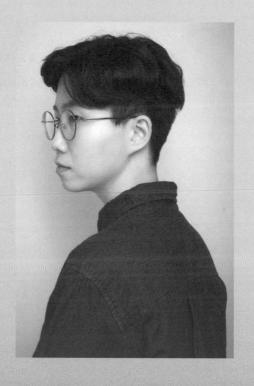

리틀 프라이드
서   장   원

오스틴의 사진을 받은 건 목요일 오후 4시, 휴게실 커피머신 앞에서 커피를 더 마실지 말지 고민하고 있을 때였다. 오스틴은 둥근 금속 고정 장치를 부착하고 있는 두 다리와 그 위로 엄지를 치켜올리고 있는 왼손을 찍어 보냈다. 병실에서 혼자 찍은 사진 같았다. 나는 그 사진의 의미를 단박에 파악했다.

　―오스틴, 결국 한 건가요?

　―네, 지난달에요. 지금은 쑥쑥 크는 중입니다.

그와 마지막으로 긴 대화를 나누었을 때 오스틴은 회사를 그만두고 키 크는 수술을 할 거라는 얘기를 했었다. 사지연장술에 대한 이런저런 정보를 모으고 있다면서, 꽤 오래전부터 활용되고 있다는 일리자로프 방식부터 최근에 개발된 LON 수술까지, 경골을 늘이는 여러 가지 방법을 내게 설명해줬다. 오스틴은 최신식 수술법의 경우 재활 기간도 비교적 짧고 고통도 덜하다고 말했지만, 내가 듣기에는 충분히 길고 고통스러운 과정 같았다. 그는 기어이 그 수술을 받은 모양이었다. 나는 대단하다며 엄지를 치켜든 이모티콘을 여러 개 보내주었다. 오스틴은 곧바로 답장을 보냈다.

—그런데 있잖아요, 토미. 부탁 하나 들어줄 수 있나요?

—어떤 부탁이요?

그렇게 답장하며 나도 모르게 미간을 찌푸렸다. 귀찮은 일에 휘말릴지 모른다고 생각했던 것 같다.

—한참 전에 주문한 택배가 이제야 사무실에 도착했다고 해서요. 그것 좀 병원으로 가져다줄 수 있나요? 오랜만에 얼굴 보고 얘기도 하고 싶고요.

나는 답장하지 않은 채 휴게실에서 나와 여전히 공석으로 남아 있는 오스틴의 자리로 걸어갔다. 그곳은 이제 간이창고처럼 쓰이고 있어서, 빈 박스며 에어캡, 친환경 종이 완충재, 포장용 테이프 등이 책상 아래 잔뜩 쌓여 있었다. 오스틴의 말대로, 빈 박스들 사이에서 해외 송장이 붙은 조그만 상자 하나가 보였다.

오스틴이 떠난 지도 이제 세 달이 다 되어갔다. 오스틴이 퇴사하기 전에는 자리가 지금보다 더 정신없었다. 오스틴이 좀처럼 주변을 정리하지 않는 탓에 책상 위에는 알 수 없는 서류며 파일들, 각종 패션 서적이 어지럽게 놓여 있었고, 바닥에는 뜯지 않은 택배가 적어도 서너 개쯤은 늘 쌓여 있었다. 오스틴은 그 너저분한 자리에서 영상을 편집하고, 회의 자료를 만들고, 자신만 알아볼 수 있는 인터뷰 원고를 썼다. 한때는 내 자리에서 고개만 살짝 돌려도 그 모습을 다 볼 수 있었다. 반년 전까지, 오스틴은 이 회사의 개국공신으로 대접받았다. 나는 그 사실을 입사한 첫날에 알게 됐다. 인사팀장은 나를 데리고 사무실을 돌며 직원들을 한 명씩 소개했는데, 소셜마케팅팀의 오스틴을 두고는 '우리 회사에서 오스틴을 모르면 간첩'이라고 농담을 했다. 그가 기획하고 출연한 길거리 인터뷰 영상들이 인스타그램 릴스에서 조회 수 대박을 터뜨린 것을 두고 한 말이었다.

이곳 올드독코퍼레이션은 빈티지 의류 마니아를 위한 중고 마켓 겸 커뮤니케이션 앱 '올드독'을 만드는 회사다. 직원들은 자기 직장에 대해 질문받으면 이렇게 대답한다. "무신사와 당근마켓 사이의 IT 스타트업." 오스틴은 이 회사의 초창기 멤버 중 하나였다. 틱톡 열풍이 불어오며 인스타그램 릴스와 유튜브 숏폼 등 짧은 영상 플랫폼이 막 만들어지기 시작할 즘, 그는 소셜마케팅팀도 카메라를 들고 거리로 나서보자고 의견을 냈다. 성수나 홍대 등지에서 빈티지 의류를 차려입은 젊은이들을 만나 자기 패션에 대해 듣는 짧은 영상을 만들면 인스타그램에서 분명 반향이 있을 거라는 얘기였다. 또 그는 자신이 인터뷰어로서 잘해낼 수 있다고도 장담했는데, 결과적으로 그의 말이 다 맞았다. 그가 기획한 영상은 곧 수만 회의 조회 수를 기록하며 패션에 관심 많은 젊은이들 사이에서 회자되기 시작했다.

나 역시 그 영상들을 몇 번 본 적이 있었다. 인터뷰어인 오스틴

역시 영상의 일부로 등장했는데, 화면 속의 그는 회전의자에 구부정하게 앉아 모니터를 들여다보는 남자와는 사뭇 달랐다. 그는 함께 선 인터뷰이에게 빈티지 의류를 구매한 이유를 묻고는, 어쩌다 새 옷이 아닌 낡은 옷에 빠지게 되었는지, 빈티지 패션의 매력이 뭐라고 생각하는지 자연스럽게 이야기를 끌어냈다. 필요할 경우엔 패션 산업에 대한 이야기도 곧잘 덧붙였다. 그의 이야기를 듣는 것만으로도 빈티지 의류 시장에 대해 많은 것을 알 수 있었다. 이를테면 파타고니아 플리스의 시대별 디자인 변화나, 알파인더스트리가 만든 야상과 항공점퍼의 내구성, 80년대 일본 의류 제조업의 위상에 대해서. 화면 속 오스틴은 박학다식하고 재치가 넘쳤고, 인터뷰이의 옷차림이나 외모를 띄워주기 위해 호들갑을 떨어댔다. 그는 나와는 전혀 다른 부류의 사람 같았고, 내가 절대로 될 수 없는 남자처럼 보였다.

물론 모든 면에서 그렇다고 말할 수는 없었다. 오스틴은 신장이 164센티미터인 나보다 키가 작은 극소수의 남자 중 하나였고, 그런 점에서 나는 그에게 미약한 동지 의식을 느끼고 있었다. 한편으론 릴스 속의 그가 유쾌한 코미디언처럼 행동하는 데에는 아마 이런 상황이 작용하고 있을 거라고 짐작하기도 했다. 외모가 멋지지 못한 남자가 여러 사람에게 호감을 사고 주목받기 위해서 가져야하는 캐릭터를 그가 아주 잘 연기하고 있다고 말이다. 그건 내가 트랜스남성으로서 될 수 있는 한 익혀야 했던, 그러나 전혀 익히지 못했던 것 중 하나였다. 회사를 다니는 동안 내가 가장 어려워했던 것도 바로 그런 종류의 자기 연출이었다. 나는 어떻게 해야 괜찮은 남자로 보일 수 있는지, 남자로 인정받을 수 있는지 알지 못했다. 어쩌다 다른 직원과 스몰토크라도 주고받고 나면 내가 한 말과 보디랭귀지가 적절했는지 점검하느라 머릿속이 복잡해졌다. 물론 예전처럼 불을 끄고 샤워하거나 공중화장실 휴지통에 쌓여 있는 생리대를 보고 패닉에 빠지는 일보다는 이쪽이 훨씬 나았다. 결코 이전의 삶과 비교할 수는 없었다. 하지만 그렇다고 해도 정말 피곤한 일이었다. 때로는 내가 맡은 직무보다, 왕복 세 시간을 쏟아야 하는 출퇴근길보다, 농담 한마디를 받아치는 일이 더 힘겨울 정도로.

내가 남성으로 패싱되기 시작한 시점이 정확히 언제인지는 모르겠다. 아주 어렸을 때는 대부분의 사람들이 나를 남자애로 봤다. 고등학생 시절에는 그보다 두세 살 어린 남자 중학생처럼 보였고, 스무 살이 넘어서도 한동안은 그렇게 보였다. 그건 내가 바라는 모습과 다소 차이가 있었지만, 그래도 최악은 아니었다. 최악은 누군가 나를 여자로 보는 것이었다. 아직 남자친구를 사귀는 데 관심 없고 멋을 부리지 않는 순진한 젊은 아가씨로. 다행히 호르몬 주사를 맞기 시작하고 서너 달이 지나자 누구도 나를 그렇게 바라보지 않았다. 대신 공공장소에서 도저히 무시할 수 없는 집요한 시선을 받는 일은 몇 번 있었는데, 탑 수술까지 마친 뒤로는 그런 일도 없어졌다. 탑 수술 이후, 한동안은 길을 걷다가 문득 멈춰 서곤 했다.

길거리의 가게 유리창에 비친 내 모습을 가만히 바라보기 위해서였다. 달라진 실루엣을 보고 있으면 당시에 유행하던 영화 속 대사가 머릿속에 맴돌았다. 마침내. 그래, 마침내.

올드독코퍼레이션에 합격했을 때는 그즈음이 내 인생에서 가장 순조로운 시기라고 믿기도 했다. 입사하고 얼마 되지 않아 혜령과 헤어지며 그렇지 않다는 것으로 판명이 났지만, 당시에는 그랬다. 면접을 치르고 온 날 밤에 혜령과 나누었던 대화가 기억난다. 나는 혜령에게 대표의 영어 이름을 맞혀보라고 퀴즈를 냈다. 이 회사는 수평적인 문화를 지향한다며 서로를 영어 이름으로 부르는데, 대표의 이름이 아주 인상적이라고.

"뭐…… 오스카, 에이드리언 이런 쪽인가?"

"아니야. 힌트를 줄게. 영화감독 이름이야."

"아, 설마, 쿠엔틴이야? 쿠엔틴 타란티노의 쿠엔틴?"

"맞아. 그 사람 자기가 앨라이라고 했어."

우리는 한동안 깔깔거리며 쿠엔틴, 쿠엔틴 하고 중얼거렸다. 우리는 그즈음 자주 들락거리던 칵테일바에 앉아 있었다. 퀴어 프렌들리한 콘셉트를 내세운, 바 뒤쪽의 진열장에 무지개 깃발을 걸어둔 곳이었다.

"내 생각엔 왠지 합격할 것 같아."

나는 그 무지개 깃발을 바라보며, 밝은 조명 아래서 그게 얼마나 꼬질꼬질할지 상상하면서 말했다.

"쿠엔틴이란 이름을 사용하는 사람이라면, 자기가 편견 없는 사람이라는 걸 증명하려고 트랜스젠더를 고용할 것 같기도 해."

내 말에 혜령은 고개를 설레설레 저었다. 그즈음 혜령은 내가 좋지 않은 상황을 너무나 집요하게 생각한다고, 그런 관점을 자신에게도 주입하려 애쓴다고 말하곤 했다. 그런 점이 그녀를 지치게 한다고.

"만약 거기 합격하면 그건 그냥 네가 잘나서야. 지금 능력이 좋든 잠재력을 인정받았든."

혜령은 그렇게 말했다. 물론 나도 그 말을 전적으로 믿고 싶었지만, 그때나 지금이나 그러기가 어렵다. 사실 나는 트랜스젠더인 나를, 법적 성별이 여전히 여성으로 남아 있는 나를 채용해준 쿠엔틴에 대해 지금까지도 고마운 마음을 가지고 있다. 그에게 고마워하는 것은 언젠가 혜령이 지적한 것처럼 비굴한 태도이며, 퀴어로서 프라이드가 부족한 것이라 하더라도 마음이 그렇게 되어버린다. 그리고 가끔은 오스틴에 대해서도 엇비슷한 마음이 든다. 그에게는 고맙다기보다는, 친밀함 같은 걸 느낀다고 해야 맞겠지만.

업무상으로 나와 아무 접점이 없던 오스틴이 내게 문득 말을 걸어온 건 닷새간의 명절 연휴를 하루 앞둔 어느 오후였다. 오스틴은 휴게실에서 커피를 내리고 과자를 챙기고 있던 내게 다가와 우리가 동문인 걸 아느냐고 물었다.

"제가 거기 신문방송학과 09학번이거든요."

"아, 정말요?"

그 순간에 내가 어떤 표정을 하고 있었을지 잘 모르겠다. 나는 그 몇 초 안 되는 짧은 순간 동안 오스틴이 어쩌다 내 출신 학교를 알게 된 것인지, 그가 대학 시절의, 트랜지션 이전의 나를 알았을 가능성이 얼마나 될지를 생각했다. 09학번이라면 학교에 다닌 시기가 1년쯤은 겹칠 터였다.

"저희 식사 한번 같이해요. 대학 후배인 줄 알았으면 진작 얘기했을 텐데."

오스틴은 그렇게 말했다. 그 순간에는 어째선지 불안감이 살짝 잦아들었는데, 우리에게 같은 카테고리가 있음을 그가 재차 강조해서 그랬던 것 같다. 어쨌거나 우리는 연휴가 끝난 뒤 회사 인근의 멕시코 식당에서 점심 식사를 함께하기로 했다. 결론적으로, 오스틴과의 첫 만남은 아주 즐거웠다. 오스틴은 대학 시절의 나에 대해 전혀 모르는 눈치였고, 우리는 타코와 케사디야, 칠리프렌치프라이를 우적거리며 자기 직무에 대해 농담을 했다. 나는 쿠엔틴이 가볍게 주문하는 일들, 이를테면 올드독 앱의 중고 거래 게시판에서 사이즈 카테고리를 추가하는 일에 얼마나 많은 품이 드는지를 얘기했고, 오스틴은 사람들이 좋아할 만한 빈티지 힙스터를 찾는 일이 얼마나 어려운지 투덜댔다. 나는 그의 고초를 이해할 수 있었다. 올드독 인스타그램 릴스에서 가장 화제가 된 인터뷰이들은 빈티지 의류를 멋스럽게 차려입은 남자들이었다. 정확히 말하자면, 샤이아 라보프에게서 자기 패션의 영감을 얻는 것 같은, 체격 좋고 잘생긴 남자들. 얼핏 생각하기에도 그런 남자들을 찾는 건 쉽지 않을 듯했다.

"여기 직원들을 찍으면 편할 텐데요."

나는 말했다. 당연한 얘기겠지만 올드독에는 빈티지 패션에 관심 많고 꾸미기 좋아하는 남자들이 한가득 있었다.

"그래도 되겠네요. 여기는 참 멋있는 분들이 많죠?"

"맞아요."

우리는 정말 그렇다는 듯 입가에 타코 소스를 묻힌 채 한동안 고개를 끄덕거렸다. 나는 문득 생각이 나서, 실은 오스틴에 대해 들은 적이 있다고 말했다. 입사 후 참석했던 유일한 단체 회식에서 브랜드마케팅팀 직원 하나가 전한 이야기인데, 그에 따르면 오스틴은 놀랍도록 눈썰미가 좋아서, 슬쩍 보고도 이 옷이 진짜 폴로인지 아닌지 알 수 있었다. 심지어 진품이 맞다면 대략 언제쯤 생산된 제품인지까지 알아맞힐 수 있었다. 나는 그게 정말인지 오스틴에게 물었다.

"제가 예쁜 걸 잘 알아봐요."

오스틴은 내 이야기의 진위를 가려주는 대신 빙그레 웃으며 그렇게만 대답했다. 그리고 나는 그가 한 말을 곧바로 이해했다. 그는 미남이 아니었고, 왜소한 체격에 팔다리 비율이 좋지도 않았다. 그럼에도 그는 길거리를 돌아다니며 빈티지 의류를 차려입은 미남들, 모델 같은 비율을 가진 남자들을 찾아다녔다. 그건 결코 유쾌한 일이 아닐 것 같았다.

"저는 예쁜 게 뭔지 잘 모르겠어요. 여기서 일하면서 이렇게 보는 눈이 없으면 안 될 것 같은데."

나는 분위기를 풀어볼 작정으로 그렇게 말했다. 그러자 오스틴
은 차라리 그게 좋지 않느냐고 대꾸했다.

"올드독 거래 게시판 보면, 옷을 산더미처럼 쌓아두고도 20년
전에 나온 파타고니아 신칠라를 사려고 50만 원을 태우는 사람들
이 있어요. 여기 대표는 빈티지 패션을 가지고 친환경이니 대안적
패션이니 하는데, 누가 그걸 믿겠어요. 그냥…… 예쁜 거에 눈이
회까닥하게 하는 것 같아요."

나는 고개를 끄덕였다. 사실 입사하고 나서 느낀, 회사에 대한
내 감상도 정확히 그랬다. 지속 가능한 패션이라고는 하지만 사실
이곳에서 파는 건 그냥 헌 옷이 아니었다. 그보다는 특정 브랜드가
특정 기간에 생산해낸 것으로 셀링 포인트를 잡은, 출고가의 몇 배
를 웃도는 리셀 제품이라고 보는 편이 맞았다.

"다들 예쁜 걸 좋아하니까요."

"맞아요. 옷도 사람도 그렇죠."

곧 오스틴은 이 근처에 괜찮은 로스터리 카페가 있다고, 거기에
가보자고 화제를 돌렸다. 오스틴이 골라준 풍미 가득한 커피를 마
시던 오후, 나는 언젠가 혜령과 퀴어 퍼레이드를 따라 걷던 날을
떠올렸다. 무척 더웠던 날이었는데, 퍼레이드 행렬은 그늘 한 점
없는 아스팔트 도로로 나아갔다. 우리 앞의 트럭에선 상의를 벗고
몸 여기저기에 무지개 모양이나 'QUEER' 혹은 'PRIDE'라고 보
디페인팅을 한 남자 여럿이 타고 있었다. 원래는 그 위에서 간단

한 공연을 하거나 구호를 외치려던 것 같았는데, 더위 탓인지 그들은 그저 트럭 난간을 짚고 한 번씩 손을 흔들어주며 트럭 아래쪽을 내려다보고 있었다. 그들의 땀으로 번들거리는, 잘 다듬어진 예쁜 몸을 나는 조금 서글픈 심정으로 지켜봤다. 그때 나는 이미 탑 수술을 성공적으로 마친 뒤였지만 그들처럼 웃통을 벗고 싶지는 않았다.

　그날 이후로도 나는 오스틴과 종종 점심을 함께했다. 둘 다 야근을 하는 날도 잦아져서, 같이 저녁을 먹는 일도 몇 번 있었다. 다른 사람들과 달리 오스틴과 함께 있으면 마음이 편할 때가 많았는데, 이제 와 돌이켜보면 그가 내 앞에서 감정적인 모습을 자주 드러내서 그렇지 않았나 싶다. 그는 대표 쿠엔틴과 임원들에 대해, 자기에게 집중되는 업무와 거기서 오는 피로에 대해 분통을 터뜨리곤 했다. 소셜마케팅팀은 사내에서 가장 바쁜 팀이자 유일하게 팀장이 없는 팀이었고, 파트장인 오스틴이 특유의 넉살을 발휘해 팀원들을 북돋우며 실질적인 팀장의 역할을 하는 듯 보였다. 팀원들 앞에서 감정적인 모습을 내비칠 순 없었을 것이다. 물론, 이건 내가 은연중에 재구성한 이야기인지도 모른다. 내게는 언제나 나를 잡아줄 사람, 여기 있어도 괜찮다고 말해줄 사람이 필요했고 올드독에서는 때마침 내게 말을 걸어준 오스틴이 바로 그런 사람이라고 생각했던 건지도 몰랐다. 그러니 그가 2주간의 정직 처분을 마치고 복귀했을 때 맥주를 한잔하자고 제안한 것도 자연스러운 일이겠다. 금요일 저녁이었고, 9시가 넘도록 사무실에 남아 있는 이라 곤 우리 둘뿐이었다. 내가 맥주를 한잔하겠느냐고 묻자 오스틴은 천천히 회전의자를 돌려서 나를 바라봤다.

"맥주 좋아요."

그는 일어서서 의자에 걸어두었던 외투를 집어 들었다. 우리는 사무실을 돌아다니며 소등한 다음 밤거리로 나섰다. 10월이었지 만 공기가 후텁지근해서 거리에는 아직 여름밤의 분위기가 남아 있었다. 우리는 해마다 더워지는 날씨와 그것이 올드독에 어떤 영 향을 미칠지 이야기를 나누며 멕시코 식당까지 걸어갔다. 도착할 때까지, 나도 오스틴도 최근에 있었던 소동에 대해 일절 언급하지 않았다. 그가 그 일에 대해 이야기를 시작한 것은 맥주 한 병을 다 들이켠 다음이었다. 그는 자기 핸드폰에 저장되어 있던 '그 커플' 의 인터뷰 영상을 보여주었다. 그들은 오스틴보다, 나보다 더 젊어 보였고 미남미녀였다. 물론 사람들은 그들을 두고 미남미녀라고 말하는 대신 선남선녀라고 에두르겠지만 속물적으로 말하자면 그 랬다.

영상 속에서 세 사람은 아주 화기애애했다. 오스틴은 90년대 에 생산된 나이키 맨투맨을 커플룩으로 차려입은 연인을 발견하 고 다가간다. 두 사람은 물론 오스틴을 알고 있다. 심지어 오스틴 이 마음에 드는 대상을 찾아냈을 때 외치는 멘트를 먼저 소리친 다. "오스티너스!" 오스틴은 여느 때처럼 패션을 칭찬하고 둘이 어 떻게 만났는지 묻는다. 곧 이야기는 두 사람이 빈티지 의류에 빠져

성수동 일대의 빈티지 옷 가게를 순회하는 이야기로 넘어간다. 최근에 두 사람은 영국에서 생산된 보이런던을 찾아다니고 있다며 웃는다.

문제는 이다음, 두 사람의 인터뷰 영상이 올드독의 유튜브와 인스타그램에 게시된 후에 일어났다. 여자는 오스틴의 개인 인스타그램에 찾아와 영상을 내려달라고 부탁했다. 며칠 사이에 남자친구와 헤어지게 되었으며, 함께 있는 모습을 사람들에게 보이고 싶지 않다는 것이었다. 오스틴과 여자의 말이 비슷한 건 여기까지다. 그 뒤로는 두 사람의 이야기가 완전히 달랐다. 오스틴은 자기가 흔쾌히 영상을 삭제하겠다고 답장했으며, 이에 더해 여자를 위로해주었다고 주장했다. 남자친구와 헤어지게 되어 안타깝다고, 그러나 곧 좋은 인연을 만나게 될 거라고, 그렇게 메시지를 보냈을 뿐이라고. 그러나 나중에 여자가 설명한 바에 따르면 오스틴은 영상을 삭제해줄 테니 자기와 만나 커피를 마시면 어떻겠느냐고 추근댔다. 곧 여자는 오스틴과 주고받은 디엠을 캡처해 자신의 인스타 스토리에 게시했다. 그때까지도 오스틴은 캡처 이미지는 악의적으로 대화 내용을 편집한 거라고 주장했지만, 누구도 그 말을 곧이들을 순 없었다. 올드독은 곧 공식적인 사과문을 SNS에 게시했는데, 그 사과문은 쿠엔틴이 직접 쓴 것이라고들 했다. 사과문 속에는 해당 직원을 징계하겠다는 내용도 들어 있었다. 오스틴은 그 사과문을 통해서 자신이 징계 대상임을 알게 됐다. 오스틴은 시말서를 썼고, 2주 동안의 정직 처분을 받았다.

"그 여자 일부러 그런 거예요. 자기가 차인 걸 가지고 나한테 화풀이를 하려고."

오스틴은 코로나 맥주병을 탁 소리가 나게 테이블에 내려놓으며 중얼거렸다.

"그 여자가 차였는지 찼는지 어떻게 알아요?"

"딱 보면 알죠. 딱 봐도…… 페미 같잖아요. 페미니까 차인 거죠."

"네?"

"머리가 짧으니까요."

오스틴은 말했다. 나는 그가 진심으로 그렇게 믿고 있다는 걸, 그의 목소리와 표정으로 알 수 있었다. 내 옆 테이블에 앉아 있던 여자들이 일순간 조용해지는 것이 느껴졌다. 여자들은 곧 일부러 의자를 소리 나게 밀치며 자리에서 일어났고, 주문서와 가방을 챙겨 자리를 뜰 준비를 했다.

"오스틴, 취한 것 같아요."

"이 정도로요?"

오스틴은 코로나 맥주병을 손가락으로 튕기며 웃었다. 그는 자신을 편들어줄 남자를 만나 기쁜 것 같았다. 사실 그건 내가 예상했어야 했던 일이었다. 나 역시 오스틴에게 정말 억울한 사연이 숨겨져 있거나, 그가 진심으로 반성하고 있다고 믿었던 것은 아니니까. 거기까지 생각이 미치자 마음 깊은 곳에서 수치심이 몰려왔다. 나는 제법 괜찮아 보였던 오스틴이란 남자에게 동료로 받아들여지길 바랐고, 그가 질 나쁜 남자인 것이 밝혀진 뒤에도 그 마음을 내려놓지 못했다. 나는 괴롭고 불편한 심정으로 오스틴이 맥주를 주문하는 모습을, 직원이 새로 가져다준 코로나 맥주병을 집어 들며 들뜬 목소리로 이야기를 이어가는 모습을 지켜봤다.

"사실 뭐가 문제인지 알아요."

"뭐가 문젠데요?"

"저도 좀 달라져보려고 해요. 그러니까 외모를 좀 바꿔보려고요."

오스틴은 그렇게 말하고 병을 집어 맥주를 들이켰다.

"뭐, 쌍수라도 한다는 얘기예요? 그게 해결책이라고요?"

"아니요." 오스틴은 맥주를 홀짝이고 말을 이어갔다. "훨씬 더 큰 수술이에요. 대수술이죠. 회사도 그만둬야 할 거예요."

오스틴은 그러고는 핸드폰을 꺼내 몇 가지 이미지를 보여줬다. 상단에 '비포&애프터'라고 적혀 있는, 같은 사람이 서 있는 모습을 나란히 이어 붙인 사진들이었다. 나는 오스틴의 의도를 알아챘다. 오스틴은 사지연장술에 대해 말하고 있었다. 그거라면 예전에 나도 잠깐 검색해본 적이 있었다. 상당한 비용과 시간이 필요한 수술이었다.

"이거…… 정말 힘들지 않나요? 여러 가지로요."

오스틴은 다 안다는 듯 고개를 끄덕였다. 그는 사지연장술에 대해 한참 설명한 다음, 이제 거의 마음을 굳혔다고 덧붙였다.

"그렇게 해서, 새출발을 하고 싶어요. 좋은 여자도 만나고요, 페미가 아닌 좋은 여자."

그러고는 그 자리가 어떻게 흘러갔는지 모르겠다. 오스틴은 점점 더 취했고, 자기를 모독한 짧은 머리 여자와 해명의 기회를 주지 않은 쿠엔틴, 자신을 외면하는 동료들에 대해 분통을 터뜨렸고, 다시 사지연장술로 화제를 돌려 내게는 끔찍하게만 들리는 온갖 수술법을 설명했다. 직원 하나가 우리 테이블로 다가와 문을 닫을 시간이 다 됐다고 알려줄 때까지 그랬다. 전철역 앞에서 헤어지기 직전에 오스틴은 자기가 그때껏 잊고 있었다는 듯, 혹시 여자친구가 있느냐고 내게 물었다.

"그럼요."

나는 고개를 끄덕이고는 담배를 한 대 태우겠다는 오스틴을 두고 전철역 계단을 뛰어 내려갔다.

여자친구가 있다는 건 거짓말이었다. 그때는 혜령과 헤어진 지 반년이 다 되어가고 있었고 새로운 연애는 시작될 기미조차 보이지 않았다. 헤어지면서 혜령은 내게 지쳤다고 말했다. 그날 우리는 극장에서 영화 상영 시간을 기다리다가 삼십대 후반이 되어서 FTM으로 성전환을 한 할리우드 배우에 대해 이야기했다. 나는 그가 다소 늦게 성전환을 선택했기 때문에 할리우드에서 일할 수 있었다고 주장했다. 그가 더 일찍 트랜지션을 했다면, 그래서 스무 살부터 신장이 160센티미터가 안 되는 트랜스남성으로 살아갔다면 결코 할리우드에 데뷔할 수 없었을 거라고, 적어도 지금처럼 유명해지는 일은 불가능했다고 장담했다. 사람들은 트랜스젠더이자 평균 신장에 한참 못 미치는 왜소한 남성이 '위대한 개츠비'가 되거나 '캡틴 아메리카'를 연기하는 걸 원하지 않는다고. 혜령은 내 말이 다 옳다고 대답했는데, 그런 뒤엔 한동안 말이 없었다.

"그런데 있잖아, 왜 그런 상황들을 하나하나 가정해야 하는지 모르겠어. 네가 그렇게 생각하고 말하는 게 이제 너무 피곤해."

혜령은 그렇게 말한 뒤 팝콘과 제로콜라, 영화 티켓 두 장을 두고 나를 떠났다. 우리는 이후로도 종종 연락을 주고받았고, 혜령의 강아지를 내가 며칠 맡아주기도 했지만, 그뿐이었다. 우리는 더 이상 연인으로 지낼 수 없었다. 그래봤자 서로를 괴롭게 할 뿐이라는 걸 이별한 후에 둘 다 잘 알게 됐다. 다만 오스틴에게서 사진과 메시지를 받은 지 이틀 뒤에, 혜령은 우리 집으로 찾아왔다. 그러고는 도저히 두고 볼 수가 없다며 성별 정정 신청에 필요한 서류들을 모두 꺼내 방바닥에, 복층 원룸인 내 집에서 공지로 남아 있는 거의 유일한 공간에 늘어놓았다. 혜령은 맥주 캔을 손톱으로 톡톡 두드리면서, 인우보증서가 더 있어야 하지 않겠느냐고 내게 물었다.

"저번에도 그게 문제였다며."

나는 고개를 끄덕거렸다. 몇 해 전 내가 처음 성별 정정을 신청했을 때, 판사는 내가 한 명의 성인 남성으로서 다른 사회 구성원들과 충분히 관계 맺지 못하고 있다는 점을 들어 신청을 기각했다.

"이번엔 네가 있잖아."

"그래봤자 한 장인걸."

혜령은 인우보증서를 받을 만한 이런저런 사람들을 떠올리며 내게 이름을 불러줬지만, 나는 그때마다 고개를 저으며 그 사람한테 커밍아웃할 수는 없다거나 이미 연락이 끊긴 지 너무 오래라고 대답했다. 그리고 그 말은 모두 사실이었다.

"아, 너랑 좀 친하게 지냈다던 그 회사 사람도 있잖아, 오스틴. 그 사람 퇴사했다며?"

"맞아."

"그 사람에게 부탁하면 어때?"

"그 사람은 호모포비아야."

물론 그건 내가 추정한 것일 뿐 확인된 사실은 아니었다. 아니, 그러지 않을 확률이 어쩌면 더 높았다. 오스틴이 좋아하는 패션디자이너 중 하나가 이브 생로랑이었고, 어느 영상에선가 인터뷰이와 함께 이브 생로랑의 연애사에 대해 제법 긴 대화를 나눈 적도 있으니까. 사실 혜령이 이런저런 이름들을 불러줄 때부터 나는 이미 오스틴을 생각하고 있었다. 그가 제안을 거절하더라도, 이제 더는 같은 집단에 소속된 사람이 아니니 그나마 좀 안전하겠다는 생각까지도 했던 것 같다. 그러나 혜령이 맥주를 세 캔째 비우고, 완전히 낙담해서 내 머리를 잠깐 쓰다듬는 동안에도 나는 오스틴이 호모포비아라는 말을 정정하지 않았다. 우리 집을 떠나기 전 혜령은 이걸로도 충분할지 모른다고 나를 다독였지만, 스스로도 그렇게 믿지 못하는 것 같았다. 그리고 내 생각에도 그랬다. 인우보증서가 한 장은 더 필요했다.

"오스티너스!"

병실에 들어서자 오스틴은 양팔을 들어 올리며 나를 반겨주었다. 내가 침대 곁으로 다가가자, 오스틴은 일어나 맞아주지 못해 미안하다며 대신 악수를 청했다. 나는 그의 자세가 많이 흔들리지 않도록, 맞잡은 손을 아주 천천히 위아래로 움직였다. 오스틴은 담요 속에 보조 장치를 착용한 다리를 숨기고 있었는데, 자세를 조금 틀 때마다 고통으로 얼굴을 찡그렸다. 오스틴은 그 잠깐 사이에 살이 빠지고 수염을 제대로 깎지 못해 내가 늘 보았던 모습보다 더 나이 들어 보였다. 그는 내가 건넨 택배 박스를 내게 되돌려줬다.

"사실 이거 얼마 전에 주문한 거예요. 토미 생일이잖아요."

내가 놀라서 고맙다고 인사하자 오스틴은 웃었다. 왠지 모르겠지만, 그 순간 오스틴은 예전의 오스틴, 인사팀장이 내게 소개시켰던 바로 그 남자로 되돌아간 것 같았다. 우리는 한동안 그간의 일들을 이야기했다. 나는 올드독의 동향을 전했고, 오스틴은 수술 경과에 대해 설명했다. 이 수술을 통해 키가 8센티미터 정도 자랄 예정이라고, 그러면 자기도 170센티미터가 넘을 거라고 말하며 그는 머리 위로 손을 올려 8센티미터 정도의 공간을 만들어 보였다. 이야기가 웬만큼 나와 화젯거리가 떨어졌을 때, 오스틴은 문득 생각났다는 듯, 자기는 알고 있었다고 중얼거렸다.

"알다니 뭘요?"

"토미는 그러니까, 트랜스젠더죠? 사실 처음 봤을 때부터 그렇게 보였어요. 저는 눈썰미가 좋은 편이잖아요. 그리고 화장실에서 한 번도 안 마주쳐서 확신했죠. 그래도 다른 사람들은 모를걸요."
오스틴은 그렇게 말하며 확신하듯 고개를 끄덕였다. "전혀 모를
거예요."

나는 한동안 말문이 막힌 채 간이침대에 잠깐 앉아 그를 바라
봤다.

"왜 얘기 안 했어요? 지금은 그 얘기를 왜 하는데요?"

오스틴은 내 쪽으로 상체를 조금 틀려다가 고통에 얼굴을 찡그
렸다.

"그냥…… 굳이 싫었죠. 그런데 여기 누워 있다 보니까 그런 생
각이 들었어요. 토미도 이런 수술을 했겠다고." 오스틴은 진지한
표정으로 말했다. "그래서 토미를 다시 한번 보고 싶었어요. 우린
그러니까, 전우 같은 거잖아요."

나는 '전우'라는 말에 다시 말문이 막혀서, 커튼이 둘러진 병실
내의 다른 침대들과 창 너머로 보이는 맞은편 건물을 바라봤다.

"아니요……. 저는 다르다고 생각해요. 전혀 달라요."

우리는 잠시 침묵 속에 앉아 있었다. 그러다 회사 이야기와 수술
경과에 대한 이야기를 다시 이어갔지만, 둘 다 대화에 집중하지는
못했다.

"음, 여름휴가 계획은 아직이죠?"

내가 최근의 쿠엔틴에 대해 말하다 다시 화제가 바닥났을 때 오
스틴이 물었다. 올드독코퍼레이션은 여름마다 일주일간의 유급휴
가를 주는데, 직원들은 연초부터 이 일주일을 고대했다.

"아, 이미 정했어요. 대만에 가보려고요. 여자친구가 가보고 싶어 해서요."

물론 그건 전혀 계획에 없는 일이었고, 내겐 여자친구가 없었지만, 나는 떠나지 않을 여행 계획에 대해 술술 이야기하기 시작했다. 여자친구가 한때 대만에서 교환학생으로 있었는데, 최근에 다시 가보고 싶다고 한다고. 그리고 거기서 스트립쇼를 볼 예정이라고.

"여자친구랑 스트립쇼를 봐요?"

"네, 같이 볼 만한 스트립쇼가 있거든요."

나는 그렇게 말한 뒤, 오래전 혜령이 내게 들려줬던 10달러짜리 스트립쇼 이야기를 그대로 오스틴에게 전했다. 여자친구가 교환학생으로 머물렀던 대학 인근의 술집에서 참가비 10달러만 내면 누구나 참여할 수 있는 스트립쇼가 열리곤 했다는 이야기였다. 거기선 참가자들의 얼굴이며 몸매가 어떻든, 몸에 흉터가 있든 없든 아무도 신경 쓰지 않는다고. 쇼의 목적은 오로지 웃기는 것이어서, 관객들은 그날 밤 가장 재미난 공연을 한 사람을 투표로 정한다고. 오스틴은 그것참 재미있겠다며 웃었다. 간호사가 들어와 오스틴에게 재활 치료 시간임을 알렸으므로 우리의 대화는 중단됐다. 나는 오스틴에게 이별의 악수를 청했다. 그리고 아까보다 더 천천히, 그가 통증을 느끼지 않도록 애쓰며 조심스레 손을 맞잡았다. 보증서 이야기는 꺼내지 않았다. 아무래도 그러지 않는 편이 좋겠다고, 그 짧은 시간 동안 결정을 내렸다.

병실을 나서는 동안에는 혜령의 이야기를 다시 생각했다. 혜령은 현지에서 사귄 친구들과 자주 그 술집을 들락거렸다면서, 거기서 본 사람들의 목록을 읊어주었다. 노년의 퀴어 커플, 온몸에 온갖 종류의 타투를 그려놓은 사람, 타투를 그렸다가 잉크가 번져 얼룩덜룩한 피부를 갖게 된 사람, 깡마른 뇌병변장애인, 과거 초고도비만이었다가 체중을 감량하며 가슴과 배의 피부가 늘어난 남자. 한번은 그곳에서 가슴 아래쪽에 탑 수술 흉터가 남아 있는 트랜스 남성을 본 적도 있다고 했다.

"그 사람은 카우보이모자를 쓰고 문워크를 췄는데 아주 멋졌어."

내 기억이 맞다면 혜령이 내게 그 얘기를 꺼냈던 건 우리가 아직 연인이 되기 전이었다. 내가 트랜스젠더여도 자기는 상관없다고 어필하기 위해 혜령은 그 스트립쇼 얘기를 꺼냈지 싶다. 이후로도 이 이야기는 몇 번 화제에 올랐다. 우리는 언젠가 그 쇼를 보러 대만에 가자고 약속하기도 했는데, 이런 약속이 으레 그렇듯 흐지부지 잊혔다.

병원을 나서서 병원 뒤편의 작은 부지, 사실상 흡연 공간이나 다름없는 조촐한 공원에 이르렀을 때, 나는 그 쇼가 과거 우리가 얘기했던 것처럼 정말 혁신적이고 대안적인 것이 맞는지 생각에 빠졌다. 기꺼이 옷을 벗는 사람들과 그들을 향해 따뜻한 박수를 보내주는 사람들을 떠올리자 걷잡을 수 없이 기분이 나빠졌다. 혜령이 말하곤 했던, '너무나 집요한 생각'을 다시 시작한 것 같았다. 문워크 춤을 췄다는 트랜스맨을 두고 혜령이 한 말을 되새기는 데 이르렀다. 혜령은 그가 아주 멋졌다고 말했지만, 그렇지만, 그에게 매혹되었던 건 아니었다. 그리고 아마 내게도 마찬가지였을 것이다. 나는 오래전부터 알고 있던 그 사실을 아주 천천히 받아들였다. 환자복을 입고 담배를 피우고 거리낌 없이 침과 가래를 뱉는 남자들 사이에서, 아주 천천히, 그러나 분명하게.

제 2 5 회
이　　효　석
문　　학　상
———
우 수 작 품 상
수　　상　　작

2019년 동아일보 신춘문예를 통해 소설을 발표하기 시작했다. 소설집 『빛을 건으면 빛』, 장편소설 『두고 온 여름』이 있다. 제15회 젊은작가상을 수상했다.

혼　　　　모　　　　노
　　성　　　　해　　　　나

역 근처 버거 전문점을 지나다 질겁한다. 앞집 신애기*가 통유리로 된 창가 자리에 앉아 버거를 먹고 있다. 입가에 마요네즈를 잔뜩 묻힌 채 콜라를 마시는 그 애를 멀리서 훔쳐본다. 그 애는 양상추와 토마토는 모조리 빼둔 채 패티만 여러 장 든 버거를 게걸스레 씹고 있다.

할멈이 저런 음식을 먹는다고?

기가 차다 못해 부아가 치밀어 오른다. 목구멍이 청와대라 밥은 꼭 고두밥으로, 찬은 고춧가루가 섞이지 않은 담백한 것으로, 보양식이라도 비리고 누린 것은 질색하던 그 까다로운 늙은이가 버거를 먹는다고?

신애기가 버거 하나를 모조리 먹고 너겟을 소스에 야무지게 찍

* 신을 받은 지 얼마 안 된 무당을 일컫는 말.

어 먹는 것까지 넋 놓고 지켜본다. 손 없는 날*도 아닌데 어쩌려고 저럴까. 할멈을 몸주로 모실 때 나는 육고기는 일절 입에도 대지 못했다. 그뿐인가. 살(煞)이 낀다는 이유로 애욕도 자제하고, 술 담배도 금하고, 어머니 염하는 것조차 보지 못했는데.

내가 울화를 터뜨리는 동안 신애기는 자리를 정리하고 일어선다. 혹 마주칠까 서둘러 몸을 숨긴다. 그 애는 무선 이어폰을 귀에 꽂은 채 점집 골목으로 들어가버린다. 그 애가 걸음을 뗄 때마다 에코백에 달린 무령에서 잘랑잘랑, 방울 소리가 난다.

卍

신당에 차례차례 옥수를 올린다. 옥황상제, 칠성, 남이 장군, 그리고 장수 할멈.

장수 할멈 앞에는 일부러 목단 한 단을 더 놓아둔다. 새벽부터 꽃시장에 가 고른 것이라 봉우리가 굵고 탐스럽다. 무얼 바쳐도 감격이나 감사 한 번 하지 않던 할멈도 목단을 드리면 늘 흡족해하곤 했다.

곱구나, 참으로 고와. 역시 혼모노는 다르네.

몸주마다 차등을 두고 싶지는 않지만, 요 며칠간은 할멈에게만

---

* 악귀가 돌아다니지 않아 인간에게 해를 끼치지 않는 길한 날. 이날은 무당도 일을 쉬고 잠시 일상으로 돌아간다.

정성을 쏟았다. 내가 모시는 신 중 가장 강하고 신통했던 신이 할멈이기에 그 앞에 약과 하나라도 더 놓고, 초도 고급으로 쓰고, 먼지가 쌓이지 않게 때마다 신당을 쓸고 닦았다. 지화(紙花)가 아닌 생화를 제단에 올리는 것도 다 할멈의 비위를 맞추고자 함인데

　신령님, 참 곱지요?

　친근히 물어도 할멈은 회답하지 않는다.

　신애기가 앞집에 들어온 것이 벌써 보름 전 일이다. 보라색 트레이닝복을 입고 제 부모와 짐을 나르는 그 애를 보며 순 생짜가 들어왔다고, 조소했다. 그 애는 앳되었다. 스물 정도 되었으려나. 나도 저 나이 때 내림굿을 받았는데. 용달차 뒤에 실린 세간을 등에 이고 지며 부지런히 나르는 부모 곁에서 그 애는 겨우 거드는 수준으로 가벼운 박스 몇 개만 옮겼다. 창가에 서서 저것은 또 얼마나 버티려나, 어림해보았다. 이 골목은 다른 골목에 비해 음기가 강하고 터가 세 1년도 못 채우고 떠나는 무당들이 숱했다. 저 애가 들어오기 전 앞집에 신당을 차렸던 박수는 딱 아홉 달을 버티다 내뺐다. 넉넉잡아 두 달. 그 뒤엔 짐을 챙겨 나갈 게 분명하다고 예감하며 블라인드를 내렸다.

　저녁에 신애기 부모가 팥떡을 들고 찾아왔다. 신애기도 함께였다. 우리 아이를 잘 부탁드린다, 신 내린 지 얼마 안 되어 애가 아직 아무것도 모른다, 도사님이 많이 가르쳐주시라, 간곡히 청하는 부모 뒤에서 그 애는 핸드폰을 만지고 있었다. 떡만 덥석 받고 보

내기 뭣해 안으로 들인 뒤 무량사 주지스님에게 받은 보이차를 내왔다. 신애기의 아버지는 중국 출장 갈 때마다 보이차를 마셨다며 그 판별법에 대해 자신이 아는 바를 줄줄이 늘어놓았고, 어머니는 이 사람 또 이러네, 하며 조용히 면박을 주었다.

보기에는 같아도 우렸을 때 차이가 나거든요. 가짜는요, 마실 때 몸이 거부합니다. 역겨운 향도 나고. 빛 좋은 개살구죠.

신애기는 제 아버지의 이야기에 관심조차 기울이지 않은 채 핸드폰만 들여다보고 있었다. 부부가 하나같이 쥐 상에, 큰 욕심 없이 수수한 면면이 꼭 닮아 있는 데 반해 그 딸은 달랐다. 맹한 인상인데도 눈빛에 묘한 살기가 서려 있었다.

찻잎이 짙게 우러나는 동안 부부는 신당을 구경했다. 옥황상제와 칠성, 남이 장군이 원색으로 그려진 탱화, 와불상과 백호를 품에 낀 장수 할멈상이 나란히 장식된 제단을 그들은 이채롭다는 듯 둘러보았다. 신애기의 아버지가 물었다.

도사님은 신 받은 지 얼마나 되셨습니까?

올해로 삼십 년 되었습니다.

삼십 년…….

부부는 신애기를 내려다보며 한숨을 쉬었다. 아득하겠지. 고교 시절부터 크고 작은 병치레를 달고 살던 것이 신병 때문이라는 걸 알았을 때 내 어머니도 딱 저런 얼굴이셨다. 평생 무당으로 살아가야 한다는 점지를 받았을 때는 당신 탓이라 자책하며 오읍하셨고. 부부는 아이의 내력을 줄줄이 늘어놓았다. 친·외척을 통틀어 신내림을 받은 이가 단 한 사람도 없는데 이 상황이 믿기지 않는다며.

저희 집이 가톨릭 집안이에요. 지금은 냉담자지만 평생 샤머니즘을 미신으로 여기던 사람들인데, 이걸 어떻게 받아들이겠습니까? 어떻게 믿겠어요?

우러난 차를 찻잔에 천천히 따르며 조언했다.

이런 일을 겪으면 다들 부정부터 하기 마련입니다. 다 내게 올 연이다 여기고 받아들이면 편합니다.

침울한 기색으로 차를 마시면서도 부부는 뒷맛이 좋다, 진짜 보이차는 이런 맛이 난다, 칭찬일색인 반면 신애기는 차를 한 모금 마시더니 그대로 뱉어버렸다.

지푸라기 맛이 나.

그 말에 나보다 그 부모가 더 당혹스러워하며 신애기를 다그쳤다.

원래 예의가 참 바른 애인데, 갑자기 왜 이러니? 도사님 앞에서.

괜찮습니다. 익숙지 않은 이들은 처음엔 다 쓰고 떫다고들 합니다.

이게 얼마나 비싼 차인지도 모르고 버릇없기는. 속마음을 숨긴 채 신애기 앞에 놓인 잔을 비우고 뜨거운 물을 가득 채웠다.

근데 어쩌다 이리로 오시게 되었습니까? 이 골목은 터가 세서 다들 꺼리는데.

부부에게 한 질문을 신애기가 중간에서 가로챘다.

할멈이 점지해줬거든.

말이 짧아 적잖이 놀랐지만 애기동자가 들어왔구나, 여기며 너
그러이 넘겼다. 내림굿을 받은 지 얼마 안 된 무당에게는 예고 없
이 신이 들어올 때도 있으니. 어르듯 부드러운 말투로 나는 신애기
에게 말했다.

그렇습니까, 동자님?

신애기는 시큰둥한 얼굴로 찻잔을 밀쳐냈다.

입이 쓰면 사탕이라도 드릴까요?

동자들이란 달콤한 것이라면 사족을 쓰지 못하는 법. 사탕이라
도 물릴 요량으로 찬장을 여는데, 등 뒤에서 그 애가 웅얼대는 소
리가 들려왔다.

장수 할멈이 점지해줬어. 네놈 앞집에 들어가라고.

그것이 시작이었다. 얄궂은 악연의 시작. 혹 잘못 들은 것인가
싶어 신애기 쪽을 돌아보며 물었다.

뭐라고…… 하셨습니까?

신애기가 조소하며 대꾸했다.

신빨이 다했다더니 진짠가 보네. 할멈이 나한테 온 줄도 모르고.

그 애는 살기 어린 눈으로 나를 똑바로 주시했다.

하기야 존나 흉내만 내는 놈이 뭘 알겠냐만.

卍

쌀알을 한 움큼 집어 제상 위에 흩뿌린다. 짝이 나온다. 두 번을

해도, 세 번을 해도 죄다 짝이다. 짝은 불길한 수인데 요즘엔 이렇게 흉괘만 거듭된다. 재앙 수, 이별 수…… 지난 30년간 이런 적이 몇 번이나 있었던가. 점사는 집어치우고 창가로 다가간다. 신애기의 신당 앞엔 오전부터 손님이 몇이나 오간다. 호황이다. 이제 겨우 보름 되었는데 어디서 소문을 듣고 왔는지 사람들이 저 집 앞에 떼로 줄지어 있을 때도 있다. 무당집이라면 으레 걸어두어야 하는 오방기도 걸려 있지 않고 간판조차 없는데 다들 어떻게 알고 모여드는 걸까. 초심자의 행운이려나. 무심히 넘기려 해도 도무지 태연해지지가 않는다. 문 앞에서 대기하다 번호가 불리면 앞집으로 하나둘 들어가는 이들을 훔쳐보는 와중에 전화가 온다. 부재중으로 돌릴까 하다 통화 버튼을 누른다. 보현보살의 괄괄한 목소리가 전화기 너머에서 전해져 온다.

어디야?

어디긴 신당이지.

신당? 오늘 북한산에 기도드리러 가는 날 아니야?

달력을 넘겨본다. 오늘 날짜에 붉은 원이 표시되어 있다. 매년 입하(立夏)면 잊지 않고 몸주신께 기도드리러 산에 올랐는데 그새 까맣게 잊었다. 정신을 어디 놓고 다니냐, 퉁을 놓다 보현은 슬며시 용건을 꺼낸다.

내가 말한 건 생각해봤고?

오늘의 운세? 나 그 일 못 해.

왜 또 변덕이래?

보현의 목소리가 높아지고 내 미간도 따라 찌푸려진다. 얼마 전 보현이 잡아준 일거리는 영 탐탁지 않다. 오늘의 운세라니. 선무당이나 하는 소일을 나한테 맡으라고? 낙천적으로 살아가라, 상대의 입장에서 생각해라, 받은 것이 있으면 줘야 한다, 그런 영양가 없는 소리를 점괘라 뭉뚱그리며 신문에 실으라고? 내 이름을 걸고? 이 말도 안 되는. 못 하겠다고 재차 말하자 보현은 어조를 누그러뜨리며 나긋하게 말을 잇는다.

자기야, 이거 아무한테나 주는 기회 아니다? 내 앞으로 줄 선 무당들 다 제치고 자기한테 먼저 연락한 거야.

나를 위하는 것처럼 말하지만, 그 기저에 보현의 은근한 열등감이 깔려 있다는 것을 안다. 평생 질투해온 나를 서서히 바닥으로 끌어내리려는 저놈의 비열함. 장수 할멈도 보현을 가리키며 그런 말을 했다.

독 없는 뱀이야 저놈은. 위험하진 않지만 가까이 둬서 좋을 건 하등 없지.

전화를 다른 손으로 바꿔 들고 적당한 변명거리를 찾는다.

그냥, 몸이 안 좋네. 요즘엔 만사가 성가셔. 몸도 찌뿌듯하니 예전 같지 않고.

병원엔 가봤어?

안 그래도 가봤는데…… 참, 웃겨서 말도 안 나와.

왜?

나한테 번아웃 증후군이란다.

보현이 경박스럽게 웃는다. 무당이 번아웃이라는 말은 생전 처음 듣는다며 웃음을 그치지 않는다.

정말 번아웃 아닐까.

산에 갈 짐을 다 챙겨놓고도 나갈 채비를 않고 신당에 드러누워 있다. 30년을 한결같이 해온 일인데도 오늘따라 몸이 무겁다. 기도 드리러 가면 못해도 엿새는 있어야 하는데, 반나절 꼬박 제상 차려, 매시마다 알람 맞춰두고 기도드려, 잠도 찬 바닥에서 자……. 산에 가지 않을 구실들을 하나하나 짚어가며 시간만 까먹는다. 아, 정말 싫다. 마음이 동하지가 않아. 더구나 이제 누구를 위해 기도를 드리느냔 말이다. 신이…… 죄다 떠났는데.

수상한 기미라도 있었다면, 어떤 조짐이라도 보였다면 납득이라도 할 텐데 그들은 그저 떠났다. 언질도 없이 홀연히.

신령들이 떠난 것을 깨달은 건, 지금으로부터 두 달 전이었다. 일이 끊임없이 들어오는 와중에 제법 규모가 큰 재수굿까지 맡게 되어 몸은 축났지만 속으로는 쾌재를 부르던 시기였다. 그날 굿판을 벌인 이는 대단지 아파트의 입주민 대표였다. 대입을 앞둔 자녀의 합과 불을 점치러 온 그에게 할멈은 합격운 대신 요상한 점괘를 내놓았다.

땅속에 금맥이 줄줄 흐르는데 훼방 놓는 잡귀 때문에 번번이 망조네.

곰곰이 속뜻을 풀어보니 20년 내내 재건축 심의를 통과하지 못한 아파트에 관한 점괘였고, 해서 대대적으로 굿까지 벌이게 된 것이었다.

굿판은 1단지 주차장에서 벌어졌다. 갹출해 굿값을 치른 주민들과 다른 단지에서 구경 온 이들로 주차장엔 차보다 사람이 더 많았다.

여기 주민들 웬만해선 장도 못 서게 해요. 시끄럽다고. 근데 굿한다니까 이렇게 떼로 몰려온 것 봐. 우리 아파트 재건축 승인 나면 도사님 운도 같이 트일걸?

대표의 말처럼 주민들은 기대와 의심이 반씩 섞인 눈으로 굿판이 준비되고 굿이 진행되는 것을 낱낱이 지켜보았다. 개중엔 유튜브에 올리겠다며 카메라 들고 설치는 애들도 있었다. 구색을 맞춰 화려하게 차린 굿상이며 징을 치고 태평소를 부는 악사들을 그 애들은 빠짐없이 카메라에 담았다. 작두굿을 시작하기 전 격렬히 신칼을 휘두르며 신을 부르는 내게 렌즈를 들이대기도 했고.

야, 저 칼 모형이다.

그러게. 꼭 진짜 같다.

봐봐, 다 짜고 치는 거라니까.

그럴 때 찍지 말라며 윽박지르는 것은 '가짜'들이나 하는 짓이었다. 나는 기세등등하게 렌즈를 주시한 뒤, 잘 벼린 칼날로 왼뺨을 스윽― 그었다. 내가 진짜 무당이라는 것을 명백히 증명해 보이려. 내게 신이 들어왔다는 것을 알리려.

보통 칼춤을 추면 탄성이 터져 나오거나 비명과 박수가 뒤섞이는 법인데, 그날은 분위기가 묘한 것이 적막만 감돌았다. 맨 앞줄에 서서 기도를 드리던 대표의 얼굴이 하얗게 질리더니 태평소도 징도 북도 한순간 무악을 멈추었다.

아저씨…… 피 나는데요.

애들 중 하나가 말했다. 뺨이 축축했다. 무복 위로 피가 뚝뚝 떨어지고 있었다. 한 번도 해본 적 없는 실수였다. 당황하기도 잠시, 아무렇지 않은 척 나는 신장대를 들고 할멈을 찾았다. 인파가 몰린 탓에 긴장을 해 접신이 제대로 이루어지지 않은 모양이라 여기며 휘파람도 불어보고 신장대도 흔들어보았다. 어찌 된 영문인지 말문이 트이지 않았다. 할멈은 물론 다른 신령들도 짠 듯이 공수를 내려주시지 않았다. 진땀이 나고 다리에 힘이 풀렸다.

신령님, 신령님. 오셨습니까?

다시 불러봐도 마찬가지였다. 어떤 신탁도 들리지 않았다. 상황을 모면해야 된다는 생각조차 못 한 채 흐르는 피를 소매로 대충 닦으며 허겁지겁 그곳에서 벗어났다.

그 후로 한 번도 접신이 이루어진 적이 없다. 누구는 신굿을 받으면 나아질 거라 하고, 누구는 닭 모가지를 잘라 그 피를 시원하게 들이켜면 신이 되돌아올 거라 했다. 모조리 허탕이었다.

그날의 망신이 유튜브에 박제되고부터는 줄줄이 들어오던 일감도 뚝 끊겼다.

그러니 의심스러워지는 것이다. 정말 신애기에게 할멈이 옮겨

간 것은 아닌지. 신이며 운이며 죄 저것에게 빼앗긴 것은 아닌지.
길 건너편에 서서 손님과 맞담배를 태우는 저 엉큼한 것에게 말
이다.

卍

이가 빠지는 꿈을 꾸었다. 멀쩡하던 이가 하나둘 빠지다 우수수
떨어지는 꿈.

깨어서도 잇몸이 얼얼한 것이 밤새 이를 악물고 잔 모양이다. 뜨
거운 물로 몸을 씻어내고 쑥을 태워 그 잔향을 신당 곳곳에 뿌린
다. 부정한 기운을 쫓는다. 신당 안에 쑥향이 진동할 즈음 황보 의
원에게 메시지가 온다. 가로수길에 프라이빗한 바를 찾아두었으
니 이번에는 거기서 보자고 한다. 신당 외 다른 곳에서는 손님과
접선하지 않는 것을 원칙으로 삼고 있으나 황보만은 예외다. 점을
보다 기자에게 사진 찍힌 적이 있었고 그게 신문 2면에 실렸으니
그로서는 신당에 드나드는 것이 이래저래 부담스럽겠지. 더군다
나 지방선거가 코앞으로 다가왔으니 더 예민할 것이다.

신령님은 못 모셔도 손님은 모셔야지.

무복을 벗고 평상복으로 갈아입는다.

원래 황보가 아닌 그의 아내가 내 단골이었다. 아내의 강요에 못
이긴 황보가 억지로 점을 보러 왔던 것이 약 10년 전 일이다. 못 미
더운 기색으로 어디 한번 떠들어봐라, 입을 꾹 다물던 황보의 모습

이 지금도 생생하다. 쉰이 넘었는데도 공천의 벽을 넘지 못해 정치권 주변만 몇 년째 맴돌던 것, 이번에도 공천을 받지 못하면 정계를 떠야 하나 갈등하던 것, 그 일로 어젯밤 아내와 한바탕 다툰 것까지 샅샅이 짚어내자 그는 눈을 동그랗게 뜨고 어떻게 아셨냐며 자세를 고쳤다.

제가 뭘 믿은 적이 없는데, 저 오늘부터…… 도사님만 믿겠습니다.

황보는 티셔츠에 청바지 차림으로 바 구석 자리에 앉아 와인을 마시고 있다. 동생. 그가 나를 발견하고 손짓한다. 나이 차도 얼마 나지 않는데 밖에서만큼은 형 동생 사이로 막역히 지내자 먼저 제안한 건 황보였다. 형님. 황보의 어깨를 가볍게 감싼 뒤, 그의 맞은편에 앉는다.

형님은 볼 때마다 젊어지는 것 같아요. 몸도 탄탄하시고 주름도 없고요.

아냐, 나도 늙었지, 이젠.

얼마 전 보톡스를 맞았다며 그는 눈가와 입가를 가리킨다. 젊게 보이려 안달하는 의원들을 손가락질하고 비웃던 혈기 왕성한 시절도 있었는데, 자신이 이렇게 될 줄은 몰랐다고.

어리면 환대받고 늙으면 외면당해. 이 바닥이 그래.

다음 주에는 눈썹 문신을 예약했다고, 생전 안 입던 청바지를 꺼내 입은 것도 그 때문이라고 황보는 말한다. 어디 정계뿐이겠는가, 내가 몸담은 바닥에서도 나이 든 사람은 내쳐지는데, 생각하며 잘 숙성된 와인을 들이켠다. 황보가 의아하다는 얼굴로 나를 빤히 본다.

동생, 술을 마시네? 할머니가 싫어하신다고 생전 입에도 안 대더니.

술을 뱉을 뻔하다 겨우겨우 넘긴다. 할멈이 있을 땐 일절 삼가던 것들을 거리낌 없이 할 수 있게 되니 이런 잔실수까지 한다.

젯술…… 비슷한 거죠. 신령님도 가끔은 술을 드셔야 정신도 가벼워지고 영통하시고…… 그런 것 아니겠습니까?

다행히 황보는 더 캐묻지 않는다. 안주로 나온 치즈를 먹으며 그는 이번 선거에 대한 자신의 괘를 넌지시 묻는다. 돌려 말하는 것을 싫어하는 사람인 건 진즉에 알았지만, 술도 오르지 않았는데 이렇게 급히 본심을 비친다는 게 새삼 놀랍다.

어때, 당선이 될 것 같다고 하시나? 할머니가?

황보가 묻는다. 양손에 땀이 맺힌다. 무슨 말을 할지 고민하다 얼마 전 읽은 기사로 얼른 화제를 우회한다.

형님, 요즘 교회 다니신다면서요?

허를 찔린 듯 그의 얼굴이 굳어진다. 그게 말이야, 그는 급히 변명부터 한다. 그의 말을 슬며시 끊는다.

자주 드나들지 마세요. 이제껏 신령님 모시며 쌓아온 좋은 기운 다 빼앗깁니다.

내 말에 황보는 먹던 치즈를 도로 내려놓는다.

다 표밭 다지기지. 와이프 절 보내고 나는 교회 가고…… 그래도 내가 믿는 건 동생뿐인 거 알지?

알다마다요, 그래도 교회는 안 됩니다.

적당히 눙치며 챙겨 온 쌀과 반(盤)을 테이블에 꺼내놓는다. 쌀을 쥐고 반 위에 조금씩 흩뿌린다. 낱알 수를 헤아리는데, 또 짝이 나온다. 다른 수도 아니고 하필 둘로 떨어진다. 불길 수다. 내 표정을 살피며 황보는 조심스레 묻는다.

괘가 영 안 좋나?

아니요, 좋습니다.

일부러 없는 말을 지어낸다. 최대한 긍정적이고 이로운 쪽으로.

올해엔 적장의 목을 벨 수가 들어와 있네요.

정말?

예, 연운이 좋아요.

황보의 입꼬리가 숨기지 못할 정도로 올라간다.

다만…….

눈치를 보다 넌지시 말끝을 흐린다. 팽팽히 당겨졌던 황보의 입꼬리가 천천히 내려간다.

왜? 또 뭐가 더 보여?

일부러 대답을 주저하며 그를 감질나게 만든다. 쌀알을 톺아보다 나는 말을 잇는다.

유월에 액운이 껴 있네요. 그때가 형님한테 가장 중요한 시기일 텐데…… 때를 놓치면 기회는 한참 뒤에나 올 것 같고, 이 액을 막으려면 굿을 해야 할 것 같은데…….

할멈이라면 뭐라고 했을까. 돈 좀 만져보겠다고 니세모노(にせ
もの)*도 않는 몹쓸 짓을 한다며 욕이라도 뇌까리지 않았을까. 하
지만…… 신도 떠나고 유튜브에 우스꽝스러운 영상까지 올라간
마당에 굿이라도 벌여야 숨통이 트이겠는 걸 어쩌겠나. 당장 월세
낼 돈도 없어 현금 서비스를 받는 통에 이런 기회라도 잡지 못하면
내일이 까마득해지는 것을.

흩뿌린 쌀알을 정리하며 황보의 답을 기다린다. 이럴 때 군말을
보태면 다 된 일에 재 뿌리는 격이므로 말은 최대한 아낀다. 마른
입술을 술로 축이며 침묵을 지키던 황보가 입을 뗀다.

동생도 아시다시피 내가 성골은 아니잖아. 줄이 있는 것도 아니
고. 여기까지 온 것도 다 우리…….

다음 말은 안 들어도 알 것 같다. 다 우리 동생 덕이라는 말이겠
지. 당의 공천조차 받지 못했던 아웃사이더 시절부터 시장 선거를
앞둔 지금까지. 이 남자의 업적이라 할 만한 것에는 다 내 공이 들
어가 있다. 군산에 있던 조상의 묘를 용인으로 옮기라 점지한 뒤
그는 두 번 연속 고배를 마셨던 구에서 국회의원으로 당선되었고,
벼락 맞은 대추나무에 부적을 그려 집에 걸어둔 뒤로는 당의 최고
위원이 되었다. 그저 운이라고 단정 짓기 어려운 행보였으니 그도
나를 신뢰하는 것 아니겠는가. 황보가 말을 잇는다.

다 우리 할머니 덕이지.

* '가짜'라는 뜻의 일본어. 여기서는 '선무당'을 가리킨다.

266

그 말에 맥이 빠진다.

할게. 굿보다 더한 것이라도 해야 한다면 해야지.

그가 잡고 싶은 동아줄은 나일까, 할멈일까. 남은 와인을 들이켠
다. 뒷맛이 쓰고 텁텁하다.

卍

편의점 가판대 앞에서 바나나 우유와 바나나맛 우유는 뭐가 다
른지 한참 고심하는데, 옆에서 누군가 하나 남은 바나나 우유를 쏙
채간다. 보라색 트레이닝복이 눈에 익더라니 앞집 신애기다. 그 애
와 앞뒤로 서서 계산을 한다. 가까이 살다 보니 이렇게 오며 가며
마주치는 일도 잦고, 가끔은 듣고 싶지 않아도 그 집에서 나는 소
리가 내 신당까지 전해질 때도 있다.

며칠 전에는 유리 깨지는 소리며 그 애 아버지의 고함 소리가
내 신당까지 들려왔다. 돈, 돈, 돈…… 그런 말들이 드문드문 들렸
고 시간이 지날수록 점점 격해졌다. 안 봐도 뻔했다. 큰돈 한번 만
져보니 욕심이 나는 거겠지. 이 바닥에는 경제적 예속을 빌미 삼아
아이를 극악하게 굴리고 후에는 더 큰 돈을 요구하고 갈취하는 부
모들이 더러 있었다. 내 어머니도 그랬다. 시장서 두부값 깎는 것
도 죄스러워하던 그 여린 분이 돈맛을 보자 어찌나 그악스러워지
던지, 종국에는 어머니의 성화에 못 이겨 이틀간 잠도 못 자고 허
벅지를 꼬집어가며 손님 받은 적도 있었다. 어린 마음에 밤에는 신

령님들과 영통할 수 없다고 거짓말하자 어머니는 얼굴을 일그러뜨리며 호통치셨다.

얘, 신령들은 시간 정해서 온다니?

신애기네 집에서는 계속 고함 소리가 들려왔다. 돈, 돈, 돈……. 남의 가정사에 함부로 끼어들긴 싫었으나 공연히 걱정이 되긴 했다. 그래도 아직 어린애인데 저렇게까지.

계산을 마친 신애기가 내 쪽을 힐끗 돌아본다. 귀에 꽂은 이어폰에서 시끄러운 전자음이 새어 나온다. 예상과 달리 그 애는 내게 고개 숙여 인사한다. 멋쩍어하면서도 나름 예의를 차려서.

안녕하세요.

어, 어…….

어영부영 인사를 받는다. 주근깨 박힌 말간 얼굴에, 숱 많은 머리를 고무줄로 질끈 묶은 그 애는 편의점에서 김밥과 라면을 먹는 여느 학생들과 다를 바 없다. 나를 노려보고 야유하며 말 같지도 않은 말을 뱉던 그날과는 판이하다. 정말 저것에게 할멈이 옮겨 간 것이 맞을까.

바나나맛이 나지만 바나나는 아닌 우유를 마시며 나는 장수 할멈을 떠올린다.

모자(母子)처럼 붙어 지낸 지 장장 30년. 돌이켜보면 그렇게 오랜 세월 붙어 있었는데도 할멈과 나는 서로를 각별히 아꼈다기보다는 실리적인, 참으로 별난 관계였다. 괴벽한 노인네였지. 입맛뿐 아니라 취향이며 습관도 유별났고 변덕이 손바닥 뒤집듯 해 곤혹스러웠던 적이 한두 번이 아니었다. 가지고 싶은 건 꼭 손에 쥐어야 하고, 듣고 싶은 말은 들어야 직성이 풀리고. 수틀리면 일본어로 욕을 했는데 어찌나 험악하던지 오금이 저렸다.

그래도 기가 막히게 영험하긴 했다. 두 번에 한 번꼴로 헛다리 짚는 다른 신령들과 달리, 할멈의 예측은 늘 정확히 맞아떨어졌다. 가끔은 내 속내까지 훤히 꿰뚫어 섬뜩할 때도 있었고.

기분이 좋을 때, 할멈은 내게 입버릇처럼 말하곤 했다.

문수야, 너 무형문화재 되고 싶지? 내가 그거 시켜줄까?

문화재는 모든 무당의 꿈이었다. 숭고하고 높은 자리. 비밀스런 욕망. 흘려듣는 척했지만, 할멈이 그렇게 은밀히 속삭일 때면 떨림을 주체할 수 없었다. 속물처럼 보일까 누구에게도 밝히지 못한 나의 속내를 할멈은 죄다 알아챘다. 내 지저분한 비밀까지도. 문화재 심의에서 번번이 떨어지고 있던 차였다. 네 번째 심의를 치르기 전 문화재위원에게 슬쩍 뒷돈을 찔러준 것, 지금이 쌍팔년도인 줄 아냐며 그 자리에서 모욕을 들은 것까지 할멈은 속속 들추어냈다.

나이 들어 야심까지 강하면 사람들도 그걸 알아채고 달아나. 좋은 운도 다 황이 되는 법이다.

늙어갈수록 본심을 숨겨야 약이 된다, 그래야 추하지 않다, 조언하며 그녀는 나지막이 덧붙였다.

내가 문화재 시켜줄게. 너는 내 말만 잘 따르면 된다. 그러면 분명 노난다.

그깟 문화재 해서 무얼 하나 싶다가도 할멈이 살살 구슬리면 금세 마음이 돌아섰다. 다른 신령들은 몰라도 그녀의 말이라면 신용이 갔다. 열이면 열, 무슨 일이건 해결하고 성사시켜주던 신통한 신이었으니.

제단에 전시된 장수 할멈상의 먼지를 털어낸다. 옥수를 갈고, 시들어버린 목단도 새것으로 채운다. 지화를 쓰면 수고로움이 덜하겠지만 어쩌겠나. 할멈이 생화를 좋아하는걸. 혼모노라면 환장하는걸. 이렇게라도 그녀가 다시 돌아오길, 약속을 지켜주길 고대하며 줄기를 사선으로 잘라 화병에 넣는다. 오래오래 생기 있게 살아남기를 바라며.

卍

거리마다 벽보며 유세 현수막이 죽 걸려 있다. 맨 앞에 걸린 황보의 벽보 앞에 나는 잠시 멈춰 선다. 인자하게 웃고 있는 벽보 속 그는 실물보다 두 배는 젊어 보인다. 보정을 했겠지. 표정은 부드러우면서도 권위 있게, 흰머리도 검버섯도 주름도 전부 지우고. 이런 노력에도 불구하고 황보의 지지율은 몇 주째 그보다 열 살은 젊은 상대 후보와 앞서거니 뒤서거니 하고 있다. 그의 애가 타는 만큼 내 속도 따라 타들어간다. 비록 돈으로 얽혀 있긴 하나 함께했던 10년 동안 우리 사이에 신의와 우정 역시 돈독해졌다는 건 부정할 수 없을 것이다.

벽보 앞에 한참 서서 황보의 무운을 빈다. 나무아미타불, 나무아미타불.

　무속 용품 가게에 들어가 굿에 쓸 종이 신발과 새 무복을 고른
다. 그 외에 필요한 것들도 망설임 없이 골라 담는다. 튼튼하고 값
나가는 것들로.

　이번 굿은 규모가 큰가 봅니다? 나라님 굿이라도 치르는 겁
니까?

　은밀하게 떠보는 사장을 향해 나는 싱겁게 웃고 만다. 황보는 굿
판을 크게 벌이고 싶다고 했다. 굿상도 규모 있게, 악사도 여럿 두
고, 제물로 바칠 육우는 본인이 직접 고르고 도축까지 맡긴다고 했
다. 상대 후보 역시 유명한 만신에게 굿을 받는다는 소문이 돈다며
그에 비견될 정도로, 아니 그보다 더 성대하게 굿을 치르고 싶다고
했다.

　하지만…… 과연 잘할 수 있을까. 아직도 칼날만 보면 심장이
뛰고 식은땀이 난다. 신들은 돌아올 기미조차 없고.

　서슬이 날카로운 작두를 가리키며 사장에게 묻는다.

　혹시 모형은 없습니까.

　사장은 어안이 벙벙한 얼굴로 나를 빤히 본다. 괜한 소리를 한
것 같아 귀가 뜨거워진다. 인터넷 쇼핑몰을 뒤지면 나올까. 심장이
떨려 이 짓도 오래는 못 하겠다.

　굿에 쓸 짐을 양손에 들고 지하상가로 내려가다 신애기를 발견
한다. 오늘도 그 애는 귀에 이어폰을 꽂고 혼자 걷고 있다. 로드 숍

에 들어가 립스틱을 발라보기도 하고, 의류 매장 앞에 멈춰 질이 좋지 않은 니트며 촌스러운 캐릭터가 그려진 티셔츠를 구경하다 직원이 호객을 하러 나오면 급히 걸음을 옮긴다. 역에 걸린 아이돌 전광판을 한참 바라보기도 하고, 델리만쥬 가게 앞에서 갈팡질팡하다 결국엔 돌아서고, 계단을 두 칸씩 오르며 숨을 몰아쉬기도 한다. 어쩌다 보니 뒤를 밟는 꼴이 되어 석연치 않지만 가는 방향이 같은데 어쩌겠나. 짐을 추켜들며 그 애의 보폭에 맞추어 느리게 걷는다.

트레이닝복 주머니에 손을 넣고 걷던 그 애가 한순간 우뚝 멈추어 선다. 혹 들킨 건가 싶어 몸을 숨기지만 그 애는 내 쪽은 돌아보지도 않은 채 프랜차이즈 카페 안으로 성큼 들어간다. 망설이다 나도 그 안으로 들어간다. 평일 낮인데도 사람이 꽉 차 있다. 노트북으로 강의를 듣는 사람, 문제집을 펴놓고 공부하는 사람, 디저트를 나누어 먹으며 시시콜콜한 대화를 나누는 사람들. 대부분 그 애 또래의 학생들이다. 이 동네가 신당뿐 아니라 대학가와 접해 있다는 사실을 나는 자주 잊는다. 신당 근처만 맴도는 나와는 무관한 일이다. 한때는 일부러 대학가를 피해 멀리 돌아서 다녔으나 그것도 다 이십대 초, 무당이 된 지 얼마 안 되었을 때 얘기다. 내 생활을 부끄러워하고 별스러워할 시기는 이미 오래전에 지났지.

신애기와 두 테이블 정도 떨어진 곳에 조용히 자리를 잡는다. 노트북이나 책, 파트너를 앞에 둔 다른 이들과는 달리 신애기 앞은 텅 비어 있다. 빨대로 무료하게 기포를 만들던 그 애가 난데없이 소리 죽여 웃는다. 그 애와 비슷한 나이대의 학생 둘이 옆 테이블에서 은어를 주고받으며 서로를 짓궂게 놀리고 있다. 그들의 유치하고도 애정 어린 대화를 엿들으며 신애기는 조용히 웃는다.

친구는 있을까. 있어도 일상을 공유하거나 실없는 이야기를 나누며 낄낄대기는 힘들 것이다. 우리가 얻은 생은 여느 평범한 이들의 삶과는 다르니까. 저 나이에 나는 평범한 삶을 살고 범상한 몸을 가질 수 있기를 간절히 염원했는데, 한 번만 살 수 있다는 것을 저주처럼 여겼는데.

저 애도 비슷할까.

신애기는 음료에 기포를 만들며 오후를 보낸다. 평범하게. 나도 몰래 그것을 따라 해본다. 볼에 바람을 불어 넣으며. 보글보글보글보글.

卍

유튜브를 보며 접신 연습을 한다. 과장되게 눈을 뒤집고 몸을 부르르 떨다 자괴감을 느끼고 그만두길 몇 차례. 그동안은 도대체 어떻게 했던 걸까. 신의 출입이 어찌 그리 자연스러울 수 있었던 걸까. 모형 작두와 칼은 주문해놓은 지 오래다. 이제 연습만이 살길이다. 해원경(解冤經)을 크게 틀어두고 주악에 맞춰 칼춤을 춘다. 티셔츠부터 드로어즈까지 땀으로 젖어갈 즈음 전화가 온다. 황보인 줄 알고 얼른 받으려다 주춤한다. 보현이다. 이게 또 무슨 같잖은 소리를 하려고. 오늘의 운세 이야기를 꺼내면 바로 끊어버리겠다고 다짐하며 전화를 받는다.

왜? 오늘의 운세 때문에 전화한 거지? 나 그거 안 한대도. 다른 무당 알아봐.

퉁명스럽게 운을 떼는데, 보현이 난데없이 묻는다.

자기, 괜찮아?

이건 또 무슨 소리인가 싶어 황당해하는 내게 보현은 말한다.

……모르는구나?

보현은 자신이 주워들은 이야기를 빠르게 늘어놓는다. 보현의 얘기를 듣는 동안 식었던 몸이 서서히 뜨거워진다. 귓전을 울리던 해원경 장단이 더 이상 들리지 않을 정도로 정신이 아득해진다. 보현에게 묻는다.

그거, 진짜야?

농이겠어? 어제 기도드리러 갔다가 장광도사를 만났거든. 나한테만 얘기해주는 거라면서 슬쩍 언질 하더라고. 그이가 자기 상대편 만신이잖아.

전화 너머에서 보현은 신나게 떠든다. 전화를 끊어버린다. 땀으로 흠뻑 젖은 옷을 갈아입을 생각도 않은 채 서둘러 앞집으로 뛰어간다.

신애기는 집 앞에서 담배를 태우고 있다. 내가 입을 뗄 틈도 없이 그 애가 먼저 말한다.

너 올 줄 알았다.

그 애는 담뱃불을 손으로 짓눌러 끄더니 앞장서 집 안으로 들어간다. 들어와, 말하며 문을 살짝 열어둔다. 만나자마자 냅다 쏘아붙일 작정이었는데 막상 독대를 하니 아무 말도 나오지 않는다. 기에 눌린 걸까. 아니야, 그래선 안 되지. 정신을 바짝 차리며 신당 안으로 들어간다.

매캐한 향냄새가 훅 끼친다. 신발을 벗기도 전에 기함한다. 옥황상제와 칠성, 남이 장군이 원색으로 그려진 탱화, 와불상과 백호를 품에 낀 장수 할멈상이 나란히 장식된 제단. 그 구조가 나의 신당과 하등 다를 것이 없다.

할멈이 그러더라. 자긴 낯선 환경은 질색이라고.

그래도…… 이건 상도에 어긋나는 일 아닌가. 한 골목에서 영업하는 이들끼리 이래도 되는 것인가. 누그러졌던 분노가 한순간 훅 들끓는다. 하지만 상대는 나보다 한참 밑인 신애다. 투명히 속내를 비치고 윽박질러 상대를 내모는 것이 과연 옳을까. 마음을 추스르며 용건을 거론한다.

내가 여기 온 이유는…….

알아. 너 분해서 온 거잖아. 내가 너 대신 그 의원 굿을 맡게 돼서.

그 애는 한마디도 지지 않는다.

그이가 그러더라. 이제 넌 감이 다 떨어진 것 같다고. 자기가 정치판에서 굴러먹은 게 몇 년인데 니세모노 하나 구별 못 하겠냐고.

니세모노. 그 단어에 퍼뜩 감이 온다. 할멈이 자주 쓰는 말. 저건 분명 할멈이다.

……신령님이십니까?

내 물음에 답조차 않은 채 할멈은 신애기와 둘이서만 영통한다. 나를 앞에 두고 비밀 얘기를 주고받으며 큭큭거린다. 나를 없는 사람 취급하며 장시간 즐겁게 속닥인다. 영통이 길어질수록 안달이 난다. 할멈과 신애기. 그들은 기질이 맞는 것처럼 보인다. 나와는 다르게. 나는 할멈을 모시고 받들었는데, 저것은 할멈과 동등하다. 참다못해 소리친다.

신령님, 말도 없이 떠난 것도 모자라 이젠 다른 무당에게 옮겨 붙어 사람을 피 말리게 하십니까? 어떻게 저한테 이러실 수 있습니까?

배신감에 치가 떨리지만 한편으론 겁이 나 우두망찰한다. 저주를 퍼붓거나 악다구니를 뱉기에 할멈은 너무나 큰 존재다. 여태껏 그녀에게 대들어본 적도, 말을 물고 늘어져본 적도 없다. 할멈과의 관계에서 밑지는 건 항상 나였다. 잔뜩 잠긴 소리로 밑바닥에 고여 있던 울분을 힘겹게 토해낸다.

제가 뭘 그렇게 잘못했습니까. 하라는 건 다 했는데, 드릴 수 있는 건 다 드렸는데…….

쉴 새 없이 떠들어대던 신애기가 말을 멈추고 내 쪽을 빤히 쳐다본다. 묘한 살기를 띤 눈으로 나를 똑바로.

문수야.

신령님…….

드디어 내 부름을 받으셨구나. 감격하며 할멈의 말을 기다린다. 하지만 뒤이어 들려온 말은…….

할멈이 너한테 준다는 거, 그거 너 대신 내게 준단다.

뭐?

네가 그렇게 되고 싶어 하던 문화재. 그거 나 하게 해준다고. 할멈이 넌 너무 늙었다네. 늙은 게 야심만 가득해 흉하다고.

신애기가 두 손으로 입을 틀어막고 웃는다. 큭큭큭큭, 큭큭큭. 손가락 사이로 기분 나쁜 웃음이 새어 나온다. 온몸의 피가 머리로 쏠린다. 종아리가 풀리고 손이 저려온다. 모르겠다. 지금 나를 향해 조소하는 것이 할멈인지 저 애인지, 허깨비인지 인간인지, 진짜인지 가짜인지……. 가슴속에서 뜨거운 무언가가 일렁인다. 그 불길에 저 애에게 잠시 가졌던 연민이며 동질감, 할멈을 향한 애증과 경외심도 모조리 타버린다.

신발도 제대로 신지 않고 나는 골목을 그대로 가로지른다.

나의 신당은 고요하다. 제단 위에 놓인 장수 할멈상이 눈에 띈다. 시들 기미 없이 여전히 생생한 목단도.

징그러울 만큼 붉은 그것을 화병째로 들어 던진다. 유리 조각이 산산이 부서지고 손에 피가 맺힌다. 제단 한가운데를 점한 장수 할멈상을 향해 소리친다.

이겁니까, 당신이 원하던 게?

억울한 외침에도 할멈은 초점 없는 눈으로 허공을 바라볼 뿐이다.

말씀해보세요. 말씀 좀 해보세요!

중언부언하며 악을 지르는데도 할멈은 여전히 묵묵부답이다. 계속되는 침묵에 분이 가시지 않아 할멈상을 들어 올리다, 흠칫한다. 한 번도 인지한 적 없었는데, 너무 가볍다. 원래 이랬던가. 이게…… 원래 이렇게 가벼웠나. 할멈상을 벽에 던진다. 텅, 하는 소리와 함께 할멈상이 바닥에 나뒹군다. 텅, 텅, 텅…….

그 꼴을 보고 있자니 나도 모르게 웃음이 터져 나온다. 큭, 큭큭 큭큭큭. 큭큭큭. 큭큭큭. 멈춰보려 해도 딸꾹질처럼 웃음이 계속해 터진다.

큭큭큭, 큭큭큭큭.

卍

소만(小滿).

하늘빛이 맑고 구름 한 점 없다. 미풍에 무복 밑단이 부드럽게 휘날린다. 이런 날이 1년에 몇 번이나 될까 싶을 정도로 복덕(福德)이 넘치는 대길일에 굿은 치러진다.

야트막한 오르막길을 따라 필로티 구조의 단층 주택과 관리가 잘된 고급 맨션이 죽 늘어서 있다. 녹지를 품고 있어 주변은 고요하고 녹음이 넘실댄다. 챙겨 온 짐을 들고 그 길을 천천히 오른다.

어디선가 미약하게 태평소 소리가 들려온다. 다른 집들과는 한 블록 떨어진 곳에 위치한 2층 주택에 다다르자 소리가 점차 커진다. 문패에 황보의 이름이 한자로 쓰여 있다. 부지는 넓으나 사방을 담장으로 에워싸 바깥에서는 내부가 보이지 않는다. 이 부지도 내가 점찍어주었지. 명당 중 명당이라는 영구음수형 택지라 입맛 다시던 이들이 어찌나 많았는지, 그들을 다 제치고 이곳을 차지하느라 얼마나 큰 품을 들였는지 황보도 잘 알 것이다.

지금 저 집에서는 악기 소리가 요란하다. 독경 외는 소리도 뜨문뜨문 들린다. 뭐에 홀린 사람처럼 나는 거침없이 안으로 들어선다.

다홍치마 위에 장삼을 걸치고 머리엔 흰 고깔을 쓴 신애기가 가장 먼저 눈에 들어온다. 그 애 옆에서 금빛 몽두리를 입은 두 명의 무당과 판수, 삼현과 육각의 갖가지 악기를 든 악사들이 굿을 돕고 있다.

굿판은 일정한 기승전결에 따라 움직이는 법이다. 막이 걷히면 긴 장정이 시작되고, 하나의 장이 끝나면 곧 다음 장이 이어지는…… 지금 마당에선 불사거리가 한창이다. 신애기는 부채와 방울을 들고 공수를 받고 황보와 그의 식구들은 그 앞에 꿇어앉아 기도를 드리고 있다.

나무아미타불, 나무아미타불. 비나이다. 비나이다.

옆도 뒤도 살피지 않고 불사거리에 몰입해 있는 그들 곁으로 나는 한 걸음 한 걸음 다가선다. 마당에 빙 둘러서 굿을 치르던 이들이 하나둘 내 쪽으로 시선을 돌린다. 이 서사에 기어코 비집고 들어온 나를 황보도, 그의 식구들도, 무당들도 당혹스러운 눈빛으로 바라보는 와중에 오직 신애기만이 내가 올 줄 알았다는 듯 태연히 불사거리를 마치고, 장수거리를 준비한다. 신애기는 신칼을 들고 장수 할멈 맞을 준비를 한다. 제상이 거두어지고, 성인 남자 팔뚝만 한 작두가 마당에 놓인다. 챙겨 온 짐을 들고 신애기 곁으로 향한다. 황보가 나를 막아선다.

저기, 일전에 합의 본 것으로 아는데…….

그 말대로 며칠 전 통보를 받은 게 사실이다. 황보는 이해관계가 맞지 않아 굿을 물리게 되었다고 점잖게 설명했으나 사정을 뻔히 알고 있는 내게 그것은 가식이고 우롱일 뿐이었다. 그는 이제 나를 동생이라 친근히 부르지도 않는다. 일말의 정다운 감정들은 사라진 지 오래.

대답 없이 가방 안에 담아 온 것들을 하나씩 꺼내놓는다. 주름 한 점 없이 다린 장삼, 흰 고깔, 밤새 숫돌로 날카롭게 벼린 신칼과 쌍작두. 뭐 하는 거냐 소리치는 황보를 나는 말없이 쏘아본다. 그는 말을 더 보태려다 말고 주춤하며 뒷걸음질을 친다.

공수를 기다리는 신애기 앞에 마주 선다. 악사들도, 다른 무당들도 떨떠름한 얼굴로 나와 신애기를 번갈아 본다. 신애기는 아무럼 상관없다는 듯 칼을 들고 춤을 추기 시작한다. 나도 그 애를 따라 조금씩 발동을 건다.

이것은 나와 저 애의 판이다. 누구의 방해도 공작도 허용될 수 없는 무당들의 판이다.

머뭇거리던 악사들이 천천히 연주를 시작한다. 북소리가 들리고 피리 소리가 깔리고 태평소의 시나위가 울린다. 판수가 입을 떼어 독경을 왼다.

금일 영가 저 혼신은 혼이라도 오셨으면 만반진수 흠향을 하고 일배주로 감응을 하야.

신칼을 들고 달싹달싹 발을 뗀다. 볕이 내리쬘 때마다 칼날이 서늘히 반짝인다. 신애기가 먼저 칼을 어른 뒤, 제상에 놓인 사과 한 알을 날에 가져다 댄다. 날이 스칠 때마다 단단한 과실이 서걱서걱 토막 난다. 칼의 위력을 확인시킨 다음, 그 애는 날을 들어 혓바닥이며 팔과 다리를 서슴없이 긋는다. 다들 숨을 죽이며 그 광경을 지켜본다. 그 애는 아픈 기색조차 없이 태평하게 의식을 치른다. 피는커녕 핏멍울조차 비치지 않는다. 이제는 내 차례다. 수박도 쩍 갈라놓을 만큼 밤새 매섭게 벼려놓은 칼날이 살갗에 닿고 신경을 지난다. 나를 보는 신애기의 표정이 미묘하게 일그러진다. 피가 흐르고 있겠지. 이미 입안에선 비릿한 피비린내가 진동하니까. 허나 중요치 않다. 아픔도 고통도 이제 더는 느껴지지 않는다. 신애기는 찜찜한 얼굴로 작두에 오를 준비를 한다. 사다리 모양으로 여러 겹의 칼날을 겹친 작두 위에.

풍화환란 제쳐놓고 재수소원 생겨주고 왕락 극락을 들어가서 인도환생을 하옵소서.

신애기는 무당들의 도움을 받아 가볍게 작두에 올라탄다. 다른 굿거리도 중요하나, 이 긴 서사의 하이라이트는 장수거리다. 갑옷과 칼로 무장한 장수 할멈이 작두 위에서 역신을 쫓는 대대적인 굿거리. 작두 위에서 내리는 공수는 어떤 공수보다 위엄 있다. 신애기는 작두에 올라 할멈을 부른다.

나무아미타불 나무아미타불 나무아미타불 나무아미타불, 오셨습니까.

마침내 할멈이 들어왔는지 신애기의 눈빛이 달라진다. 그 애가 작두 위에서 천천히 발을 떼는 동안 황보와 그의 가족은 손을 모아 간절히 기도를 드린다. 비나이다, 비나이다. 그들의 안중에 나는 없겠으나 신경 쓰지 않고 작두를 탄다. 차고 저릿한 감촉이 발끝부터 서서히 전해져온다. 온몸의 털이 바짝 솟을 만큼 송연한 감각이다. 누구에게도 의탁하지 않고 도움을 구하지도 않고 한 발 한 발 조심스럽게 뗀다.

판수의 독경이 점차 빨라지고, 악사들의 장단도 중중모리에서 자진모리로 바뀌기 시작한다. 그에 따라 작두를 타는 몸짓도 다급해진다. 등판은 벌써 땀으로 푹 젖었다. 신애기도 매한가지다. 이제 누가 더 오래 버티나의 싸움이다. 이 서사의 주인공을 가르는 건 그것이다. 과장되게 눈을 까뒤집고 몸을 억지로 떨며 신접 흉내를 내는 것은 지금 내겐 무용한 일이다. 자연스럽게 몸이 떨리고 눈이 뒤집힌다. 오금이 무지근하게 당겨온다. 발바닥은 뜨겁고 끈적한 피로 흥건하다. 황보가 경악하며 내 쪽을 본다.

북소리가 거세진다. 하늘은 낮고 볕은 강하다. 구름의 방향이 바뛸 때마다 신애기와 내 얼굴에 번갈아가며 그늘이 진다. 이제는 등뿐 아니라 정수리와 목덜미, 발가락까지 찐득하게 젖어든다. 피인지 땀인지 모를 것들이 뒤섞여 뚝뚝 떨어진다. 뒤로 넘어갈 듯 기진맥진한 상태로 작두를 탄다. 신애기 역시 지친 것으로 보이나 멈출 수 없다. 이를 악물고 악착스럽게 작두춤을 춘다.

휘모리로 장단이 바뀌고, 장구를 치는 악사는 채를 왼쪽 오른쪽으로 번갈아 옮겨 가며 빠르게 손을 움직인다.

나무아미타불 나무아미타불 나무아미타불 나무아미타불…….

구름도 다 사라진 땡볕 아래서 판수도, 악사들도 점점 지쳐가는 와중에 기세가 누그러지지 않는 이는 오직 나뿐이다. 피범벅에 몰골도 흉하겠으나 시야가 환하고 입가엔 미소까지 드리워진다. 신령 근처라도 가닿은 것처럼 몸이 가뿐하고 신명이 난다. 장단이 빨라질수록 나는 고조된다.

나무아미타불 나무아미타불 나무아미타불 나무아미타불…….

30년 박수 인생에 이런 순간이 있었던가. 누구를 위해 살을 풀고, 명을 비는 것은 이제 중요치 않다. 명예도, 젊음도, 시기도, 반목도, 진짜와 가짜까지도.

가벼워진다. 모든 것에서 놓여나듯. 이제야 진짜 가짜가 된 듯.

장삼이 붉게 젖어든다. 무령을 흔든다. 잘랑거리는 무령 소리가 사방으로 퍼진다. 가볍고도 묵직하게.

땀을 뻘뻘 흘리면서도 작두에서 내려오지 않던 신애기가 아연실색하며 나가떨어진다. 그 애는 바닥에 주저앉아 휘둥그런 눈으

로 나를 올려다본다. 황보와 그의 가족도 기도를 멈추고 나를 올려
본다. 할멈도 이 장관을 다 지켜보고 있겠지.

어떤가. 이제 당신도 알겠는가.

하기야 존나 흉내만 내는 놈이 무얼 알겠냐만은. 큭큭, 큭큭
큭큭.

제 2 5 회

이 효 석

문 학 상

————

우 수 작 품 상

수 상 작

2021년 박상륭상을 통해 소설을 발표하기 시작했다. 소설집 『방어가 제철』, 장편소설 『남겨진 이름들』, 산문집 『물의 기록』이 있다.

담   담
안   윤

은석과 만나는 동안 내가 수윤을 떠올린 적이 없다고 한다면 그건 거짓말이다.

　수윤과 나는 스물셋에 만나 서른넷에 헤어졌다. 두 번 헤어지고 두 번을 다시 만났고, 세 번째 헤어지고 나서야 비로소 끝이 났다. 수윤과 이별한 뒤에 나는 곧바로 연애를 이어가곤 했는데 결과적으로 상대와 나 모두에게 해롭고 파괴적인 관계를 맺었다. 나중에야 깨달은 것이지만 내가 나쁜 연애로 끝날 수밖에 없는 이들에게 거듭 끌렸다는 게 정확할 것이다. 타고난 균열을 가진 어딘가 불안정한 사람들, 끊임없이 확신을 요구하는, 얼마쯤 수윤을 닮은 사람들. 수윤은, 사랑의 모양은 결국 실패가 된다고 입버릇처럼 말하곤 했다. 나는 그런 수윤의 사랑을 모방하고 복제하면서 오랫동안 시간과 마음을 거리낌 없이 흘려보냈다.

그 시절, 나는 자주 내일이 없는 사람처럼 술을 마셨다. 술에 취하면 밤사이 일들이 기억에서 사라지곤 했고 그 망각은 다소 뒤틀리고 미쳐 있는 내 상태를 견디는 데 손쉬운 미봉책이 되어주었다. 새벽녘, 타는 듯한 갈증에 깨어나면 대체로 내 원룸이거나 당시 사귀던 연인의 집이었지만 가끔은 낯선 침대 위이기도 했다. 어스름 속에서 낯선 장소와 옆에 잠든 낯선 이의 모습을 발견하는 일은 매번 나를 당혹스럽게 했다. 나는 내 경솔함이 참을 수 없이 혐오스러웠고 그 경솔함을 술 때문이라며 핑계를 대면서도 또다시 인사불성이 되도록 술을 마시고 마는 나 자신에 진저리가 났다.

갈증을 달래고 정신이 들면 뒤이어 깊은 한숨, 상처 입은 표정, 숨 막히는 침묵 같은 것들이 두서없이 떠올랐다. 내가 내 연인을 다시금 실망시키고 말았다는 죄책감이 가슴을 짓눌렀다. 그와 동시에 머릿속을 굴러다니는 쇠구슬 같은 취기와 마감 스트레스, 회사에서 내 자리가 위태로울지 모른다는 압박감이 극에 달해 풍선처럼 부풀어 올랐다. 터져버릴 듯한 긴장이 최고조에 이르면 뇌는 굶주린 개에게 고깃덩어리를 던져주듯 한 단어나 한 문장, 어떤 이미지를 내게 일러주었다. 나는 그것들을 덥석 물어 노트에 휘갈긴 뒤 회의에 가져가곤 했는데 문제는 그런 고깃덩어리가 꽤 쓸 만했다는 사실이다. 자기혐오와 도파민, 엉망진창과 성과, 죄책감과 뻔뻔함, 그 악순환의 고리가 찰칵 채워지는 순간이었고 나는 이십대에서 삼십대로 넘어오는 내내 족쇄와 같은 그 고리에 매여 있었다. 돌이켜보면 그건 뮤즈가 던져준 고깃덩어리가 아니었다. 스스로

갉아먹은 내 일부였을 뿐. 나는 나에 대한 혐오를 술로 적시면서 술로 혐오를 지웠다고 착각했다. 멈추지 않고 나쁜 연애를 반복했던 것도 어찌 보면 당연한 결과였다. 끊임없이 자책과 자문을 되풀이했다. 난 왜 이 모양일까, 도대체 내가 원하는 건 뭘까.

언어를 채집하는 일, 서로 무관해 보이는 관념과 단어를 모으고 분류하고 재배치해 대체 불가능한 적확한 표현을 발견하는 것이 내 업이었지만 나는 나 자신, 내 내면에서 일어나는 불가해한 일들에 관해서는 단 한 번도 적확한 표현을 찾은 적이 없었다. 그에 대한 불안과 회의감은 세월이 흐를수록 짙어졌다. 과연 그런 게 있기는 한 걸까. 있어야 할 자리에 마땅히 있어야 할, 대체 불가능하고 적확한 단 하나의 무엇이.

나는 내게 마음을 내어준 이들과의 관계를 엉망으로 만들어버리곤 했다. 젊고 무모했다. 내가 젊고 무모하다는 걸 전혀 눈치채지 못할 만큼. 헤어진 연인들은 한결같이 내게 말했다.

넌 좀 미친 것 같아.

수윤은 내게 지진이자 해일, 사막이자 극지, 거스를 수 없는 중력이었다.

수윤을 만나기 전까지 나는 동성을 향한 갈망과 사랑을 느껴본 적이 없었다. 내게 그런 감정이 가능하다는 것도 알지 못할 만큼 나에 대해 무지했다. 수윤은 그때까지 내가 안다고 생각했던 나,

내 감각과 감정을 송두리째 흔들어놓았고 너무도 가볍게 나를 전복시켰다. 나는 하루에도 수십 번 아무도 모르게 무너지고 부서졌고 그렇게 흩어진 내 조각들을 가까스로 그러모아 수윤 곁으로 돌아갔다. 그랬으면서도 실은 내가 수윤에 대해 아무것도 모른다는 생각이 들었다. 그리고 끝내 나는 수윤을 온전히 이해하지 못했다.

이해할 수 없는 사람을 사랑한다고, 사랑했다고 할 수 있을까. 오랫동안 나는 궁금했다.

나는 수윤과 나의 관계가 돌이킬 수 없는 것임을 누구보다도 잘 알고 있었다. 그럼에도 일말의 가망, 그 비슷한 무엇을 내 안 깊은 곳에 숨겨두었다. 언젠가 수윤과 내가 나이 지긋한 할머니들이 되어 재회하게 될지도 모른다는, 이별로 점철된 우리 젊은 날의 과거를 나란히 누워 추억하게 될지도 모른다는 망상이었다. 그럴 만한 아무런 근거가 없는데도, 수윤과 연락조차 닿지 않은 지 오래였는데도 그랬다.

은석을 만난 것이 서른일곱의 늦여름, 나는 내 안에 숨겨둔 일말의 가망 없는 가망이 서서히 잊히고 있다고 여겼다.

*

나는 은석을 소개팅에서 만났다. 순전히 현수 선배의 청을 거절할 수 없어 나간 자리였다. 선배는 나보다 두 학번 위이자 내가 몸담은 광고대행사의 대표이사였다. 선배가 창업한 회사에 제작부인턴으로 입사해 제작 총괄이 되기까지 나는 그의 밑에서 일하며 함께 회사를 키워왔다.

현수 선배는 은석을 자기 처제의 절친한 친구의 사촌오빠라고 소개했다. 그냥 남 아닌가, 속으로 구시렁거리면서 회사 옥상에서 그와 맞담배를 태웠다. 대학 동기인 수윤과 내가 오랜 기간 만나고 헤어지기를 반복하다 결국 이별한 사실을 알 리 없는 선배는 평소 그답지 않게 소개팅 얘기를 끈질기게 늘어놓았다. 당시 나는 연애할 마음 따위는 추호도 없었고 가벼운 만남조차 소모적이라고 느낄 만큼 감정이 바닥을 드러낸 상태였다. 수윤과 헤어지고 3년 가까운 시간 동안 나는 몸을 혹사하며 일에 몰두하고 성과에 목매며 한계까지 나 자신을 몰아붙였다. 오로지 그것만이 유일한 낙이자 자해였다. 선배는 회사가 내 청춘을 고스란히 앗아가게 만든 것 같아 미안하다는 다소 감상적인 말까지 했다. 선배가 염려하는 것보다 나는 훨씬 약은 사람이었지만 그는 나를 안쓰럽게 보았다.

선배는 은석이 정말 괜찮은 사람이라면서 두 사람이 잘 어울릴 것 같다고 했다. 본래 남의 사생활에는 별 관심이 없는 데다 전에도 몇 번 은석과의 소개팅 얘기를 꺼낸 적이 있던 탓에 나는 마지못해 만나보겠다고 대답했다. 소개팅이 잘 안 되면 선배도 한동안은 내게 그런 자리를 주선하지 않을 거라는 계산도 섰다. 나는 마치 고객사로 미팅을 가는 것처럼 토요일 오후 종로에 있는 호텔 카페로 갔다.

카페에 들어서자 먼저 도착해 있던 은석이 엉거주춤 일어나 나를 맞았다. 긴장한 기색이 역력했다. 우리는 음료를 주문하고 오는 길의 교통 상황이며 호텔 주변 일대가 어떻게 변했는지, 요즘 날씨가 변덕스러워 옷 입기가 얼마나 까다로운지에 관한 무해한 얘기를 나눴다. 눈매가 서글서글한 은석은 대화 도중 나와 눈이 마주칠 때마다 어색한 듯 살짝 아래로 시선을 피하곤 했는데 그 모습이 수줍은 소년 같은 인상을 주었고 덕분에 나도 한결 부담을 누그러뜨릴 수 있었다. 나는 은석이 사려 깊게 질문하고 화제를 이어나가는 동안 이 자리를 어떻게 무례하지 않게, 그저 그런 의미 없는 만남으로 마무리할 수 있을지를 궁리하며 줄곧 옅은 미소를 지어 보였다.

아시겠지만, 저는 한 번 했었어요.

네. 들었어요.

나는 고개를 끄덕이며 마시던 커피잔을 받침 위에 내려놓았다.

저는 바이예요.

왜 그 말이 불쑥 튀어나왔는지 세월이 흐른 지금도 설명하기가 힘들다. 분명한 것은 초면인 그를 곤란하게 만들거나 무례하게 굴고 싶은 마음은 결코 아니었다는 사실이다. 오히려 그 반대에 가까웠다. 은석이 좋은 사람으로 보였기 때문에, 마흔을 갓 넘긴 이 진솔한 남자가 황금 같은 주말에 시간을 허비하며 더 가여워질 상황이 못내 미안스러워 그랬는지도 모르겠다. 은석이 네, 하고 짧게 대답한 뒤 커피잔을 입가로 가져갔기 때문에 나는 그가 어떤 표정을 짓고 있는지 알 수가 없었다. 나는 그가 내 말을 이해하지 못했다고 넘겨짚었고 그래서 다시 한번 말했다. 그 말이야말로 무례하게 들릴 수 있다는 걸 충분히 알았지만.

보통 양성애자라고 하죠.

네, 알아요. 방금 말씀하셨어요.

나는 그가 얼마간 입을 다물고 있다가 그럼 일어날까요? 라든가 불쾌감을 억누르며 왜 이 자리에 나온다고 하셨어요? 같은 말을 할 줄 알았다. 섣부른 판단이었지만, 스물셋에 나를 바이섹슈얼로 정체화한 이후 내게는 그런 경험이 숱하게 있었고 덕분에 그로부터 배운 바도 있었다. 상대방을 알아가기 전, 가까워지기 전에 말하는 편이 훨씬 낫다는 걸, 서로에게 느끼지 않아도 될 감정을 뒤늦게 맞닥뜨릴 필요는 없다는 것을. 은석은 유리잔에 담긴 물을 남김없이 들이켜고는 입을 열었다.

그리고요?

은석이 내 눈을 똑바로 쳐다보며 물었다. 인내심이 묻어나는 진지한 말투였다. 그는 함께하는 동안 가장 진중한 얼굴을 하고 있었는데 나는 나도 모르게 피식 웃어버리고 말았다.

왜요?

그렇게 대답하실 거라곤 생각 못 했거든요.

그런가요.

네, 그러네요.

혜재 씨만 괜찮으시다면 전 괜찮습니다.

그런가요?

네. 근데 혜재 씨한테는 그게 가장 중요한 정체성인가요?

은석이 조심스럽게 물었고 나는 대답할 말을 고심하느라 잠시 입을 다물었다. 살면서 처음 받아보는 질문이었다. 가장 중요한 정체성인가, 나에게. 내가 바이섹슈얼이라는 사실에는 변함이 없었지만 이십대 때와 비교한다면 확실히 그 무게가 달라져 있었다. 내게 있어 빼놓을 수 없는 부분이자 당위임은 분명했지만 가장 중요한 정체성인지는 곧장 확답할 수 없었고, 나는 그에게서 커다란 질문 하나를 받은 기분이었다. 은석은 테이블 아래에 두 손을 숨긴 채 잠자코 내 다음 말을 기다리고 있었다. 나는 그와 나 사이에 고여든 무거운 공기를 무마하려고 짐짓 쾌활하게 말했다. 실은 내 마음에 고여든 무거움이었지만.

배고프지 않으세요?

은석과 나는 근처에 있는 오래된 평양냉면집에 가 냉면과 녹두전을 먹었다. 가게를 나와서는 배부르다는 핑계로 공원에서 긴 산책을 했다. 해가 저물기 시작하자 그가 한때 자주 드나들었다는 위스키바 얘기를 꺼냈고 우리는 내친김에 그곳까지 걸어갔다. 은석은 위스키에 대한 해박한 지식이 있으면서도 겸손하게 보이려고 신경 쓰면서 내 취향에 맞을 것 같은 위스키를 몇 가지 추천해주었다. 나는 향이 진하고 독한 위스키를 맛보면서 되는대로 맛과 향을 품평했고 그런 내 모습을 보며 그는 전에 없이 두 눈을 질끈 감으며 환하게 웃었다.

은석을 알아본 바텐더가 수박 두 조각을 서비스로 내주었던 기억도 난다. 은석은 내가 먼저 수박을 집을 수 있도록 접시를 내 쪽으로 넌지시 밀어주었다. 접시굽이 바 테이블의 나뭇결 위를 부드럽게 스치는 소리가 났다. 그의 몸짓이 물 흐르듯 자연스러워서 호의에 익숙한 사람이구나 생각했다. 은석과 나는 술병이 빼곡한 진열장을 바라보며 말없이 수박을 먹었다. 우리에게서 사각, 사각 소리가 번갈아 났다. 내가 접시 위에 껍질을 내려놓자 은석이 접시를 자기 쪽으로 살짝 당겨 껍질을 내려놓고는 혼잣말처럼 중얼거렸다.

깨끗하게 드시네요.

네?

깨끗하다고요.

그의 검지 끝이 내가 내려놓은 수박 껍질 테두리를 가리켰다. 옅은 연두색 과육에 내 잇자국이 일정한 모양으로 남아 있었다. 과연 그렇구나, 하며 보다가 그가 내려놓은 껍질을 보았다. 과육이 껍질 안쪽에 아주 얇게 남아 있었다. 이 사람 실없는 구석도 있구나, 취한 건가 생각하는데 그가 뭔가 망설이다가 말했다.

혜재 씨, 저는 결혼을 했었잖아요.

네.

사실 이혼이 아니에요.

아니군요.

네. 보통 사별이라고 하죠.

은석이 뒷말을 잇지 않아 나는 괜스레 손끝으로 유리잔 표면을 매만졌다. 어떤 대답을 해야 할지 알 수 없어서였다. 그가 울먹이는 목소리로 말을 이었다.

한동안 저한테 가장 중요한 정체성은 유가족이었어요. 여전히 중요한 정체성이고요. 근데 이제 '가장'이란 말은 빠지게 된 것 같아요. 6년 걸렸네요.

은석이 잔에 남은 술을 털어 넣고 쓴 약을 삼킨 듯 콧살을 찡그렸다.

혜재 씨, 그러니까 제가 하고 싶은 말은요. 사람은 참 복잡하다, 뭐 그런 싱거운 얘기예요.

은석이 고개를 푹 숙이며 접시에 놓인 수박 껍질 두 개를 가지런하게 바로잡았다. 그러고는 좀 취하는 것 같네요, 했다. 그에게서는 취기가 느껴지지 않았지만 그는 부끄러운 듯 희미하게 웃었다. 그 순간, 나는 은석과 내가 어떤 관계로든 오래도록 알고 지내게 될 거라는 막연한 예감이 들었다.

얼마 지나지 않아 나와 은석은 연인이 되었다.

은석은 수윤이 아닌 모든 것, 내가 사귀었던 모든 연인 중 수윤을 닮지 않은, 그 애의 그림자가 미치지 않은 유일한 사람이었다.

*

나와 은석은 3년을 만났고 그 뒤 은석이 울산 지사 신생 프로젝트의 책임자가 되면서 장거리 연애를 하게 되었다. 프로젝트는 최소 1년, 예정보다 길어질 수도 있다고 했다. 거리가 멀어지긴 했지만 우리는 전과 다름없이 지냈다. 서울에서도 각자 일이 바빠 장거리 연애와 진배없이 지낼 때가 많았기 때문이다.

주말이면 은석이 서울로 오거나 내가 울산으로 가 시간을 보냈다. 우리는 주로 서로의 집에 머물면서 재밌게 보았던 영화를 다시 보고 좋아하는 가수의 LP를 여러 번 돌려 듣고 동네를 산책했다. 밤이면 그가 아껴둔 위스키를 한두 잔쯤 마시기도 했다. 우리 사이에는 별다른 주제 없이도 대화가 매끄럽게 이어졌고 대화만큼이나 아무 말 없이 멍하니 앉아 있거나 누워 있는 시간도 좋아했다. 그러다 마주 본 얼굴을 찬찬히 쓰다듬고 손빗으로 머리를 쓸어넘겨주고 서로의 옷을 벗겨주기도 했다. 우리가 몸을 포갤 때면 나는 부드럽게 상승하는 흥분과 잔잔한 안정감을 동시에 느끼곤 했는데 그건 예전 연애에서는 느껴본 적 없는 기분이었다. 내가 있을 자리를 마침내 발견한 느낌이었고 내가 그런 느낌을 가질 수 있다는 사실이 이따금 이상하고 신기하게 여겨지기도 했다.

은석의 울산 발령이 결정되었을 때 그는 내게 혹시 같이 갈 의향이 있는지 물었다. 큰 기대를 가지고 한 말은 아닌 것 같았지만 내심 마음에 걸렸다. 만난 지 2년쯤 지났을 무렵에도 그가 지나가는 말처럼 결혼 얘기를 꺼낸 적이 있었기 때문이다. 애초 우리가 사귀어보기로 했을 때 나는 결혼과 출산 생각은 없다고 못 박듯 말했었고 그도 동의한 바였지만 만나는 기간이 길어지고 서로에게 중요한 존재가 되어가는 걸 느낄수록 은석은 우리 관계에 합의된 구속 내지는 약속이 필요하다고 생각하는 것 같았다. 은석의 입장을 이해하지 못하는 건 아니었지만, 나는 그가 슬쩍 본심을 내비치고 내가 그것을 기어이 알아차리고 말 때마다 가벼운 농담으로 말머리를 돌리곤 했다. 내 인생에 결혼을 염두에 둔 적이 없었기 때문이기도 했지만 내 안에 더 큰 저항은 따로 있었다. 내가 바이섹슈얼이라는 것. 바이섹슈얼인 내가 결혼으로 은석과 묶이는 것이 내게 무엇을 의미하는지, 또는 무엇을 의미하게 될지 나는 깊이 고민하는 것을 최대한 미루고 있었다. 결혼은 내 정체성을 부정하는 일일까, 아닐까. 우리에게 결혼이 필요한가, 아닌가. 나는 약속이 싫은 건가, 책임을 피하고 싶은 건가. 한 사람과 남은 생을 기약한다는 것이 내게 가능한가, 그렇지 않은가. 질문들이 꼬리에 꼬리를 물고 이어졌지만 무엇 하나 답을 내릴 수가 없었다. 그리고 은석이 바이섹슈얼인 나를 받아들이는 것과 내가 이성애자인 은석을 받아들이는 데에도 분명한 차이가 존재했다. 무엇보다 내가 느끼는 차이를 그에게 말로 풀어 설명할 수 있을지, 그의 이해가 내가 예상하는 이해와 일치할지도 의문이었다. 이 모든 우려는 레즈비언인 수윤이 나를 받아들이는 것과 내가 수윤을 받아들이는 것의 차이를 떠오르게 했고, 사념은 사랑의 모양은 결국 실패가 된다던 수윤의 입버릇에까지 뻗어나갔다.

기억은 오래전에 슨 곰팡이 같다.

과거 여자친구나 남자친구들은 내가 이성과 동성 모두를 사랑할 수 있다는 것, 성적으로 끌리고 관계할 수 있다는 것을 머리로는 이해했지만 공감하지는 못했다. 그들은 궁금해했다. 어떻게 한 사람이 두 성별을 사랑할 수 있는지, 친구 중에도 사귀었던 사람이 있는지, 여자와 남자 중 누구를 더 많이 사귀었는지, 어느 쪽과 섹스할 때 더 만족하는지. 그런 질문들은 사랑의 온도가 정점에 있을 때는 질투 섞인 농담으로, 감정이 식어 이별이 목전에 있을 때는 날 선 힐난으로 던져졌고 그 모두는 내게 메워지지 않는 균열로 남았다.

내 연인들에게 내가 바이섹슈얼이라는 사실은 나의 핵심이자 빈틈이었고 빈번히 의심의 빌미가 되었다. 한 남자친구는 말했다. 너는 그저 조금도 손해 보거나 희생하고 싶지 않은 것뿐이라고, 사랑은 믿지도 않으면서 욕망만 채울 뿐이라고. 한 여자친구는 말했다. 너는 우리 관계를 너무 쉽게 생각하는 것 같다고, 널 만족시킬 수 있는 사람은 어디에도 없을 거라고. 나는 언제나 연인들에게 불안의 씨앗을 먼저 꺼내 보여주는 사람이었고, 내가 완전히 그들에게 속해 있지 않다는 모호한 불일치의 느낌을 주는 사람이었다. 그들에게 나는 자유분방하거나 문란하거나 회피 성향이 있는 사람으로 기억되었다.

가끔 궁금했다. 은석 역시 내게 하고 싶은 질문들이 있는지, 불안한 감정들을 느끼는지. 하지만 나는 묻지 않았다. 더 솔직하게는 묻고 싶지 않았다는 게, 아니 묻기 두려웠다는 게 맞을 것이다.

복잡한 심경 속에서도 일상은 어김없이 굴러갔고 은석이 울산으로 간 지도 반년이 흘렀다. 그즈음 나는 잦아진 비딩이며 경쟁 PT 준비로 경황없는 나날을 보내면서 은석과의 관계에 대한 상념을 미뤄둔 채 지냈다.

장마가 본격적으로 시작되었던 주 금요일에 나는 은석을 만나러 울산으로 가기로 했다. 그 무렵에는 은석이 매번 서울로 오고 있었는데 스케줄을 정리하며 보니 그동안 바쁘다는 이유로 은석만 내 쪽으로 오게 한 건 아닌가 후회가 들었다. 급한 PT가 마무리된 참이기도 해서 나는 회사에서 점심을 때우고 울산으로 출발했다.

보름 만에 만나게 된 그날, 은석과 나는 저녁에 간절곶 쪽으로 나가 바다가 보이는 식당에서 바비큐를 먹을 계획이었지만 내가 빗길을 운전해 오느라 지친 데다 여전히 거센 비가 내리고 있어 그의 오피스텔에 머물기로 했다.

걱정했어요. 도착할 때가 한참 지났는데 안 와서.

졸려서 쉼터에서 좀 잤어요.

나는 은석이 건네준 티셔츠에 목을 집어넣으며 대답했다. 울산에 올 때마다 내가 자주 입는 그의 회색 티셔츠는 늘 단정하게 개어져 있었고 은은한 유칼립투스 냄새가 났다. 나는 소파 깊숙이 몸을 묻은 채 마른세수를 했다.

쉬고 있어요.

내가 잠시 눈을 붙인 사이 은석은 근처에서 치킨과 맥주, 내가 좋아할 만한 먹을거리를 잔뜩 사 들고 돌아왔다. 우리는 예능프로그램을 보며 그것들을 야금야금 먹어치웠다. 내가 졸린 눈으로 텔레비전 채널을 이리저리 돌리고 있는 동안 그는 어질러진 테이블을 정리하고 내 곁에 와 앉았다.

혜재 씨, 오늘따라 조용하네요.

내가 은석의 어깨에 머리를 기댔다. 그가 내 목덜미에 손을 올렸고 곧 허리를 숙여 입을 맞추었다. 나는 경쟁 PT를 준비하느라 며칠을 밤샘하다시피 한 탓에 피로가 쌓여 있었고 그래서 선뜻 내키지는 않았지만, 그의 뜨듯한 혀가 입속으로 들어오는 것을, 그의 손이 헐렁한 티셔츠 밑을 더듬는 것을 뿌리치지는 않았다. 주말 내내 이러고 있을까요, 은석이 속삭였고 나는 그의 입술을 살짝 깨무는 것으로 대답을 대신했다. 그가 흐흐, 하고 웃으며 얼굴을 찡그렸고 나는 그런 그가 사랑스럽다고 생각했다. 사랑스러움을 느끼는 것이 아니라 생각한다는 것이 좀 우습고 쓸쓸했지만.

우리는 은석이 아끼는 양가죽 소파에서 섹스를 했다. 언제가 마지막이었는지 기억이 가물가물할 만큼 오랜만이었지만 둘 다 내색은 하지 않았다. 빗소리가 끊질기게 들려왔다. 창가에 매달린 청회색 커튼은 낮처럼 여전히 열린 채였고 어둑한 유리창에 그와 나의 모습이 어렴풋이 비쳐 보였다. 나는 은석과 나의 여리고 숨겨진 살갗이 맞닿으며 점점 뜨거워지고 끈끈해지는 것에만 집중하려고 애썼다. 열띤 숨이 이마 위로 가쁘게 쏟아지고 머리카락 끝에 매달려 있던 땀방울이 뺨 한가운데로 떨어졌다. 은석의 벌어진 입술이 뭔가를 말하는 듯 작게 달싹였다.

섹스할 때 그는 내 안에 단단하게 머물면서 좋아? 하고 이따금 반말로 물었는데, 그러면 나는 응, 좋아, 하고 답하면서 어둑하고 땀에 젖은 그의 얼굴을 올려다보았고 그럴 때면 우리의 첫 만남을 떠올리곤 했다. 내가 바이섹슈얼이라고 그에게 불쑥 말했던 순간, 그가 그리고요? 라고 담담하게 되묻던 순간을. 그러면 그의 물음이 사뭇 다르게 들렸다. 그의 물음 앞에 괄호 속에 갇힌 그가 뱉지 않은 말이 있는 것만 같았고 여자와 하는 것보다 더 좋은지 묻는 것처럼 들렸다. 물론, 그는 단 한 번도 내게 그렇게 물은 적이 없었지만.

눈물이 차올랐다. 그때까지 몸 안에 간신히 가두어져 있던 정확히 정의할 수 없는 감정이 순식간에 새어 나왔다. 도저히 억누를 수가 없었다. 그의 아래에서 나는 나를 방류해버렸다.

내가 발작적인 울음을 터뜨리자 은석은 당황하는 기색 없이 내 뺨에 번진 눈물을 손등으로 닦아냈다. 나를 일으켜 앉히고는 가만히 끌어안았다. 한번 터져버린 울음은 멈춰지지 않았고 나는 그에게 무슨 말인가를, 구차한 변명이나 그를 안심시킬 어떤 말이라도 하고 싶었지만 말다운 말을 뱉을 수가 없었다. 그는 오열하며 온몸을 떠는 나를 꼭 껴안은 채로 괜찮아요, 혜재 씨, 괜찮아요, 하고 말했다. 나는 전혀 괜찮지 않았지만 뻔뻔하게도 그 말에 기대고 싶었다. 그의 말을 전적으로 믿고 싶었다. 그때 은석이 내게서 뭔가를 알아차렸다고는 생각하지 않는다. 그의 타고난 다정함이, 섣부르지 않은 태도가 내게로 흘러들어왔을 뿐.

*

그 금요일 오후, 은석의 집에 도착하기 전 내게 있었던 일에 관해 그에게 말하지 않은 사실이 있다.

나는 차로 네 시간 반을 달려 고속도로를 빠져나온 뒤 은석의 집으로 향하고 있었다. 맑고 무더웠던 서울과는 달리 울산에 가까워지자 폭우가 내렸다. 빗줄기가 무자비하게 쏟아져 와이퍼가 쉴 새 없이 움직였다. 느릿느릿 도로를 달리고 있을 때 현수 선배에게서 전화가 왔다. 진행 중인 광고에 문제가 생겼나 싶어 스피커폰으로 전화를 받았다.

문자 봤니? 애들은 거의 다 도착했는데.

못 봤어요. 뭔데요?

운전 중이니?

네. 왜요, 회사에 무슨 일 있어요?

아니, 하고 선배가 뜸을 들였다.

우리, 이수윤 장례식에 와 있어. 다들 연락을 늦게 받아서.

나는 와이퍼가 쓸어내리는 빗줄기 너머를 응시하며 핸들을 꽉 붙들었다.

내일이 발인이라는데 올 거지?

핸드폰 너머에서 선배가 누군가와 인사를 나누는 소리가 들렸다. 곧 그가 내 이름을 불렀다. 혜재야.

혜재야.

네.

너 와야지.

선배의 가라앉은 목소리가 차 안에 울렸다.

일단 운전 조심하고, 연락해. 알았지? 끊는다.

나는 어느새 어둑해진 도로 위에 있었다. 신호에 걸려 두 번 멈춰 섰다가 다시 달렸고 그러다 좌회전을 해야 할 구간에서 방향을 잘못 틀어 도심 외곽으로 빠지는 도로로 들어서고 말았다. 경로를 이탈하여 재탐색합니다. 잠시 후 우회전입니다. 내비게이션에서 연신 안내 음성이 나왔다. 경로를 이탈하였습니다.

낯선 교차로 부근에 이르렀을 때였다. 맞은편에서 달려오던 트럭이 물보라를 일으키며 미끄러졌고 중앙선을 넘어 내가 달리던 차선으로 달려들었다. 헤드라이트 불빛이 얼굴에 내리꽂히는 찰나, 나는 하얗게 얼어붙었다. 그때.

나는 수윤을 떠올렸다. 그 애의 이름을 불렀던 것도 같지만 기억나진 않는다.

수윤과 함께했던, 그 애와 내가 서로에게 광포하게 빠져 있던 나날들을 나는 빠르게 횡단했다.

노트 귀퉁이를 찢어 적은 쪽지, 걸을 때마다 리듬처럼 흔들리는 묶은 머리, 강의실에 엎드려 잠든 옆얼굴과 반짝이는 솜털, 혜재, 하고 부르던 목소리, 비좁은 드럼 연습실, 수윤이 페달을 밟아 베이스 드럼을 쿵, 쿵 울릴 때마다 콩닥거리는 내 왼쪽 가슴과 간지러운 두 발바닥, 앞서 걷는 수윤을 뒤따라 걷는 아릴 만큼 황홀한 한여름의 저녁, 서투른 고백, 함께 올려다보는 아카시아, 바다와 섬과 별똥별, 자그마한 슬라이드 필름 조각들, 펜션의 싸늘한 실내 공기, 내 허리의 그믐달 모양 흉터와 수윤의 팔목 안쪽에 남은 선명하고 검붉은 상흔들, 그 상흔들을 오랫동안 핥는 내 혀끝과 파르르 떠는 수윤의 눈꺼풀, 엉키는 두 개의 숨, 밝아오는 커튼, 멀리서 들려오는 파도 소리, 섣부른 영원이라는 말, 사랑과 사랑이라 믿는 모든 순간, 내 자아의 부피를 넘어서는 어떤 것들. 수윤이 뿜어내는 감정의 파급력과 전염성, 지나치게 많은 화와 기쁨과 사랑, 종잡을 수 없는 말과 표정들, 과잉된 것과 결핍된 것, 날카로운 악다구니, 부둥켜안고 우는 숱한 밤, 넌 내가 죽었으면 좋겠지, 다시는 안 나타나야 속이 시원하겠지, 술 냄새가 진동하는 속삭임, 번복되는 약속, 천진한 웃음소리, 고함과 침묵, 쾅 하고 닫히는 문, 내 원룸에 남겨진 수윤의 길고 가는 머리카락들. 우리는 헤어지고, 만나고 헤어지고 그걸 반복하고, 마침내 서로를 지우기로 한다. 헤드라이트의 시린 불빛 속에서 한 시절의 기억을 단단히 묶어두었던 질긴 끈이 너무나도 쉽게 끊어진다. 조금도 소중하지 않은 것처럼, 어떻게 되든 상관없는 것처럼 방치했던 기억, 차라리 그렇게 하찮은 것이 되기를 소망해서 내 안 깊숙이 가둬놓았던 마흔네 번의 계절이 한꺼번에 내게로 쏟아져 내렸다.

저기요, 괜찮아요?

외진 도로는 한산했다. 트럭은 빗물이 흥건한 아스팔트 위를 한참 미끄러지다 간신히 멈춰 섰다. 나 역시 반사적으로 트럭이 달려드는 반대 방향으로 핸들을 틀었고 운 좋게 갓길에 멈추었다. 내가 핸들을 부여잡고 바들바들 떨고 있을 때 트럭 기사가 달려와 다급하게 차창을 두드렸다. 그는 비에 홀딱 젖어 퍼렇게 질린 얼굴로 내게 물었다. 정말 괜찮아요? 안 다쳤어요? 아무도 다치지 않았다. 모든 것이 무사했다. 경로를 이탈했을 뿐. 그러니 사고도 무엇도 아니다. 아무 일도 아니었다.

그럼에도, 연인에게라면 당연히 얘기할 법한 이 일에 관해 나는 은석에게 한마디도 하지 않았다. 이렇게 죽는 건가, 싶었던 그 짧은 순간 내 뇌리를 스쳐 간 것들에 대해 나는 침묵했다.

멈춰 선 차 위로 끊임없이 비가 쏟아졌다. 한참을 정신 나간 사람처럼 흐느끼다가 좀 진정된 뒤에 다시 차를 몰아 은석의 집으로 향했다. 그에게서 부재중 전화가 여러 통 와 있었다. 그의 집에 들어가기 전에 나는 물티슈로 얼굴을 꼼꼼하게 닦았다. 아무 일도 없었던 것처럼 보이고 싶었다. 아니, 정말 아무 일도 없던 것으로 하고 싶었다. 하지만 은석이 먹을거리를 사러 자리를 비운 사이 나는 또 울고 말았고 그가 돌아오기 전 세수를 하고 도로 침대에 누웠다.

은석은 오열하는 나를 끌어안고 괜찮다고 말하면서도 내게 아무것도 묻지 않았다. 나는 그가 왜 그러느냐고, 무슨 일이 있느냐고 물을까 봐 겁이 났다. 나를 꿰뚫고 지나가는 정체 모를 감정과 통증이 무엇인지 설명할 수가 없었다. 은석에게도 나 자신에게도.

11년. 내 삶의 절반의 절반. 완전히 소멸할 수 없을 성질의 무엇.

그 새벽, 은석이 나 대신 차를 몰아 나를 서울로 데려다주었다. 나는 검은색 정장으로 갈아입고 현수 선배에게 전화를 걸었다. 은석은 나를 또다시 차에 태워 일산에 있는 장례식장에 내려주었다.

친구분 잘 보내드리고 와요.

내가 안전띠를 풀자 그가 덧붙였다.

천천히 와요. 여기 있을게요.

췌장암 말기. 수윤은 호스피스 병원에서 마지막을 보냈다고 했다.

장지로 떠나는 이른 아침, 빠르게 북상한 장마전선의 영향으로 서울에도 많은 비가 내리기 시작했다.

올해는 이상기후로 인해 장마 기간이 작년보다 더 길어질 거라고 한다.

                                    *

　작년 가을에 나는 그간 쓰지 못했던 연차를 붙여 2주 동안 울산
에서 지냈다. 은석이 출근하고 나면 좀 더 잠을 자다가 느지막이
일어나 한 시간쯤 요가를 하고 간단히 밥을 차려 먹었다. 오후에는
차를 몰고 포항이나 경주, 부산에 다녀오기도 했지만 대부분은 은
석의 집에서 멀지 않은 바닷가로 가 시간을 보냈다. 반나절 동안
누구와도 말하지 않고 회사에서 걸려 오는 전화도 받지 않았다. 앉
아서 바다를 보고 파도를 보고 물거품을 보았다. 수만 번 부서져도
결단코 부서지지 않는 것들을 오래오래 바라보았다. 저녁에는 퇴
근하고 돌아온 은석과 시간을 보냈다. 맛집이라는 식당을 찾아가
보기도 하고 그가 만든 하이볼이나 칵테일을 마시기도 했다. 그리
고 가끔, 샤워를 하거나 마트에서 장을 보다가 울기도 했다.

　시간은 겨울을 견디고 기어이 봄으로 나아갔다.

　은석은 올봄 울산에서의 프로젝트를 마치고 서울 본사로 복귀
했다. 우리는 여름 동안 틈날 때마다 함께 살 집을 부지런히 보러
다녔고 얼마 전 우리에게 알맞은 집을 발견해 계약했다. 은석의 회
사보다 내 회사에서 훨씬 가까운 동네에 있는, 지은 지 2년 된 빌
라 꼭대기 층으로 꽤 널찍한 테라스가 딸려 있었다. 집을 본 날, 은
석은 멀리 건너다보이는 산자락과 방수 덱이 깔린 바닥을 살펴보

다가 혜재 씨, 여기서는 담배 피워도 되겠네요, 했다. 담배를 태우지 않는 그가 어쩐지 나보다 더 테라스 공간을 반가워하는 것 같았고 그런 그의 모습이 어이없으면서도 대책 없이 따뜻했다.

끊으라는 말을 예쁘게 하네요?

끊으라고 하면 끊을 거예요?

끊으라고 할 거예요?

아뇨, 안 해요.

은석이 바지 주머니에 찔러 넣고 있던 손을 꺼내 내게로 펼쳐 보였다. 햇빛 아래 환하게 드러난 그의 손을 나는 가만히 맞잡았다.

은석은 이사를 앞두고 살던 아파트를 부동산에 내놓았다. 휴가까지 내 대대적인 짐 정리를 했다. 내가 돕겠다고 하자 처음에는 극구 사양하다가 다음 날 아부래도 혼자서는 무리일 것 같다고 털어놓았다. 그는 그 집에서 아내와 딸아이와 같이 7년을 살았고 그들이 죽고 나서도 10년 더 살았다. 처음에는 대출금을 갚을 때까지만 살다가 이사하겠다는 마음이었다고 했다. 굳이 그럴 필요는 없었지만, 그때까지만 살자 싶었다고. 그런데 대출금을 갚은 뒤에도 은석은 선뜻 집을 내놓을 수가 없었다. 그 집을 떠나 다른 곳에서 살려면 선택을 해야만 했다. 아내와 딸아이의 손때가 묻은 살림살이도 가지고 이사하거나 모두 버리고 떠나거나, 남길 것과 버릴 것을 구분해 정리하거나. 은석에게는 그 모두가 막막하게만 여겨졌고 그래서 그는 움직이지 않는 것을 선택했다. 가족과 친구들은 새 출발을 하려면 먼저 그 집에서 나와야 한다고 조언했지만 은석은 내키지 않았다. 새출발. 자신의 남은 인생에서 그런 일은 가능하지 않을 것만 같았고, 솔직하게는 자신이 그걸 원하는지조차 알 수가 없었다. 아내와 딸아이의 빈자리가 물리적인 것에서 정신적인 것으로 변모할수록 그 집에 남아 있는 벽지의 묵은 얼룩, 딸아이가 그려놓은 색색의 낙서, 아내와 장식장을 옮기다 생긴 강화마루의 흠집, 싱크대 상부 장 문짝 모서리의 갈라진 틈들이 더없이 소중하게 느껴졌다. 그 집을 떠나면 그들이 남기고 간 보이고 만져지는 흔적들이 모조리 사라지게 된다는 사실이 그를 그 아파트에 오래도록 묶어두었다.

혼자 지내는 동안 안방과 거실, 부엌은 가구나 살림살이가 형편에 걸맞게 바뀌었다. 침대는 슈퍼싱글로 바뀌고 화장대는 사라졌다. 거실에 있던 소파는 버린 지 오래였고 그러다 울산에서 산 것을 가지고 왔다. 4인용 식탁은 부엌 구석 자리로 옮겨 의자를 두 개만 놓고 썼다. 내가 부엌에서 그가 사용하지 않거나 망가진 그릇과 주방용품을 골라내고 있을 때 은석은 딸아이 방을 정리하고 있었다. 그 방만은 거의 달라진 것 없이 그대로였는데, 그곳에서 차마 버릴 수 없어 넣어두었던 물건들이 옷장이며 서랍장, 상자들 속에서 발견되었다. 그는 그것들을 방문 앞 버릴 물건 더미 위에 하나둘 쌓아 올렸다. 나는 싱크대 상부 장 구석에서 유행이 지났지만 새것이나 다름없는 찻잔 세트를 찾아냈다. 은석의 취향은 아닌 것으로 보아 그의 아내가 골랐거나 선물을 받은 것 같았다. 버리기는 아까운 것 같아 상자를 들고 은석에게로 갔다. 그는 연분홍색 작은 옷장 앞에 등을 돌린 채 앉아 사진 앨범을 넘겨 보고 있었다. 수그린 그의 등이 들썩였고 코를 훌쩍거리는 소리가 났다. 나는 말없이 은석의 뒤에 앉았다. 두 손으로 그의 허리를 감고 등에 머리를 기대었다. 은석은 재빨리 앨범을 덮으며 눈물을 훔쳤다.

마저 봐요.

다 봤어요.

그의 등이 뜨듯하고 축축했다.

은석 씨.

네.

억지로 버리지 마요. 가져가고 싶은 건 가져가요, 우리.

그가 흐흐, 하고 웃으며 내 손 위에 물기 밴 손을 포갰다.

짐 정리 끝나면 같이 가요, 용인에.

그는 대답 없이 내 손을 꼭 쥐었다.

그 여름의 일, 멈출 줄 모르던 내 울음과 수윤의 장례식, 그러니까 수윤과 나에 관해 은석은 지금까지도 내게 아무것도 묻지 않는다. 언젠가 때가 되어 내가 말해주기를 기다리고 있는 것인지도 모르지만 그가 정확히 어떤 마음으로 묻지 않는지 나는 알지 못한다. 그 여름 이후 그는, 내가 말없이 멍하니 창밖을 보고 있을 때나 우리가 섹스를 하고 난 뒤에 나를 오랫동안 가만히 껴안곤 한다. 내 등을 몇 번이고 쓸어내린다. 왜 그러느냐고, 왜 나를 꼭 끌어안느냐고 나는 그에게 묻지 않는다. 다만 그의 몸에서 풍겨오는 냄새,

심장이 뛰는 소리, 나에게로 잔잔하게 흘러들어오는 그를 있는 그대로 받아들인다. 나는 더는 나를 설명하거나 증명하려고 안달하지 않는다. 내 안에 도사리고 있는 불안과 의심, 혼란을 상대에게 돌리지 않으려고 한다.

가끔 생각한다. 내게 수윤은 무엇이었고 그 애를 사랑했던 나는 어떤 사람이었는지. 수윤을 사랑하고, 사랑한다고 굳게 믿었던 그 시절이 내게 무엇으로 남았는지. 내 안에서 정리가 된다면 은석에게 내 모든 과거를 털어놓을 날이 올 수도 있을까. 하지만 있는 그대로의 사실을 털어놓는 일과 서로를 이해하는 일, 한 사람을 아는 일이 정확히 어떤 상관관계가 있는지, 그것이 관계에 얼마나 필요하고 중요한 것인지 갈수록 알 수가 없어진다. 서로를 이해하는 일, 한 사람을 아는 일이 과연 무엇인지조차도.

지금은 존재하지 않는 과거 그리고 미래에 대한 혼란과 두려움이 부풀어 올라 나를 압도할 때면 나는 은석과 나눴던 얘기를 떠올린다. 지난겨울, 우리가 사천 해변을 걸으며 종이 쇼핑백 한가득 솔방울을 주웠을 때 그가 했던 말들을.

안 해본 것도 아닌데 또 재밌네요.

그러게요. 왜 자꾸 줍고 싶은지 모르겠어요.

혜재 씨, 경험이라는 거 참 이상하지 않아요?

이상해요?

내가 경험한 것들이 지금의 나를 만든 것 같으면서도 어떨 땐 그 경험들 때문에 내가 갇혀 있는 느낌이 들잖아요. 그게 다 무슨 의미가 있나 싶고.

은석이 대칭이 아름답고 탐스러운 솔방울 하나를 내게 내밀었다.

예전에요. 솔방울 같은 거 주울 일 이젠 없을 거라고 생각했었어요.

장담했네요.

장담했죠.

그가 몇 걸음 앞서 걸어가 솔방울을 또 하나 주워 올렸다.

또 하겠죠, 앞으로도. 근데 그것도 나쁘지 않은 것 같아요.

*

요즘 나는, 지금까지 내가 알았던 내가 또 다른 방식으로 흔들리고 부서지는 것을 느낀다. 마흔이 넘어서도 이런 일을 겪을 거라고는 상상한 적 없지만 삶은 늘 상상 이상의 모습으로 내게 닥쳐온다. 고통스럽지만은 않다. 전처럼 누구에 의해서 또는 누구 때문이라는 생각도 들지 않는다. 오로지 내게로 온 것, 그뿐이다. 나는 다시 새롭게 흔들리고 부서지고 그런 나를 그러모은다. 누군가의 곁에 있기 위해서가 아니라 나로 있기 위해서.

은석과 나는 언젠가 헤어지게 될지도 모른다. 우리 감정은 생각보다 이르게 사윌지도 모른다. 내가 먼저 돌아서거나 그 반대 경우가 일어날지도 모른다. 우리는 연인으로 남을 수도 있고 부부가 되어보기로 선택할 수도 있다. 그럼에도 어떤 식으로든 이별하게 될 것이고 그건 예정된 일이다. 은석과 나는 우리의 이별을 장담하면서 일단은 나아가보기로 하고 언제까지인지 알 수 없는 당분간 서로의 곁이 되기로 한다. 이런 우리 관계를 뭐라고 불러야 할지, 부를 수 있을지 모르겠다. 어쩌면 있어야 할 자리에 마땅히 있어야 할, 대체 불가능하고 적확한 단 하나의 무엇이란 애초에 존재하지 않는 것인지도.

나는 우리가 서로에게 말하지 않은 것들에 관해 자주 생각한다.

이사를 마치고, 내 짐과 은석의 짐이 합쳐진 살림이 어느 정도 정리된 지 한 달쯤 지난 일요일에 우리는 용인에 있는 추모공원으로 갔다.

봉안당 안으로 들어가 앞장선 은석을 따라 3층 안치실로 올라갔다. 오른쪽 창가에 마련된 안치단 앞에서 그가 걸음을 멈추었다. 창 너머로 단풍이 물들기 시작한 산이 보였고 창틀 아래 나지막한 안치단에 그의 아내와 딸의 납골함이 유리문 안에 나란히 놓여 있었다. 은석은 주머니에서 손수건을 꺼내고는 쪼그려 앉아 유리문을 닦았다. 빛바랜 사진 속 두 사람의 얼굴은 창백해 보였지만 미소가 은석을 닮아 있다는 것만은 분명하게 알 수 있었다. 그는 아무 말 없이 유리문을 연신 문지르다가 돌연 일어섰다. 그의 옆얼굴은 울고 싶으면서 동시에 울고 싶지 않은 것처럼 보였다. 내가 그의 손을 끌어와 잡았다. 우리는 창밖을, 가을을 건너다보았다. 20분쯤 그렇게 서 있었다.

은석 씨, 먼저 나가요.

혜재 씨는요.

난 따로 할 얘기가 있어요.

은석은 잡고 있던 내 손을 뒤집어 손등을 쳐다보다가 슬며시 놓았다. 그가 계단을 내려가는 모습이 완전히 사라지고 나서 나는 그의 아내와 딸의 사진을 찬찬히 들여다보았다. 그들 앞에서 고개를 숙이고 눈을 감았다.

인사와 안부를 건넸다. 마음 깊이.

우리는 추모공원을 나와 국도를 달리다가 가까운 설렁탕 전문점에 들어갔다. 저녁 장사를 하기에는 이른 시간이었기에 식당 안은 조용했다. 좌식 테이블 자리에 앉은 검은 옷차림의 노부부가 손님의 전부였다. 은석과 나는 설렁탕이냐 특설렁탕이냐를 두고 망설이다가 특설렁탕 두 그릇을 주문했다.

혜재 씨.

무슨 얘기 했냐고 물어볼 건 아니죠?

귀신이네요.

비밀이에요.

비밀이군요.

우리는 따뜻한 보리차를 나눠 마시며 벽에 붙은 '설렁탕과 곰탕의 차이'라는 글을 올려다보았다.

설렁탕에 뼈가 더 많이 들어간다는 거네요.

은석이 말했고.

그래서 국물이 더 뽀얀가 봐요.

내가 맞장구를 쳤을 때 주문한 음식이 나왔다. 은석은 팔팔 끓는 뚝배기에 숟가락을 넣어 휘젓다가 조심스레 한 수저 떠 맛을 보았다. 부연 김이 안경에 서려 그의 눈이 잠깐 사라졌다. 나는 뜨거운 국물을 맛볼 엄두가 나지 않아 그에게 물었다.

싱거워요?

은석이 고개를 들어 나를 보았다. 식당 안 훈기 탓인지 아니면 그를 통과하는 어떤 감정 때문인지 그의 얼굴과 눈시울이 조금 붉었고 그 모습에 나도 괜히 눈물이 날까 봐 입술 안쪽을 몰래 깨물었다.

안 싱거워요?

맛이…….

은석이 젓가락으로 가장 커다란 고기 조각을 건져 내 뚝배기에 옮겨 담으며 대답했다.

담담하네요.

담담해요?

네. 담담한 맛이에요.

제 2 5 회

이 　 효 　 석

문 　 학 　 상

————

우 수 작 품 상

수 　 상 　 작

2021년『현대문학』신인 추천을 통해 소설을 발표하기 시작했다. 소설집
『사랑과 결함』, 장편소설『고양이와 사막의 자매들』이 있다. 제13회 문지
문학상, 제5회 황금드래곤문학상을 수상했다.

그 개와 혁명
예 소 연

태수 씨는 죽기 전까지 통 잠을 못 잤다. 수면제를 먹고 진정제를 먹어도 한두 시간 토막잠만 잤다. 늘 두 팔을 허우적거리며 서둘러 일어났다. 그러면 나는 부리나케 간이침대에서 몸을 일으킨 뒤 태수 씨의 손을 잡고 말했다. 나 여기 있어, 태수 씨. 태수 씨는 잠깐 잠들었다 일어나면 꼭 여기가 어디냐고 물어봤다. 꿈속에서 황천길이라도 본 사람처럼 그랬다. 그즈음 스마트워치에 기록된 내 하루 수면 시간은 길어봤자 세 시간이었다. 태수 씨는 병실 침대에 누워 있는 게 너무 힘들다고 했다. 가슴이 터질 것같이 답답하다고. 그러면 나는 태수 씨를 휠체어에 태워 병원 복도를 빙글빙글 돌았다. 병원은 꼭 두 손바닥을 반듯이 펼쳐놓은 것처럼 정확한 대칭 구조였다. 복도 양 끝 쪽에 샤워실과 화장실이 있고 그 중심에는 각각 디귿 자 형태의 데스크가 있어 간호사들이 상주했다. 태수 씨와 나는 데칼코마니 같은 그 병원 복도를 밤새도록 돌았다.

종종 가래 뱉는 소리도 들리고 흐느끼는 소리도 들렸다. 병원에서는 사람들이 마음 놓고 울었다. 몇 바퀴를 돌고 나서야 태수 씨는 꾸벅꾸벅 졸았다. 그동안 나는 무슨 생각을 했던가.

고모는 나보고 나서지 말라고 했다. 희준에게 모든 걸 맡기라고. 나는 그런 고모의 눈을 똑바로 보고 말했다. 괜찮아요. 더한 것도 견뎠는걸요. 엄마까지 나를 말렸지만, 나는 이것만큼은 절대로 양보할 생각이 없었다. 내가 직접 완장을 차고 장례식장을 지켜야 했다. 그게 태수 씨와 한 약속이었으니까. 태수 씨는 기억도 하지 못할 약속. 사경을 헤매며 해낸 약속. 태수 씨가 건강할 때, 나는 늘 돌아오는 제사 때마다 태수 씨와 싸우는 게 일상이었다. 태수 씨는 할아버지가 기함을 한다며 반바지도 못 입게 했다. 제사상을 차리는 것도 늘 엄마 몫이었다. 나는 불필요한 인습이라고, 하다못해 태수 씨에게 당신 아버지 제사면 직접 과일이라도 놓으라고 소리를 쳤지만, 태수 씨는 듣는 척도 하지 않았다. 마치 우리에게는 각자의 역할이 있고 당신은 그걸 응당 받아들일 뿐이라는 듯이. 하지만 태수 씨는 분명 조금 다른 사람이 아니었나. 나는 분명 당연한 걸 당연하지 않게 생각하는 태수 씨의 모습을 좋아했던 것인데.

나는 장례식이 시작되기 직전부터 소리를 질러가며 싸웠다. 장례식 직원 몇몇이 와서 말렸지만, 나는 아랑곳하지 않고 할머니에게 삿대질을 하고, 사촌동생인 희준의 어깨를 밀며 쫓아냈다. 그러는 사이, 해서는 안 될 말들 혹은 아주 오래전에 이미 해야만 했던 말들이 오갔다. 특히 할머니에게. 그렇게 술을 될 때까지 드시고 여기까지 와서는 더 할 말이 있으세요? 있냐고. 네가 그러고도 태수 씨 엄마야? 엄마냐고. 그래, 나 엄마 딸이다. 그럼? 태수 씨 딸은 아니냐? 내가 닮기는 누굴 닮아. 우리 집에 그럼, 유자 말고는 계집밖에 더 있어? 그렇게 소리를 지르는 와중에 첫 조문객이 왔다. 엄마가 가까이 다가가 인사를 하며 이름을 불렀다. 성식이 형.

태수 씨와 엄마는 모 대학 사학과 85학번이었는데, 만날 동기들 이야기를 할 때마다 민주85라고 불렀다. 내가 아주 어렸을 때부터 성식이 형, 민재 형, 의식이 형과 같은 형 이야기를 많이 했고 그들이 다 민주85라고 했다. 어느 형은 이제 곧 출소를 한다더라, 어느 형은 태국에서 재혼을 한다더라, 이런 이야기를 곧잘 하곤 했다. 나는 그런 이야기를 들을 때마다 어쩐지 태수 씨가 허풍을 떤다고 생각했는데 언젠가 정말로 청송교도소로부터 온 엽서를 받은 적이 있었다. 나는 태수 씨에게 그걸 건네면서 태수 씨가 그 엽서를 펼쳐 보기까지 긴장되는 마음으로 지켜봤다. 마침내 태수 씨가 펼쳐 본 엽서에는 이해할 수 없는 말들만 적혀 있었다. 간간이 수령님, 동시, 북소선 같은 단어들이 섞여 있었다. 태수 씨는 편지를 대충 훑어보다 탁자 위에 던져놓았고 나는 그 편지를 몰래 내 방으로 가져왔다.

나는 무슨 뜻인지도 모르면서 엽서에 적힌 내용을 한 자 한 자 비밀 일기장에 옮겨 적었다. 누가 뭐래도 우리는 투쟁을 해야 한다. 자본의 배를 불리는 식으로는 사회가 올바르게 굴러가지 않는다. 나는 태수 씨가 어떤 비밀 조직의 회동에 연루되었다고 생각했고 그것이 무척 멋있게 느껴졌다. 어린 나이에도 태수 씨의 일을 어떤 식으로든 지지해줄 마음을 가지고 있었다. 노동이라든지 투쟁이라든지 하는 것들이 무척 멋들어지게 느껴졌기 때문이었다. 어쨌든 나는 그 엽서를 다 옮겨 적은 뒤 맨 밑에 보낸 이의 이름도 꾹꾹 눌러 적었다. 성식이 형.

*

　그때부터였다. 태수 씨에게 성식이 형에 대한 이야기를 해달라고 조른 것은. 태수 씨는 보통 귀찮아하는 기색이 역력했다. 다만 장거리 운전을 할 때만큼은 졸음을 쫓기 위해서인지 집중해서 성식이 형에 대한 이야기를 해주었다. 성식이 형 이야기를 하다 보면 태수 씨와 엄마에 대한 이야기도 간혹 들을 수 있었는데, 화염병을 던지고 경찰과 대치하며 삐라를 뿌리던 그들의 모습이 머릿속에 선명하게 그려지는 것 같았다. 정말이지, 태수 씨와 엄마는 그때 당시 무서울 게 없었다고 했다. 우리는 투쟁하며 공부했어. 도서관만 다니던 뜨내기들하고는 급이 달랐지. 태수 씨는 일말의 후회도 없다는 듯 그렇게 말했다. 그런데 성식이 형 이야기만 하면 한숨을 푹푹 쉬고 목소리가 갈라졌다. 나로서는 알아들을 수 없는 이야기였다. 성식이 형이 NL이었고 태수 씨가 PD였는데 둘은 어떤 일을 계기로 가까워졌지만, 태수 씨는 북조선의 지령을 받고 러시아로 떠난 성식이 형을 말릴 수가 없었다. 그렇게 러시아 인터폴에게 붙

326

잡힌 성식이 형은 국가보안법 위반으로 오랜 기간 동안 복역을 하게 되었다는 것이다.

어쨌든 나는 태수 씨에게서 틈만 나면 노동의 가치가 어떠니, 시장경제가 어떠니, 이런 소리를 듣고 자랐다. 나는 그 중심에 성식이 형이 있다고 생각했고, 머리가 더 크고 나서는 태수 씨가 아주 위험한 일에 휘말릴 수도 있었다는 생각이 들었다. 성식이 형의 엽서는 1년에 한 번은 꼭 왔고 우리가 이사를 간 후에도 어떻게 알았는지 어김없이 배달되었다. 태수 씨는 답장도 하지 않고 그 편지를 대충 아무 데나 놓았는데, 나는 그 편지를 차곡차곡 모아놓았다. 그런 성식이 형을 이제야 마주하게 된 것이었다. 나는 태수 씨의 영정 사진 아래 국화꽃을 놓는 성식이 형을 가만 바라보았다. 성식이 형의 행색은 아주 볼품없었다. 팔꿈치를 덧댄 감색 재킷 한 벌을 입었는데 나름 애써 구색을 맞춘 것 같았다. 한쪽 무릎이 아픈지 주저앉듯 절을 하는 성식이 형의 가지런한 발을 보면서, 나는 태수 씨가 병원에서 했던 말을 다시금 떠올렸다. 내 옆에는 엄마와 동생이 어설픈 모습으로 쏘르르 서 있었고 무슨 말을 해야 할지 당황스러운 기색이었다. 처음 가까운 사람의 죽음을 맞이해본 사람들의 자연스러운 모습이었다. 성식이 형이 눈물을 훔치며 자리에서 일어나 나와 맞절을 했다.

"네가 수민이구나."

"네."

"이런 애들을 어떻게 두고……."

"성식이 형."

"응?"

나는 바지 주머니에서 수첩을 꺼냈다. 그리고 성식이 형 이름 아래에 있는 문장을 읽었다. 최대한 연습한 대로.

"울지 마쇼. 태수 씨의 지령이오."

"태수 씨?"

성식이 형의 눈이 동그래졌다. 길게 수염을 기른 턱이 파르르 떨리는 것 같더니 이내 웃음을 터뜨렸다. 나는 성식이 형에게 다가가 귓가에 속삭이는 것도 잊지 않았다. 3백만 원은 꼭 우리 수민이한테 갚아주쇼. 당신 러시아 간다고 했을 때 내가 부쳤던 돈. 나는 최대한 태수 씨의 목소리를 따라 했고 그럴싸한 목소리가 나와 뿌듯했다.

*

태수 씨의 이름은 원래 형주였다. 58년 평생 형주라는 이름을 썼는데 여자 이름 같다고 놀림도 많이 받고 오해도 많이 받았다고 했다. 태수라는 이름은 태수 씨가 암 진단을 받은 후 고모가 작명소에서 지어 온 이름이었다. 태수라는 이름이 오래 살 이름이라고 했다. 우리는 그 후로 태수 씨를 태수 씨라고 부르게 되었다. 사람이 믿는 대로 살아진다고, 피그말리온 효과라고 아니? 고모가 단체 카톡 방에서 그렇게 말했고 아무도 대답하는 사람은 없었지만,

자연스럽게 모두가 태수 씨를 태수 씨라고 불렀다. 모두가 간절했기 때문이었다. 나는 태수 씨의 병 앞에서 평소라면 콧방귀나 뀌었을 일들을 많이 했다. 친구들에게 화살기도를 부탁했고 지도교수님에게까지 전화해 태수 씨가 통 밥을 먹지 않는다며, 변을 보지 않는다며 엉엉 울었다. 고모가 잔뜩 사다 놓은 활성비타민주스, 아연, 면역 관리 영양제, 유산균, 정체 모를 미숫가루들을 죄다 물에 타서 한 모금씩 천천히 먹였다. 구역질을 해도 먹였다.

엄마는 이런 게 무슨 소용이냐고, 죄 다단계 아니냐고, 심지어 아연은 너무 많이 먹으면 위에 무리가 간다며 고모에게 몇 마디 했고, 엄마와 고모는 그 일로 머리채를 잡고 싸웠다. 다 살리자고 하는 일인데. 다 살리자고 하는 일인데도 엄마와 고모는 척을 졌다. 태수 씨를 지독하게 사랑해서 서로를 끔찍하게 미워하기 시작했다. 태수 씨가 뭐라고. 도대체 태수 씨가 뭐라고 우리는 그토록 태수 씨를 사랑한단 말인가?

내가 대학에 입학하고 나서 나와 태수 씨의 정치적 견해는 극도로 갈렸다. 언젠가 태수 씨는 내게 정말 궁금하다는 듯 이렇게 물었다.

"결혼은 같이 하는 건데, 남자가 무조건 집을 해 와야 한다는 게 정말 요즘 여자들의 생각이니?"

언젠가 태수 씨가 보는 유튜브 숏폼을 함께 본 적이 있는데 유독 그런 내용이 많이 나왔다. 메갈이 어쩌고 한국 여자들이 어쩌고……. 나는 태수 씨에게 이런 것들을 정말 믿느냐고 물었고 태수 씨는 실제로 여자들이 그렇지 않느냐며 농담 아닌 농담을 했다. 나는 태수 씨가 그런 말을 할 때마다 속에서 천불이 일었다. 왜냐하면 태수 씨는 자식이라곤 나를 포함해 딸만 둘이었기 때문이었다. 자꾸 요즘 여자들 이야기를 하면서도 내가 요즘 여자라는 생각은 하지 않았다. 그러니까, 태수 씨는 가까이 있는 나를 두고도 저 멀리 있는 요즘 여자들을 보는 식이었던 것이다. 그러니까 유연한 노동문제에 대해 비판하면서도 불가산 노동인 가사 노동에 대해서는 일언반구도 하지 않았다. 사회는 조리 있게 굴러가야 하지만, 가족이라는 제도 안의 조리는 다른 문제였던 것이다.

하지만 태수 씨 또한 견뎌야 했던 것들이 너무도 많았다는 걸 알고 있었다. 두 딸을 길러내기 위해 어울리지도 않는 양복을 입고 꾸역꾸역 출퇴근을 반복했다. 그러다 보니 스트레스가 쌓이고 술을 먹고 게임을 했다. 그렇게 배가 부르고 불러 복수가 찬 줄도 몰랐다. 병은 소리도 없이 발 빠르게 태수 씨의 몸을 잠식했고 나는 잠식해가는 그 병이 어떤 병인지도 모르고 옆에서 태수 씨가 하는 핸드폰 게임이나 구경하고 불뚝 나온 배를 퉁퉁 치며 놀려댔다. 그러면서도 태수 씨는 자꾸 책임질 것들을 만들어나갔다. 특히 유자에게는 더 각별해서 나와 동생은 정신 차려보니 막내가 생겼다며 툴툴거리곤 했다.

다 알면서도 참고 사는 거야. 그런데 너네는 왜 그러니? 태수 씨는 내게 이렇게 물어 온 적이 있었다. 그러나 나는 태수 씨의 삶은 치열하면 치열했지 참고 견디는 방식으로 이어져온 것이 아니라고 생각했다. 그래도 나는 태수 씨를 사랑했다. 인셀은 사랑하지 못해도 그런 태수 씨 정도는 사랑할 수 있는 사람이었다. 어쩌면 한 사람의 역사를 알면 그 사람을 쉬이 미워할 수 없게 되지 않을까, 그런 생각이 들었다.

성식이 형은 조용히 육개장에 소주 한 병을 천천히 비웠다. 나는 성식이 형 앞에 가만히 앉아 있었다. 아직 이른 새벽이라 조문객이 별로 오지 않아 가능한 일이었다. 성식이 형은 내게 가타부타 더 이상 말도 붙이지 않았으며 오히려 내내 난감한 표정을 짓고 있었다. 그러다 문득 생각이 난 듯 내게 말을 걸었다.

"형주가……."

"태수 씨요."

"그래, 태수 씨가…… 나랑 팔당에 간 적이 있어."

팔당에 가서 그러더라, 네 엄마가 널 임신했다고. 그래서 우리는 그만해야 될 것 같다고. 성식이 형이 그렇게 말했다. 무엇을요? 내가 묻자 성식이 형은 조용히 대답했다. 혁명. 그래서 내가 러시아를 혼자 간 거야. 지령을 받고. 태수 씨도 지령을 받았어요? 아니지. 걔는 듣자마자 말렸지. 걔는 뼛속까지 PD였어. 아무래도 수령님을 모시는 건 자기 길이 아닌 것 같다고 말이야. 자기는 식구들 먹여 살려야겠대. 그래서 내가 펄쩍 뛴 거야. 그러니까 미안하다면서 준 게…….

"3백만 원이라고요?"

"그래."

"그래도 줄 건 줘야죠."

"그래야겠지?"

성식이 형은 소주 한 병도 모자라 또 한 병을 비운 뒤 장례식장을 빠져나갔다. 나는 성식이 형을 따라갔다. 뒤따라오는 나를 의식했는지 걸음이 빨라졌다. 그러다 갑자기 뒤를 돌아보더니 알겠다, 담배나 한 대 피우자, 하고 담배를 피웠다. 나도 한 대 빌려 같이 피웠다. 그리고 성식이 형은 그 자리에서 내게 250만 원을 이체해주었다. 50만 원은 담뱃값이라고 했다. 그냥 평범한 마일드세븐인데. 내가 말했다. 하지만 성식이 형은 모른 척했고 나는 나름대로 성식이 형의 역사를 알아서인지 그냥저냥 넘어가게 되었다.

"대신 부탁이 있어요."

부탁? 성식이 형이 되물으며 불안한 모습으로 주변을 둘러봤다. 우리 집 개를 장례식장에 데려와주세요. 그러자 성식이 형이 나를 빤히 쳐다봤다. 그러더니 아직까지도 미행을 당해, 그렇게 말하며 어둠 속으로 사라졌다. 나는 멀어지는 성식이 형을 바라보면서 태수 씨도 겁이 났구나, 생각했다. 태수 씨는 나에게 당시 멋지게 화염병을 던지고 공장에 위장 취업을 하고 삐라를 뿌린 이야기밖에 해주지 않았기 때문이었다.

*

나는 인유두종 바이러스를 가지고 있다. 자궁경부암에 걸릴 확률이 꽤나 높은 고위험군 바이러스로 의사는 내게 분기별 검진을 권했다. 처음 바이러스가 있다는 걸 알고 자궁경부암 검사를 했을 때, 결과가 나오기까지 3일의 시간이 걸렸다. 나는 그 시간 동안 자궁을 들어내는 것과 진단비 2천만 원을 받아내는 것을 동시에 상상했다. 월급은 형편없었고 대출 이자는 천정부지로 치솟을 때였다. 결국 나는 가까운 친구에게 이렇게 말했다. 나 아무래도 (암에) 걸리더라도, 진단비를 받는 쪽인 것 같아. 그러자 친구가 기함을 했고 그 후로 다시는 그런 말을 함부로 내뱉지 않았다. 나는 태수 씨와 데칼코마니 같은 병원 복도를 빙빙 돌 때마다 그 생각을 하곤 했다. 그때부터 내가 하는 모든 말들이 나를 찌르기 시작했다. 결국 암에 걸린 것은 태수 씨였다. 병은 내가 상상한 것보다 훨씬 고통스러웠고 삶은 지독히도 내 뜻대로 굴러가지 않았다. 아니, 내 삶을 단 한 번이라도 손에 쥔 적이 있던가. 삶은 언제나 나를 쥐고 흔들 뿐이었다.

태수 씨는 MRI 찍는 것을 포기했다. 커다란 통 속에 들어가는 것이 꼭 숨통을 조이는 것만 같다고 했다. 아티반을 주입했는데도 통 속에서 고함을 지르고 몸부림을 쳐서 간호사 세 명이 들러붙어 진정시켜야 했다. 나는 그때 대기실에서 전자책을 읽으며 태수 씨를 기다리고 있었는데, 두 시간이 지나도 태수 씨가 나오지 않았다. 검사실에 드나드는 사람들의 얼굴은 빨갛고 까무잡잡했다. 나는 하얀 천 아래의 맨발들만 봐도 그들이 태수 씨가 아님을 알았다. 결국 데스크 간호사에게 태수 씨의 행방을 물은 끝에 검사를 시작한 지 15분도 안 되어 병실로 복귀했음을 알았다. 전화 한 통 하지 않는 태수 씨에게 머리끝까지 화가 난 채로 엘리베이터로 향했다. 그즈음 태수 씨는 핸드폰을 보지 않았다. 전화가 와도 받지 않고 좋아하는 유튜브도 보지 않았다. 병실에 도착하자 태수 씨가 엎드려 울고 있었다. 나는 태수 씨의 등을 쓸어내리며 말했다.

"태수 씨, 나 인유두종 바이러스가 있대."

"그게 뭔데."

"자궁경부암을 일으키는 바이러스야."

"수민아. 그거 성관계 때문 아니니?"

"응, 맞아."

"누구 때문이니?"

"태수 씨, 그건 몰라."

태수 씨는 코를 훌쩍이며 몸을 일으켰다. 그리고 핸드폰을 들어 무언가를 검색하기 시작했다. 나는 태수 씨가 뭐라도 하는 게 좋아서 말을 하길 잘했다고 생각했다. 자기 걱정 안 하고 남 걱정하는 게 차라리 나으니까. 그렇게 또 병원 복도를 빙빙 돌면서 태수 씨는 자궁경부암에 대한 생각을 했고 자꾸 나에게 의미 없는 질문을 했다. 원래 그런 병에 많이들 걸리니? 몰라, 운 나쁜 섹스하면 걸릴 거야. 나는 그런 태수 씨의 질문에 대충 대답하며 우리가 무슨 잘못을 했는지 오래도록 생각했다. 하지만 결국 우리가 잘못한 건 없다는 결과에 도달했다. 그냥 적당히 돈 없고 적당히 뭘 모르고 살아온 것일 뿐인데.

*

건강했을 적, 태수 씨는 페이스북을 곧잘 했는데 남다른 글솜씨로 페친이 꽤 많았다. 페친들은 태수 씨에게 감자며 옥수수 따위를 보내주었고 세탁소를 한다는 어떤 페친은 손님들이 찾으러 오지 않는 옷을 여러 벌 챙겨 보내주기도 했다. 태수 씨는 페친이 준 겨울 점퍼를 입고 가족 앞에서 으스대었다. 나도 들어본 적 있는 비싼 브랜드였다. 태수 씨는 세탁소 페친과 술도 먹고 노래방도 다녔다. 태수 씨는 운동을 잘 하지 않았다. 출퇴근이 오래 걸리니 그게 바로 운동이라고 우리에게 떵떵거렸다. 노는 거라곤 술 먹고 고성방가를 하고 담배를 피우고 노래방에 가는 것, 그게 다였다.

반면 엄마는 대학 때부터 테니스 동아리에 들 정도로 테니스에 진심인 사람이었다. 그러다가 테니스 엘보가 오자 테니스를 그만두었다고 했다. 그 후로 엄마는 좀처럼 운동을 하지 않았고 점차 모든 것에 흥미를 잃어갔다. 아니, 정확히 말하면 나를 낳은 이후로 그렇게 되었다고 했다. 그렇다고 너를 미워하거나 그런 건 아니야. 엄마는 그렇게 말했지만, 내가 초등학생 시절 사소한 걸로 트집을 잡고 툭하면 혼을 냈는데, 나는 그게 일종의 괴롭힘이라고 생각한 적이 있었다.

어쨌든 엄마는 테니스를 그만둔 이후로 조금씩 술을 배우기 시작했고 급기야는 태수 씨와 함께 술을 마시러 다녔다. 그렇게 세탁소 페친과도 친해졌다. 그러다가 갑작스럽게 그 페친과 연을 끊게 된 사건이 있었는데, 엄마가 주사를 부린 탓이었다. 갑자기 매운탕을 먹다가 숟가락으로 페친의 빈 정수리를 탕탕 때렸다고 했다. 처음에는 페친도 장난으로 받아들였는데, 점점 강도가 세져 페친의 정수리가 붉게 달아올랐다. 태수 씨는 엄마의 숟가락을 빼앗으려 애를 썼지만 엄마는 술만 마시면 힘도 세졌기에 마지막으로 한 방, 테니스공을 치듯이 시원하게 페친의 정수리를 때렸다. 그 술자리는 엉망진창이 되었다.

고맙게도 태수 씨의 페친들이 더러 장례식장에 와주었다. 물론 엄마가 숟가락으로 정수리를 때린 페친도 있었다. 나는 그 페친이 절을 하고 국화꽃을 놓을 때 얼른 수첩을 확인한 뒤 마주 서서 인사하는 틈을 노려 귓속말을 했다. 그 옷들 말이야, 다 짝퉁이더만. 그러자 페친의 얼굴이 새빨갛게 달아올랐다. 그러고는 식사도 하지 않고 서둘러 장례식장을 나가버렸다. 엄마는 영문을 몰랐고 나는 속으로 많이 웃었다.

태수 씨는 네 엄마가 골 때리는 주사가 생겼다며 꼴도 보기 싫다고 화를 냈지만, 사실 엄마의 사정은 달랐다. 그 페친이 꼬라지를 부렸다는 것이다. 당신 남편이 속이 없다느니, 누가 내다 버린 옷을 줘도 허허 웃는다느니, 좀 챙기라느니, 그런 소리를 했다며. 엄마는 어렸을 때 집이 꽤나 잘살았는데, 어느 정도냐 하면 애들이 도시락 반찬으로 계란프라이에 김치를 싸 올 때 혼자 흑빵 사이에 치즈와 햄을 끼운 샌드위치를 싸 다닐 정도였다. 그런 엄마가 가난하지만 낙관적인 태수 씨를 만나 있는 속 없는 속 다 버리고 살아왔다. 그러니 페친의 은근한 조롱을 모를 리 없었다. 우리 가족은 그렇게 속없이 살아왔어도, 기쁠 때 기뻐할 줄 알고 화낼 때 화낼 줄도 알고 살아왔다는 것이다.

그래서 우리 가족은 태수 씨가 아픈 뒤로도 조금씩 기뻐했다. 물론 많이 슬펐지만, 슬픈 와중에도 틈틈이 기뻐했다. 우리는 태수 씨가 아프고 나서 태수 씨의 먹는 것과 싸는 것에 모두 집중하고 좋아했다. 나는 태수 씨가 미음을 한 숟가락 뜨거나 통잠을 자면 온 가족에게 전화를 걸었고 대변을 보면 그것을 사진으로 찍어 기록해두었다. 내 생전 남의 대변을 사진으로 찍게 될 거라곤 상상도 못 했다. 그런데 병원 생활이라는 게 그랬다. 개인의 모든 식생에 집중하게 되었고 작은 변화 하나에도 심장이 내려앉았거나 자그마한 희망을 품게 되었다.

오후가 되자 장례식장은 사람들로 붐비기 시작했다. 나의 가까운 친구와 먼 친구들까지 알음알음 찾아왔는데 태수 씨의 친구가 가장 많았다. 나는 몽롱한 정신으로 조문객을 맞이했고 수첩을 펼친 뒤 SNS나 사진 등을 통해 알아둔 얼굴을 매치시켜 태수 씨의 말을 전해줬다. 그러면 어떤 사람은 울었고 어떤 사람은 웃었다. 또 어떤 사람은 더러 화를 내기도 했다. 그럴 때마다 엄마는 영문을 모른 채 내가 들고 있는 수첩을 뺏으려 들었지만, 나는 결코 내어주지 않았다.

몇몇 노인은 완장을 찬 내게 태수 씨가 아들이 없어 안타깝다는 소리를 했다. 나는 그렇게 안타까울 일은 아니에요, 라고 맞받아쳤다. 그러면 엄마가 하지 말라고, 그러지 말라고 손을 내저었다. 나는 애도하러 와서 굳이 그런 말까지 하는 사람들이 더욱 이해되지 않았다. 사촌동생이 남자라는 이유로 상주 노릇을 해야 한다는 것도 터무니없는 말이었다. 누구보다 태수 씨를 잘 알고 사랑했던 맏딸이 여기 있는데. 하지만 사랑을 증명할 길은 달리 없었다. 누구의 사랑이 더 크다고 말할 수 있을 것인가. 우리는 한 트럭의 미움 속에서 미미한 사랑을 발견하고도 그것이 전부라고 말하는데. 더군다나 나는 태수 씨를 사랑하고 있다는 걸 태수 씨가 아프고 난 다음에야 깨달았다. 핸드폰 알람이 울렸다. 모르는 번호로 문자가 와 있었다. 집 비번은? 성식이 형이었다.

*

생전 태수 씨는 친구가 워낙 많아 장례식장은 빈틈없이 꽉 채워져 있었다. 하지만 나를 통해 온 조문객은 몇 명 없었다. 친한 친구 몇 명만 종일 빈소를 지켜주었다. 소중한 이들에게나 잘하면 된다고 나름대로 담담히 받아들이려고 했지만, 서운한 마음은 어쩔 수 없었다. 하지만 누구에게 서운해한다는 말인가. 나는 대학 때부터 가까운 친구도 몇 명 없었고 회사도 퇴직금 받을 시기만 다가오면 그만두기 일쑤였다. 바로 직전까지 다니던 회사도 태수 씨를 간병하기 위해 그만뒀지만 겨우겨우 1년을 채운 뒤 나가는 꼴이 좋지 않기는 마찬가지였다. 작은 중고 거래 플랫폼 회사였는데 칸막이도 없는 널따란 공간에 사무실용 책상만 다닥다닥 서른 개가 늘어서 있었다. 휴게실도 없는 곳에서 나를 포함한 직원들은 점심때마다 온갖 음식 냄새를 풍기며 도시락을 먹고 나머지 시간에는 일을 했다. 나는 운영팀에 소속되어 주로 올라온 매물을 검수하고 고객 관리 업무를 했다. 시간이 나면 몰래몰래 데스크톱으로 전자책 뷰어를 다운받아 전자책을 읽었다.

일이 간단한 만큼 연봉도 매우 적었다. 나는 매일 6시만 되면 자리에서 일어나 퇴근을 했지만, 개발팀은 그러지 못했다. 개발팀은 이십대 중후반의 직원이 대다수였고 막 IT 업계로 발을 들인 사람들이 많았다. 이곳을 발판 삼아 더 나은 곳으로 가기 위해 노력하는 사람들. 개발팀의 어떤 직원 중 하나가 이 회사의 운영팀이 고삼녀들의 마지막 종착지라며 우스갯소리를 했다고 들었다. 그들이 말하는 고삼녀란 고학력자 삼십대 여성의 줄임말이었다. 운영팀끼리 점심 회식을 하는 자리에서 그런 이야기가 나왔는데 나는 그 말이 어느 정도 일리가 있다고 생각한다며 넌지시 말을 보탰다. 그러자 분위기가 싸해졌다. 그러니까, 어딜 가도 나는 그런 식이었던 것이다.

사람들은 각양각색으로 태수 씨의 죽음을 애도했다. 통곡을 하는 사람도 있었고 훌쩍이는 사람도 있었고 삼삼오오 모여 술을 마시며 즐거워하는 사람들도 있었다. 나는 슬퍼하는 쪽보다는 즐거워하는 쪽이 편했는데, 우는 것에 너무 질려버렸기 때문이었다. 우리 가족은 태수 씨 없을 때 정말 많이도 울었지만, 태수 씨 앞에서는 함부로 울지 않았다. 그건 태수 씨도 마찬가지였다. 태수 씨는 항암 치료를 시작하면서 요양병원으로 거처를 옮겼다. 대학병원 병실은 자리가 없었기 때문이었다. 태수 씨는 우리 형편에 1인실이 어렵다는 걸 알아서 2인실을 써야 했지만 병원 원장을 구워삶아 2인실값에 1인실을 얻어내고야 말았다. 태수 씨는 그런 사람이었다.

나도 태수 씨 같은 사람이 되고 싶었는데. 언젠가 내가 그런 말을 한 적이 있었다. 태수 씨는 요양병원 꼭대기 층에 있는, 정원이라고 불리는 정원 아닌 곳을 좋아했다. 그곳에는 비싼 안마 의자도 있었고 족욕을 하는 공간도 따로 있었다. 태수 씨를 휠체어에 태워 그곳으로 데려가면 태수 씨는 담요를 두른 채 휠체어에 앉아 꾸벅꾸벅 졸았다. 그러면 나는 거기서 족욕도 하고 안마 의자에 누워 낮잠을 자기도 했다. 태수 씨는 그게 좋다고 했다. 내가 그러는 거, 족욕도 하고 낮잠도 자는 거. 사실 족욕이라고 하기에는 애매하게 미지근한 물밖에 나오지 않았지만, 나는 미지근한 물에 오래도록 발을 담근 채 태수 씨에게 말을 걸었다. 나도 태수 씨 같은 사람이 되고 싶었는데. 태수 씨는 내 말을 듣자마자 그러냐, 했다. 그러더니 내가 어떤 사람인데, 되물었다.

"모든 일에 훼방을 놓고야 마는 사람."

그렇게 말하자 태수 씨가 웃었다. 웃다가 허리가 아픈지 눈살을 찌푸렸다. 나는 그때 태수 씨에게 고삼녀의 뜻을 알려주며 내가 그런 말을 들었다고 했다. 그러자 태수 씨는 잠자코 이야기를 듣더니 고개를 들었다. 그리고 눈을 동그랗게 뜬 채로 물었다. 네가 벌써 서른이니? 응, 태수 씨. 나 서른이야. 많이도 먹었다. 그러게. 근데 말이야, 나이라는 게 사람을 주저하게도 만들지만 뭘 하게도 만들어. 그 사람들이 뭘 모르고 하는 말이야. 아빠는 어이고, 내 나이가 사십이네, 하면서 조금 어른스러워졌고 어이고, 내 나이가 오십이네, 하면서 조금 의젓해졌어.

"그런데 그거 알아? 나는 태수 씨가 운 걸 딱 한 번 본 적 있어."

"언제?"

"노무현 전 대통령 추모제 때. 그때 태수 씨가 국화꽃을 놓으면서 하염없이 울었어. 나 꽤 어렸을 땐데. 그래서 되게 무서웠어."

그러자 태수 씨가 희미하게 웃었다. 정말 열렬히 사랑했던 사람이었거든. 태수 씨는 그렇게 말하더니 잠자코 있다가 내게 거울을 보여달라고 했다. 나는 가지고 있는 거울이 없어 핸드폰 전면 카메라를 켜서 태수 씨에게 보여주었다. 그러자 태수 씨가 머리를 이리저리 비춰 보더니 인상을 잔뜩 찌푸린 채 눈물을 흘렸다.

"아빠, 왜 그래."

"무서워서 그래."

"뭐가?"

"있잖아, 수민아. 그냥 죽고 싶은 마음과 절대 죽고 싶지 않은 마음이 매일매일 속을 아프게 해. 그런데 더 무서운 게 뭔지 알아? 그런 내 마음을 어떻게 알고 온갖 것이 나를 다 살리는 방식으로 죽인다는 거야. 나는 너희들이 걱정돼. 사는 것보다 죽는 게 돈이 더 많이 들어서.”

나와 태수 씨는 그때 처음으로 함께 울었다. 하도 오래 발을 담가서 발가락이 팅팅 불어 있었다. 나는 울먹거리며 태수 씨에게 물었다. 태수 씨는 왜 족욕을 안 하는 거야? 그러자 태수 씨도 훌쩍이며 대답했다. 아빠는 무좀이 있잖아.

＊

그 후로 태수 씨와 나는 더 많은 대화를 나눴다. 알고 보니 태수 씨는 잔뜩 겁에 질려 있었다. 핸드폰을 보지 않는 것도, 내게 전화를 나가서 받으라고 하는 것도 겁에 질려 있어서 그런 것이었다. 자기 빼고 돌아가는 세상이 미치도록 무섭다고 했다. 나는 태수 씨 앞에서 핸드폰을 꺼내는 대신 만화책을 잔뜩 빌려 와 태수 씨와 함께 읽었다. 태수 씨 젊었을 적 이야기도 많이 들었다. 이미 몇 번이나 들었지만 못 들은 척했다. 어김없이 성식이 형이 또 나왔다.

“성식이 형이 네 엄마를 좋아했어.”

“엄마 인기 많았네.”

“엄마도 NL이었거든.”

“아빠는 PD였다며.”

“응.”

“그런데 어떻게 연애를 했어? 둘은 사이가 안 좋았다며.”

“머리핀 공장에서 만나서.”

나는 태수 씨가 머리핀 공장에서 일을 하는 모습이 좀처럼 상상되지 않았다. 똑딱핀에 조그마한 큐빅이나 리본을 붙이고 있을 태수 씨. 나는 아직도 NL이 무엇이고 PD가 무엇인지 모르지만, 그것이 태수 씨와 엄마를 살아 있게 했다는 것은 알고 있다. 세상의 중심을 논하는 방식이었다는 것도 알고 있다. 나는 그것들이 부럽게 느껴지기도 했다. 똑딱핀을 만들며 그들은 무슨 도모를 그렇게 열심히 했을까. 나는 여태까지 도모해온 일들을 떠올리려고 노력하다가 포기하고야 말았다. 그렇게 거창한 일은 생전 해본 적이 없었다.

새벽 3시쯤 되자 조문객이 현저히 줄었다. 엄마와 동생은 작은 방에 들어가 잠시 쪽잠을 청하고 나는 자리에 앉아 꾸벅꾸벅 졸고 있었다. 옅은 꿈에서 태수 씨가 나에게 좀 일어나라, 잠충아, 소리를 질렀다. 그리고 자꾸 내게 했던 말을 또 했다. 태수 씨는 꿈에서도 했던 말을 또 하는구나, 잠결에 그런 생각을 했다. 그런데 누가 내 어깨에 지그시 손을 얹었다. 눈을 떠 보니 이전 회사의 차장님이 와 있었다. 나는 놀라 서둘러 몸을 일으켜 인사를 했다. 그러자 차장님이 내 두 손을 잡고 헤벌쭉 웃어 보였다. 차장님은 늘 그렇게 웃었다.

차장님과 나는 종종 함께 외근을 나갔다. 외근이라지만 하는 일은 볼품없었다. 사장님의 아이들이 하원하는 시간에 맞춰 픽업한 뒤, 사모님이 오기 전까지 놀이터에서 놀아주는 일이었다. 두 아이는 곧 제주도에 있는 국제학교에 입학할 예정이라고 했다. 사장님은 내게 친절한 말투로 일렀다. 그러니까, 조금만. 수민 씨 인상이 제일 좋아서 그래. 그러나 나는 면허가 없어서 이 회사에 10년 동안 근무하고 있는 차장님이 함께 가게 되었다.

나와 차장님은 아이들 그네를 밀어주면서, 미끄럼틀을 태우면서 많은 이야기를 했다. 요즘은 놀이터에 모래가 없네요, 그런 이야기도 하고, 제가 사실 주식으로 천만 원을 잃었는데요, 그런 이야기도 했다. 아니, 주로 이야기를 하는 쪽은 나였다. 이상하게 차장님의 헤벌쭉한 표정을 보고 있으면 그런 말이 잘도 나왔다. 차장님은 자주 말을 더듬었고 틈만 나면 헤벌쭉 웃었지만 말을 듣다 보면 명민한 사람이라는 인상을 주었다. 나는 그런 차장님이 정말 어른 같다고 생각했고 많이 의지했던 것 같다. 차장님은 자리에 앉더니 내게 잠시 앉으라고 손짓했다. 나는 고요한 주변을 둘러보다가 차장님 앞자리에 가서 앉았다. 그러자 차장님이 육개장에 밥도 말아주고 숟가락에 수육도 올려주었다. 그러면서 내게 말했다.

"수민 씨 없어서 요즘 회사 다니는 게 아주 고역이야."

"그전에도 잘만 다니셨잖아요."

"그래도 있다가 없는 거랑 같나?"

차장님이 육개장을 한입 크게 먹었다. 그리고 맥주도 한 병 까서 마셨다.

"어떻게 알고 오셨어요?"

"수민 씨가 문자 보냈잖아."

나는 할 말이 없어서 식탁을 덮은 여러 장의 전지만 바라보고 있었다. 그러자 차장님이 말했다. 나는 수민 씨가 조금 다른 사람인 거 대번에 알아봤어. 환경운동이니 페미운동이니 그런 배지들 가방에 주렁주렁 달고 다니잖아. 차장님이 진지하게 페미운동이라고 말하는 걸 듣고 괜히 웃음이 터졌다. 그게 차장님이랑 무슨 상관이 있어요? 내가 묻자 그냥 그런 것들이 보기가 좋았다고 했다. 차장님도 어렸을 때 운동 같은 걸 한 적이 있는데, 그때가 기억이 났다고. 나는 도대체 무슨 운동을 했느냐고 물어보고 싶었는데 말이 잘 나오지 않았다. 그 대신 괜스레 눈물이 났다.

"차장님도 요즘 여자들이 그렇게 싫으세요?"

"요즘 여자들? 우리 회사 요즘 여자들은 다 괜찮아."

차장님은 10년 동안 같은 회사에 있어서 그런지 모든 사람을 다 회사 사람들과 비교했는데, 어쨌든 괜찮은 사람들이라는 말로 끝을 맺었다. 나는 차장님이 그래서 좋았다. 요즘 애들, 옛날 애들 가리지 않고 맞춰가는 그 유도리가 진짜 멋으로 느껴졌다. 그러니까, 나 같은 요즘 애들은 똑딱핀을 만들면서 무언가를 도모할 거리는 없있지만, 그래도 뜻이라는 게 있었다. 삶을 살아가고자 하는 뜻, 의지, 그런 것들. 비록 미적지근할 뿐이지만, 중요한 건 분명히 그런 게 존재한다는 것이었다. 나는 수첩을 꺼내지 않고 차장님에게 말했다. 차장님, 평생 차장님으로 남아주시면 안 돼요? 그러자 차장님이 헤벌쭉 웃으며 말했다. 아무래도 그럴 것 같지?

사실 태수 씨 장례식 프로젝트의 핵심 인물은 동생 수진이었다. 나와 수진은 일주일을 절반씩 갈라 태수 씨의 간병을 도맡았다. 엄마는 직장을 그만두면 안 되었기에 그렇게 했다. 수진은 처음에는 나보다도 많이 울었지만, 나중에는 누구보다도 먼저 태수 씨의 병에 적응을 하고 이런저런 규칙을 만들기 시작했다. 클리어 파일을 사서 A4 용지를 끼워 넣고, 그날그날 태수 씨가 먹은 것들을 기록해놓았다. 그리고 그것들을 카톡으로 우리에게 공유하기 시작했다. 변이 나오지 않는다고 하면 유산균을 먹이고, 누룽지를 잘 먹는다 싶으면 바로 쿠팡에서 누룽지 한 박스를 배송시켰다. 누가 시키지도 않는데 그랬다. 나와 엄마는 수진의 지시대로 태수 씨를 간병했고 잠을 못 자면 머리를 쓰다듬어주라고 해서 시키는 대로 했다. 그러자 태수 씨는 정말 잠에 들었다.

옛날에 태수 씨가 그런 적이 있었다. 아빠는 죽으면, 장례식은 재미있게 하고 싶어. 그래서 처음에 수진은 나에게 그렇게 제안했다. 태수 씨의 영상을 만들자. 그러나 나는 마른 모습의 태수 씨를 다른 사람들에게 보여주고 싶지 않았다. 그건 태수 씨도 원하지 않을 거라고, 그건 우리 입장일 뿐이라고 딱 잘라 말했다. 그러자 수진이 태수 씨에게 직접 물어본 것이다. 나는 처음 수진의 말을 듣고 화를 냈지만, 막상 태수 씨를 직접 보니 묘한 활력에 들떠 있었다.

나와 수진은 교대하기 전 한 시간 정도 시간을 내어 태수 씨의 이야기를 들었다. 돈을 갚지 않고 러시아로 떠나버린 성식이 형에 대해서, 자신이 수배당했을 때 재워준 민재 형에 대해서, 내 돌잔치 때 두 돈이나 되는 금반지를 해준 의식이 형에 대해서. 나와 수진은 그것을 음성 메모로 기록하고 수기로 적으면서 그들에게 해줄 한 마디 한 마디를 함께 고민했다. 그러다가 상주 이야기가 나왔고 태수 씨는 내가 상주를 할 수 없는 제도가 몹시 못마땅하다고 했다.

"내가 하면 되지, 상주."

"그게 그렇게 되나?"

"요즘 여자들은 다 해."

니기 태수 씨를 째려보듯 말하자 태수 씨가 와하하 웃으며 내게 속이 좁다고 했다. 나는 혹여 태수 씨가 이렇게 말한 것이 남들에게 농담처럼 들릴까 걱정되었다. 그래서 태수 씨가 고통에 몸부림칠 때도 녹음기를 켜두고 태수 씨의 손을 잡고 몇 번이나 물었다. 태수 씨, 내가 상주지? 응. 내가 상주야? 응. 누가? 수민이가, 우리 수민이가…….

우리는 그렇게 태수 씨의 죽음에 관해 우스갯소리를 하고 이것저것 계획하며 삶을 영위해나갔다. 그것은 죽음을 도모하며 삶을 버티는 행위였다. 태수 씨는 자신이 죽는 것을 무엇보다 두려워했지만, 자신의 죽음을 계획하는 일에는 두려움이 없었다. 두 가지는 태수 씨에게 전혀 다른 것이었다. 그렇게 태수 씨가 나와 수진에게 자신의 장례식에 관한 계획 하나를 털어놓게 된 것이었다. 사실은 말이야, 아빠도 좀 이상한 건 아는데, 유자가 내 장례식에 와줬으면 좋겠다.

*

장례식 마지막 날이 됐다. 발인을 하기 두 시간 전이었다. 조문객 몇몇이 여전히 장례식장을 방문했고 나는 거의 먹지도 자지도 못해 정신이 혼미할 지경에 이르렀다. 그때 성식이 형에게 문자가 왔다. 도착. 나는 수진에게 그 문자를 보여주었다. 유자는 15킬로그램이 넘는 진돗개였다. 태수 씨는 퇴직을 한 후에는 귀촌을 하겠다며 철저히 준비를 하고 있었는데, 옛날부터 개를 키우는 것이 꿈이었다며 유기견 입양 사이트를 뒤져 직접 유자를 데려왔다. 태수 씨는 평소에는 기웃거리지도 않던 부엌에서 고구마를 삶고 고기를 구워 유자에게 주었다. 유자는 갈수록 포동포동해졌고 나와 수진은 제발 그러지 말라고 태수 씨를 타박했다. 엄마도 마찬가지였다. 사람 먹이는 걸 먹이면 똥 냄새가 더 심하다고. 엄마는 유자를 조금 못마땅해했다.

어쨌든 유자는 태수 씨를 졸졸 쫓아다녔다. 태수 씨가 올 때면 어떻게 아는지 엘리베이터 소리만 들려도 꼬리를 흔들고 끼잉끼잉거렸다. 태수 씨는 유자의 두 앞발을 들어 함께 춤을 추기도 했다. 노래도 없이 추는 그 춤은 신기하게도 경쾌하게 느껴졌다. 그런데도 나는 유자를 태수 씨의 장례식장에 데려오는 게 이상하다고 생각했다. 내가 태수 씨에게 꼭 그래야 하느냐고 묻자 태수 씨는 꼭 그래야 한다고 대답했다. 그러면서 내게 말했다.

"나는 꼭 훼방 놓고야 마는 사람이잖아."

성식이 형은 평소 태수 씨가 타고 다니던 휠체어에 유자를 태워 왔다. 그러니까, 정확히 말하면 유자가 들어간 케이지를 휠체어에 태워 왔다. 담요를 덮은 채로. 장례식장에 개를 데려오면 안 된다는 말은 없었지만, 성식이 형은 안 된다는 걸 알면서도 그렇게 한 것 같았다. 수진은 성식이 형이 휠체어를 끌고 오자 한달음에 달려 나갔다. 엄마는 성식이 형이 또 장례식장에 오는 것이 이상했는지 나가보려고 했다. 나는 엄마의 어깨를 잡으며 나와 수진 그리고 성식이 형이 함께 도모한 것이 있다고 했다. 그러자 엄마가 고개를 갸웃거렸다. 그리고 수진이 담요를 걷고 케이지를 열었을 때, 소리를 질렀다.

장례식장은 말 그대로 난장판이 되었다. 유자는 장례식장 곳곳의 냄새를 맡고 음식을 먹느라 바빴고 벽에다가는 오줌을 누었다. 직원들이 유자를 잡기 위해 이리저리 뛰어다녔지만 쉬이 잡히지 않았다. 유자는 내가 있는 곳으로 한달음에 달려와 꼬리를 흔들었고 나는 유자의 머리를 쓰다듬었다. 그러자 엄마가 울며 소리를 질렀다.

"니들 진짜 미쳤니?"

나는 수첩을 들어 엄마에게 해야 할 말을 찾았다. 그리고 해오던 것과 같이 최대한 태수 씨의 말투를 흉내 내며 말했다.

"공 여사, 자중하시오. 우리의 적은 제도잖아."

그러자 엄마, 공 여사가 허탈한 표정으로 자리에 주저앉았다. 유자는 태수 씨의 바람대로 길길이 날뛰었다. 화환과 국화꽃을 물어뜯고 이곳저곳 냄새를 맡고 사람들을 향해 짖어댔다. 나와 수진은 서로 은근한 눈짓을 주고받았다. 장례식장 직원들은 성식이 형을 끌고 나갔다. 성식이 형은 끌려 나가면서도 유자의 만행을 끝까지 지켜보려고 했다. 나는 비록 눈물이 차올랐지만, 활짝 웃고 있는 태수 씨의 영정 사진을 보면서 같이 웃어 보였다. 수진도 그랬다. 그것이 태수 씨의 마지막 지령이었기에.

제 2 5 회
이　　효　　석
문　　학　　상

————

기　수　상　작　가
자　　선　　작

2005년 문학동네작가상을 통해 소설을 발표하기 시작했다. 소설집『소년 7의 고백』『비교적 안녕한 당신의 하루』『밤은 내가 가질게』, 중편소설『알마의 숲』, 장편소설『악어떼가 나왔다』『오즈의 닥터』『사소한 문제들』『우선멈춤』『모르는 척』『밤의 행방』『여진』이 있다. 제1회 자음과모음문학상, 제68회 현대문학상, 제24회 이효석문학상 대상을 수상했다.

그 날 의   정 모
안   보   윤

나는 정모를 여러 번 때렸다. 어릴 때부터 정모는 내 물건을 망가뜨리거나 나를 자주 놀렸다. 그래서 밉거나 얄미웠고, 미워하거나 얄미워하는 마음을 가득 담아 한 대씩 때렸다. 그래야만 때릴 수 있었다. 그렇지 않을 때는 당연히 때리지 않았다.

　사람들은 너무 쉽게 정모를 때린다. 아무 곳이나 쥐어박고 함부로 잡아 눌러 팔을 비틀어놓는다. 정모는 시멘트 바닥에 이마가 갈린 적이 있다. 어깨가 빠지고 손가락이 골절된 적이 있다. 정모가 갑자기 소리를 지르기 때문이다. 중얼거리며 누군가의 주위를 맴돌기 때문에, 화장실도 아닌데 바지 속에 손을 넣어 사타구니를 긁어대기 때문에 사람들은 정모를 때린다. 아무렇게나 때린다.

　정모는 열한 살, 140.1센티미터에 34킬로그램, 발 사이즈는 210밀리미터.

작고 비쩍 말랐고 비틀어 따는 음료수 뚜껑은 잘 열지 못한다.

정모는 밤마다 식탁 주위를 맴돈다. 눈꺼풀이 퉁퉁 부은 채로 자기 방에 개가 있다고 말한다. 꼬리가 희고 긴 개라고, 어쩌면 여우인지도 모르겠다고 말한다. 정모는 여우개가 침대 발치로 파고들어 잠을 잘 수 없다고, 여우개의 얼굴을 보려고 이불 속을 헤매다 보면 땀이 뻘뻘 나고 숨이 차서 도저히 잠들 수가 없다고, 이불 속에 여우개만 아는 통로가 있다고 말한다. 정모의 잠옷은 땀에 젖어 깃이 돌돌 말려 있다.

—꿈을 꿨나 보다.

아빠가 정모의 등을 쓰다듬는다.

—그런 건 전부 꿈이야. 눈 꽉 감고 잠들면 다 사라져.

아빠가 시범을 보이듯 눈을 꽉 감고 말한다.

정모의 방에 가보면 아무것도 없다. 나는 정모와 함께 이불을 꽉꽉 밟아 여우개만 아는 통로를 부순다. 이불 속을 샅샅이 뒤져 여우개의 희고 긴 꼬리를 찾는다. 정모와 나란히 누워 여우개를 기다린다. 삶은 계란 냄새가 나면 여우가 온 거야. 정모가 속삭인다. 희고 긴 꼬리를 가진, 삶은 계란 냄새를 풍기는 여우개는 아침이 되도록 나타나지 않는다. 하지만 그것은 정모의 꿈이 아니다. 어릴 적 내 발치에는 검은 개가 있었다. 짧고 억센 털을 가진 개였는데 목덜미에서 늘 젖은 흙냄새가 났다. 내 발가락을 핥는 혀가 놀랍도록 뜨거웠다. 나는 그걸 아무에게도 말하지 않았다.

정모는 낮에도 어딘가를 맴돈다. 한낮의 놀이터를 서성이거나 상가 건물 비상계단을 끝없이 오르내린다. 어느날의 정모는 태연한 얼굴로 수학 문제를 푼다. 지금보다 더 어릴 때 정모는 수학 신동이라 불렸다. 학교 대표로 어려운 대회에 몇 번이고 나가 상장을 받아 왔다. 어느날의 정모는 가랑이 사이에 손을 끼워 넣고 다리를 덜덜 떨며 7시 32분 2조경 분의 1초, 7시 33분 3조경 분의 4초, 같은 것을 되뇐다. 아무도 정모 곁에 가지 않는다. 정모가 누구에게 달려들거나 욕설을 퍼붓는 게 아닌데도 그렇다. 정모의 반 아이들은 정모를 이상한 애라고, 정신 나간 애라고 부른다. 걔 있잖아, 살짝 미친 애. 누군가 그렇게 말하면 아이들은 틀림없이 정모를 돌아본다. 수학 신동에서 정신 나간 애가 되기까지는 반년이 채 걸리지 않는다.

정모는 아파트 단지 앞에 있는 작은 횡단보도를 건너지 못해 몇십 분씩 멈춰 있다. 차가 거의 다니지 않는 2차선 도로라 신호를 지키는 사람이 드문 곳이다. 정모는 바짝 굳은 얼굴로 신호등 아래 서 있다. 파란불이 되어도 건너지 않는다. 빨간불이 되고 다시 파란불이 되고 맞은편 상가에서 나온 사람들이 신호와 상관없이 우르르 길을 건너도 정모는 꼼짝 않는다.

[니 동생 또 고장 났다]

나는 그런 내용의 메시지와 정모의 사진을 받고 아파트 앞 횡단보도로 뛰어간다. 정모 옆에 나란히 서서 파란불이 되기를 기다린다. 정모의 손을 잡고 길을 건너려 하자 정모가 울먹이며 손을 빼낸다.

　─난 안 돼.

　걸음을 물러 다시 정모 옆에 선다. 정모가 신호등을 바라보며 초
조하게 발을 구른다. 파란불이 깜빡이기 시작하자 숨을 몰아쉬며
수를 센다. 열둘, 열셋. 정모가 자리에 쪼그려 앉아 흐느낀다.

　─또 열세 번이야, 열다섯 번이 내 건데.

　파란 불이 열다섯 번 깜빡이는 순간에만 길을 건널 수 있다고,
그게 자신의 신호라고 정모는 말한다. 늦었는데 신호등이 자기만
보내주질 않는다며 운다. 맞은편 상가에는 정모가 다니는 태권도
학원이 있다. 정모는 태권도를 몹시 좋아한다. 열다섯 번 깜빡이는
걸 다 세고 나면 빨간불로 변하니까 어차피 건널 수 없다고 설명해
도 정모는 계속 자신의 신호에 대해서만 말한다. 나는 정모를 일으
킨다.

　─열다섯 번 깜빡여야 건널 수 있는 게 아니야. 네가 건널 때만
신호등이 열다섯 번 깜빡여주겠다는 거야.

　파란불이 되자 나는 정모를 힘껏 떠민다.

　─누나가 몇 번 깜빡이는지 세어줄게.

　정모가 눈을 꽉 감고 달린다. 나는 정모가 그랬던 것처럼 턱을
쳐들고 신호등을 바라본다. 맞은편에 선 정모가 이번에는 신호등
이 아닌 나를 쳐다본다. 빨간불로 변한 뒤 나는 열다섯! 하고 외친
다. 정모가 팔을 들어 머리 위로 동그라미를 그리며 좋아한다.

　정모는 개미들의 움직임을 노트 가득 적어둔다. 아파트에는 개

미가 별로 없어 주변 공터와 도로 옆 풀숲을 매일같이 뒤지고 다닌다. 개미를 찾으면 몇 시간이고 뒤쫓으며 구부러지거나 곧거나 배배 꼬인 선들을 노트에 그려 넣는다. 나한테 보내는 암호야, 이건 나만 풀 수 있어. 정모가 말한다. 이걸 풀면 어떻게 되는데? 정모가 곰곰이 생각하더니 말한다. 지구 종말을 막을 수 있어.

　나는 이런 이야기들을 엄마에게 하지 않는다. 아빠에게 도움을 청하지 않는다. 조금이라도 말을 흘리면 엄마 아빠는 심각한 얼굴로 정모를 살피고 의도와 행적을 의심하고 주변에 사과한 뒤 정모를 데리고 사라질 것이다. 정모는 또 2주일, 한 달, 두 달 동안 완전히 사라졌다가 물에 젖은 털짐승처럼 축 늘어진 채 비린내를 풍기며 돌아올 것이다. 그럴 때 정모는 생기도 식욕도 말도 없다. 아무것도 없는 정모가 된다.

*

　태권도학원은 정모가 수시로 사라진다고, 분명히 학원에 온 걸 봤는데 어느 틈엔가 사라지고 없다고 집에 알린다. 애가 동에 번쩍 서에 번쩍 해요, 어머님. 그런데 ADHD 검사는 받아보셨나요? 수학학원과 영어학원에서도 정모가 특별히 관심을 기울여야 하는 아이라고, 바쁘시겠지만 아이에게 좀 더 집중해달라고 권한다. ADHD요? 애들이 뭐만 했다 하면 그거라고 말하던 때가 있었죠, 그런 것도 다 유행을 타니까요. 정모의 경우에는 논리성과 추론능력이 떨어지는 게 문제예요. 이런 아이들에겐 사고력수학이 맞춤인데 어떠세요? 이번에 특별강좌가 열리거든요.

아빠와 엄마는 ADHD 검사와 사고력수학 특강 대신 등하원 도우미를 구하려 하지만 쉽지 않다. 면접을 보러 온 도우미들은 더없이 깍듯한 태도를 보이다가도 정모의 몇몇 행동을 목격한 뒤엔 손사래를 치며 돌아간다. 도우미가 아니라 간병인을 구하셔야죠. 마지막 면접자가 쏘아붙인 말에 아빠는 화를 내고 엄마는 숨을 참는다.

의논 끝에 엄마와 아빠는 할머니에게 연락한다. 할머니는 집에서 차로 두 시간쯤 떨어진 소도시에서 혼자 살고 있다. 작은 정원이 딸린 집이지만 할머니는 정원에 아무것도 심지 않는다. 그러니 돌볼 것도 없다. 할머니는 손쉽게 그곳을 떠나 우리 집으로 온다. 커다란 트렁크를 세 개나 가져와 거실 복판에 부려놓는다. 아빠가 피아노가 놓인 손님방에 트렁크를 들여놓자 심기가 불편해져 저녁을 먹는 내내 화를 낸다. 사람 구할 때까지 한두 달만 도와주세요. 엄마가 공손히 부탁하고, 그럼 저 피아노라도 빼버려라, 할머니가 대답한다. 저 방은 안 되는데. 정모가 겁에 질린 얼굴로 거실을 맴돈다.

손님방은 금세 할머니 물건들로 가득 찬다. 할머니는 피아노를 복도로 빼내고 그 자리에 새하얀 화장대를 들인다. 옷과 스카프를 걸어둘 수 있는 행거를 벽면마다 설치한다. 할머니의 방은 아름답고 조잡한 물건들로 가득하다. 문을 여닫을 때마다 연약한 것들이 부서지는 소리가 난다. 할머니는 대부분의 시간을 거실에서 보낸다. 밤늦게까지 텔레비전을 켜둔 채 소파에 누워 잠든다. 텔레비전도 소파도 우리는 쓸 수 없다. 복도에 놓인 피아노 때문에 현관으로 나가려면 게걸음을 쳐야 한다. 정모는 피아노 앞을 지날 때마다 눈을 꽉 감는다. 자신의 방에서 좀처럼 나오지 않는다.

정모 때문에 함께 지내게 되었지만 할머니는 정모를 몹시 성가셔한다. 어떻게든 싫은 내색을 숨기지 않는다. 너 때문에 다 늙은 내가 고생이다. 할머니는 틈날 때마다 정모에게 불평한다. 하지만 할머니의 일과는 정모 없이도 바쁘다. 할머니는 아침마다 러닝머신을 뛰고 유튜브를 보며 한 시간씩 요가와 스트레칭을 한다. 아침으로 그릭요거트와 곡물빵을, 점심으로 차가운 면 요리를, 저녁으로 단백질 150그램이 포함된 뜨거운 음식을 먹는다. 차와 커피를 수시로 마시고 스틱형 꿀과 저분자 콜라겐을 매일 한 포씩 짜 먹는다. 할머니는 이곳에 벌써 친해진 사람들이 있다. 옷에 맞춰 스카프를 골라 매고는 마땅한 신발이 없다고 투덜댄다. 자주 외출하고 그만큼 자주 정모의 마중을 놓친다.

할머니는 아빠 앞에만 서면 정모 때문에 밥 한술 제대로 뜰 시간이 없다고 불평한다. 몸도 예전 같지 않고 갑자기 나와 살려니 부족한 물건투성이라고 화를 낸다. 아빠는 소 연골에서 추출한 콘드로이틴과 방목한 염소로 만든 흑염소즙과 뉴질랜드산 녹용을 바쁘게 사다 나른다. 엄마는 할머니와 함께 백화점에 간다. 그러면 할머니는 아주 잠시만 정모에게 살갑게 굴다 금세 또 정모를 놓친다. 나는 횡단보도 앞에서 상가 비상계단에서 공사장 입구에서 정모를 데려온다. [야, 이거 니 동생 아님?] [비전프라자 지하주차장에 정모 출현] [수거 바람] 친구들의 메시지는 조금씩 과격해진다.

정모를 함부로 대하는 사람들처럼 할머니는 거침없고 제멋대로다. 할머니는 엄마와 아빠가 다니는 은행 중 어느 쪽이 더 크고 좋은지, 누구의 직위와 연봉이 더 높은지 알고 싶어 한다. 정모에 대해서는 아무것도 알고 싶어 하지 않는다.

─애가 누굴 닮아 저 모양이냐.

할머니는 엄마를 똑바로 쳐다보며 그렇게만 말한다.

할머니한테서 나는 냄새가 싫다고 정모는 말한다. 냄새가 왜? 내가 묻는다. 인정하고 싶지 않지만 할머니한테서는 좋은 냄새만 난다. 대체로 향긋한 냄새다. 코끝이 쌉쌀해지는 매큼한 냄새를 풍길 때도 있고 희미한 풀 냄새를 풍길 때도 있지만 기분 나쁜 냄새를 풍기는 일은 없다. 백화점 냄새잖아. 정모가 말한다. 백화점 1층 냄새. 거기선 개미들도 코를 막고 다녀야 돼. 안 그럼 더듬이가 녹아버려.

─그거 알아, 누나?

정모가 낮은 목소리를 낸다. 그러더니 세차게 고개를 흔들며 중얼댄다. 말할 수 없어. 아직 말하면 안 돼. 내가 바로 옆에 있지만 내게 하는 말은 아니다. 그런 일이 점점 더 잦아진다.

어느 밤이다. 정모가 소파 옆에 우두커니 서 있다. 엄마 아빠는 함께 저녁을 먹다 급히 나간 뒤 소식이 없다. 삼촌이 죽었다고 했는지 죽어간다고 했는지 잘 기억은 나지 않지만 엄마가 예민하게 차림새를 살피던 모습만은 기억에 선명하다. 작은 리본이 달린 검은 원피스를 입은 엄마는 기다렸다는 듯이 보여선 안 된다며 옷을 갈아입었다. 흰 셔츠에 검은 바지, 어두운 먹색 카디건을 입은 뒤엔 옆모습과 뒷모습을 거울로 신중히 살폈다. 그런 뒤 할머니에게 우리를 잘 부탁한다고 말했다.

정모와 나는 늘 그랬듯 각자의 방에 머문다. 거실에서 할머니가 틀어놓은 텔레비전 소리가 어지럽게 들린다. 웃음소리와 울음소리가 번갈아 들리는데 어느 쪽이든 기분 나쁜 허덕임이 함께다. 정리되지 않은 호흡과 돌연 튀어나오는 큰 소리들이 신경을 곤두서게 만든다. 나는 이어폰을 끼고 내게 주어진 일을 한다. 수학 문제를 푸는 일은 견고하면서도 단순하다. 논리 체계나 수식만 따라가면 어떻게든 답이 나온다. 정답인지 오답인지 바로바로 알 수 있다. 나는 그런 세계에서만 살고 싶다.

거실로 나가자 정모가 서 있다. 할머니는 소파에 누워 잠들어 있다. 입을 다물고 턱을 앞으로 쭉 내민 얼굴이 고집스러워 보인다. 할머니는 목에 주름이 진다며 베개도 베지 않지만 입을 꾹 다무는 습관이 있어 팔자주름이 깊다. 그런 할머니를 정모가 들여다보고 있다. 소파 머리맡에서, 작고 길쭉한 병을 손에 든 채다.

—뭐 해?

—누나, 사실 이건 할머니가 아니야.

정모가 나를 돌아보며 말한다. 바짝 긴장한 얼굴이다.

—누나도 몰랐지? 꼼짝없이 속았지? 버뮤다 개미가 나한테 알려줬어. 암호를 푸느라 세 시간이나 걸렸지만 나는 다 알아. 나만 아니까, 내가 빨리 처리해야 돼.

—뭘 처리해?

—이걸.

정모가 한 걸음 뒤로 물러선다. 손에 들고 있던 것의 뚜껑을 열어 할머니 얼굴에 쏟아붓는 건 순식간이다. 강한 식초 냄새와 함께 할머니가 비명을 지르며 일어난다. 지독한 재채기와 구역질을 연이어 쏟아내며 욕실로 뛰어들어간 뒤엔 고함과 물소리가 엉망으로 뒤섞인다. 이제 껍질이 벗겨질 거야. 정모가 어깨를 들썩거린다.

—저게 엄마를 죽이려고 했어. 엄마를 죽이려고 할머니인 척 우리 집에 숨어든 거야. 어서 본색을 드러내! 오늘도 엄마를 죽이려고 했지? 내가 다 봤어, 손바닥에 독침을 숨기고 살금살금!

정모가 어쩐지 들뜬 표정으로 내게 말한다.

—방금 내가 엄마를 구했어, 누나!

*

엄마는 화장실에서 오래도록 심호흡을 한다. 거울을 노려보면서 심호흡하는 엄마를 몇 번이고 본 적이 있다. 엄마는 물 끓는 소리를 내면서 구겨진 미간을 펴고 비뚤어진 입술과 턱을 바로잡는다. 차가운 물에 적신 손으로 뺨과 목덜미를 누른다. 평평한 이마와 반듯한 표정으로 돌아온 다음에야 화장실에서 나온다. 엄마는 늘 평온한 태도로 정모를 대한다. 그러기 위해선 심호흡을 하는 시간이 필요하다. 점점 더 자주, 점점 더 긴 시간이 필요하지만 엄마는 틀림없이 해낸다.

엄마는 울지 않는다. 가족 중에 그걸 이상하게 여기는 사람은 아무도 없다. 엄마에게는 울 시간이 없다. 그건 아빠도 나도 마찬가지다. 우리에겐 항상 시간이 없다. 이 도시에 소아정신과는 손에 꼽을 만큼 적고 대학병원 진료 예약은 반년 후에나 가능하다. 가까스로 약을 처방받아 오면 정모가 부작용으로 부풀어 오른다. 눈에 비닐을 씌운 것처럼 세상이 희뿌옇고, 입안이 바싹 마르고 손발이 덜덜 떨린다고 놀라서 운다. 다시 병원을 알아보고 진료를 잡고 약을 바꾼다. 해파리처럼 흐늘대며 침대에서 일어나지도 못하는 정모를 보며 또 다른 의사를, 또 다른 약을 찾는다. 정모에게 맞는 약은 좀처럼 나타나지 않는다. 아빠와 엄마는 상담 때마다 복잡한 이름의 약들을 줄줄 읊으며 말한다. 리스페리돈도 아빌리파이도 자이프렉사도 전부 써봤어요. 클로자핀은 아직, 그런데 그걸 벌써요? 이 모든 건 엄마 아빠의 몫이다. 아빠는 줄담배를, 엄마는 심호흡을 거듭하며 주어진 일을 한다.

할머니는 애가 마귀에 씌어 날뛴다고, 오염된 영혼 때문에 뇌에

독이 차서 저러니 그걸 빼내야 한다고, 성수에 애를 푹 담그다시피 하는데 6백만 원이면 비싼 것도 아니라고 아빠를 다그친다. 그날 자신이 뒤집어쓴 게 2배 사과식초가 아니라 염산이었으면 어땠겠냐고, 꼼짝없이 죽었을 거라고 소리친다. 빨리 구마하지 않으면 저 애가 가족을 잡아먹는단다, 불을 질러 모조리 다 죽여버린단다! 할머니는 저주에 가까운 말들을 퍼붓는다. 학교에서 학원에서 아파트 관리실에서 이웃들에게서 의심 섞인 질문과 과격한 조언과 은근한 협박들이 이어진다. 그것들을 모두 물리치는 것도 엄마 아빠의 몫이다.

정모는 약을 토하거나 잇몸에 붙여놨다가 몰래 뱉는다. 부작용은 두렵고 작용은 힘겹기 때문이다. 정모가 불안한 얼굴로 약을 받아 삼킨다. 때로 삼키는 척만 한다. 정모에게 약을 먹인 뒤 입을 벌려 그 안을 살피는 건 내 몫이다. 나는 가끔 손가락을 집어넣어 정모의 입천장과 윗니 뒷부분, 어금니 안쪽 잇몸을 샅샅이 살핀다. 정모는 구역질하는 시늉을 하지만 내 손가락을 깨물진 않는다.

약을 먹어도 먹지 않아도 정모는 더 이상 예전의 정모가 아니다. 약을 먹은 정모는 가끔 몸을 긁고 침을 흘린다. 무겁고 시무룩하다. 그래도 약을 먹은 정모는 할머니에게 식초를 들이붓지 않는다. 사람들에게 둘러싸이지 않는다. 어깨가 빠지거나 뺨을 얻어맞지 않는다.

드라마나 영화에서 보던 것처럼 누군가 술을 마시고 누군가 처절한 울음소리와 함께 하소연을 하고 누군가 욕을 하며 집을 뛰쳐

나가고 누군가 베란다 난간을 부여잡고 아득한 아래를 내려다보며 멈춰 있을 시간이, 비탄에 빠져 스스로를 가여워할 시간이 우리에겐 없다. 엄마 아빠는 어떤 방식으로든 늘 깨어 있어야 한다. 왜냐하면 정모가 깨어 있으니까. 정모가 잠들지 않는 한 아무도 잠들지 못한다. 정모가 잠들어도 우리는 잠들지 못한다.

　—누나. 나는 미친새끼야 병신새끼야?

　정모가 묻는다. 약 때문에 눈꺼풀이 푸들거린다.

　—반 애들이 그랬어. 몸이 아프면 장애인이고 머리가 돈 거면 정신병자라고. 근데 둘 중 어느 쪽이든 우리 반에 있으면 안 된대. 나는 정신병원에 가야 된대.

　—그런 거 아냐.

　—왜 아냐? 할머니가 맨날 나한테 하는 소리잖아. 이런 미친 거를 낳아놓고 니 엄마가 뻔뻔하게 미역국을 먹었다, 자식이 병신이라 니 아빠가 어깨도 못 펴고 다닌다, 맨날 그러잖아.

　—그건.

　나는 이를 꽉 문다.

　—할머니가 병신이라서 그래.

　할머니가? 정모가 충격받은 얼굴로 나를 올려다본다.

　—할머니는 금방 죽어. 그러니까 신경 쓰지 마.

　—금방 언제?

　—두 달 뒤.

두 달? 정모가 황급히 손가락을 꼽아보더니 울상을 한다. 12월
엔 내 생일이 있는데.

종합병원에 간 날에는 나도 진료실에 들어간다. 정모가 내 귀를
붙들고 매달렸기 때문이다. 야무지게도 쥐었네. 간호사가 웃으며
내 겉옷을 대신 벗겨준다. 옷을 벗은 뒤에야 나는 목덜미와 겨드랑
이가 땀투성이라는 걸 깨닫는다. 병원에 도착하기 전부터 정모는
지긋지긋하다, 지긋지긋하다를 지긋지긋할 정도로 외쳐댔다. 아
무도 들어주지 않자 점점 큰소리를 내고 발버둥을 쳤다. 그러면서
도 내 귀를 놓지 않았다.
　차들이 가득 찬 주차장에서 아빠는 빈 공간을 찾아 헤맨다. 엄마
는 접수와 수납을 하고 초진 환자 사전 문진을 받느라 이곳저곳을
누빈다. 나는 정모와 함께 대기실에 앉아 순서를 기다린다. 정모를
빤히 쳐다보는 사람들 때문에 자존심이 상한다. 대기실에 있는 사
람들은 대개 미쳤거나 미치는 중이거나 미쳤어도 미친 줄 모르는
사람들일 텐데 정모가 소리치는 것만 보고는 여기서 정모가 제일
심하게 미쳤다고 생각하는 것 같아 짜증이 난다. 정모는 덩굴처럼
나를 감고 칭얼댄다. 좀처럼 지치지 않는다.
　진료실 안에서 모니터를 들여다보던 의사가 하이고야, 이상한
소리를 내며 탄식한다.
　―정모가 12월생이네요?
　―네.

—하이고, 어쩌다가.

—네?

의사는 겨울에 태어난 아이들이 발병 비율이 높다는 연구 결과가 있다고 말한다. 햇볕을 충분히 쬐질 못하니 비타민 합성이 잘 안 되잖아요? 비타민D 결핍증이 뇌 발달에 영향을 미쳐 발병률을 높이거든요. 이거 모르셨어요? 의사가 엄마를 책망하듯 말한다. 병원에서 만나는 사람들은 이상하리만큼 엄마 탓을 한다. 엄마만 바라보고 엄마에게만 모든 것을 묻는다. 아빠에게는 아무것도 궁금해하지 않는다.

—사전 문진 내용 보니까 원인이 여기 다 있네. 보호자분 삼촌이 환자셨다니 가족력도 있고, 출산할 때 자연분만하려고 열일곱 시간을 시도하다 결국은 제왕절개를 하셨다, 하이고, 애가 스트레스를 엄청 받았겠네요. 임신 중에 다른 문제는 더 없었어요? 임신성 당뇨를 앓았다든가 심각한 저체중이었다든가.

—그게 문제가 되나요?

—모든 게 다 문제가 되죠.

엄마가 가만히 물 끓는 소리를 낸다.

의사가 정모에게 몇 개의 질문을 던진다. 정모는 의사 쪽으로 얼굴도 돌리지 않는다. 내게 달라붙어 의사가 말을 걸 때마다 뒷발질을 한다. 아빠가 억지로 떼어내려 하자 으르렁대며 손을 문다. 엄마와 아빠가 정모의 증상을 설명할수록 의사의 얼굴이 굳어진다. 엄마가 한참을 머뭇대다 할머니 얘기를 꺼낸다.

―정모가 갑자기 할머니가 할머니가 아니라는 거예요.

의사가 등을 곧추세우며 묻는다. 그럼 누구라고?

―저를 죽이러 온 왕개미래요. 그래서.

―그래서?

―정모가 할머니한테

―할머니한테?

―식초를 뿌렸어요.

의사가 잠시 침묵한다. 지금까지와 사뭇 다른 태도다.

이런 건 정말 흔치 않은데. 이 정도의 조기 발병 케이스는 나도 처음 보거든요. 그러고는 의사가 내 쪽으로 고개를 돌린다.

―이쪽이 정모 누나죠?

너는 몇 월생이니? 의사가 묻는다.

―여름에 태어났어요, 애는.

엄마가 변명하듯 답한다.

보호병동 얘기가 나오자 어른들은 서둘러 나와 정모를 진료실 밖으로 내보낸다. 이건 결국 뇌가 고장 나서 생기는 병증이니까 뇌파검사와 MRI부터, 제일 중요한 건 임상관찰이라 최소한 한 달은, 까지 들은 뒤 문이 닫힌다. 정모가 화장실에 가고 싶다고 말한다. 매달리기도 발버둥도 멈췄지만 나는 서둘러 정모를 화장실로 데려간다. 정모는 어디서든 바지 속에 손을 집어넣고 어디서든 성기를 주물거린다. 나는 이 이상 시선을 받고 싶지 않다. 손도 꼭 씻고 나와. 나는 손 씻는 시늉을 하며 정모를 안으로 들여보낸다. 남자

화장실 앞에 서서 정모를 기다린다. 그리고 궁금해한다. 엄마는 왜 거짓말을 했을까.

*

─엄마, 엄마!

정모가 비명을 지르듯 외친다. 보호병동에 입원시킨 뒤 2주 만에 연결된 첫 통화였으므로 우리는 스피커폰을 켜고 머리를 맞댄 채 앉아 있다. 정모야. 아빠가 다정한 목소리로 부르지만 정모는 비명을 지르느라 듣지 못한다.

─왜 나를 버렸어요?

정모가 울부짖는다.

─내가 미쳐서 나를 버렸어요?

우리는 울지 않는다. 기를 쓰고 울지 않는다.

*

그럼에도 당연히 우리에겐 즐거운 날들이 있다.

우리는 틈틈이 웃는다.

입원 후 몸에 맞는 약과 적정 용량을 찾아낸 정모는 대부분 괜찮고 가끔만 괴롭다. 일상은 조금씩 안정되어간다. 일상에 이르렀다기보다 특별한 일상에 익숙해지는 정도지만 그 정도도 충분하다. 우리는 정모를 살피고 주의할 것들을 주의하고 간혹 정모의 입을 벌려 정모가 숨겨놓은 약을 찾는다. 땀에 흠뻑 젖은 정모의 이불을 세탁하고 정모의 입과 턱에 번진 침을 모르는 척 닦아준다. 씻는 방법을 잊은 채 멍하니 서 있는 정모를 아빠가 데리고 들어가 세수하는 방법부터 귀 뒤를 닦는 방법, 머리를 감고 나서 물기를 터는 방법까지 하나하나 가르친다. 깨끗해진 정모와 함께 맛있는 것을 먹고 같이 예능프로그램을 보며 귀여운 것을 귀여워하고 엉뚱한 것을 흉내 내며 즐거워한다. 우리에게도 그런 시간이 있다. 우리의 일상은 피곤하지만 비극적이지 않다. 정모는 조금씩 우리의 정모로 자리 잡아간다.

우리를 괴롭히는 건 정모가 아니다. 엄마는 10년 넘게 함께 해온 기도 모임 사람들과 심하게 다툰다. 집집마다 돌아가면서 주최하던 기도회 때문이다.

—괜히 무리할 필요 없어, 정모 엄마 사정 우리가 뻔히 다 아는데.

우리 집에서 진행한 기도회가 끝난 뒤 사람들은 앞으로의 순서에서 정모네를 빼겠다고, 정모 엄마는 편안한 마음으로 참석만 하면 된다고 말한다. 한없이 너그럽고 온화한 표정으로 호의를 베푼다. 엄마가 거절하니 더 큰 선의의 목소리들이 우렁우렁 떠들어댄다. 직장 다니랴 애들 건사하랴 정모 엄마 몸이 열 개라도 모자라지, 우리가 아무것도 도와주질 못해서 그간 얼마나 미안했는데. 정모 돌보는 게 어디 보통 힘든 일이야? 나라면 못 하지, 어휴, 못 해. 정모 엄마 참 대단해.

　—왜 나만 정모 엄마예요?

　엄마가 마구잡이로 자신의 손을 끌어가고 어깨를 보듬어 안는 사람들을 밀쳐내며 묻는다.

　—여기 권 집사님, 이 간사님은 다 제대로 부르면서, 왜 나만 정모 엄마라고 불러요? 왜 나한테만 반말해요?

　사람들이 우르르 밖으로 나간다. 이제 막 내놓은 다과는 손도 대지 않았다. 향이 진한 차와 밤양갱. 엄마는 맛있는 수제 양갱점을 찾아냈다며 들뜬 얼굴로 다과를 준비했었다. 마지막으로 신발을 신고 나서던 사람이 더는 참을 수 없다는 표정으로 엄마에게 소리친다.

　—사실 자기가 이러고 있을 시간이 어딨어? 지금은 애한테 바짝 붙어서 병 고치는 데만 집중해야지 남들처럼 쇼핑할 거 다 하고 취미 생활 종교 생활 다 하면 애는 대체 어쩔 셈이야? 정신 차려, 저런 애들 뉴스에 나오는 거 순식간이야.

　끝끝내 엄마를 권사님이라고 부르지 않는다.

　할머니는 좀처럼 자신의 집으로 돌아가지 않는다. 정모를 배웅도 마중도 하지 않으면서 오로지 엄마 아빠를 괴롭히는 데만 집중한다. 아빠가 휴직과 퇴사 중 어떤 걸 선택할지 고민하는 소리를 훔쳐 듣고는 길길이 날뛴다. 일을 그만두려면 저년이 그만둬야지!

할머니가 먹고 있던 만두를 엄마에게 집어 던진다. 저년이 낳은 애새끼 때문에 왜 니가 은행을 그만둬? 그 좋은 직장을? 정모가 잠들어 있어 다행이라고, 약을 먹고 혼곤해진 상태라 다행이라고 나는 생각한다. 아니었다면 이번에는 끓고 있는 만두전골을 왕개미에게 들이부었을지 모른다.

—일단 휴직했다가 정모 괜찮아지면 복직해도 되고, 퇴사했다가 재취업해도 돼요. 거래처 사장님들이 안 그래도 여러 번 스카웃 제의를 하셨으니까.

—정신병이 낫겠니? 저거 불치병이다, 안 나아. 평생 저렇게 거머리처럼 부모 등골 뽑아 먹으며 살 거다.

어머니! 아빠가 식탁을 내리친다. 만두전골이 냄비 밖으로 흘러 넘친다. 나는 엄마를 일으켜 거실 반대편으로 간다. 부들부들 떨고 있는 엄마를 끌어안는다.

—어머니 손주한테 그런 말을 하고 싶으세요? 어떻게 그런 말을, 사람이 어떻게, 어떻게 그래요?

—내가 아주 속이 썩어 문드러져서 그런다. 저년이 애만 똑바로 낳아놨어도 이 지경은 안 났지.

—말씀 함부로 하지 마세요. 애 엄마가 무슨 잘못이라고.

—잘못이지! 의사도 그러지 않든, 쟤가 문제라고! 나도 다 찾아봤다, 인터넷 검색도 하고 유튜브도 찾아보고 다 했어! 보는 것마다 그러더라, 정신병 유전자는 다 엄마한테서 오는 거라고. 집안에 정신병자 있단 얘기 쏙 빼놓고 시집온 거부터가 사기 결혼이야. 남

들 다 낳는 애 하나 똑바로 못 낳고 온갖 유난을 떨더라니 이제 남편 직장까지 때려치우게 해? 얘, 니가 그만둬라, 더러운 건 다 니가 줘놓고 왜 내 아들이 백수가 되니?

—작작 좀!

아빠가 소리친다.

—제발 작작 좀 하세요! 정모가 언제까지고 애일 것 같으세요? 남자애니까 금세 자랄 거고 힘도 세질 거고 이차성징도 올 거예요. 그걸 애 엄마가 어떻게 감당해요.

—왜 못 해? 너보다 쟤가 훨씬 뚱뚱한데. 억척같기는 또 얼마나

엄마를 손가락질하던 할머니가 엄마를 꽉 안고 있는 나를 보더니 말을 멈춘다.

—저거는?

할머니가 분노를 감추지 않은 채 묻는다.

—저거는 정상이라니?

엄마가 엄마를 노려본다. 거울 밖 엄마가 거울 속 엄마를 죽일 듯이 노려본다. 이 미친년아. 엄마가 억눌린 소리를 낸다. 야 이, 미친, 너가 정말 어쩌자고. 엄마가 아는 욕은 그게 다다. 어쩌자고 애를, 겨울에, 이 생각 없는 년이. 엄마는 제대로 된 욕 하나 뱉어내지 못하고 쪼그려 앉아 운다. 비로소 운다.

아빠는 할머니를 집에서 쫓아낸다. 할머니 방의 행거가 무너지고 새하얀 화장대가 엉망이 된다. 이 모든 일이 벌어지는 동안 정

모는 깊이 잠들어 있다. 나는 정모 입안에 알약을 두 개 더 밀어 넣었다는 사실을, 고요하고 평온해지고 싶은 날에는 간혹 그래왔다는 사실을 누구에게도 말하지 않는다.

말하지 않은 것이 또 있다.
나는 '괴물출현방'의 존재를 가족에게 끝끝내 숨긴다.

시작은 호의였을 것이다. 정모가 자주 사라졌으니까, 우리 가족이 애타게 찾아다니는 걸 목격한 사람이 여럿이니까, 겨우 찾아낸 정모는 누군가에게 얻어맞거나 욕을 먹고 있었으니까. 정모가 어딘가에서 맴돌고 있거나 어떤 소란에 휘말렸다면 꼭 나한테 알려 줘. 나는 내게 동생이 있다는 사실을 아는 친구들에게 그렇게 부탁했다. 곤란에 빠진 정모의 좌표를 단톡방에 찍어줄 때마다 보답으로 편의점 과자나 음료 기프티콘을 보내줬다. 그 덕분에 나는 누구보다 빨리 정모를 찾아낼 수 있었다.

단톡방 인원은 이제 50여 명에 달한다. 누가 누구인지도 알 수 없다.

프로필 사진도 말투도 제각각인 사람들이 온종일 떠들어댄다. 그들은 끊임없이 정모를 찾아낸다. 정모가 아무것도 하지 않아도 그저 학교를 향해 걸어가고만 있어도 정모의 사진을 찍어 단톡방에 올린다. 급식실에서 식판을 고르는 정모와 복도에서 어리둥절한 얼굴로 뒤를 돌아보는 정모와 교실 책상에 엎드려 있는 정모와 신발을 갈아 신고 있는 정모와 횡단보도에서 신호를 기다리고 있는 정모와 화장실에서 막 나오고 있는 정모와 상가 계단참에 쪼그려 앉아 있는 정모. 정모의 얼굴은 의아함이나 두려움으로 가득 차 있다. 나는 단톡방에서 나오지만 다시금 끌려 들어간다. 단톡방은 정모 사진으로 끝없이 차오른다. 그들은 사냥꾼처럼 정모를 뒤쫓는다.

[괴물 출현! 비전 프라자 괴물 상습 출몰 지역!]

[병신새끼 저기서 뭐 처먹는다]

[긴급수거바람!]

[가까이 가지 말 것 정신병 옮음]

[제보 왜 쉽?]

[깊콘 내놔]

[내놔]

[내놔]

그곳에서는 누구도 정모를 정모라 부르지 않는다.

정모는 학교 가는 걸 점점 두려워한다. 누군가 자신을 뒤쫓고 있다고, 감시하고 있다고 말한다. 내가 개미의 언어를 알아냈기 때문이야. 정모는 두려움과 공포 때문에 목이 졸린 것 같은 표정을 짓는다. 얼굴이 새파랗고 이마에 핏줄이 바짝 서 있다. 침대 안으로 파고들어가 이불로 꽁꽁 몸을 감싼다. 내가 들어갈 수 없도록 이불 귀퉁이를 완전히 막는다.

약을 먹여야 하는데. 나는 정모의 약을 손에 들고 전전긍긍한다.

가까스로 파고든 이불 속에서 나는 길을 잃는다. 이불 속에는 정모만의 통로가 있다. 아무리 찾아 헤매도 정모는 나타나지 않는다. 땀이 뻘뻘 나고 숨이 차올라 더는 견딜 수가 없다. 머릿속이 부글부글 끓어오르는 것 같다. 입안이 바짝 마른다. 나는 끝내 정모를 놓친다.

이불 밖으로 나오자 땀에 젖은 셔츠 깃이 돌돌 말려 있다. 아무리 애를 써도 펴지지 않는다. 약을 먹지 않은 정모는 이곳저곳을 헤매고 여기저기를 얻어맞고 사방팔방에서 항의와 협박을 받는다. 정모가 약을 먹지 않으면 엄마와 아빠가 근심 걱정에 가득 찬 얼굴로 정모를 어르고 달래고 윽박지르고 애원하고 화를 내다 마지막에는 주저앉는다. 제발, 제발 약을 먹어, 정모야. 제발 우리 좀 살려줘, 정모야. 그러면서 엉엉 운다. 그러면 정모는.

엄마와 아빠를 의심한다.

왕개미가 변신해 엄마 아빠인 척하는 거라고, 자신을 세뇌시킬 개미알을 숨겨 와 먹이려 한다고, 진짜 엄마 아빠를 구하러 가야 한다고, 그러려면 여기 있는 가짜를, 지금 당장. 나는 작고 둥근 타원형의 알약을 입에 넣고 삼킨다.

정모가 겨우 잠든다. 엄마와 아빠는 조용히 나를 불러 식탁에 앉힌다. 내가 좋아하는 컵에 우유를 데워 꿀을 한 스푼 타준다. 나를 바라보는 얼굴이 단단하다. 화장실에서 아주 오래 심호흡을 한 얼굴이다. 고등학교는 다른 지역에서 다녀보지 않을래? 아빠가 묻는다. 나는 쉽게 고개를 끄덕인다. 이사를 결심할 만한 상황이 너무 많이, 너무 자주 있었어서 조금도 놀랍지 않다. 그러나 다음에 이어지는 엄마의 말은 조금 놀랍다. 혼자서도 잘할 수 있지?

우리 집은 내게 좋은 환경이 아니라고 엄마는 말한다. 이모가 살고 있는 지역에 평판 좋고 시설 좋은 기숙형 고등학교가 있는데 지방이라 학생 수가 적어 입학하기 어렵지 않다고, 나중에 농어촌특별전형으로 대학도 갈 수 있다고 말한다.

—한 달에 한 번은 집에 올 수 있어. 우리가 널 보러 가도 되고.

—나를 버리는 거야?

내가 묻는다. 정모를 돌보려고 나를 버리는 거야? 내가 다시 묻는다. 나는 늘 노력해왔다. 매일매일 필사적으로 노력해왔다. 그런데 우리 집에서 뜯겨 나가는 사람이 나라니 어째서? 내가 아직,

—미치지 않아서 나를 버리는 거야?

엄마가 심호흡을 한다. 엄마는 이제 거울을 보지 않고도 표정을 고를 수 있다 아빠가 나를 꽉 끌어안고 미안하다고, 그런 게 아니라고 말하는 동안 엄마는 숨을 멈췄다가 내쉰다. 아주 오랫동안 물 끓는 소리를 낸다.

—우리가 너한테 너무 기댔어. 네가 어른스럽다고 잘 참는다고 정모가 너한테만 의지한다고 핑계 대면서 너무 힘든 일들을 너한테 떠맡겼어. 너도 아직 어린애인데. 우리 연수가 이렇게나 작은데.

아빠가 내 구겨진 옷깃을 펴준다. 머리칼을 쓰다듬고 뺨을 어루

만진다. 그 손이 이상할 만큼 차가워 몸을 빼내고 싶어진다. 잠에서 깬 정모 때문에 우리의 이야기는 잠시 멈춘다. 정모는 땀을 줄줄 흘리며 거실로 나와 목이 마르다고, 목이 붓고 따갑다고, 어지럽고 메스껍다고 말한다. 그러고는 금세 시무룩해진다. 무거운 몸을 어쩌지 못하고 바닥으로 줄줄 흘러내린다. 나를 안고 있던 아빠가 정모에게 간다. 정모를 부축해 소파에 누이고 빨대컵에 담은 물을 가져다준다. 엄마는 더 이상 물 끓는 소리를 내지 않는다.

식은 우유에서 비린내가 올라온다. 나는 우유를 싱크대에 쏟아버리고 세제를 조금 풀어 컵을 닦는다. 우유를 담았던 컵은 서둘러 닦지 않으면 비린내가 눌러앉아버린다. 잠시 담아두었던 것만으로 컵은 금세 오염된다. 좀처럼 회복되지 않는다.

*

내가 짐을 싸는 동안 엄마는 나를 지켜본다. 이것저것을 들추고 한눈을 팔고 넣었던 것을 도로 끄집어내 다른 방식으로 접어 넣었다가 끝내 빼버리는 모습을 답답해하지 않고 지켜본다. 적어도 짐을 싸는 일 정도는 충분히 망설일 수 있도록, 가져갈 물건 정도는 나 스스로 선택할 수 있도록 나의 비효율적인 행동들을 묵인한다. 그런 거 아니야. 택배 상자에 박스테이프를 붙이고 있을 때 엄마가 입을 뗀다. 언젠가부터 엄마의 목소리는 잔뜩 주눅 들어 있다. 작고 피로한 목소리가 테이프 뜯는 소리에 뭉텅뭉텅 잘려 나간다.

―네가 생각하는 그런 거 아니야. 엄마는 네가, 잠깐이라도 온전히 네 삶을 살았으면 해서 이러는 거야.

나는 듣지 못한 척한다. 잡동사니만 남은 책상 서랍 속에서 곰돌이 키링을 끄집어낸다. 투명한 크리스털로 만들어진 작고 반짝반짝한 것. 옛날 생각나네. 나는 말한다. 옛날 생각에서 웃을 만한 대목은 아무것도 없지만 나는 일단 웃으며 말한다. 반짝반짝한 것을 손에 들고 가능한 무구해 보이기를, 몹시 무구하고 무해한 시절을 건너온 아이처럼 보이기를 바라며 말한다.

―엄마가 얼른 자라고 불 꺼놓고 나가면 엄청 무서웠거든. 그때마다 얘가, 내가 이름도 지어줬지, 깜깜한 데서 조금만 빛이 새어 들어와도 사방으로 번져 반짝반짝해지니까 그게 예뻐서 빛곰이라고, 빛곰이가 나를 달래줬어. 엄마 몰래 자장가도 불러주고 이야기도 들려주고.

―언제?

엄마의 기겁한 물음에 나는 웃음을 멈춘다.

―그게 언젠데? 엄마한테 왜 말 안 했어? 언제부터 목소리가 들렸는데?

엄마가 내 어깨를 꽉 그러쥔다. 나는 더 이상 모르는 척할 수가 없다. 엄마가 뭘 두려워하고 있는지, 나를 볼 때마다 무슨 생각을 하는지, 무엇 때문에 내 말 한 마디 한 마디를 곱씹고 의심하고 다그치고 마는지에 대해서. 나도 정모와 똑같은 형질의 유전자로 이루어져 똑같은 환경에서 똑같은 식습관과 생활 패턴을 가지고 살아왔으니까. 나 역시, 겨울에 태어난 아이니까.

　—그건 그냥 상상이었어, 엄마. 어릴 때 누구나 떠올리는 상상 속 친구.

　—정모도 그랬어. 아직 어려서 그렇다고 사춘기가 일찍 오는 모양이라고 반항기엔 다들 저런다고 방심하고 있다가, 걷잡을 수 없는 순간이 돼서야 겨우.

　—아니야, 엄마.

　나는 엄마의 말을 끊는다. 듣고 싶지도 하고 싶지도 않았던 말을, 입 밖으로 내는 순간 모두가 상처받는 말을, 나는 결국 하고야 만다.

　—난 아니야, 엄마. 난 정상이야.

　설 연휴가 끝나자마자 엄마는 내 짐을 차곡차곡 이모 집으로 보낸다. 새로운 환경에 적응하기 위해 이모네 집에서 남은 겨울을 보내고 기숙사로 들어가는 일정이다. 학교와 기숙사에 대한 얘기를, 능선이 아름다운 산과 거대한 인공호수, 지역축제 때에만 띄운다는 열기구 얘기를 질리도록 듣는다. 새롭고 낯선 것들의 목록을 듣다 보면 나도 그럴 수 있을 것 같다. 가족과 완전히 무관한 삶을 살 수 있을 것 같다. 정모에 대해 아무것도 궁금해하지 않는 그런 날들을 보낼 수 있을 것도 같다.

　[괴물 발견]

　[시민여러분 다솜공원 비석 옆 피해가십쇼]

[뭐하냐 저거]

[개미 퍼먹음]

이모 집에 도착하면 제일 먼저 카카오톡부터 삭제해야지. SNS 계정도 전화번호도 전부 없애고 바꾸고 지워버려야지. 누구도 내게 정모 소식을 전할 수 없도록 모든 통로를 밟아 없애야지. 나는 거듭 다짐한다. 그러나 나는 아직 이곳에 있고 단톡방에 줄지어 올라오는 정모의 사진을 무시할 수 없다. 나는 정모가 있는 곳으로 정모를 데리러 간다.

정모는 몸을 작게 웅크리고 앉아 있다. 공원 표석 아래는 정모가 좋아하는 장소 중 하나다. 거대한 크기의 개미굴을 찾아낸 뒤 정모는 매일같이 그곳에 앉아 있었다. 누군가 엉망으로 파헤친 다음 콜라를 들이부어 개미집을 완전히 부쉬놓기 전까지는 말이다. 이후로 개미들은 흔적조차 보이지 않았다. 나는 멀찌감치 서서 정모를 바라본다. 정모를 선뜻 끌어오지 못한 채 망설인다.

언젠가 할머니가 그랬다. 너네 집이 부자라 다행이라고. 엄마 아빠 사이가 좋고 눈치껏 부모를 돕는 손위 누이가 있고 좋은 집과 차가 있어서, 말 그대로 여력이 있는 집이라 다행이라고 말했다. 그게 아니라면 정모를 애지중지, 내로라하는 병원 의료진을 찾아다니며 그렇게 돌볼 수 있었겠냐? 결국은 다 돈이지, 돈. 할머니는 이상한 모양으로 입술을 일그러뜨리며 비아냥댔다. 너네 집이 서로 유난히들 돈독하니 이만큼 버티지, 그 가당찮은 가족애로.

하지만 할머니는 이런 말도 했다. 그래서 너네 가족은, 특히 너는 정모한테서 평생 벗어날 수 없을 거다. 할머니는 악의에 사로잡힌 얼굴로 온갖 말을 쏟아냈다. 부모 죽고 나면 너 혼자 독박 쓰는 건데 네년 말년이 나보다 나을 거 같냐? 마지막에는 내 눈을 똑바로 들여다보며 경고했다. 너는 절대 애 낳을 생각 마라, 상상도 하지 마.

그건 정말 왕개미가 아니었을까?

누가 더 위험하지? 누가 더 끔찍하지? 대체 누가 더? 나는 정모를 바라본다. 정모는 그냥 그곳에 있다. 표석 아래 흙바닥에 구부러지거나 곧거나 배배 꼬인 선들을 그려 넣으며 자신의 세계에 머물러 있다. 저러다 집으로 돌아가 약을 먹고 침을 좀 흘리며 잠들 것이다. 푹 자고 일어난 정모는 보통의 정모, 그날의 정모, 일상 속의 정모일 뿐이다. 정모는 아무것도 하지 않는다. 누구도 무시하지 않고 아무도 해치지 않는다. 병에 걸린 것은 더러워서가 아니다. 정모를 돌보는 일이 부끄러울 까닭도 없다. 수치스러워해야 할 사람은 할머니이고 남을 해치는 건 단톡방 사람들인데 도망치는 사람은 왜 나지?

나는 돌아선다. 정모야, 하고 부른다. 다른 누구도 아닌 정모를 부른다. 흙바닥을 더듬고 있던 정모가 나를 돌아본다. 나는 목이 잠긴 채로 정모에게 손짓한다. 이리 오라고, 내 옆에 있으라고 말한다.

나는 분명히 기억하고 있다. 보호병동에 입원하기 전날 정모는 방에서 한 발자국도 나오지 않았다. 하루 종일 물 한 모금 마시지 않았고 방문을 두드리면 비명을 질렀다. 나는 억지로 방문을 따고 안으로 들어갔다. 이불 속에 꽁꽁 숨은 정모를 손으로 더듬어 끄집어냈다. 울고 있는 정모에게서 쉰내가 났다. 정모가 눈을 희번덕대며 나를 밀쳤다. 들어오면 안 돼! 도망쳐, 누나! 나는 정모를 꽉 끌어안았다. 아빠가 그랬던 것처럼 날뛰는 몸을 소중히 끌어안았다. 마구 휘두르는 팔다리에 얻어맞은 몸이 아프고 괴로웠다. 나는 비명을 참고 심호흡을 했다. 엄마가 그랬던 것처럼 비뚤어진 미간을 바로잡고 가능한 한 평온한 얼굴로 정모를 마주 보았다.

—들켰어, 아저씨한테 다 들켰다고!

정모가 울부짖었다.

—아저씨가 누나를 봐버렸단 말이야!

정모가 머리를 마구 흔드는 통에 턱을 얻어맞은 나는 그대로 정모를 놓쳤다. 정모는 튕겨 나가듯 방구석에 서서 천장을 노려보았다. 이제 어떡해, 저 아저씨가 쫓아다니면 누나도 정신 나간 애가 돼, 미친새끼가 돼, 숨도 못 쉬고 아무랑도 못 놀아, 그게 얼마나, 얼마나 힘든 건데. 정모가 제자리를 뱅글뱅글 돌다 황급히 다가와 내 머리를 끌어안았다. 좁은 어깨와 가슴과 가느다란 팔로 나를 꽁꽁 감싸 숨겼다.

—절대로 아저씨랑 눈을 마주치면 안 돼, 누나.

정모가 눈을 꽉 감고 말했다.

—이건 다 꿈이야. 눈 꽉 감고 잠들면 다 사라져. 다 괜찮아져.

나는 그렇게 했다. 정모와 똑같이 눈을 꽉 감았다.

제 2 5 회

이 효 석

문 학 상

———

심 사 평

고 통 의 실 로 엮 는

자 기 - 바 느 질

우리가 소설에서 읽는 삶이란 누구의 것일까? 허구와 실제라는 단순한 경계가 아니라, 소설이 다루는 누군가의 삶에 대하여 소설의 독자들은 언제나 동일시와 거리감을 함께 느끼기 마련이다. 이는 소설이 변화해온 오랜 역사와 그에 따른 독법의 변화 속에서 형성된 감각이기도 하다. 오래전 이야기 문학 속의 인간이란 원래 정해진 운명을 살아가는 캐릭터에 불과한 것이었다. 근대소설에 이르러 비로소 자기(self)의 개념이 강조되며, 자기 삶을 선택할 수 있는 인간, 스스로를 발명하는 근대적 인간의 개념이 소설에 녹아들었다. 하지만 그와 같은 의기양양한 근대적 인간이란 사실상 오늘날 막다른 길에 처했으며, 우리에게는 선택할 수 없는 것 혹은 선택해야만 하는 것들이 더욱 중요한 가치로 떠올랐다. 정체성(identity)이 그렇다.

정체성 정치는 사회적인 화두만큼이나 문학의 중요한 화두이며, 노골적인 형태에서 점점 더 세련된 형태로 변화하며 오늘날 소설의 구성은 물론 그 독해에까지 변화를 요구했다. 젠더와 계급, 직업과 세대 등으로 전면화된 정체성은 소설 인물을 몇 가지 대표성으로 단순화하기도 하지만, 동시에 허구와 현실 사이의 명확한 경계 이상으로 소설을 읽는 일이 독자의 근본적인 현실과 교차될 수 있도록 했다. 하지만 정체성 개념의 대두로 인해 근대문학으로서의 자기에 대한 개념이 소설에서 희미해지거나 해체되었다고 말하기는 어렵다. 여전히 우리는 자기라는 개념을 포기하기 어렵다. 허구적 인간만이 아니라 살아 있는 인간의 삶에서도 우리는 선택과 그 결과, 연속적인 삶의 의미를 구성하는 적극적 역할을 포기하기 어렵기 때문이다.

이처럼 2024년 제25회 이효석문학상은 우리 시대 문학에 연루되어 있는 인간에 대한 질문과 응답의 형식으로서 최근 한국소설의 현주소를 살펴보는 과정에 가까웠다. 자기와 정체성 사이에서 진자운동 하는 인간 존재가 소설의 허구적인 인물의 삶과 겹쳐질 때 발생하는 문학적 성찰들이 흥미로운 스펙트럼을 구성했기 때문이다. 동시대성이란 하나의 대표적 시의성으로는 환원되지 않는 우리 시대의 여러 얼굴을 의미한다. 문학상 심사에서 포괄적이나마 한국소설의 지형을 살펴보는 일은 분명 하나의 일괄적인 기준으로 평가하기 어려운 동시대성의 복합적 얼굴을 복원하는 과정이기도 하다. 전체 심사 과정은 다음과 같다. 심사위원들은 2023년 6월부터 2024년 4월까지 기성 문예지 및 온라인 웹진에 발표된 소설 작품들을 두루 검토한 뒤, 각자의 추천작을 취합하여 1차 독회를 먼저 수행했다.

1차 독회에서는 총 16편의 후보작이 추천되었으며, 심사위원들은 각각의 작품에 대한 감상과 해석을 두루 교환하였다. 형식적 완미함도 물론 주요한 평가 기준이었지만, 젊은 작가들이 보여주는 소설적 기세와 문학과 현실을 관통하는 강렬한 주제의식이 심사위원들에게 깊은 인상을 주었다. 추가적으로 심도 있는 논의를 할 만한 작품들을 재추천하는 방식으로 다시 2차 독회를 수행할 6편의 작품을 선발하였다. 2차 독회 후보작으로는 문지혁의 「허리케인 나이트」, 서장원의 「리틀 프라이드」, 성해나의 「혼모노」, 손보미의 「끝없는 밤」, 안윤의 「담담」, 예소연의 「그 개와 혁명」이 심사위원들의 공통적인 추천 및 선택을 받아 선정되었다. 이제 한 편씩 심사 과정에서 언급된 핵심들을 정리하면서 최종적인 수상작에 대한 심사평까지 나아가고자 한다.

우선 문지혁의 「허리케인 나이트」는 새로운 중산층 소설에 대한 경계의 재조정이라는 측면에서 호평을 받았다. 이 소설에서 보여주는 계급적 갈등은 기존의 유산계급과 무산계급 사이의 전형적 갈등으로부터 벗어나, 오늘날 중산층이 태생적 상류층을 바라보는 미묘한 선망과 박탈감 쪽으로 좌표를 조정한다. 뉴욕의 화려한 자택에 살고 있는 피터의 집에 초대받았으나, 허리케인이 불고 있는 어두운 밤의 풍경 속에 잠복한 심리적 위태로움이 효과적으로 그려진다. 이 심리적 위태로움 속에는 과거에 피터의 롤렉스 시계를 훔치게 만들었던 동경과 질투와는 달리 진정한 의미에서는 결코 훔칠 수 없는 계급적 실체를 절감하는 박탈감이 있다. 동시에 이 소설이 보여주는, 독자의 기대에서 크게 이탈하지 않으면서도 서스펜스를 효과적으로 구성하는 소설적 분위기 구축에 있어서도 좋은 평가가 있었다. 다른 한편으로 과거 박완서의 소설에서 보여진 중산층 소설로서의 한 줌의 도덕주의조차 불가능해진 오늘날의 중산층 의식이 오히려 중산층의 해체와 불가능성으로 읽힌다는 의견도 있었다.

서장원의 「리틀 프라이드」는 오늘날 정체성 문제에 대한 도발적이고 도전적인 질문을 수행하는 소설로서의 충분한 매력을 발휘했다. 자신의 저신장에 대한 콤플렉스를 극복하기 위하여 '사지 연장술'을 선택한 오스틴은 문제적이면서도 공감하기 어려운 거울 - 인물로서 소설 전체를 이끌어가는 주제의식을 효과적으로 매개한다. 이러한 인물의 매개를 통해서 이 소설은 오늘날 우리가 처한 정체성 인식의 곤경들과 인정욕구, 그리고 외부의 시선을 통해 정체성을 인정받고 싶어 하는 손쉬운 자기 인식의 자화상을 겹쳐 보여준다. 오스틴은 트랜스젠더 남성으로 성전환 수술을 받은 토미를 전우(戰友)라고 일컫지만, 동시에 자기에 대한 콤플렉스를 손쉬운 페미니스트 혐오로 전환하기도 한다. 이처럼 정체성에 대한 성형 가능성을 둘러싸고 근본적인 아이러니를 다루는 소설은 많지 않았다. 이 소설에는 이 시대의 젠더성과 차이(들)에 관해, '리틀'의 의미에 관해 뜨거운 질문을 촉발하는 흥미로운 문제작이라는 의견, 그리고 사회적 젠더와 생물학적 젠더가 일치하지 않는 상황에서의 '프라이드'를 고민한 작품이라는 심사위원들의 의견이 충분한 공감을 얻었다.

성해나의 「혼모노」는 무속이라는 소재적 신선함은 물론이고 마치 무당이 엑스터시(ecstasy) 상태에 빠져서 굿판을 벌이듯 질주하는 소설적 기세를 동시에 달성한다. 주인공 문수는 '신빨'이 다한 오십대 박수무당으로 자기가 모시던 장수 할멈이 자신에게서 빠져나가 새롭게 무당을 개업한 신애기에게로 옮겨 갔다는 사실을 알게 된다. 한순간에 진짜에서 가짜가 되어버린 문수의 처지가 그를 새로운 강박으로 심화시켜간다. '진짜'라는 의미의 일본어 '혼모노(ほんもの)'와 '가짜'를 가리키는 '니세모노(にせもの)'를 반복적으로 환기하고, 진짜와 가짜 사이의 구별에 대한 강박적인 질문을 수행하는 과정에서 이 소설의 기세는 근본적으로 우리가 진짜와 가짜를 구분할 수 없는 자기 초월적인 지점으로 끌고 간다. 근본적으로 진짜와 가짜의 대결이자 세대의 대결 속에서, 칼 위에 선 엑스터시 상태의 문수의 모습은 대결 자체를 극복해버리는 자기 증명의 순간을 보여준다. 동시에 세대 간의 문제를 새로운 소재로 소화하며, 노골적이지 않으면서 완결성 있는 배치가 돋보이는 작품이라는 평과, 예술을 넘어서 인생에 대한 이야기로서의 설득력을 높이 보는 심사위원 의견이 있었다.

안윤의 「담담」 역시 오늘날의 정체성 서사가 처한 자기 증명의 강박적 순간들, 그리고 정체성에 대한 감당의 방식을 다루고 있다.

은석과의 소개팅 자리에서 혜재는 자신이 바이라는 사실을 밝힌다. 그것이 혜재에게 가장 중요한 정체성인지를 묻는 은석의 물음은 정체성을 둘러싼 복합적 현실 속에서 한 인간에 대한 직시와 이해를 구성해나가는 첫 질문이기도 하다. 동시에 이들에게 있어서 온전히 극복될 수 없는 과거사의 내력과 그에 의해 구성된 정체성의 주름들은 하나의 통합적이며 균질한 방식의 정체성으로 환원 불가능한 것들이기도 하다. 따라서 이 소설은 우리의 정체성을 구성하는 과거와 현재 사이의 부단한 대화처럼 보이며, 잘라낼 수 없는 과거와 정체성에 대한 애도 불가능성, 그리고 담담해질 수 없는 문제를 담담하게 수용하는 태도를 구현하고 있다. 또한 이야기를 크게 벌이지 않음에도 미묘하게 관계를 이끌어가는 게 돋보인 작품으로, 우리 존재를 자연스럽게 인정하는 부분에 주목하게 만든다는 평이 있었다.

예소연의 「그 개와 혁명」 역시 소설이 가진 매력과 설득력을 전달하면서도, 소설적 상황 구성에 의해서 다양한 평가를 이끌어낸 침착한 어투의 문제작이었다. 이 소설은 과거 운동권 세대의 현재로서, 암 환자로 죽은 아빠 태수의 장례식장에 상주를 맡은 딸 수민의 시선으로 그려진다. 과거 세대의 투쟁과 실패한 혁명이 담담하게 환기되며, 다소 노골적으로 과거 세대와 작별하는 장례식장의 풍경이 겹쳐진다. 오늘날 혁명의 전유와 그 재의미화는 얼마든지 사적인 방식으로 맥락화될 수 있으나, 이 소설에서 사적으로 전유된 혁명과 특정 세대의 장례식장 풍경은 분명 도발적이면서도 품위를 갖추고 있는 소설적 구성을 선보였다. 태수가 생전에 입양했던 유기견 유자가 장례식장을 난장판으로 만드는 소설의 결말 장면이 그저 우스꽝스럽게 느껴지거나, 엄숙해야 할 장례식장의 애도 과정을 파괴하는 것처럼 보이지 않는 이유이기도 하다. 그 또한 우리가 오늘날 혁명을 재발견하며 재발명하는 방식일지도 모른다. 예전에는 기존 운동권 당사자들이 자기 삶에 대한 회한을 썼다면 이제는 조소도 아닌 애틋함으로 아버지 세대를 바라보는 정서가 느껴진다는 심사위원 의견이 있었다.

마지막으로 손보미의 「끝없는 밤」은 단연 압도적인 소설적 긴장감으로 하룻밤 사이에 벌어진, 총체적인 삶에 대한 복습이자 불가능하며 불가피한 자기 발견의 심리극이라고 말할 수 있다. 10억을 웃도는 가격의 보트 위에서 하룻밤을 보내는 아홉 명의 사람 사이에서, 주인공인 '그녀'는 그들을 감싸고 있는 적당한 거리감과 불안한 대화 속에서 스스로의 삶을 돌이키며 애써 모르는 척 잊고 살아왔던 자기 삶 내부의 통증을 예민하게 감각해나간다. 사람들을 혼란에 빠뜨리는 큰 파도와 거센 바람이 요트를 흔들면서, 과민할 정도로 자신을 사로잡았던 통증에 대한 강박을 되살리는 '그녀'의 모습은 자기 자신의 내면을 구축하는 과정의 고통스러움을 그대로 재현한다. 동시에 이 소설의 진정한 매력은 불가피하게 삶을 반추하며 발생하는 거센 격랑 위에서 우리가 발견하는 그러한 삶에 대한 진실이란 과연 가능한 것인지, 그 모든 것을 연결하고 붙잡으며 감각하는 순간의 믿음이란 가능한 것인지를 묻는다는 점이다. 바닷속으로 가라앉은 보트처럼, 삶에 대한 진정한 감각이란 어쩌면 다시 되찾을 수 없어 애도되어야만 할지도 모른다. 심사위원들 역시 「끝없는 밤」은 한 사람의 내면을 통증으로 인식하고 관념화하는 부분이 특히 좋았다는 점, 그리고 끊어지고 침몰할 것 같은 진실을 현기증 나는 세계 안에서 끈기 있게 추적하는 방식을 높이 평가했다.

심사위원들은 이러한 2차 독회 과정에서 만장일치로 손보미의 「끝없는 밤」을 2024년 제25회 이효석문학상 대상 수상작으로 선정할 수 있었다. 이 소설이 갖춘 형식적 완미함의 미덕뿐만 아니라 그 소설적 물음의 끈기가 삶의 고통을 온전히 복원하려는 고고학적인 소설가적 태도에 대한 이해로 이어졌기 때문이다. 앞서 서두에서 강조한 것처럼 우리 시대의 소설들은 자기와 정체성에 대한 선명한 정답이 도출되지 않는 세계 속에서 불가능하지만 불가피한 자신만의 이해 방식을 관철해나가는 중이다. 손보미의 「끝없는 밤」은 이러한 자기 이해가 손쉽게 빠져나갈 수 있는 타협과 절충의 유혹마저 거부하며 소설이 감당해야 하는 자기 이해의 비극적 고통을 되살려냈다. 고통이란 겁이 많고 예민한 사람들의 상상력 속에서 증폭되며 우리의 감각을 더욱 강렬하게 만든다. 그러한 고통을 실로 삼아서 바느질처럼 자신을 엮어내는 「끝없는 밤」의 자기 서술의 직조물은 우리 시대 근대적 소설의 화풍이 도달한 표현주의의 극치처럼 보인다. 제25회 이효석문학상 대상을 수상한 손보미 작가에게 깊은 찬사와 축하의 인사를 보낸다. 또한 이 수상작품집에 함께 수록된 우수상 작품들은 우리가 처한 좌표 없는 세계에서 자기와 정체성을 섬세하게 매만지며 저마다의 소설적 좌표를 그려나가는 작가들의 훌륭한 응답들이다. 이러한 응답을 함께 엮어 한 권의 수상작품집으로 소개할 수 있음을 자랑스럽게 생각하며, 다시 한번 모든 수상자들에게 축하와 격려를 보낸다.

제25회 이효석문학상 심사위원단
전성태, 편혜영, 정이현, 박인성, 이지은
(심사위원 박인성 대표 집필)

이　　효　　석
작　가　　연　보

1907. 2. 23 ~ 1942. 5. 25

• **1907년** 2월 23일, 강원도 평찬군 진부면 하진부리에서 부친 이시후 李始厚와 모친 강홍경康洪卿의 1남 3녀 중 장남으로 출생. 전주 이씨 안원대군의 후손인 부친은 한성사범학교 출신으로 교육계 사관仕官으로 봉직하였음. 아호는 가산可山, 필명으로 아세아亞細亞, 효석曉晳, 문성文星 등을 쓰기도 함.

• **1910년(3세)** 서울에서 교편을 잡고 있던 부친을 따라 서울로 이주.

• **1912년(5세)** 가족과 함께 평창으로 다시 내려왔으며, 사숙私塾에서 한학을 수학修學.

• **1914년(7세)** 평창공립보통학교 입학.

• **1920년(13세)** 평창공립보통학교 졸업. 경성제일고등보통학교(현재의

경기고등학교) 입학.

• **1925년(18세)** 경성제일고등보통학교 졸업(제21회). 경성제국대학京城帝國大學(현재의 서울대학교) 예과 입학. 예과 조선인 학생회 기관지인 『문우文友』 간행에 참가. 매일신보每日申報 신춘문예에 시「봄」입선. 유진오俞鎭午, 이희승李熙昇, 이재학李在鶴 등과 사귀며『문우』와 예과 학생지인『청량淸凉』에 콩트「여인旅人」발표.

• **1926년(19세)**「겨울시장」「거머리 같은 마음」등 수 편의 시를『청량』에 발표. 콩트「가로街路의 요술사妖術師」「노인의 죽음」「달의 파란 웃음」「홍소哄笑」등을 매일신보에 발표.

• **1927년(20세)** 예과 수료 후 경성제대 법문학부 영어영문학과 편입. 시「님이여 들로」「빨간 꽃」「6월의 아침」, 단편「주리면——어떤 생활의 단편—」, 제럴드 워코니시의「밀항자」번역판을『현대평론』에 발표.

• **1928년(21세)** 경성제대 재학 중 단편「도시都市와 유령幽靈」을『조선지광朝鮮之光』에 발표하며 문단의 주목을 받기 시작. 유진오와 함께 동반자작가同伴者作家로 불리게 되었으나 KAPF에 적극적으로 참여하지는 않았음.

• **1929년(22세)** 단편「기우奇遇」를『조선지광』에,「행진곡行進曲」을『조선문예朝鮮文藝』에 발표, 시나리오「화륜火輪」을 중외일보中外日報에 발표.

• **1930년(23세)** 경성제대 영어영문학과 졸업. 졸업논문은 「The Plays of John Millington Synge, 1871~1909」. 단편 「마작철학麻雀哲學」「깨뜨러지는 홍등紅燈」「북국사신北國私信」「상륙上陸」「추억追憶」 발표. 이효석, 안석영安夕影, 서광제徐光霽, 김유영金幽影 등은 조선시나리오작가협회를 결성하여 연작連作 시나리오 「화륜」을 바탕으로 침체의 늪에 빠진 조선 영화계에 활력을 줌.

• **1931년(24세)** 시나리오 「출범시대出帆時代」를 동아일보東亞日報에 발표. 단편 「노령근해露領近海」를 『대중공론大衆公論』 6월호에 발표하고, 같은 달 최초 창작집 『노령근해』를 동지사同志社에서 발간. 이 단편집에서 자신의 프롤레타리아 문인적 성향을 보임. 함경북도 경성鏡城 출신의 미술작가 지망생 이경원李敬媛과 결혼.

• **1932년(25세)** 장녀 나미奈美 출생. 부인의 고향인 함북 경성으로 이주, 경성농업학교鏡城農業學校에 영어 교사로 취직. 「오리온과 능금林檎」을 『삼천리』에 발표. 이 무렵 이효석은 순수한 자연을 배경으로 한 서정적 경향도 보이기 시작.

• **1933년(26세)** 순수문학을 표방하는 문학동인회 구인회九人會를 창립함. 창립회원은 김기림金起林, 김유영, 유치진柳致眞, 이무영李無影, 이종명李鍾鳴, 이태준李泰俊, 이효석, 정지용鄭芝溶, 조용만趙容萬임. 「약령기弱齡記」「돈豚」「수탉」「가을의 서정抒情」(후에 「독백獨白」으로 개제) 「주리야」「10월에 피는 능금꽃」 발표.

• 1934년(27세) 「일기日記」「수난受難」 발표.

• 1935년(28세) 차녀 유미瑠美 출생. 「계절季節」「성수부聖樹賦」 발표. 중
편 「성화聖畫」를 조선일보에 연재.

• 1936년(29세) 평양 숭실전문학교(현재의 숭실대학교) 교수로 부임. 평양
시 창전리 48 '푸른집'으로 이사. 대표작 「메밀꽃 필 무렵」을 비롯하여,
「산」「들」「고사리」「분녀粉女」「석류柘榴」「인간산문」「사냥」「천사와
산문시」 등을 발표하며 대표적인 단편소설 작가로서 입지를 굳힘.

• 1937년(30세) 장남 우현禹鉉 출생. 「개살구」「거리의 목가牧歌」「성찬聖餐」
「낙엽기」「삽화揷話」「인물 있는 가을 풍경風景」「주을의 지협」 등을 발표.

• 1938년(31세) 숭실전문학교 폐교에 따라 교수직 퇴임. 「장미薔薇 병病
들다」「해바라기」「가을과 산양山羊」「막幕」「공상구락부空想俱樂部」
「부록附錄」「낙엽을 태우면서」 등을 발표.

• 1939년(32세) 평양 대동공업전문학교 교수 취임. 차남 영주煐周 출생.
장편 『화분花粉』을 인문사人文社에서, 단편집 『해바라기』를 학예사에
서, 『성화聖畫』를 삼문사에서 발간, 「여수旅愁」를 동아일보에 연재.

• 1940년(33세) 부인 이경원과 사별(1940. 2. 22). 3개월 된 영주를 잃음.
장편 『창공蒼空』을 총 148회에 걸쳐 매일신보에 연재. 1941년 단행본
으로 간행될 때에는 『벽공무한碧空無限』으로 개제. 「은은한 빛」「녹색

의 탑」 등을 일본어로 발표.

- **1941년(34세)** 『이효석단편선』과 장편 『벽공무한』을 박문서관博文書館에서 출간. 「산협山峽」「라오콘의 후예後裔」「봄 의상衣裳」(일본어)「엉 경퀴의 장」(일본어) 등을 발표. 부인과 차남을 잃은 슬픔과 외로움을 달래며 중국, 만주 하얼빈 등지를 여행.

- **1942년(35세)** 5월 초 결핵성 뇌막염으로 진단을 받고 평양 도립병원에 입원 가료. 언어 불능과 의식불명의 절망적인 상태로 병원에서 퇴원 후, 5월 25일 오전 7시경 자택에서 35세를 일기로 생을 마감. 임종은 부친과 친구 유진오 그리고 지인 왕수복이 함께 지켰음. 유해는 평창군 진부면에 부인 이경원과 합장됨.

- **1943년** 유고 단편 「만보萬甫」를 『춘추春秋』에 게재. 단편선집 『황제皇帝』가 박문서관에서 간행됨. 「향수」「산정山精」「여수」「역사」「황제」「일표一票의 공능功能」이 함께 수록되어 발간됨. 5월 25일 서울 소재 부민관에서 가산可山의 1주기 주도식 열림.

- **1945년** 부친 이시후 별세(1882~1945).

- **1959년** 장남 우현에 의해 편집된 『이효석전집李孝石全集』 전 5권 춘조사春潮社에서 발간.

- **1962년** 모친 강홍경 별세(1889~1962).

- 1971년 차녀 유미에 의해 『이효석전집』 전 5권 성음사省音社에서 재발간.

- 1973년 강원도 영동고속도로 건설로 진부면 논골에 합장되었던 가산 부부 유해를 평창군 용평면 장평리로 이장함.

- 1980년 강원도민의 후원으로 영동고속도로변 태기산 자락에 가산 이효석 문학비 건립.

- 1982년 10월에 열린 문화의 날을 맞아 대한민국 금관문화훈장이 추서됨.

- 1983년 장녀 나미에 의하여 『이효석전집』 전 8권 창미사創美社에서 발간.

- 1998년 영동고속도로 확장개발공사로 묘소가 경기도 파주시에 소재한 동화경모공원으로 이장됨.

- 1999년 강원도 평창군 주최로 봉평에서 지역민과 함께하는 효석문화제 창시.

- 2000년 「메밀꽃 필 무렵」의 산실인 평창군 봉평에서 지역 주민을 중심으로 한 가산문학선양회와 평창군의 주관으로 "문학의 즐거움을 국민과 함께"라는 염원을 담은 효석문화제가 활성화됨. 이효석문학상 제정. 정부의 재정 지원으로 이효석문학관 건립 추진.

- 2002년 이효석문학관 건립.

- 2011년 제목 미상 「미완未完의 유고遺稿」(미발표 일본어 소설) 장순하
  張諄河 번역. 2011년 9월에 발행된 『현대문학』(통권 제681권, 220~224쪽)
  에 발표.

- 2012년 재단법인 이효석문학재단 설립.

- 2016년 이효석문학재단 주관하에 텍스트 비평을 거친 정본定本『이효
  석전집』전 6권 서울대학교출판문화원에서 발간.

- 2017년 2월 23일 가산 이효석 탄신 110주년 기념식 및 정본 전집 출판
  기념회 개최.

- 2019년 이효석문학재단, 강원도 평창군 진부면에 지부 설립.

- 2021년 11월, 강원도 평창군 봉평면 이효석문학관 근처 '효서달빛언
  덕'에 가산 부부 유택 안장. 12월, 이효석문학재단 지부를 평창군 봉평
  면 이효석길 157번지로 이전.

이효석문학상 수상작품집 2024

초판 1쇄 발행 2024년 8월 23일
초판 2쇄 발행 2024년 9월 20일

지은이 손보미 문지혁 서장원 성해나 안윤 예소연 안보윤
펴낸이 안병현 김상훈
본부장 이승은   총괄 박동옥   편집장 박윤희
책임편집 김정은 정수향   디자인 용석재
마케팅 신대섭 배태욱 김수연 김하은   제작 조화연

펴낸곳 주식회사 교보문고
등록 제406-2008-000090호(2008년 12월 5일)
주소 경기도 파주시 문발로 249
전화 대표전화 1544-1900   주문 02)3156-3665   팩스 0502)987-5725

ISBN 979-11-7061-178-3 (03810)